SPLIFF 85555: EBERSBERG

Gerhard Schneider (Hrsg.)
Spliff 85555
EBERSBERG
Story Center

AndroSF 69

Gerhard Schneider (Hrsg.)
Spliff 85555: EBERSBERG
Story Center

AndroSF 69

Bibliografische Information der Deutschen Nationalbibliothek
Die Deutsche Nationalbibliothek verzeichnet diese Publikation
in der Deutschen Nationalbibliografie; detaillierte bibliografische Daten sind im Internet über http://dnb.d-nb.de abrufbar.

© dieser Ausgabe: Januar 2018
  p.machinery Michael Haitel

Titelbild & Innenillustrationen: Uli Bendick Ulisionen@web.de
Layout & Umschlaggestaltung: global:epropaganda, Xlendi
Lektorat: Gerhard Schneider
Korrektorat: Michael Haitel
Herstellung: Schaltungsdienst Lange oHG, Berlin

Verlag: *p*.machinery Michael Haitel
Ammergauer Str. 11, 82418 Murnau am Staffelsee
www.pmachinery.de
für den Science Fiction Club Deutschland e. V., www.sfcd.eu

ISBN: 978 3 95765 119 8

Gerhard Schneider (Hrsg.)
Spliff 85555
EBERSBERG
Story Center

1 Déjà-vu
Gabriele Behrend: Hugo **11**
Albertine Gaul: Bruchlandung **31**

2 Heut' Nacht
Galax Acheronian: Die letzte Nacht **43**
Johann Seidl: Küss mich, bevor du gehst **63**
Gabriele Behrend: Küss mich noch mal heut' Nacht **67**

3 Notausgang
Anna Noah: Cicada-401 **89**
Christina Wermescher: Flieh mit mir **106**

4 Carbonara
Diane Dirt: Traditionen **125**
Regine Bott: Strange Encounter **145**
Merle Ariano: Carbonara **154**

5 Computer sind doof
Paul Sanker: Schöne Aussichten **177**
Sven Haupt: Türöffnerzauber **187**
Thomas Jordan: Mondo Utopia **193**

6 Kill!
Nele Sickel: Keine Asche **211**
Andreas G. Meyer: Kill! **216**

7 Duett komplett
Gard Spirlin: Der rote Kadett **251**
Francis Bergen: Duett Komplett **257**

8 Jerusalem
Friedhelm Rudolph: Hirngespinste **269**
Enzo Asui: Mannariegel, ungesüßt **289**

9 Damals
Robert Koller: Damals **299**
Gard Spirlin: Säulen der Ewigkeit **335**

Anhänge
Vitae **345**
Ebersberg **351**
Spliff **359**

Gabriele Behrend
Hugo

Oberdeck 02:51

Wie ein Engel hängt er da. Rein, licht, unschuldig. Abgewaschen sind all der Schmutz und Dreck. Abgewaschen das Rot der Nacht. Ausgeblutet und bleich. Der Boden unter ihm glänzt schwarz, und der Geruch von Eisen liegt in der Luft.

Im Hintergrund spielt jemand Klavier. Irgendetwas Hypnotisches in Moll. Ansonsten ist es ruhig geworden auf dieser Plattform, die sich vor Tagen losgerissen hat im Sturm, der unser aller Leben verändert hat. Manche sind verschwunden. Ob sie sich aus Verzweiflung in das stinkende, tote Meer gestürzt haben oder ob sie noch die Idee der Flucht in sich trugen – wer weiß? Ehrlich gesagt ist es mir egal. Ich geistere wie der traurige Rest von uns durch die geleerten Flure, auf der Suche nach etwas Essbarem. Hier und da finde ich einen fliegenden Fisch, der auf der unteren Versorgungsplattform gestrandet noch zappelt, oder einen Seevogel, der auf dem Oberdeck verendet, als habe der Himmel mir persönlich seine Perversion eines gebratenen Hühnchens aus dem Schlaraffenland vorbeigeschickt. Wenn es einen Gott gibt, hat der einen ziemlich kranken Humor. Hat er sich nun uns angepasst oder waren er und damit auch wir schon immer so? Ich stelle mir wirre Fragen. Fragen, auf die es keine Antworten gibt, Fragen, auf die ich keine Antworten finden will.

Heute ist so ein Tag, an dem ich nicht vor meinen Gedanken fortlaufe, wie ich es sonst mache. Heute stehe ich hier an der Reling. Vor mir der Abgrund. Hinter mir hängt Hugo in den Seilen. Ehedem der rote Hugo. Ich bin durch die schwarz anmutende Lache getappt. Sein Blut klebt nun an meinen bloßen Sohlen und ist dabei kalt und schmierig. Ich kenne ihn nicht. Nicht so. Deswegen habe ich mich auch von ihm weggedreht. Ich will ihn so nicht sehen – als leblosen Klumpen Fleisch. Ich habe ihn anders kennengelernt. Da war er heiß, pulsierend. Das Blut steckte noch in ihm, so wie es sich gehörte. Ich habe noch den Klang seines Herzschlages im Ohr. Spüre das Pochen seines Pulses, so wie es war, als ich in seinen Armen gelegen habe.

Ein Lächeln zuckt über meine Lippen. Ich halte inne, als es sich in den Mundwinkeln festsetzt, und ich spüre ein Kräuseln in meinem Geist. Als ob die ruhige See sich mit Gischt durchmischt.

Ich hatte Hugo vor knapp drei Jahren kennengelernt. Warum ich damals die Insel der tausend Träume enterte? Es hatte irgendetwas mit Kerry zu tun. Kerry. Was für ein Name. Woher kannte ich ihn nur? Egal, meine ID wies mich als Sassy aus. Mahagonilocken kringelten sich auf die Schultern nieder. Braune Augen, einsachtundsechzig groß, Sanduhrmodell. Die Mädels aus dem Versorgungsdeck hatten zu meinem vierundzwanzigsten Geburtstag zusammengelegt und mir einen Abend im mondänen Klub auf dem Oberdeck spendiert, wo die Hautevolee sich feierte und mit Shit und Klatsch berauschte. Ich hatte mich, aufgerüscht und wild entschlossen, in die Mitte der Tanzenden gestürzt, hatte gelacht, gekreischt, meine Hüften kreisen und die Brüste wippen lassen und mich dabei unglaublich frei gefühlt. Es dauerte nicht lange und ich wurde in eine der Privatlounges eingeladen. Dort floss der Champagner in Strömen, doch ich war nicht daran interessiert, meine Sinne waren seltsam geschärft und ich genoss dieses Gefühl. Ich glich einer gespannten Bogensehne. Diese Energie verpulverte ich freizügig auf der Tanzfläche. Bis mich einer der Sicherheitsleute abfing und zu einer anderen Lounge führte. Dort saß er. Hugo. Der Mann in dem ewig roten Anzug, dessen Gesicht stets durch einen schwarzen Trilby beschattet wurde. Der Securitybulle schob mich vor die Sitzgruppe und verließ die Lounge dann wieder diskret. Hugo nahm die Sonnenbrille ab. Anstatt einfach zu gehen, verharrte ich auf der Stelle wie ein verschrecktes Reh und starrte ihn an. Einen Moment später war ich klatschnass zwischen meinen Schenkeln und pochend und ein einziges unterdrücktes Stöhnen. Irgendeiner hatte später einmal sehr treffend gesagt, Hugo habe einen ›feuchten Blick‹. Da bliebe kein Höschen trocken.

Er kämpfte sich aus dem tiefen Polster, streckte sich danach erstaunlich elegant und strich wie eine Raubkatze um die niedrigen Tische und Hocker, den Blick auf mich gerichtet, aufmerksam, beinahe fragend. Als er schließlich vor mich trat, so nah, dass sein Atem über meine Haut strich wie eine erste intime Berührung, rückte die Musik in den Hintergrund. Alles verschwamm, bis auf seine Augen, die Linie seiner scharf geschnittenen Nase, die in seltsamen Kontrast zu seinen weichen, vollen Lippen stand, und seiner Hand, die unter meinen kurzen Rock drängte. Einen Moment später zog er sie wieder zurück.

Die Mädels erfuhren nie, wie ich ihm an dieser Hand hinterher stolperte. Sie haben auch nie erfahren, wie es sich wirklich angefühlt hatte in dieser Nacht. Ich sagte ihnen später lediglich, ich hätte jemanden aufgerissen, wir hätten gefickt und alles wäre klasse gewesen. Harmloses Geplänkel, was man so in seiner Peergroup von sich gibt.

In Wirklichkeit kann ich selbst heute nicht in Worte fassen, wie sehr mich Hugo überrumpelte. Es war kein durchschnittlicher Gelegenheitsfick. Er riss mich von den Füßen und meinen Verstand in Fetzen, nur um mich später wieder neu zusammenzusetzen.

Oberdeck 02:59

Ein Wind kommt auf. Der tote weiße Engel dreht sich in der Takelage der Lichterketten, die lange schon erloschen sind. Sein Körper schlägt dumpf an den Kaminschacht. Das Echo pflanzt sich in den Bauch der treibenden Plattform fort. Ich drehe mich nun doch herum. An der gegenüberliegenden Reling ist etwas Menschliches aufgetaucht. In Fetzen gehüllt, seltsam verkrümmt, der aufrechte Gang scheint nur eine schwache Erinnerung in der Physis dessen zu sein, der sich anschickt, an Hugo heranzuschleichen.

»Hey«, brülle ich. »Wage es nicht, ihn anzufassen!«

Der Schatten stockt. Wittert. Setzt nach einem kurzen Zögern seinen Weg zum Aufgeknüpften fort, als habe er mich nicht verstanden. Schon greift er nach einem leblos baumelnden Arm, um die Beute zu sich heranzuziehen.

Bevor ich mein Handeln abwägen kann, reagiert mein Körper und schleudert das Messer, das bis eben noch locker in meiner Rechten ruhte, auf das humanoide Etwas, das gerade seine Zähne in das bleiche Fleisch schlagen will. Während der Schatten mit einem erschreckend beiläufigen Leidenston zusammenbricht, tappe ich erneut durch die dunkle Lache, hin zu ihm. Als ich bei ihm eintreffe, zuckt er noch. »Du tust ihm doch weh!«, erkläre ich mein Tun und ziehe meinem Opfer das Messer aus dem Hals. Als ich an Hugo vorbeigehe, schaukelt er, vom Wind bewegt, gegen meine rechte Schulter. Selbst im Tod kann er zärtlich sein. Wenn er will. Ich tätschle seinen Rücken und begebe mich wieder an meinen Wachplatz an der Reling.

Hugo wurde zu meinem Dreh- und Angelpunkt. All mein Denken kreiste um ihn, all mein Sehnen richtete sich auf ihn. Er besorgte mir ein Zimmer auf dem Oberdeck, stattete mich mit allem aus, was mein Herz begehrte und nahm sich dafür das, was ich ihm sowieso gegeben hätte. Er machte mich zu seinem persönlichen Pferdchen, wie ich einmal wirr kichernd ihm gegenüber bemerkte. Als Antwort erhielt ich ein amüsiertes Schmunzeln und eine weitere Nase voll Koks. Es schien kaum jemand anderen zu geben als ihn und mich und das, was wir miteinander hatten.

Ich war die meiste Zeit so weggetreten, dass ich kaum meinen Namen kannte. Sassy, so hieß es auf der ID, die ich immer wieder betrachtete, befingerte, als wäre sie etwas unglaublich Kostbares. Wieso nannte mich Hugo aber dann so oft Kerry? Kerry! Schon wieder Kerry! Und wieso biss er sich danach auf die Lippen, als habe er etwas gesagt, was nicht für meine Ohren bestimmt war?

Auf einmal klafft die Erinnerung auf, gibt den Blick frei auf eine junge Frau. Mahagonifarbene Locken kringeln sich bis auf die Schultern, sie dreht mir den Rücken zu. Zu einem schnellen hämmernden Beat bewegt sie sich, wie ich es nie könnte. Jeder Move ist abgezirkelt, präzise, auf den Punkt. Schließlich eine Drehung, ich sehe ihr ins Gesicht und zucke zurück. Sie ist ich und ich bin sie. Kerry. Meine Zwillingsschwester. Sie wirft mir eine Kusshand zu, winkt. Dann fällt der Vorhang, verschließt den Blick auf sie, und die Musik vermischt sich mit dem Geräusch der Wellen, auf denen die Magnolia treibt. Und ich weiß nicht, ob das, was ich gerade gesehen habe, der Wirklichkeit entspricht.

Oberdeck 03:12

Ich starre in die Dunkelheit. Aus der Tiefe dringt das gleichmäßige Schwappen der Wellen, die an die Ballastcontainer schlagen, an meine Ohren. Interessiert lausche ich. Für ungefähr fünf Sekunden. Danach ist meine Aufmerksamkeit erschöpft und der kleine Hase in meinem Hirn fängt erneut an zu rennen, er kann nicht anders. Er zieht eine Taschenuhr aus seiner Westentasche. Wir haben doch keine Zeit. Wir haben doch niemals Zeit! Doch, wir haben Zeit, halte ich dagegen. Sehr viel sogar. Sie türmt sich vor uns auf und am Ende wird sie über uns triumphieren. Ich wische mir mit der rechten Hand durch das Gesicht. Ich will nicht länger alleine sein, denke ich. Und so ist es nicht verwunderlich, dass ich den Weg zu ihm suche, der da kopfüber hängt und schwingt. Die Füße in seinem Blut stehe ich schließlich vor ihm. Er ist nach unten gesackt, fällt mir auf. Zu Beginn waren wir noch auf Augenhöhe. Jetzt allerdings sieht es aus, als wollte er sein Gesicht in meinem Schoß vergraben, während ich ihn mit meinen Armen umschlungen halte. Für einen Moment will ich kichern, doch der erste Laut bleibt mir in der Kehle stecken. Stattdessen sinke ich auf meine Knie. Jetzt sind wir wieder face to face, nur dass seine Augen nicht mehr feucht sind. Da rinnt mir eine Träne über die Wange, der nasse Vorbote einer ganzen Armada aus Rotz und Wasser. Ich lasse es zu, ohne mein Gesicht hinter meinen Händen zu verbergen. Irgendwann bleibe ich zurück, eine leere Hülle, ohne Gefühl, ohne Kraft. Es hat mich von den Knien geholt und so liege ich mehr oder weniger dekorativ unter dem nun weißen Hugo, blicke nach oben in sein Gesicht, während sich das einst cremefarbene bodenlange Satinkleid mit seinem Blut färbt. Sein Körper schwankt, meine Welt schwankt. Mir ist speiübel. Und während ich mich noch frage, warum ich in diesem zutiefst poetischen Moment so unglaublich profan reagiere, krümmt sich mein Körper bereits in dem Versuch, all den Schmutz loszuwerden, der sich in mir angesammelt hat, seitdem ich den Fuß auf Magnolias Boden gesetzt hatte. Und es ist mir, als habe ich das bereits einmal erlebt.

Der Riss in meinem Geist gibt den Blick frei auf eine dunkle, raue See, von Gischt gekrönt. Wir sind auf einem Speedboot unterwegs, schnell und wendig, und ich stelle fest, dass ich dafür nicht gemacht bin. Bei diesem Tempo ist es schwer, gleichzeitig zu kotzen und sich festzuhalten, aber darum muss ich mich nicht kümmern, da steht jemand hinter mir. Ich sehe seine Hände links und rechts neben meinem Körper. Sie umspannen die Reling und geben mir den schützenden Rahmen, damit ich nicht von Bord fliege. Irgendwann ist da nichts mehr, was nach oben drängt. Ich wische mir mit der Hand über den Mund und lasse mich nach hinten fallen, gegen ihn, der noch immer ungerührt hinter mir steht.

»Was denn? So schwach mit einem Mal?« Seine Stimme verfängt sich in meinen flatternden Haaren, findet den Weg in meine Ohren. Er klingt amüsiert. Entspannt. »Wo ist die rote Zora abgeblieben?«

»Du Arsch«, höre ich meine Stimme vorbeirauschen, der Wind reißt mir die Worte förmlich von den Lippen. »Mach dich nicht lustig über mich.«

Er lehnt seine Stirn gegen meinen Hinterkopf, ich weiß genau, was er jetzt für ein Gesicht zieht. Milde Resignation wird in seinen Zügen stehen. Er kann es nicht leiden, wenn ich meine Gossensprache nutze, aber gleichzeitig – es hat seine Vorteile, wenn der andere nach einem verrückt ist. Manchmal ist es aber auch eine Last. Wie genau in diesem Moment. Während ich seine Arme um mich schlinge und in ihm versinken könnte, habe ich ein schlechtes Gewissen. Wer bin ich schon, dass ich so über ihn und seine Freunde verfüge? Aber es geht nicht um mich, gebiete ich meinen Zweifeln Einhalt. Es geht um die Sache. Die Sache ist inzwischen nahegekommen. Der Lärm des Wassers, das an die unzähligen Ballasttanks schlägt, welche die Magnolia auf dem Wasser treiben lassen, ist enorm. Unser Boot stoppt.

»Und nun?« Ray ist einen Schritt zurückgetreten und dreht mich zu sich herum. Ich zucke mit den Schultern.

»Du weißt, dass das eine blöde Idee ist. Das weißt du doch, oder?«

»Irgendjemand muss denen Einhalt gebieten.«

»Und das musst ausgerechnet du sein? Wann hast du dich entschieden, eine Karriere als Märtyrerin zu starten?«

»Lass mich doch in Ruhe«, fauche ich. »Meinst du, ich mach das, weil ich es geil finde? Weil ich nichts anderes zu tun habe? Oder weil mir harmlose Protestmärsche zu öde sind?«

Ray hält mich an den Schultern und schüttelt mich. »Ja«, presst er dann mühsam heraus. »Du brauchst den Kick. Immer muss es schwarz-weiß sein bei dir. Vogel friss oder stirb. Aber was ist mit mir, wenn du dabei draufgehst?«

Ich halte inne. Einen Herzschlag spüre ich, dass er mich tatsächlich liebt. Im nächsten Moment ist es vorbei damit und ich reiße mich von ihm los. Wortlos schultere ich meine Tauchausrüstung und den Sack mit den Sprengsätzen, überprüfe ein letztes Mal Anzug und Gerätschaft, dann springe ich über Bord, hinein in das trübe Ölige.

Es war in der Tat eine blöde Idee gewesen, das merkte ich schnell. Nachdem ich es geschafft hatte, ungefähr die Hälfte aller Sprengsätze zu montieren, wurde der Sauerstoff knapp. Ich tauchte langsam auf und suchte Ray und das Speedboot. Er war meinem Weg gefolgt, allerdings nicht so unsichtbar wie geplant. Als ich das Boot sichtete, wurde es gerade von einem anderen gestoppt. Die Sicherheitsleute der Magnolia! Ich schwamm vorsichtig näher, als der erste Schuss fiel. Der Laut peitschte über das Wasser. Während ich noch erschrocken nach Luft schnappte, fielen weitere. Ich zählte mit. Vier waren es insgesamt. Vier waren auf dem Boot gewesen. Ray, sein Bruder Gavis und zwei ihrer Freunde, die ich als so unbedeutend empfand, dass ich mir noch nicht mal die Mühe gemacht hatte, mir ihre Namen zu merken. Jetzt waren sie hin. Wegen mir. Scheiße.

Schon wollte ich die letzte Sauerstoffreserve nutzen, um unbemerkt zu Rays Boot zu tauchen, da ging es bereits in Flammen auf. Die Security fackelte eben ab, was ihr in den

Weg kam. Verdammt, ich hatte die Warnungen im Vorfeld doch gehört. Ich schwamm zurück an eine der vertikalen Stützen. Ich brauchte Zeit, um zu überlegen. Das Wasser war inzwischen eisig, der Neoprenanzug hielt die Wärme nicht mehr, die Sauerstoffflasche lastete schwer auf meinen Schultern. Ich sah mich um. Da waren Sprossen in den Stahl der Stütze eingelassen. Ich hielt mich daran fest und ließ den Hasen in meinem Hirn losrennen: Vogel, friss oder stirb, hatte Ray gesagt. Das war die Frage. Wollte ich jetzt, da ich mit eigenen Augen gesehen habe, wozu die Security fähig war, auf den Auslöser drücken und mein Werk vollbringen? Einer Märtyrerin gleich sterben – ohne dabei gesehen oder gehört zu werden? Oder wollte ich weiter leben, so wie geplant, und solange – fressen?

Die Entscheidung fiel schnell. Meine Tauchausrüstung verschwand im Wasser, ebenso wie der Neoprenanzug. Das Einzige, was ich zurückbehielt und mir in den Slip schob, war der Auslöser für die montierten Sprengsätze. Danach zog ich mich Sprosse für Sprosse hinauf, in der Hoffnung, dass es oben irgendwie weitergehen würde. Und ich verbat mir, den Blick nach unten zu wenden. Nur nicht abrutschen. Das sollte nicht der letzte Fehlgriff meines Lebens werden.

Oberdeck 03:26

Das Würgen ebbt ab. Ich hebe den Arm und streiche Hugo über die rechte Wange. Eine Blutspur beschmutzt jetzt sein bleiches Gesicht und ich fühle mich unbehaglich, als habe ich etwas unendlich Kostbares beschmutzt, versaut, wertlos gemacht. Ich sehe nur die verschmierte Stelle. Dass ein tiefer Schnitt seinen Hals geöffnet und dabei seinen Kehlkopf bloß gelegt hat, nehme ich nicht bewusst wahr. Hat ja auch nichts mit mir zu tun. Oder?

Ein Lachen hallt in mir wieder, wie aus weiter Ferne. Es ist weiblich. Triumphierend. Oder doch eher – hämisch?

Während ich so in Hugos Gesicht blicke, verschieben sich seine Gesichtszüge ins Mädchenhafte und wieder ist mir so, als habe ich die Situation genauso bereits erlebt.

Ich kann seinen Anblick mit einem Mal nicht mehr ertragen, also schließe ich die Augen. Doch seine Nähe kann ich trotzdem weiterhin spüren. Diese mit einem Mal vorwurfsvolle Stille. Das stumm klagende Abhängen. Und dieses Gefühl, dass es meine Schuld ist, dass er sich in dieser Lage befindet. Schuld, Schuld – das ist der Schlüssel für dieses Déjà-vu. Ich robbe von ihm weg, wieder hin zur Reling. Ich muss alleine sein mit mir. Zum ersten Mal nach langer Zeit wieder alleine sein mit meinen Gedanken, denn ich spüre, da lauert mehr hinter meiner Stirn – und alles will sortiert sein. Als ich am Stahlgeländer angekommen bin, lehne ich mich mit dem Rücken dagegen, ziehe die Beine an. Die Knie dienen den Armen als Ablage, auf die ich meinen Kopf bette. Das Messer liegt wieder lose in meiner Rechten. Wer weiß schon, wozu es gut ist.

Während ich für jeden anderen wirken muss, als habe ich zu viel gesoffen und müsse jetzt dafür bezahlen, ist der Geist hinter den geschlossenen Lidern hellwach. Bilder zucken über die dunkelrote Leinwand, das Blut rauscht mir in den Ohren und ich lasse mich mitreißen.

Da tobt eine junge Frau durch das Bild, halblange mahagonifarbene Locken tanzen um ihren Kopf, geben immer wieder die Sicht frei auf ein elfenhaftes Gesicht. Es ist Kerry. Das, was ich gesehen habe, ist also doch real, denn jetzt fühlt sich alles so richtig an, lebendig, wahrhaftig!

Sie trägt knappe Shorts und eine Hippiebluse mit Bommeln und Spitzeneinsätzen an den Ärmeln, ein Traum aus cremefarbenem Baumwollkrepp oder Batist oder wie auch immer dieser Stoff heißen mag. Kerry kennt sich da besser aus. Kerry ist die Schneiderin von uns beiden. Kerry ist für Schönheit und Anmut zuständig, ich für die Ratio. Das sieht man uns auch an.

Ich liebe Kerry. Das ist verwunderlich, Neid hätte man wohl eher zwischen uns Schwestern vermutet. Aber die Rollen waren von Anfang an verteilt – ich, als die um drei Minuten Ältere, passte auf die Kleine auf, sie durfte sich ausleben und ich nahm teil an ihrem Tollen. Wir machten dabei nur selten die typischen Zwillingssachen. Wir tauschten keine Kleider, keine Freunde. Wir waren auf unsere Eigenständigkeit bedacht. Und so flirrte Kerry mit den Modebienchen in der Highschool herum, während ich mich im Debattierklub versuchte. Sie als Tanzverrückte war bei den Cheerleadern, ich in der Schülerzeitung.

Was aber durchaus funktionierte, war der siebte Sinn unter Zwillingen. Wir spürten genau, wenn es dem anderen schlecht ging. Ließen dann alles stehen und liegen und eilten einander zur Hilfe. Dabei war ich es meistens, die Kerry aus verfahrenen Situationen herausboxte. Aber auch hier wurde nichts gegeneinander aufgerechnet.

Nun gab es bei aller Liebe dennoch Situationen, in denen ich sauer wurde. Ich erinnere mich an einen Tobsuchtsanfall, als Pete Burton Kerry zum dritten Mal nacheinander abserviert hatte. Wir waren siebzehn Jahre alt.

»Wann lernst du es endlich, Sis? Wann schießt du ihn endlich auf den Mond?«

Kerry heulte sich die Augen aus und jammerte irgendetwas von »Aber er ist doch ... Er meint es nicht so ... Ich habe ihn verärgert, kein Wunder, dass er abhaut ...«.

Ich packte und schüttelte sie. »Wach auf!«, herrschte ich sie an. »Der Typ ist Scheiße, er denkt Scheiße, er baut Scheiße. Aber das hat nichts mit dir zu tun. Du hast keine Schuld!« Den letzten Satz hatte ich ihr ins Gesicht gebrüllt, in der Hoffnung, dass sie mich endlich verstehen würde. Meine Hoffnung trog mich. Kerry heulte erneut los, lauter noch als vorher.

»Dann suhl dich eben in deinem Unglück«, sagte ich verächtlich. »Aber rechne nicht mehr mit mir. Nicht in dieser Sache. Du kennst die Regel – dreimal um Hilfe bitten und dann alleine klarkommen. Ich kann nicht immer für dich da sein.« Damit wirbelte ich auf dem Absatz herum, verließ Türen schlagend das Zimmer und ließ sie allein. Sie trennte sich daraufhin endgültig von Pete. Ich wusste nicht, ob sie das tatsächlich aus eigenem Antrieb getan hatte oder aus Angst, dass ich ihr nicht mehr die Hand halten würde, im ersten Moment war es mir aber auch völlig egal – Hauptsache, Pete war weg und ich hatte recht behalten.

Während ich also brüllte, war Kerry die Ruhige. Während ich mich auf Verstand, Logik und Lautstärke verließ, war Kerry diejenige, die schweigend Umarmungen und Trost spendete und überhaupt bei Streitigkeiten schneller einknickte, als ich es tat.

Die meiste Zeit aber verlief unser gemeinsames Leben harmonisch. Wir hatten mehr Licht als Schatten, was wir irgendwie für selbstverständlich hielten.

Bei unserem letzten Streit war allerdings alles anders. Wir waren gerade einundzwanzig geworden. Kerry hatte ihre Sachen gepackt, in aller Ruhe weitergepackt, während ich an ihren Verstand appellierte, der, wie ich im Verlauf meines Monologes feststellte, scheinbar komplett abhandengekommen war.

Irgendwann drehte sie sich um, schulterte ihre Reisetasche und erklärte, dass sie jetzt gehen würde, egal, wie sehr ich dagegen war. Sie streifte mich kurz beim Herausgehen an der Schulter, dann klackerten ihre Absätze die Treppe hinunter.

»Was willst du denn da?«, hatte ich ihr hinterhergerufen. »Geh aufs College, verdammt noch mal. Schmeiß nicht alles hin wegen einer versiebten Klausur. Du bist alle mal mehr als eine billige Nutte für die Bonzen auf Magnolia.«

Kerry hatte sich daraufhin auf dem letzten Treppenabsatz herumgedreht. »Zoe, Liebes. Ich habe die Chance bekommen, in der Showtruppe zu tanzen. So etwas kommt nur einmal und ich wäre verrückt, das Angebot auszuschlagen! Und das werde ich auch nicht machen, Punktum. Ich wollte schon mein Leben lang tanzen. Deine Sorge in allen Ehren, aber ich kann es nicht mehr hören. Das ist mein Leben und ich mache dieses eine Mal damit, was ich will.« Bevor ich noch zu einer Erwiderung ansetzen konnte, war die Tür ins Schloss gefallen. Ein Wagen fuhr an. Ich sah aus dem Fenster dem Taxi nach, das sie aus meinem Leben wegfuhr.

Zoe? Nicht Sassy? Ich taste nach meiner ID. Aber da steht doch ... Aus einer plötzlichen Erkenntnis heraus lasse ich die Karte fallen. Ich sehe ihr zu, wie sie von einem Windstoß im Sturz abgefangen wird. Es trägt sie auf das Meer hinaus, das weite, weite Meer, das so viel verschluckt.

Ich stütze meinen Kopf auf und schließe die Augen. Alles ist Lüge. Die ganze Welt ist eine Lüge. Und Magnolia war nichts anderes als ein schwimmender Koloss, auf dem sich der Abschaum im rechtsfreien Raum traf. Weil sie hier einen Schlupfwinkel fanden, die Betrüger, die Gauner, die Dealer, die Zuhälter. Nachdem das Meer angestiegen war und die ersten Küstenstädte einfach verschluckt hatte, war man recht schnell auf die aufgelassenen Plattformen ausgewichen. Magnolia war nicht die Einzige ihrer Art. Wohl aber mit eine der größten und profitabelsten. Vor dem Sturm jedenfalls. Jetzt ankern wir nicht länger vor dem Festland. Ich weiß nicht, wohin es uns verschlagen hat, wohin wir treiben. Es ist aber auch egal. Egal.

Es ist mir, als reißt es mich in zwei Hälften. Eine Hälfte will noch immer an Sassy glauben, an den schönen Schein. Will Hugo lieben und nicht wissen, was er wirklich trieb. Wofür er verantwortlich war.

Die andere Hälfte fragt sich, wo Kerry ist. Was mit ihr geschah. Warum ich hier bin.

Oberdeck 04:15

Ich hebe den Kopf von meinen Armen und blicke mich um. In der Ferne dämmert der Morgen heran. Seine rot glühenden Finger tasten über das Meer. Noch ist er nicht stark genug, um über die Dunkelheit zu triumphieren. Kerry, hallt es in mir wieder. Liebste Kerry, wo bist du nur geblieben?

Langsam reift in mir die Erkenntnis, dass ich tatsächlich ihretwegen hier bin. Aber warum dann die Sprengsätze? War ich so wütend auf Kerry, dass ich ganz Magnolia absaufen lassen wollte? Ich versuche die Puzzleteile zusammenzusetzen, die mein kranker Geist mir präsentiert. Aber es will und will sich keine Logik einstellen. Doch so wie das Licht langsam über den Wellen näherkommt, genauso dämmert es mir, warum ich Magnolia einst versenken wollte. Es war nicht die Plattform selbst, gegen die sich mein Zorn wandte. Es war vielmehr das, was sie mit den Menschen anstellte. Die vergaßen, einmal dort angekommen, alles um sich herum. Sie beherbergte Menschen, denen die Zustände auf dem Festland am Arsch vorbeigingen. Arbeitslosigkeit? Armut? Gettoisierung? Umweltzerstörung, aber ach nein, da gab's ja nichts mehr zum Plattmachen. Egal. Glaubenskriege? Bandenkriege? Nichts von all dem hatte eine Bedeutung in dieser Scheinwelt. Ebenso wenig wie meine Schwester. Oder ich selbst.

Ich schlage mir mit der Faust an die Stirn. Einmal, zweimal. Ich verfalle in einen quälend langsamen Rhythmus und spüre jeden Hieb dumpf in meinem Schädel nachklingen. Vielleicht ist das der Weg, wieder zu mir zu finden, ich weiß es nicht.

In den ersten Jahren hatte ich die Berichterstattung über Magnolia aufmerksam verfolgt, auch wenn mir das pfauenhafte Gespreize und die Zurschaustellung von Amoral und Blödheit zuwider waren. Mit der Zeit lernte ich aber an den Fratzen, die sich in das Kamerabild drängten, vorbeizusehen. Ich durchsuchte die Bilder nach Kerry. Hin und wieder erhaschte ich tatsächlich einen Blick auf sie. Ich wunderte mich, wie sie es schaffte, inmitten der überpuderten, maskenhaften Dekadenz so frisch auszusehen. Kurzum: Es schien ihr gut zu gehen. Vielleicht war sie sogar glücklich.

Langsam lernte ich, sie loszulassen in Gedanken. Konnte mir und ihr eingestehen, dass sie nicht länger meinen Schutz benötigte. Sie war jetzt alltagstauglich geworden, nicht so verträumt und verpeilt wie früher. Nein, Kerry kam ohne mich ganz gut zurecht.

Diese Phase hielt allerdings nicht lange an. Vielleicht ein, zwei Wochen. Danach kamen die Sorgen wieder. Ich konnte einfach nicht anders.

Wir hatten keinen direkten Kontakt mehr. Kerry hatte anscheinend ihre Mobilnummer gewechselt, als sie mich verließ und in ihr neues Leben aufbrach. Bewusst? Sie rief mich jedenfalls nicht an, schrieb keine Nachricht, antwortete auch nicht auf meine Anfragen. Irgendwann war ihre Mailbox gefüllt, meine Nachrichten wurden zurückgeschickt. Hatte ich zunächst gehofft, dass sie sich wenigstens an ihren freien Tagen bei mir melden würde, so wurde diese Hoffnung von Monat zu Monat kleiner.

Ich fing an mich zu fragen, warum sie fernblieb. Verwarf den ersten Gedanken, dass ich sie fortgetrieben haben könnte. Schnell malte ich mir alle möglichen Übel aus. Sie wurde gefangen gehalten, unter Drogen gesetzt, einer Gehirnwäsche unterzogen. Kurzum: Ich würde sie retten müssen! Ich fragte dagegen nie, wie sie es schaffte, ohne mich zu leben. Ich unterstellte, dass sie mich ebenso wieder sehen wollte, wie ich sie.

Meine Paranoia trieb wilde Blüten. Mehr als einmal überlegte ich, mich auf Magnolia einzuschleusen, aber das Habitat war abgeriegelt. Abgeschottet. Ich hätte nur als zahlender Gast auf die Vergnügungsinsel gelangen können, aber dafür fehlte mir das nötige Kleingeld. Selbst wenn ich meinen Studienkredit gänzlich opfern würde, reichte es gerade mal für den Hinflug.

Und als Arbeitskraft? Keine Chance. Magnolia war als Arbeitgeber auf dem Stellenmarkt nicht vertreten. Wahrscheinlich sollte so etwas Gewöhnliches wie eine Putzfrau das glamouröse Bild des Habitats nicht zerstören. Marketing war alles in dieser Welt.

Das Speedboot zuckt durch meinen Geist. Natürlich. Jetzt ergibt das einen Sinn. Ich atme erleichtert aus. Eine Frage ist geklärt. Dann folgen weitere Bilder, unsortiert, ohne nähere Erklärung. Aber sie füllen die Lücken zwischen dem kräftezehrenden Erklimmen der Stahlsprossen und dem Tanzabend, an dem ich Hugo kennenlernte. Gesichter fallen an mir vorbei in die Finsternis, Mädchen, Sicherheitskräfte, Arbeiter, Techniker, Frauen. Schaffe, schaffe hieß es auf dem Versorgungsdeck – Küche, Wäscherei, Technik, das Putzgeschwader. Und auch da – immer wieder Kerrys Name. Die Geister des Unterdecks sind müde, ausgezehrt, abgearbeitet. Wütend. Ich kenne ihre Namen nicht. Und gerade jetzt tut mir das unglaublich leid. Scham löscht alle weiteren Bilder aus. Rot überblendet es meinen Geist.

Oberdeck 04:57

Ich strecke meine Beine aus. Verheddere mich in dem langen, von Hugos Blut klebrig gewordenen Satin und schreie frustriert auf. Ich kann es nicht länger ertragen, gefangen zu sein.

Kurz entschlossen treibe ich die Messerschneide durch den Stoff. Doch auch hier erschwert das inzwischen zu Klumpen verklebte Blut des toten Kannibalen mein Vorhaben. Schließlich gelingt es doch und ich zerre die Klinge durch den Stoff, der mit einem Ächzen und Knarzen trotz allem weiterhin schwachen Widerstand leistet. Das Kleid ist endlich mehr oder weniger knielang und ich kann meine Beine frei bewegen. Ich stehe auf und lehne mich an die Reling. Mein Magen meldet sich. Schon wieder. Jetzt ist es Hunger, der sich nicht länger ignorieren lässt. Aber ich kann ihm nicht nachgeben, nicht jetzt, wo ich so kurz vor der Wahrheit stehe. Es schwindelt mir, es flaut im Magen und zieht mich zurück in die eine Nacht, die alle Weichen stellte.

Es kam die Zeit, in der Kerry nicht mehr zu sehen war, weder in der ersten Tanzreihe noch im Hintergrund irgendwelcher Partys. Ein ungutes Gefühl machte sich in meinem Magen breit und verließ mich nicht mehr. Eines Nachts dann schreckte ich aus dem Schlaf.

»Bye, Sis«, tönte Kerrys Stimme in der Dunkelheit meines Schlafzimmers. »Es tut mir so leid!«

Ich saß aufrecht im Bett, das Herz hämmerte mir gegen die Rippen.

»Kerry?« Mein Verstand flüsterte mir zu, dass sie nicht da war. Mein Herz wusste, dass etwas geschehen sein musste. Etwas wirklich, wirklich Schlimmes.

Die nächsten zwei Tage verbrachte ich wie in Trance. Ständig lauschte ich nach der Türklingel in der Erwartung, dass die Polizei davor stünde, um mir eine schlechte Nachricht zu überbringen, die mir bereits bekannt war. Aber es tat sich nichts. Nach weiteren drei Tagen klappte ich zusammen. Die Sorge und der Zorn, zur Untätigkeit verdammt zu sein, hatten mich fertiggemacht. Als ich zusammengekrümmt auf meinem Bett lag und durch das Fernsehprogramm zappte, blieb ich an einer Eilmeldung hängen. Eine Kamera hielt erbarmungslos auf eine angeschwemmte Leiche. Lange blonde Haare klebten nass an Schulter und Rücken. Ich weiß noch, dass ich für einen Moment Erleichterung verspürte. Das konnte sie nicht sein, oder? Da wurde der schmale Frauenkörper herumgedreht, der in einem langen cremefarbenen Satinkleid steckte. Ich erstarrte. Das elfengleiche Gesicht hatte sich kaum verändert, das war eindeutig meine Schwester. Kerry, liebste Kerry, was war dir geschehen? Während ich mich bei den Behörden meldete, um sie zu identifizieren, um sie heimzuholen, um sie zu beerdigen, wurde sie in den Nachrichten als eines der zahlreichen Opfer Magnolias bezeichnet. Die Moralisten hatten Futter, um die Verderbtheit der Vergnügungsinsel anzuprangern, die die Menschen in Abgründe risse. Die Yellow Press hatte den Aufreger für drei Tage, nachdem sie festgestellt hatten, dass Kerry eine der Tänzerinnen gewesen war. Danach tobten das Leben, das Sterben und andere Skandale weiter durch die Presse, alles wie gewohnt, und Kerry hatte man schnell wieder vergessen. Die Behörden gingen von einem Selbstmord aus und legten den Fall eilig zu den Akten. Dass ich tobte und schrie und Aufklärung forderte, dass ich wüsste, aus tiefstem Herzen spürte, dass meiner Schwester Gewalt angetan worden war, all das wurde als nicht belegbar vom Tisch gewischt, auf dem schon bald der nächste Tote lag. Niemand hatte Zeit für mich.

Ich trauerte nicht um Kerry. Sie steckte mir im Kopf, im Herzen, im Blut – dabei aber so lebendig, ich konnte den Inhalt der Urne, die auf meinem falschen Kaminsims stand, nicht mit ihr in Verbindung bringen. In der Nacht besuchte sie mich in meinen wirren Träumen. Wir flüsterten wie früher, was Schwestern in der Dunkelheit so flüstern, wenn sie nicht schlafen wollen. Dabei fiel immer wieder der Name ›Hugo‹. Er schien der Dreh- und Angelpunkt ihrer Welt gewesen zu sein.

Warum auch nicht Hugo? Er war der König von Magnolia gewesen. Natürlich waren unsere Schicksale mit ihm verknüpft. Ich versuche zu lachen. Kraftlos fällt der Versuch aus, schwach. So hatten wir also doch einen Mann geteilt. Und anscheinend hatte er in den Geist einer jeden von uns seine Flagge gesetzt. Sein Territorium. Hände weg.

Endlich kann ich um meine Schwester weinen. Sie ist wieder greifbar für mich, so greifbar wie Hugo, der nur wenige Meter entfernt baumelt, grotesk und seltsam. Ich habe beide geliebt, stelle ich gequält fest. Jeden auf eine andere Art, aber, ja. Und ich liebe sie weiter, über den Tod hinaus. Sie fehlen mir so unendlich.

Da tönt Kerrys Stimme kalt in mir wieder: »Du liebst meinen Mörder, Sis? Ist dir klar, was du da sagst?« Sie ist wütend. Und ja, sie hat recht, so wie sie es sagt. Aber war es wirklich Hugo, der sie vom Oberdeck gestoßen hat? War es nicht vielleicht doch jemand anderes?

»Wenn du wüsstest, wie viele Mädchen von Magnolia verschwunden sind, du würdest dir diese Frage nicht stellen!«, zischt Kerrys Stimme in mir. »Er ist der Teufel. Er hat alles koordiniert. Und nur, weil er dich in den goldenen Käfig gesperrt hat, heißt das nicht, dass er dich geliebt hat. Im Gegenteil – er hat dir dein Ich genommen und deinen Willen.«

»Sei still«, wimmere ich. »Ich will das nicht hören.«

»Das glaube ich dir.« Kerrys Stimme ist wieder süß wie Honig. »Die Wahrheit will niemand hören.«

Oberdeck 05:32

Ich hebe den Blick und sehe zu Hugo hinüber. Ich fokussiere mich auf ihn, der inzwischen im feurigen Licht des Morgens gebadet wird. Er wird auf diese Weise wieder zum roten Hugo und mir damit fern, so fern, und mein Zorn erwacht aus einem tiefen Schlaf. Es ist auf einmal wie früher. Ich stehe auf. Ich bin nicht länger Sassy. Ich war nie wirklich Sassy, rede ich mir ein. Trotzig versucht meine Logik, das Gefühl zu überschreien. Ich war eine Maskerade, brüllt es in mir, eine gelebte Inszenierung. In Wirklichkeit bin ich ein Racheengel. Von Kerry selbst geschickt. Ich hatte Magnolia geentert, mit dem Ziel, den Mörder zu finden, und da hängt er nun vor mir. Das Messer in meiner Rechten zuckt. Es hat ein Eigenleben. Es will wieder zustechen. Im letzten Moment halte ich es zurück.

Stattdessen streiche ich Hugo mit der Linken über die Wange. Das Messer fällt klirrend zu Boden. Warum fällt es mir so schwer, meinen Zorn an ihm auszulassen? Warum schiebt sich da immer noch die aus Drogen heraus geschaffene Figur der Sassy zwischen ihn und mich? Warum falle ich wieder auf die Knie, umschlinge ihn und suche mein Heil, meinen Trost und mein Glück in seinen Armen? Ich rapple mich auf und flüchte zurück an die Reling.

»Dabei hast du es doch längst getan!«, flüstert es da hinter meiner Stirn. »Deinen Zorn ausgetobt, dein Mütchen gekühlt.« Es ist Kerrys Stimme, die da zufrieden gluckst und lacht. »Du hast mich gerä-ächt«, singt sie leise, mit unverhohlener Schadenfreude, die nicht mir, sondern ihrem Mörder gilt. »Hugo's deadish!« Kerrys fröhliches Lachen juckt hinter der Stirn. Treibt mir die Tränen in die Augen. »Na, dämmert's dir wieder?« Kerrys Stimme hält inne. »Weißt du nicht mehr, wie es war, ihn aufzuknüpfen? Einen Spaziergang hattest du dir erbeten. Am Oberdeck. Mit einer letzten Flasche Champagner seid ihr hier herumgelaufen und habt den Sturm als Befreier gefeiert! Bis du ihm die Flasche über den Schädel gezogen hast, nicht wahr? Er hat sich noch etwas gewehrt, aber du warst stärker! Ich war so stolz auf dich, Schwesterherz. Und weißt du etwa nicht mehr, wie es sich angefühlt hat, das Messer, sein eigenes Messer, an seiner Kehle anzusetzen und durchzuziehen?«

Ich schüttle den Kopf. So etwas habe ich nicht getan, zu so etwas wäre ich doch nie fähig!

Ein enttäuschtes Schnalzen klingt in meinen Ohren. »Du hast es für uns getan, Schwesterherz. Für uns beide! Sein Leben für meines und deine Befreiung gratis dazu. Wir haben es geschafft, Sis. Ich musste dich nur kurz an deine Aufgabe erinnern. Aber dafür sind wir ja Schwestern, nicht wahr?«

Kerry lacht hell auf. Fröhlich ist sie und unbeschwert wie früher. Sie tanzt davon, ihre Locken springen auf und ab und dann ist sie fort. Stillschweigen in meinem Kopf. Schwärze. Nichts.

Dann ein Wirbel aus Technicolorbildern und alles, alles kommt zurück.

Ich schlage mir mit beiden Fäusten an die Stirn. Ja, ja, verdammt noch mal, ich erinnere mich! Ich erinnere mich mit einem Mal an alles und alles ergibt einen Sinn. Ich senke die Fäuste, öffne sie. Blicke auf meine schmalen blutigen Hände, denen so viel Kraft innewohnt. Alles folgt einer inneren Logik, aber Scheiße noch eins: Jetzt bin ich allein! Umgeben von Geistern und wirren Bildern und Blut, so viel Blut und alles ist kalt und schmierig.

Was habe ich nur getan, Hugo.

Ich eile zurück zu ihm, falle auf meine Knie, taste nach dem Messer. Niemand darf Gott spielen, stolpert es durch meine Gedanken. Halte die andere Wange hin. Nicht Auge um Auge, das ist längst überwunden.

Kerry, du, meine Schwester. Hugo, den ich noch immer so liebe.

Lasst mich nicht zurück.

Das Messer stoße ich mir dorthin, wo der Schmerz am tiefsten sitzt und wühlt. Ist es das Herz?

Ich. Weiß.

Nicht.

Mein Körper bricht zusammen. Ich schlage mit dem Kopf auf das metallene Oberdeck.

In der Ferne höre ich das Knattern eines Rotors. Doch das ist so fern. Und so egal.

Kerry steht vor mir. Sie lacht mir zu. Dann formt sie mit ihren Händen ein Herz. Ich werde immer bei dir sein, heißt das. Dann aber dreht sie sich um und verschwindet in einer weißen Nebelbank.

»Nimm mich mit!« Mein Ruf verhallt im Licht.

Dann spüre ich einen heißen Schmerz durch meinen Körper ziehen. Ich schreie.

»Es wird alles gut«, höre ich Kerry in mir widerhallen. »Deine Zeit ist noch nicht gekommen.«

Es wird schwarz um mich herum.

Oberdeck 06:27

»Gut gemacht, Saul.« Eine sonore Stimme dringt wie durch Watte zu mir. »Bringt das Mädel ans Festland. Wir suchen die Plattform nach weiteren Überlebenden ab. Es sollten nicht allzu viele sein, wenn der Plan der Obrigkeit aufgegangen ist. Sei's drum. Ein paar brauchen wir für die Kameras. Da ist das Mädel hier Gold wert. Und die Schlepper sollen sich auf den Weg machen. Wir bergen die Magnolia. Jetzt. Sind ja keine

Unmenschen, was?« Die Stimme lacht ironisch. »Wir sind doch stets Freund und Helfer. Dann, wenn wir es sein sollen.« Ich höre, wie sich Schritte entfernen.

Ein Männergesicht schiebt sich kurz in mein Blickfeld. Das muss Saul sein. Saul, der mich ins Leben zurückgeholt hat. Ich spüre die überraschend sanfte Berührung seiner rauen Hand an meiner linken Wange. »Zum Glück sind wir rechtzeitig gekommen, um dich hier rauszuholen. Starkes Mädchen. Hast du gut gemacht!«, raunt mir die Stimme zu und ich habe keine Ahnung, was er damit sagen will. Weiß er etwa, dass ich Hugo ... Es wird schwarz um mich herum. Schon wieder.

Später, als ich zurück bin im Weiße-Watte-Land, höre ich wieder das Knattern eines Rotors. Sehr nahe jetzt. Merke, wie sich der Heli von der Plattform löst. Die Tränen, die mir über die Wangen rinnen, spüre ich seltsam klar umrissen, wie überzeichnet. Ich schmecke ihr Salz auf meinen Lippen. Allein ich weiß nicht, ob sie Trauer, Schmerz, Angst oder Erleichterung entspringen.

Aber ist das in diesem Moment nicht scheißegal?

Denn jetzt zählt nur eines – ich lebe noch.

Ich, Zoe.

Albertine Gaul
Bruchlandung

Das Licht flackerte und ein hoher Warnton schrillte durch das Raumschiff. Captain Johann »Joe« Fiedler hob den Kopf und kontrollierte seine Instrumente. Auf dem Monitor blinkte eine Warnung, immer schneller, bis der Captain genervt die Augen schloss.

»Falsch programmiert! Falsch programmiert«, schallte es durch den Raum und ließ den Captain an seiner Mission verzweifeln. Was war nur passiert?

Seitdem sie der Protonenstrahlung eines sterbenden Sterns ausgesetzt gewesen waren, spielte die Elektrik und Elektronik in diesem Raumschiff verrückt. Raketen und Antrieb ließen sich nicht mehr zünden, sie trudelten steuerlos durch den Raum. Auch der Funk war gestört und in der Bordküche gab es kein warmes Essen mehr. Techniker arbeiteten unermüdlich an dem Problem, bisher ohne Erfolg.

»Captain!« Der Lautsprecher knackte leise, trotzdem konnte Johann seinen Maschinisten deutlich verstehen.

»Ja«, antwortete er ihm über Funk. »Was gibt's, John Bean?«

»Wir haben den Fehler in der Steuerung nun gefunden und reparieren ihn. Ich denke, in einer Stunde sind wir wieder flugtüchtig.« John gab sich optimistischer als er war und auch Johann hörte es an seiner Stimme.

»Großartig. Weiter so. Melden Sie sich, wenn die Reparatur beendet ist«, antwortete er ihm, dachte aber, dass sie hoffnungslos verloren waren.

»Mach ich. Ende.« Wieder knackte es und ein leiser Summton ertönte, der immer lauter wurde. Gluckernde Geräusche kamen hinzu und erinnerten Johann an einen Kaffeeautomaten.

»Captain, die Kaffeemaschine hat sich wieder in den Funk gehackt. Soll ich sie abschalten?«, fragte Leutnant Leonie Brich Falkner und deutete auf das Gerät neben der Tür.

»Ich bitte darum. – Ist der Schutzschild wieder aktiviert?«

»Ja, ist aktiv. Aber das Schiff hat Schlagseite. Keine Steuerung möglich«, meldet der Leutnant und tippte hektisch auf die Steuerung vor ihm. »Mist! Es lässt sich nicht stabilisieren!«

»Planet voraus! Aufschlag in sechzig Sekunden!«, meldete die Computerstimme. Dann begann sie zu zählen. »Neunundfünfzig, achtundfünfzig ...«

Erneut tönte »Falsch programmiert!« durch den Äther, gefolgt von »Computer sind doof«.

»Wir müssen doch was tun können«, brüllte Johann. »Ich hoffe, John bekommt den Antrieb hin. Das sieht übel aus.«

Das Schiff schwankte bedrohlich und ächzte, als es in das Gravitationsfeld des Planeten vor ihnen eintrat. Immer schneller raste das Schiff auf den Planeten zu. Johann sah eine weite Wasserfläche unter ihnen, die immer bedrohlicher näherkam. Krampfhaft in seinen Sitz gekrallt und mit Angstschweiß auf der Stirn, rief er schrill seiner Mannschaft zu: »Festhalten! Wir stürzen ab!«

Das große Raumschiff drehte sich leicht zur Seite, als es mit einem lauten Krachen auf der Wasseroberfläche aufschlug. Sein Sitz wurde herumgeschleudert und Johann knallte mit dem Kopf auf die Schaltung vor ihm. Dann spürte er nichts mehr als Schwärze. Nicht mal den Warnton, der jetzt ununterbrochen piepte, hörte er noch.

Als er wieder erwachte, schmeckte er Blut in seinem Mund und etwas Klebriges nahm ihm die Sicht. Er wischte es aus seinen Augen und entdeckte, dass es ebenfalls Blut war.

»Jim, Andie, Leonie, Louisa?« Vorsichtig sah er sich um. Die Beleuchtung funktionierte noch und enthüllte ein großes Durcheinander in der Kommandozentrale. Stühle waren aus der Verankerung gerissen, Körper lagen unter und auf den Schaltpulten. Johann hörte ein leises Stöhnen und sah Jim Walker, seinen ersten Offizier, der sich langsam aufrichtete.

»Geht es Ihnen gut, Jim?«

»Wo sind wir? Wir sind abgestürzt, richtig?«, fragte Jim und stand schwankend auf.

»Ja, haben Sie vorher die Koordinaten des Planeten ermitteln können?«

Jim rieb sich den Kopf. Eine große Platzwunde prangte in seinem dunklen Haarschopf und Blut sickerte bis in seine

Uniform. »Ich denke schon. Sehe mal nach.« Er tippte einige Daten ein und auf dem Monitor vor ihm erschienen eine Reihe Zahlen.

»Mist! Das muss Beta Fox/JHFH-184 sein. Er liegt im Sternbild Wassermann und ist, nach meinen Berechnungen, einer der wenigen Wasserplaneten. Es wird schwierig werden, hier Material zur Reparatur zu finden.«

»Captain, wo sind wir?«, fragten nun auch die anderen Crewmitglieder, die aus ihrer Ohnmacht erwacht waren und sich von Einrichtungsgegenständen befreit hatten.

»Auf einem Wasserplaneten. Jim kann euch erklären, wo genau«, meinte Johann. »Ist jemand schwer verletzt? Ich muss Doktor Lügger anfunken. Er soll sich bereithalten. Andie, kümmern Sie sich um die restliche Mannschaft. Ich möchte wissen, ob es Tote gab und wer schwer verletzt ist.«

»Verstanden. Ich schicke sie direkt zum Doc«, antwortete Andrea »Andie« Loewe. »Oder Sanitäter werden sich um sie kümmern.« Mit einigen Klicks auf ihrem Computer konnte sie sehen, wer sich wo befand und wer dringend Hilfe benötigte. Nacheinander funkte sie die ganze Mannschaft an, insgesamt hundertzehn. Sechzig meldeten sich sofort und teilten mit, nur leicht verletzt zu sein.

»Captain, vierzig Crewmitglieder melden sich nicht und zehn nur eingeschränkt mit wirren Antworten. Ich schicke Sanitäter zu ihnen«, meldete Andie nach einem Augenblick.

»Machen Sie das. Ich muss wissen, wer lebt und wer nicht.« Johann wischte sich das restliche Blut aus dem Gesicht. Die Wunde am Kopf pochte und als er aufstehen wollte, übermannte ihn der Schwindel. Kraftlos sackte er wieder auf seinen Stuhl.

»Bleiben Sie sitzen, Captain«, meinte Andie. »Wir brauchen Sie noch. Ich rufe den Doc, er soll nach Ihnen sehen.«

»Nicht nötig«, antwortete Johann. »Er hat genug Patienten heute. Ich gehe zu ihm, wenn die Situation geklärt ist.«

»Vielleicht ist es dann zu spät, Captain«, schaltete sich Louisa Green ein, der zweite Offizier. »Wie Andie bereits sagte, wir brauchen Sie.«

»Sie sollten auch gehen«, antwortete ihr Johann und musterte die Uniform der jungen Frau, die blutgetränkt war.

»Das werde ich auch. – Noch geht es mir gut. Begleiten Sie mich?«

»Gleich! Andie, haben sie alles veranlasst? Wie viele Tote gibt es, wie viele Verletzte?« Stur hielt sich Johann an das Protokoll, das besagte, was er jetzt zu tun hatte. Vier Jahre auf der Akademie hatten ihm die Notfallregeln derart eingebläut, dass er fast wie ein Roboter funktionierte. Auch wenn seine Ausbildung schon Jahre her war.

»Die Sanitäter sind unterwegs. Sie kommen auch zu uns. Weitere Anweisungen?«

»Nein, das wäre alles. Ich denke, im Augenblick können wir nur die Lage checken und uns dann überlegen, wie wir hier wieder wegkommen.«

»Ja. Die Maschinisten sollen den Antrieb kontrollieren. John lebt noch und hat gemeldet, sich gleich darum zu kümmern«, antwortete Andie.

»Sehr gut.« Johann schloss müde die Augen. Die Verantwortung lastete schwer auf seinen Schultern. Viel schwerer als gedacht. Würden sie wieder von hier wegkommen?

»Gut. Dann muss ich wissen, was an dem Schiff zu Bruch gegangen ist. Und, was noch wichtiger ist, können wir es reparieren?« Johann straffte sich und erteilte entsprechende Anweisungen. Es nutzte nichts, jetzt den Kopf in den Sand zu stecken, wenn es den Hauch einer Chance gab, von hier zu entkommen.

»Sofort, Captain«, beeilte sich Andie zu sagen. Erneut tippte sie auf ihrer Tastatur herum und eine Grafik erschien vor ihm auf den Bildschirm.

»Antrieb defekt. Schutzhülle weitgehend heil, bis auf das Seitenheck. Schutzschilde deaktiviert, lassen sich nicht mehr hochfahren. Durch den Aufprall sind im Innern einige Gerätschaften zerstört worden. Ich denke, es wird dauern, sie zu reparieren«, sagte sie und tippte die einzelnen Bilder an.

Johann nickte, er hatte das ungute Gefühl, für immer auf diesem wasserreichen Planeten gestrandet zu sein. »Wie lange wird es wohl dauern«, fragte er, um überhaupt etwas zu sagen.

»Ich funke den Techniker an. John wird sich gleich melden, er kontrolliert noch immer den Antrieb«, meldete Louisa.

»Gut, gehen Sie in die Ambulanz und lassen Sie sich untersuchen«, bestimmte Johann. »Ich brauche eine fitte Crew.«
»Was ist mit Ihnen?«, fragte Louisa ihn.
Johann lächelte leicht. »Ich gehe, sobald Sie zurück sind. Das ist ein Befehl, verstanden. Gehen Sie und kommen Sie schnell wieder. Alle!«
Zögernd folgte seine Mannschaft seinen Anweisungen, auch Johann sehnte sich nach Schmerzmitteln, denn noch immer pochte die Wunde an seinem Kopf ununterbrochen. Aber er würde durchhalten, bis die anderen zurück waren. Erschöpft lehnte er sich in seinem Sessel zurück und schloss nur kurz die Augen. Bilder tauchten auf, Bilder von seiner Familie, an die er lange nicht mehr gedacht hatte. Seine Mutter, die ihm winkte und ihm zurief: »Das Essen ist gleich fertig. Geh dir die Hände waschen!« Dann sein Bruder, die Hoffnung seines Vaters, bis Leon mit neun Jahren an einer schweren Krankheit verstorben ist. Er hüpfte unbekümmert über den Rasen und schrie zu Johann herüber: »Ich bin schneller als du! Fang mich doch!«
Weitere Familienmitglieder folgten, alle wirkten zufrieden und baten ihn, endlich loszulassen und ihnen zu folgen. Johann spürte nur Frieden und Glück und er wäre ihnen zu gerne gefolgt, aber ein scharfer Schmerz holte ihn zurück in die Wirklichkeit. Als er die Augen öffnete, strahlte über ihm ein grelles Licht und er dachte, er wäre schon im Paradies. Nur die Schmerzen in seiner Brust ermahnten ihn, nicht daran zu glauben.
»Er ist wieder da«, hörte Johann die erleichterte Stimme des Arztes. Doktor Jan Lügger beugte sich über Johann und kontrollierte seine Reflexe. »Er wird nichts zurückbehalten. Sie hatten Glück, Captain, dass nicht alle ihrer Aufforderung gefolgt sind. Jim Walker ist noch mal zurückgekehrt und hat Sie gefunden. – Wie fühlen Sie sich?«
»Schlapp und die Brust tut weh. Ansonsten bin ich okay, denke ich.« Johann versuchte sich aufzusetzen, aber der Doc hinderte ihn daran.
»Bleiben Sie liegen. Sie brauchen Ruhe, damit die Wunden verheilen. Ich sehe nachher nochmals nach Ihnen. Jetzt muss ich mich um die anderen kümmern.«

»Wie viele haben überlebt?«, fragte Johann mit trockenem Mund.

»Zehn haben es nicht geschafft und vierzig sind verletzt. Darunter auch Hugo Frightner. Er liegt gleich nebenan.«

Johann drehte den Kopf und entdeckte den roten Schopf des Maschinenführers ein Bett weiter. Ein großer weißer Verband zierte wie ein Turban seine Haare und noch immer klebte Blut auf seinem Gesicht. Müde sah sein alter Freund aus und irgendwie hoffnungslos.

»Bis hier haben wir es geschafft«, rief Hugo zu ihm herüber. »Kommen wir hier wieder weg?«

»Ich weiß es nicht, mein Freund. Es kommt darauf an, ob wir Materialien zur Reparatur finden.« Johann hätte ihm zu gerne etwas anderes gesagt, aber er hatte einfach keinen Überblick.

»Wir werden hier verrecken«, meinte Hugo. »Und warten, bis die Zeit vergeht.«

»Das Schiff steigt schon bald wieder auf«, versuchte sich Johann selbst Mut zu machen, aber Hugo schüttelte nur resigniert den Kopf. »Nie mehr. Nie mehr!«

Nach seiner Genesung, eine Woche später, hoffte Johann noch immer, dass sie wieder abheben würden, aber die Reparaturen zogen sich hin und das Schiff trieb weiter auf diesem riesigen Meer.

Einen Teil der Crew mussten sie dem Wasser überlassen, sie hatten den Absturz nicht überlebt. Und weitere folgten, als ein seltsames Fieber grassierte und einige Verletzte dahin raffte, ohne dass der Doc die Ursachen finden konnte, noch ein geeignetes Heilmittel dagegen.

Tage, Wochen vergingen, als Johann eines Morgens Hugo vermisste. Suchend wanderte er durch das Schiff, konnte ihn aber nirgends finden. Schließlich landete er in der Ambulanz, wo er den Arzt traf.

»Haben Sie Hugo Frightner gesehen, Doc? Mir ist aufgefallen, dass ich ihn schon lange nicht mehr gesprochen habe.«

»Nein, hier ist er nicht. Fragen Sie Sabina nach ihm, sie hat sich um seine Wunden gekümmert und auch mit ihm gesprochen. Vielleicht hat er ihr etwas gesagt? In letzter Zeit war er recht deprimiert.«

Johann nickte und wollte in den Nebenraum gehen, als er auf dem Flur Geschrei und hektisches Fußgetrappel hörte.

»Nein! Ich bleibe nicht hier!«, brüllte jemand, den Johann als Hugo erkannte.

Johann folgte dem Geschrei und entdeckte einen Hugo, der sich gegen zwei Sanitäter heftig wehrte. »Ihr könnt mich mal!«, brüllte er und gab dem einen Sanitäter einen Schlag auf die Nase. »Lasst mich los, verdammtes Pack! Ich gehe da nicht wieder rein!« Er trat, spuckte und kratzte die Sanitäter, die ihn festhalten wollten; endlich konnte er sich losreißen und stürmte an Johann vorbei, den Flur herunter, gefolgt von seinen beiden Verfolgern. Immer weiter lief er, bis er den Ausstieg, die Schleuse, erreichte.

»Halt!«, brüllte Johann, der auch hinter ihm hergerannt war. »Hugo! Nicht!«

Aber es war zu spät, die Luke öffnete sich und Hugo stürzte nach draußen. Ein gellender Schrei, dann war es wieder still. Viel zu still!

»Er hat sich erhängt«, meinte einer der Sanitäter, der ihm bis zur Luke gefolgt war. »Er ist tot.«

Johann trat an die Luke und sah hinaus. Verkrümmt baumelte sein Freund mit heraushängender Zunge kaum einen Meter hinter der Öffnung an einem Seil, der Körper schlaff und die Augen schreckensweit aufgerissen.

»Warum hat er das getan?«, flüsterte Johann erschüttert.

»Er hatte einen Koller«, meinte der Sanitäter. »Wahnvorstellungen, seit wir hier auf dem Planeten gelandet sind. Er meinte, wir wollten ihn umbringen, als wir ihn in die Ambulanz bringen wollten. Alle waren seine Feinde, er hat niemanden mehr an sich herangelassen.«

»Schneidet ihn ab«, sagte Johann und wandte sich um. »Wieder einer weniger.«

Mit schwerem Schritt ging er zurück in die Kommandozentrale. Louisa war dort und hob den Kopf, als sich die Türe öffnete.

»Probleme?«, fragte sie und blickte ihn an.

»Hugo ist tot.«

Sie nickte. »Ich habe es auf dem Monitor gesehen. Er ist verrückt geworden.«

»Ja, Wahnvorstellungen. Gibt es andere, die die gleichen Symptome haben?« Müde ließ sich Johann in seinen Sessel sinken, er hatte das Gefühl, alles Leben strömte in diesem Augenblick aus ihm heraus.

»Zwei weitere Fälle. Die sind aber medikamentös eingestellt.«

»Sehr gut. Wie gehen die Reparaturen voran?«

»Gut. Nur der Antrieb will nicht so recht. John Bean findet den Fehler einfach nicht.«

»Ich hasse dieses ewige Wasser«, brummte Johann gereizt, als er nach draußen blickte. Eine einzige, endlose Wasserfläche präsentierte sich seinem Auge. Weder Insel noch Vogel störte dieses Bild. »Gibt es dort denn Leben? Ich sehe nichts!«

»Fischähnliche Geschöpfe und welche, die wie Quallen aussehen. Unsere Biologen testen noch, ob sie essbar sind.«

»Wunderbar, Fisch war schon immer mein Lieblingsessen. Und Land? Gibt es Inseln?«

»Bisher haben wir keine gesichtet. Der Geologe forscht noch.«

Weitere Wochen folgten, in denen sie nicht abheben konnten. Johann trug tausend Tage in sein Logbuch ein, die sie nun schon auf diesem elenden Planeten verbrachten. Seine Crew war auf fünfzig Leute zusammengeschrumpft, der Rest war an rätselhaften Krankheiten verstorben. Jeden Tag rechnete er damit, selbst zu sterben oder verrückt zu werden.

»Das Einzige, was wir noch machen können, ist auf den Tod zu warten«, meinte Andie mit freudlosem Lächeln. Neben Jim war sie die Einzige, die von der Crew auf der Brücke am Leben geblieben war. Johann sah ihre glanzlosen Augen und fragte sich, wie lange sie noch durchhielt.

»Nicht ganz«, versuchte er sie aufzumuntern. »Dieser Planet muss doch Landmasse besitzen, verdammt. Wir werden sie finden, Andie. Ganz sicher. Und dann werden wir auch wieder von hier starten. Kopf hoch, wir schaffen das!«

»Ich weiß nicht, diesen Slogan haben schon andere benutzt und nicht eingehalten, Joe. Nein, dies wird unser Grab. Wie lange sind wir nun hier? Tausend Tage? Das Universum kommt nie zurück, Joe. Nie!«

»Dann müssen wir hier das Beste daraus machen«, sagte Johann bestimmt. »Und ich fange heute damit an, Andie. Könntest du dir vorstellen, mit mir zu leben?«

»Das tue ich doch schon. Wohin könnte ich sonst noch, Joe?«

»So meine ich das nicht, Andie. Als meine Frau, Geliebte oder was immer du willst. Nur an meiner Seite. Ich liebe dich. Na?« Er sah sie aufmunternd an.

»Ich weiß, du willst mich aufmuntern, Joe. Das funktioniert aber nicht. Ja, es gab Zeiten, das wäre ich für die Worte ›Ich liebe dich‹ an die Decke gegangen vor Glück. Aber hier? Nein, wir haben keine Zukunft, mein Lieber.« Eine Weile starrte sie stumm auf die Wasserfläche, die ihnen allen Sorgen bereitete. Noch trieb das Raumschiff auf der Oberfläche. Aber wie lange noch? »Wir können nur warten, bis die Zeit vergeht.«

Johann versuchte es anders zu sehen, musste aber zugeben, dass sie hier keine Chance hatten. Wenn sie keine Landmasse entdeckten, wäre es nur eine Frage der Zeit, bis sie alle elendig ertranken.

»Da«, rief Andie plötzlich und boxte Johann in den Arm. »Da vorne ist Land. Siehst du, Joe. Land! Und Vögel, ein ganzer Schwarm. Sie kreisen über dem Strand. Sag den anderen Bescheid, wir steuern direkt darauf zu.«

Auch Johann sah es. Vor ihnen türmten sich spitze Felsen und ein weiter Strand mit grauem Sand. Baumähnliche Pflanzen wuchsen darauf und eine Schar Vögel segelte mit viel Geschrei im Tiefflug über den Sand. Es schien ihm wie das Paradies, bis ihm voll Schrecken auffiel, dass die Pflanzen mit langen Tentakeln nach den Vögeln griffen. Mit einer geschmeidigen Bewegung landete der Vogel in eine Art Maul, direkt im Stamm der Pflanze.

Auch Andie hatte es gesehen und war totenblass geworden. »Die Zeit vergeht«, flüsterte sie. »Unsere Zeit vergeht.«

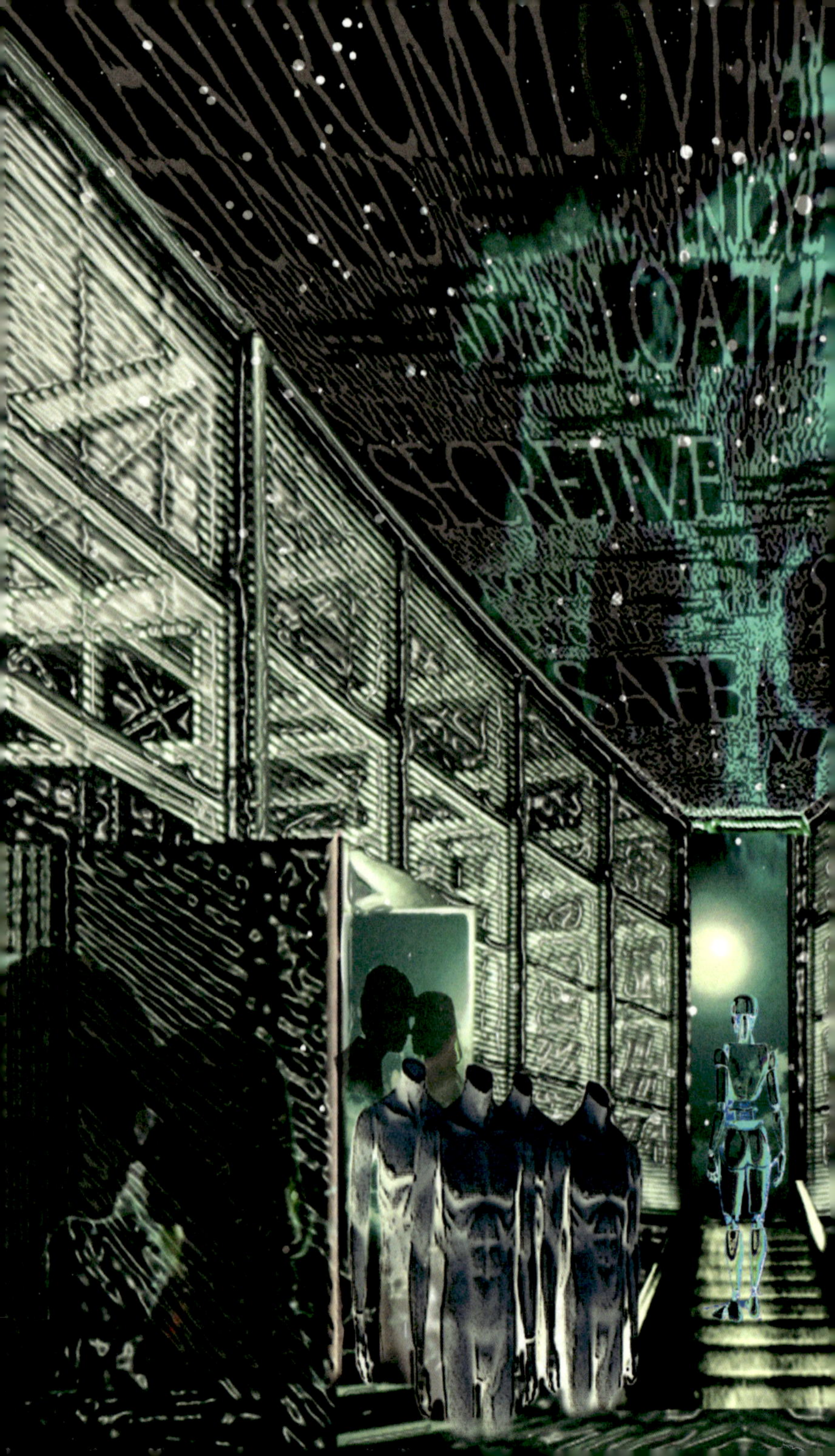

Heut' Nacht

Galax Acheronian
Die letzte Nacht

Die Waffe war so faszinierend und wunderschön, wie tödlich. Ein verzierter ellenlanger Kristallstab, in dessen Inneren die tödliche Energie pulsierte. Am vorderen Ende umspielte rötliches Licht einen sirrenden, frei schwebenden Kristall wie heißer Dampf und tauchte die ebenfalls kristalline Umgebung in ein seichtes Farbenspiel.

Die langen Finger des nicht viel weniger schönen und gewiss auch nicht weniger tödlichen Fyr'doln umfassten den Stab zitternd, aber entschlossen. Denaud hatte ihn ebenso überrascht, wie er selbst überrascht war, ihn hier anzutreffen, schließlich sollten die Fyr'doln ihren Schlafzyklus erst in zwei Tagen verlassen. Diese Zeit benötigte er auch für sein Vorhaben, welches in der Sekunde des gegenseitigen Aufeinandertreffens gescheitert war.

Regungslos sah er den hochgewachsenen Außerirdischen an, der ihn stumm umrundete. Beide hatten vermutlich gerade gleich viel Angst voreinander. »Geh«, sagte der Fyr'doln mit leiser Stimme und führte Denaud durch den langen, kantigen Kristallweg dieser unterirdischen Stadt, in die er eingedrungen war.

Erkennbare Lichtquellen gab es hier unten keine, die Wände selbst schienen zu schimmern, hüllten das unendlich wirkende Konstrukt in einen gedämpften Schein ewig wirkenden Lichtes. An einigen der spiegelglatten, mehr als vier Meter hohen Kristallwände schwebten kleine Symbole, Eingabefelder oder Statusanzeigen unbekannten Zweckes. Keines der Systeme hatte eine erkennbare Eingrenzung oder einen für Denaud verständlichen Nutzen. Er achtete auch viel mehr auf sein Spiegelbild, das über die Wand glitt, dicht gefolgt von dem auffällig hellen Abbild des Fyr'doln in seinem Rücken.

Während seine dicke Kleidung dunkel und verschlissen war, trug der Außerirdische nahezu nichts. Seine helle, wie mit Perlmutt überzogene Haut schien bläulich zu glimmen und spiegelte sich dadurch verstärkt in den Kristallwänden wieder. Um seinen schlanken und ungewöhnlich langen Hals trug er einen metallischen Ring, ebenfalls um seine verschiedenen Arme und an allen vier Handgelenken. Um seine Wespentaille trug er ein Metallgeflecht aus mehreren Ringen, wie auch um seine langen, nahezu unglaublich schlanken Beine. Die groben, mit nur zwei Zehen bestückten Füße waren unbekleidet und passten im Grunde kaum zu der ansonsten sehr zierlichen Gestalt eines Fyr'doln. Das aber wohl Auffälligste war der lange, sich wie eine Schlange windende Schwanz des Aliens, welcher niemals den Boden berührte und laut Erfahrungsberichten die tödlichste Waffe dieser Spezies war.

»Halt«, sagte der anmutige Außerirdische und Denaud blieb augenblicklich stehen. Sich halb umgewandt, musterte er ihn, schließlich hatte er noch keinem gegenübergestanden. Sie waren noch schöner als erwartet, wie er sich eingestehen musste.

Sirrend öffnete sich die eben noch glatte Kristallwand zu seiner Rechten und offenbarte einen schmalen Raum. Der Fyr'doln deutete in einer langsamen Geste hinein, welcher Denaud ohne Widerrede folgte. Als er hindurchtrat, erschienen an seiner Seite mehrere holografische Darstellungen, die seine Kleidung, seine Ausrüstung, seinen nackten Körper und sogar sein Skelett zeigten. Der Fyr'doln betrachtete die Hologramme lange und ohne jede Regung. Sein beinahe kunstvoll von knöchernen Höckern besetzter Brustkorb bebte, wann immer sich die Kiemen unter seinen Armen öffneten. Schließlich deaktivierte er die Hologramme mit einem Wink seiner Hand und deutete aus derselben Bewegung heraus zu einer kleinen Zelle am Ende des Raumes. »Geh dort hinein.« Seine Worte klangen langsam und gedehnt. Seine hellblauen Augen, geschützt von Knochenwülsten, die sich schmuckvoll über seinen kahlen Kopf zogen, waren zu fordernden Schlitzen geworden. Denaud folgte auch dieser Anweisung und trat über die silberne Markierung am Boden.

Mit einer eleganten Bewegung seiner Finger rief der Fyr'doln die holografische Schalttafel neben sich auf und aktivierte ein Kraftfeld. Als er das Feld gesichert hatte, blickte er mit einer gedehnten Bewegung seinen Gefangenen an und verharrte. Fyr'doln waren unglaublich langsam, sofern sie es nicht eilig hatten – so jedenfalls erzählt man es sich.

Denaud Barton hatte sich irgendwann auf den Boden seiner kleinen Zelle gesetzt. Zu seiner Linken befand sich ein schalenförmiges Bett, das weit und breit die einzige nichtkristalline Struktur zu sein schien und sich trotz mehrmaliger Versuche nicht zum Sitzen eignete. Zu seiner Rechten stachen zwei weit kleinere Schalen aus der Kristallwand, wovon die eine offenbar für die Notdurft und die andere zum Waschen gedacht war und somit auch keine Sitzgelegenheit bot.

Seit Stunden nun beobachtete er seinen Wächter, welcher sich in der ganzen Zeit kaum bewegt hatte und ihn ebenfalls nicht aus den Augen ließ. Einzig das Atmen seiner Kiemen zeugte davon, dass er noch am Leben war.

»Wie heißt du?«, fragte er. Der Fyr'doln reagierte nicht. Denaud überlegte, ob es ein männliches oder weibliches Exemplar war. Man konnte sie recht schwer unterscheiden, trotz ihrer spärlichen Bekleidung. Im Gegensatz zu Menschen trug diese Spezies ihre geschlechtlichen Unterschiede im Inneren ihres Körpers und an einer völlig unüblichen Stelle irgendwo auf ihren Oberkörpern – aber auch das waren nur Informationen aus fünfter Hand. Seit gut einem Jahrhundert war kein Fyr'doln mehr auf den Straßen in irgendeiner Stadt auf ganz Shepok zu sehen gewesen. Jede Information, die Denaud über diese Spezies hatte, kannte er nur aus Jahrhunderte alten Aufzeichnungen, die er wie einen Schatz sammelte. Schon von Kind an war er fasziniert von diesen Kreaturen, die so viel anderes waren als Menschen und diese Welt schon vor so langer Zeit kolonisiert hatten. Aber nicht nur ihre Erscheinung, welche er zweifelsfrei als zauberhaft betrachtete, faszinierte ihn, sondern auch die harmonische Art, mit der sie damals die menschlichen Kolonisten empfangen hatten. Sein ganzes Leben widmete er der Erforschung der Fyr'doln und ihrem schleichenden Verschwinden, bis er eines Tages auf eine Substanz stieß, die Jahrzehnte vor seiner Geburt der Atmosphäre beigemischt worden war und welche die Fyr'doln krank, verletzbar und letztendlich sterblich gemacht hatte. Ein Versehen war hier ausgeschlossen.

Der Außerirdische starrte ihn noch immer an.

»Ich habe wertvolle Informationen für dein Volk.«

»Sie schlafen«, war die gezischte Antwort nach einer ewig wirkenden Pause.

Denaud nickte, Fyr'doln schliefen mehrere Wochen, um danach über Monate hinweg aktiv zu sein.

»Immer länger«, fügte sein Wächter ein wenig leiser hinzu.

»Ja, wegen des NH 27-b«, bestätigte Denaud, stand auf und näherte sich dem Kraftfeld. Der Fyr'doln hob seinen Blick und legte den Kopf schräg, was die rippengleichen Knochen in seinem langen Hals leicht hervortreten ließen.

»Warst du damals dabei, als die ersten Menschen landeten?«

Denaud musste fragen, dieses Wesen auf der anderen Seite des Kraftfeldes könnte weit älter sein als jede Siedlung, die damals von seinen Vorfahren gegründet worden war. In den ersten Jahrzehnten gab es getrennte Städte, die nicht lange blieben, wie sie waren. Die Fyr'doln halfen, wo sie konnten und förderten die Bequemlichkeit und die Unselbstständigkeit der Menschen so sehr, dass Ressourcenquellen nicht erschlossen und Fabriken nie gebaut wurden.

Verrohung, Schmutz und Mängel dominierten heutzutage die Ortschaften – und schuld hatten irgendwie die Fyr'doln.

»Wir Menschen haben die Atmosphäre des Planeten verändert«, erklärte Denaud.

»Dann ist es also wahr«, sagte sein Gegenüber mit rauer Stimme. Zorn und Vorwurf klangen mit seinen Worten herüber, trafen ungerechtfertigt Denaud, den einzigen Menschen hier unten und willens zu helfen. »Ich war es nicht ... ich habe euch etwas mitgebracht.« Langsam langte er in seine Tasche und nahm einen Datenkristall heraus: »Hier ist die genaue Zusammensetzung ... und die Formel für ein Gegenmittel.« Er hatte vorgehabt, diese Daten anonym in das Computersystem der Fyr'doln zu speisen, es erst einmal zu testen und es bei anklingender Wirkung mit einer aufrichtigen Entschuldigung im Namen aller Menschen ebenso anonym zu hinterlassen.

Der Fyr'doln bewegte sich auf das Kraftfeld zu, als wäre er unter Wasser. »Dies ist unser.« Sein langer Finger deutete auf den ihm entgegen gehaltenen Kristall; Fyr'dolntechnik, wie sie überall auf dem Planeten Anwendung fand. »Wir haben die Menschen empfangen, unterstützt und viel gegeben.« Sein Blick ruhte auf dem Kristall, der wie ein Beweisstück zwischen beiden stand. »Ja, das habt ihr«, bestätigte Denaud. »Und noch viel mehr. Ich habe die Fyr'doln erforscht. Seit ich denken kann, suche ich nach dem Grund eures Verschwindens.« Er hob den Kristall ein Stück höher. »Hier ist er.«

Der Fyr'doln schwieg und beobachtete den Menschen in seiner verschlissenen Kleidung, dessen Kopf ebenso kahl wie der eigene war. Die ersten Menschen hatten Haare an ihren Körpern gehabt, die schon vor Langem verschwunden waren. »Ich erinnere mich«, sagte der Fyr'doln. »Eines Tages habt ihr einfach nur noch genommen, ohne zu fragen, und dann habt ihr uns vergiftet.« Seine Stimme hallte klagend durch die kleine Zelle.

»Das kann ein Ende finden.« Denaud umklammerte den Kristall so fest, dass seine Hand zitterte. »Es ist eine simple Formel.«

Der Fyr'doln schüttelte seinen schmalen Kopf. »In wenigen Sonnenzyklen kommt das Schiff ... wir verlassen Shepok.«

»Verlassen?« Denaud zog seine Stirn kraus und ging einen Schritt vor. Er fühlte das elektrisierende Feld nahe seiner blassen Haut und wich wieder zurück. »Ihr müsst nicht gehen!«

Der Fyr'doln aber wandte sich ab und ging zurück zu seinem Ausgangspunkt an der Kristalltür, an dem er seine Waffe zurückgelassen hatte.

»Bitte, schau dir meine Ergebnisse an«, flehte Denaud, die Antwort blieb das bis eben gewohnte Schweigen.

Seufzend strich sich Denaud leicht verzweifelt über den Kopf, bis hinunter zu seinem Nacken, wo er unbewusst seine Wirbelknochen zählte, wie er es immer tat. Er sah den wunderschönen Außerirdischen an und schüttelte leicht den Kopf. »Bitte ... ihr könnt euch schützen, ihr alle.« Seine Augen glitten über den exotischen Körper, der in seiner agilen und förmlich nackten Erscheinung längst vergessenes Verlangen wiedererweckte. Wie viele Jahre hatte er davon geträumt einem Fyr'doln gegenüberzustehen, ehe er sich der ernsthaften Erforschung dieser Spezies widmete? Diese Kreaturen, in ihrer Güte, ihrer alles umfassenden Sanftheit waren einfach überwältigend. Die fließenden und gleichmäßigen Bewegungen waren nur eine von vielen Äußerungen ihres komplexen Wesens. Gleichzeitig strahlten ihre Körper so viel Kraft und Überlegenheit aus, dass einem schwindelte. Denaud musste schon früh einräumen, dass er zu den Menschen gehörte, die sich nicht für die eigene Spezies interessierten. Schon vor der Pubertät wusste er, dass sein Glück bei den Aliens lag und während der Phase des Eintritts in das Erwachsenenalter vervielfachte sich dieses Verlangen, kombiniert mit der Furcht, jemand könnte davon erfahren. Ein grausames Versteckspiel aus Angst, Neugier und Verlangen dominierte seine Entwicklung bis zum heutigen Tage. Er durfte sich niemals offenbaren, weshalb es nahezu unmöglich war, Gleichgesinnte zu treffen. Tatsächlich kannte Denaud nur fünf weitere Menschen, die so empfanden wie er. Voll Begeisterung hatte er ihnen erzählt, wie er sein Biochemiestudium abgeschlossen hatte, die Anatomie, Sprachen und die Gesten der Fyr'doln entschlüsselt, verstanden und verinnerlicht hatte. Das gemeinsame Interpretieren alter Aufzeichnungen war oft das Highlight dieser winzigen Gemeinschaft.

Der Spaß wurde zu bitterem Ernst, als ihm vor einigen Jahren eine winzige, unscheinbare Isotopenkette aufgefallen war, die keinen natürlichen Ursprung auf Shepok zu haben schien und sich in einem natürlich vorkommenden Molekül des Planeten verbarg. Umso mehr er entschlüsselte, desto seltsamer wurde es. Die Kette, welche er aufgrund ihrer Zusammensetzung »NH 27-b« nannte, schien künstlichen Ursprungs zu sein.

Nur ein Zufall ließ ihn eines Tages an die DNA-Probe eines echten Fyr'doln kommen und ein Bauchgefühl ließ ihn beides miteinander kombinieren; die Proben schlossen sich aus wie Materie und Antimaterie.

Es dauerte drei weitere Jahre, bis Denaud einen Weg gefunden hatte, das NH 27-b zu deaktivieren. In der Zwischenzeit hatten seine geheimen Freunde ihm geholfen, die letzte Kristallstadt der Außerirdischen ausfindig zu machen. Hier unten wollte er das Unrecht wiedergutmachen – und wurde von einem überforderten Wächter ertappt wie ein billiger Einbrecher.

Wenn er ihn doch nur überzeugen könnte ...

»Mein Name ist Denaud ... wie der Fluss.«
Der Fyr'doln blickte ihn nicht an.
»Ich komme aus Chromexia ...«, setzte er leise nach.

Wie abwesend starrte sein Wächter auf das vor sich schwebende Hologramm, in dessen Mitte ein kleiner Kreis pulsierte. Denaud seufzte und sah auf den kleinen Kristall in seinen Händen. »Ihr müsst euch nur impfen ... und schon ist alles wie damals. Fyr'doln und Menschen könnten wieder zusammen leben und von vorn beginnen.«

Plötzlich regten sich die winzigen Augen seines Bewachers und fokussierten ihn einen Augenblick. »Von vorn?«, erklang seine Stimme beinahe verächtlich. Denaud schluckte, als er begriff, die Aufmerksamkeit dieses wunderbaren Wesens wieder gefangen zu haben.

»Ja! Gemeinsam, wie damals, als Menschen und Fyr'doln zusammengelebt haben.«

»Askida«, sagte der Fyr'doln und benannte die erste gemeinsame Stadt beider Spezies, die heute nichts weiter war als eine breitflächige Ruine. »Wieder fliehen vor eurer Habgier und eurer Gewalt?«

Denaud schüttelte den Kopf. »Es sind Jahrhunderte vergangen ... wir haben uns geändert.« Eine Teillüge, wie er gedanklich eingestehen musste. Es war zwar richtig, dass sich das Denken gegenüber den Fyr'doln geändert hatte, aber dieser Wandel fand seinen Ursprung viel mehr darin, dass die Menschen ohne die außerirdische Technik mehr schlecht als recht lebten. Die Spziestrennung war nach wie vor ein Thema, wenn auch deutlich liberaler als jemals zuvor. Es würde noch viel Zeit vergehen, ehe beide Völker wieder zu einer Gemeinschaft werden konnten. Der Grundstein dazu lag hier und jetzt in seinen Händen.

»Ich kann es dir beweisen ... ich bin nur einer von vielen.« Denaud ballte seine Fäuste, um seine Nervosität zu kaschieren. »Viele von uns ... allen voran ich, wollten schon immer zu euch, um die Legenden Shepoks einmal zu treffen.«

Der Fyr'doln reagierte wieder nicht, wandte aber seinen Blick nicht ab. Langsam musterten die Augen des Menschen den hellen und schlaksigen außerirdischen Körper. »Bist du ein männliches oder weibliches Exemplar?«

Die Stirnwulste des Aliens bewegten sich. »Warum ist dies immer so bedeutend bei den Menschen?«

Denaud hob abwehrend seine Hände. »Verzeih ... nein, es spielt keine Rolle. Ich wünsche mir, dass wir einander kennenlernen, lass dir von uns Menschen erzählen. Vielleicht in einer angenehmeren Umgebung ... oder bei einem Essen.« Denaud grinste, nicht etwa, weil es eine an sich idiotische Idee war, sondern auch, weil er es tatsächlich gerne tun würde.

»Zu welchem Zweck?«, fragte der Fyr'doln nach.

»Um uns kennenzulernen.«

»Wir kennen die Menschen.«

»Aber ich kann dir beweisen, dass wir anders geworden sind.« Denaud sah den Fyr'doln flehend an. »Ich möchte ehrlich sein. Natürlich sind nicht alle besser geworden ... aber sehr viele ... lass uns bitte einander kennenlernen.« Langsam legte er seine freie Hand auf die Brust und wiederholte seinen Namen. Der Fyr'doln neigte ein wenig den Kopf. Schien zu überlegen, ehe er ihn wieder hob, den Menschen ihm gegenüber ansah und die Geste schließlich wiederholte. »Elvian.«

Denaud lächelte. »Na bitte, das war doch nicht so schwer.«

»Schwer?« Elvian hob seine Stirnhöcker, was Denaud ein noch breiteres Lächeln entlockte. Noch immer den Kristall in seinen Händen haltend, hob er diesen nun nahe an das Kraftfeld. »Ich möchte helfen, für eine gemeinsame Zukunft.« Er blickte kurz zur Kristalltür hinter Elvian, ehe er sein Gegenüber wieder ins Auge fasste. »Bitte, nimm ihn, du hast nichts zu verlieren.«

Der Fyr'doln zögerte und Denaud erkannte das Misstrauen in seinem Blick. Langsam ging er einen Schritt zurück. »Keine Angst, du solltest wissen, dass wir Menschen euch nicht ebenbürtig sind ...« Beinahe schmerzlich erinnerte sich Denaud an aufgezeichnete Kämpfe, in denen sich dreißig und mehr Menschen aufbringen mussten, einen einzelnen Fyr'doln niederzuringen. »Ich werde dir nichts tun. So oder so.«

»Ebenbürtig?«, wiederholte Elvian und weitete sogar ein wenig seine Augen.

Denaud zuckte hilflos mit den Schultern. »Schau uns doch an …«

Elvian senkte wieder den Kopf. »Ich tu nichts anderes.«

»Eben …«

»Ja?«, fragte der Fyr'doln.

»Wenn du keine Angst vor mir hast … ist es etwas anderes?« Etwa Neugierde, hallte es hoffnungsvoll in Denauds Gedanken.

Die Stirnhöcker des Fyr'doln bewegten sich ruckartig nach oben und Denaud erkannte die überraschte Geste. Beinahe zufrieden zuckte sein Mundwinkel. »Ich erkenne, wie einsam du bist … niemanden zum Reden … keine Gesellschaft, dabei ist das euer höchstes Gut.« Er schüttelte leicht den Kristall. »Ich kann dich nur bitten, nimm diese Daten … prüfe sie und gib mir die Chance, mich zu beweisen.«

»Du hast diese Chance, wann immer ich dir zuhöre.«

Denaud hielt einen Moment inne und ordnete die erhaltene Antwort ein, ehe er nickte. »Dafür bin ich sehr dankbar.« Er deutete auf die schalenförmige Konstruktion seiner Zelle. »Und wenn du erkannt hast, dass ich recht habe, teile doch deine Zeit mit mir.«

Elvian wandte sich schweigend in der für einen Fyr'doln typischen Geruhsamkeit ab, blickte zur Tür und verharrte. Seine Kiemen klappten langsam auf und ab und in seinem Inneren beriet er sich mit seinen bisherigen Erinnerungen. Sehr langsam bewegte er sich, trat schließlich durch die Tür.

»Geh nicht! Bitte!«, rief Denaud verzweifelt. Elvian blickte einen flüchtigen Augenblick zurück, er zögerte und verengte seine hellblauen Augen. Menschen hatten die Fyr'doln schon immer getäuscht. Sehr viel später sogar für ihr Wissen und Können verfolgt und gejagt … in einigen Fällen sogar, um an ihre Körper zu kommen.

Täuschte dieser Mensch ihn? So viele Zyklen lebte er nun schon hier auf Shepok, dem Planeten, auf dem er geschlüpft war und eine Familie zu gründen gedacht hatte, als plötzlich die Menschen kamen und nie mehr gingen. Skeptisch blickte er in die so ehrlich wirkenden Augen des Eindringlings und tat sich schwer, darin das zu sehen, was er zu wissen glaubte. Es war so lang her. »Essen?« Sein Mund verzog sich und schien zu lachen, was Fyr'doln auf diese Art nicht taten. »Wir haben selbst kaum Nahrung für uns.«

Denaud klopfte rasch die Taschen seines Mantels ab. Irgendwo hatte er seine Proteinriegel, die er sich für die lange Reise von Chromexia bis hierher beschafft hatte. »Warte.« Er fand sie, griff in die Tasche und schaute auf das Etikett. »Apfel, Kaffee, Oc'jaf oder ...« Er lächelte Elvian an. »Schokolade.«

Fyr'doln liebten Schokolade, das war eine der ersten Gemeinsamkeiten, die die Menschen mit den Außerirdischen einst gefunden hatten. Schnell hatte man damals Dutzende Kakaoplantagen hochgezogen, um Tauschgüter zu schaffen. Die wenigsten Plantagen waren geblieben.

Elvian verharrte wieder und sah den Menschen an. In der einen Hand einen Kristall, der Lösung versprach und in der anderen Nahrung, der Verführung anhaftete. Er war nur ein Wächter, alles, was er von Menschen wusste, waren Berichte und Aufzeichnungen. Konnte Neugierde und Verlangen so viel stärker als Vernunft sein? Ein wenig schneller, wieder mit diesem scheinbar neugierigen Blick, näherte sich Elvian dem Kraftfeld. »Ich habe davon gehört.« Er hob seine Hand und ein kleiner Kristall, der in seinem silbernen Armband eingefasst war, begann zu blinken. Kurz darauf erschien ein Hologramm und listete die Bestandteile des Proteinriegels auf. »Es hat keinen Nährwert«, erkannte er.

Denaud öffnete hektisch die Packung, brach den Riegel in zwei Hälften und hielt Elvian die größere entgegen. »Darauf komm es nicht an.«

Regungslos sah Elvian auf die vor ihm stehende Hand, bis er schließlich die eigene ausstreckte. Als gebe es das Kraftfeld nicht, langte er hindurch und umfasste langsam den ihm angebotenen Riegel. Für den Bruchteil einer Sekunde bewegte Denaud seinen Finger so, dass er über den Handrücken des Fyr'doln strich. Die Exotik der fremdartigen Haut ließ ihn den Atem anhalten. Sofort pulsierte das Blut in seinen Adern und merklich sammelte sich die Wärme in seinen Lenden.

Elvian indes zuckte in der legendären Geschwindigkeit eines tödlichen Fyr'doln zurück.

»Entschuldige«, flüsterte Denaud reuevoll und sah kurz auf den Boden. Der Blick des Aliens klärte sich, dann sah er auf den Riegel, den er zusammen mit seiner Hand zu sich herangezogen hatte. Schweigend ruhten seine Augen auf die verklebten Schokopops zwischen seinen hellen Fingern.

»Versuch ihn«, bat Denaud, nachdem er wieder aufgesehen hatte.

Vorsichtig öffnete Elvian seinen Mund, ließ seine Zunge, ein langes Gespann aus mehreren kräftigen Muskelfasern, den Riegel umschlingen und zog ihn schließlich herein. Der Verdauungsprozess eines Fyr'doln begann bereits in der winzigen in sich geschlossenen Mundhöhle. Da diese Spezies keine Zähne besaßen, zerkleinerte die kräftige Zunge aufgenommene Nahrungsmittel und zog sie schließlich in sich hinein. Elvian hob seine Stirnwulste. »Interessant.« Er sah Denaud an. »Nun verstehe ich es.«

Sein Gesicht sprenkelte sich mit kleinen blauen Knospen. Es war ein Lächeln, sofern man es als ein solches bezeichnen durfte. Fyr'doln zeigten ihre Mimik primär nur mit ihrer gehörnten Stirn und dem gefühlsbedingten Aufkommen kleiner Knospen an ihren Wangen, die je nach Stimmung kleiner, größer oder ganz unsichtbar wurden und zudem ihre Farbe wechseln konnten.

»Ich würde dir gern noch so viel mehr zeigen.« Denaud nahm seinen Kommunikator heraus, aktivierte das Holodisplay und wählte seine Playliste. Sanft erklangen die ersten Töne einer uralten Melodie. »Wir Menschen sind im Grunde eine sehr genießerische Spezies.« Er deutete auf seinen eigenen Proteinriegel. »Essen, Musik und Tanz. Kunst in vielen Formen wie Bilder oder Sprachen.« Er sah ihn kurz an. »Aber ich erzähle dir nichts Neues, oder?«

»Wir formen Skulpturen«, warf Elvian ein.

Denaud nickte. »Wir auch.« Er hob seinen Kommunikator. »Darf ich ein Bild machen?«

Die Stirn des Fyr'doln hob sich leicht.

»Ich habe noch nie das Bild eines glücklichen Fyr'doln gesehen.« Er berührte den Auslöser und das Fotoprogramm scannte sein Gegenüber in einem idealen Moment.

»Glücklich?« Elvians Flecken wurden wieder kleiner.

Denaud sah auf die Aufzeichnung. »Perfekt.« Er zeigte Elvian das Bild. »Du siehst glücklich aus.«

»Das muss deine Schokolade sein«, erklärte der Fyr'doln scheinbar peinlich berührt.

Denaud lächelte. »Durchaus ... Schokolade macht glücklich.« Er sah nun wieder auf das Holodisplay seines Kommunikators. »Ich habe so viele Jahre davon geträumt, einmal einem Fyr'doln zu begegnen.« Er sah Elvian in die winzigen blauen Augen. »Und dann treffe ich noch einen so sympathischen. Ich bin gerade auch sehr glücklich und ich würde alles tun, um bei euch zu bleiben zu dürfen.«

»Bei uns?«

Denaud nickte. »Es gibt so viele Menschen, die euch verehren. Unsere Völker sind sich in Wahrheit so viel ähnlicher, nicht nur bezüglich Schokolade oder Kunst. Schau doch ...« Er deutete auf die kräftige Statur seines Gegenübers. »Es sind mehr als Arme und Beine oder der aufrechte Gang. Auch im Detail sind wir uns ähnlich.« Er strich sich über seinen Kopf, der ebenso haarlos wie der des Fyr'doln war.

Elvians Knospen blühten ein wenig auf, was Denaud dazu animierte, weitere Vergleiche aufzuzählen. »Menschen haben ebenfalls zwei Augen, wir haben Zehen an unseren Füßen und Finger an unseren Händen.« Er hob seine fünf Finger und Elvian folgte seiner Geste. Fyr'doln hatten allerdings nur zwei, sehr viel längere Finger an ihren deutlich schmaleren Händen, dafür aber zwei Daumen an jeder Seite und einen kleinen, längst verkümmerten Widerhaken an der Unterseite ihres Handgelenkes, der zu Urzeiten dieser Spezies einmal eine Bedeutung gehabt haben muss.

Langsam schob sich die fremdartige und gleichzeitig so faszinierende Hand durch das Kraftfeld. In Elvian pochte nun laute Neugierde mit einem Hauch von Spannung, bis sich die Fingerspitzen beider berührten. Er bewegte seine Stirnhöcker, als er die warme Handfläche des Menschen gegen die eigene legte. Die Finger des Menschen waren so viel sanfter als die eigenen, welche aus einer Vielzahl von Gliedern bestanden.

Denaud musste an die Beschaffenheit von Schlangen denken, als er mit seinen Fingern die des Fyr'doln umspielte.

»Das ist sehr aufregend«, flüsterte er und hob langsam seine andere Hand, drehte Elvians Handfläche nach oben und legte den Datenkristall hinein. »Nimm meine Ergebnisse ... sie werden euch helfen.«

Der Kristall am Handgelenk des Aliens glomm auf und las den ihm gereichten sofort aus. Elvian sah auf die chemischen Formeln, die er nicht verstand. »Ich bin nur ein Wächter.«

»Ich bin nur ein Forscher ... Behalte es, zeige es den anderen, wenn sie aufwachen.«

»Sie werden noch viele Zyklen schlafen.«

Denaud lächelte. »Dann haben wir mehr Zeit für uns.«

Elvian wippte mit den Stirnhöckern. »Zeit für uns?«

»Uns kennenzulernen.« Vorsichtig zog er an der Hand des Außerirdischen und ließ Elvian in die Zelle treten. Beinahe wehrlos ließ sich der Fyr'doln führen. Denaud war ihm nun so nah, wie er es in seinen kühnsten Träumen nicht zu wünschen wagte. Vorsichtig stellte er sich auf die Zehenspitzen, sein Herz pochte ihm bis zum Hals und seine Finger zitterten, als sie über die knöcherne Brust des Fyr'doln strichen.

»Wir Menschen zeigen unsere Gefühle sehr offen.«

Elvian legte seinen Kopf schräg. »Auch wir tun dies.«

Denauds Hand strich den langen hellen Hals herauf, über Elvians Wange, auf der die Knospen ein strahlendes Blau angenommen hatten und sogar leicht pulsierten. Es war eine erogene Zone und Denaud war sich darüber vollends bewusst, während er mit seinen Fingern zärtlich jede einzelne überstrich.

»Wieder eine Gemeinsamkeit.« Dann legte er seine Lippen auf die des Aliens.

Elvian zog seinen Kopf ruckartig zurück, sein langer Hals erlaubte es ihm, weiten Abstand zu nehmen. »Was tust du?«

»So zeigen wir Menschen, dass wir einander mögen.«

Elvian löste sich von seinem Gefangenen, trat zurück, bis das Kraftfeld wieder zwischen ihnen stand. »Mögen? Deine Spezies hat meine vergiftet ...«

»Du hast das Heilmittel.«

Elvian sah auf den Kristall, welchen er mitgenommen hatte. »Möglich. Aber wir werden Shepok dennoch verlassen.« Mit schnellen Schritten verschwand er durch die Tür und ließ Denaud allein zurück.

Die Stunden verstrichen und ließen Zweifel in Denaud aufsteigen. War er zu weit gegangen? Hatte er es einfach übertrieben? Wie sollte oder konnte er seine Aufrichtigkeit beweisen? Oder war sein Verlangen am Ende nur sexueller Natur? Wenn ja, was war daran noch aufrichtig? Es war das erste Mal, dass er eines dieser wunderbaren Wesen treffen durfte, und er bastelte sich ein einziges Fiasko.

Denauds Herz schmerzte und in seinem Magen stach es wie tausend Nadeln. Gefühle waren doch nur Chemie und er kannte ihn doch erst so kurz, wusste noch nicht einmal, ob Elvian nun ein männliches oder weibliches Exemplar war. Fyr'doln selbst machten da keinen Unterschied, da eine Partnerschaft nicht mit dem Nachwuchs einherging, weshalb damals auch Bindungen mit Menschen möglich waren. In seinen langjährigen Recherchen hatte er herausgefunden, dass es bei den Fyr'doln schon immer Interspeziespärchen gegeben hatte, besonders hier auf Shepok. Auch wenn sie mit Menschen weder körperlich noch genetisch kompatibel waren, so waren sie es in ihren Gefühlen. Das wusste er aus erster Hand.

Vor über dreihundert Jahren gab es große Bewegungen, die Beziehungen zwischen den Spezies mit allen Mitteln unterbinden wollten, heute aber fragte kaum noch jemand danach – es sei denn, man lebte es offen und weckte somit die veralteten Vorstellungen von »richtig und falsch« in den Köpfen der Gesellschaft, die sich stets bemühte, andere zu verurteilen, anstatt an sich selbst zu arbeiten.

»Elvian!«, rief er und sah auf den pulsierenden Kreis der deaktivierten Steuereinheit für das hier installierte Computersystem. »Wenn ich dir zu nahe getreten bin, dann tut es mir leid.« Stumm wie ein Fyr'doln blickte das wie im Raum schwebende Hologramm regungslos zurück. Denaud seufzte. Endete sein Lebenstraum etwa in einer schummrigen Zelle?

»Wenn ihr schon geht, dann nehmt mich mit …«, flüsterte er. In seinen Gedanken setzte er den Satz fort: »… oder küss mich wenigstens noch einmal.«

Da war es wieder, dieses Urverlangen, über das er einfach keine Kontrolle hatte. Chemie und Hormone, die das Denken übernahmen und für die er sich so oft in seinen Leben verstecken musste.

Leise klingend öffnete sich die Kristalltür. »Du bist ein seltsamer Mensch«, sagte Elvian und trat mit langsamen Schritten herein.
Denaud hob seinen Blick und fühlte sofort wieder diese kleinen Stiche in seiner Magengegend. »Elvian.«
Der Fyr'doln kam ein wenig näher und sah seinen Gefangenen einen Moment an. An seiner Stirn trug er einen Kristall, der vorher nicht dort gewesen war. Als er Denauds Blick bemerkte, hob er seine langen Finger und deutete auf seine Stirnhöcker. Einige kleine Knospen sprenkelten seine Wangen. »Du hast recht ... Ich kann einige deiner Gedanken erkennen. Auch wenn ich sie nicht verstehe.«
Denaud atmete tief ein. »Ihr Fyr'doln seid einfach so viel mehr als die Menschen.« Er sah ihn an. »Erkenne, dass ich die Wahrheit sage.«
Elvian neigte leise den Kopf und schwieg.
»Hast du den Kristall in das System gegeben?«
»Das habe ich. Du hast die Wahrheit gesagt, das ehrt dich.«
Denaud atmete erleichtert auf. »Ich habe eine Entschuldigung an die Daten angehängt.«
Elvians Knospen glimmten auf. »Ich habe sie gelesen. Du bist ein guter Mensch.«
Denaud schluckte. »Und du ...«, begann er vorsichtig. »Du bist einfach nur wunderschön ... anziehend ... Ich finde kaum Worte, dich zu beschreiben.«
Elvians Knospen begannen nun zu pulsieren. »Du bist sehr nett ...« Er deutete wieder auf seine Stirn. »Ich spüre sogar sehr viel mehr, als deine Worte sagen.«
»Dafür möchte ich mich entschuldigen.«
Elvian schloss kurz seine Augen. »Nein. Auch ich bin schon sehr lange allein hier.«
»Wie lange schlafen die Anderen schon?«
Elvian überlegte kurz. »Laut menschlicher Zeitrechnung ... siebzehn Wochen.«

»Und seitdem bist du allein?«, fragte Denaud. Es war eine barbarisch lange Zeit für die sonst so geselligen Fyr'doln.
»Ich wache über den Computer«, erklärte Elvian.
»Ich kann dir Gesellschaft leisten, bis sie aufwachen ...«
»Ausgeschlossen«, Elvian hob seine Finger. »Ich darf dich nicht aus dieser Zelle herauslassen.«
»Hast du denn nicht den Beweis, dass ich nichts Böses will?«
»Ja, den habe ich.«
»Dann lasst mich bei euch bleiben.«
»Aber warum?«, fragte Elvian, unsicher über die empfangenen Gefühle. Denaud sah sich in seiner Zelle um. »Leiste mir Gesellschaft, ich zeige es dir.« Elvian sah Denaud an, regungslos und ohne eine Antwort zu geben. Seine Knospen pulsierten noch immer, es war die einzige Regung in seinem Gesicht für eine sehr lange Zeit.

Denauds Kleidung lag unachtsam vor die schalenförmige Schlafmöglichkeit geworfen. Es war nicht die bequemste Art für einen Menschen, hier drin zu liegen. Sie machte auf ihn den Eindruck von einer mit viel zu weichem Stoff ausgestatteten Badewanne. Das einzig Angenehme war das beheizte Material, aus dem die Schale bestand und das ohne Decken und Kissen eine wohlige Wärmeglocke um seinen Körper erzeugte. Denaud strich über Elvians ebenfalls nackten Körper, fühlte, wie der Sauerstoff durch die Kiemen in den kräftigen Brustkorb strömte. Die Ausatmung eines Fyr'doln war deutlich kälter als die eines Menschen und schob sich wie ein sanfter, kühler Schauer über Denauds haarlose Brust. Er wusste nicht, wie lange Elvian nun schon schlief, aber er wagte nicht, ihn aufzuwecken. Die Erschöpfung seiner wochenlangen Wacht und wohl auch die zurückliegenden Stunden mit dem Menschen forderten ihren Tribut letztendlich auch von einem Fyr'doln. Die Befriedigung, die der Außerirdische erleben durfte, stand noch immer in seine rötlich pulsierenden Knospen geschrieben. Denaud kannte sich bis ins Detail mit der Anatomie dieser Spezies aus und wusste dies auch entsprechend zu verwenden. Elvian hingegen musste noch lernen. Für beide war es trotz aller Theorie unsagbar aufregend, die exotische Erotik des Anderen mit Fingern und Lippen zu erforschen.

Denaud hatte seinen Lebenstraum erfüllt bekommen und verankerte diese eine Nacht als die wohl bedeutendste in seinem Leben, als die erste von vielen. In seinem Innersten wusste er jedoch, dass die noch folgenden nie so werden würden, wie diese eine. Anders, sicher, aufregender jedoch niemals.

Wieder strich er über den hellen Körper, den er mit so viel Leidenschaft und Feuer gekostet hatte. Die Gewissheit, für immer seinen Traum leben zu dürfen, entschädigte ihn, seine Heimat, Familie und Freunde zurückzulassen. Er wünschte sich, seinen Freunden Bescheid geben zu können. Dann könnten vielleicht auch sie einen Platz bei diesen engelsgleichen Wesen finden und an seinem Glück teilhaben. Aber er durfte nichts riskieren.

Sanft legten sich seine Lippen auf Elvians Wange, wobei er die warmen Knospen leicht liebkoste. Als er das sanfte Gesicht des Fyr'doln ansah und dabei an die Kunstfertigkeiten dachte, die Elvian mit seiner Zunge bewerkstelligt hatte, spürte er erneut die Lust in seinem Körper aufsteigen. Seine Hand fuhr langsam über den anmutigen Körper, fand sich an einer der erogenen Zonen des Außerirdischen wieder, als ein jähes Geräusch ihn aufschrecken ließ.

Es war nicht das übliche Sirren und Klingen dieser unterirdischen Kristallstadt, es war vielmehr ein gewaltiger Schlag, irgendwie schmutzig und grob. Aber vor allem sehr laut.

Er schüttelte leicht den hellen Körper an seiner Seite. »Elvian, wach auf!«

Der Fyr'doln reagierte nicht.

»Elvian, da ist etwas …«

Still lag der Fyr'doln vor ihm, die Atmung flach und unregelmäßig. »Elvian!« Panik stieg in Denaud auf, als im selben Moment die kristalline Gefängnistür in Tausende feine Splitter berstend gegen das Kraftfeld prallte. Ein Trupp bewaffneter, mit Panzerrüstung ausgestatteter Menschen stürmte herein, sie richteten ihre Waffen auf die äußeren Energieemitter und lösten mit brutalen Pulsen das Kraftfeld der Zelle auf. Kurz darauf schwenkten die Läufe ihrer Waffen auf den völlig überforderten Denaud.

Knirschend, über die feinen Splitter tretend, näherte sich ein Unbewaffneter, stellte sich zwischen die Eindringlinge und öffnete sein Schutzhelm. Lächelnd sah der Mann in der Rüstung auf Denaud herunter. »Mister Barton. Einen herzlichen Glückwunsch.«

Die bewaffneten Männer traten auf einen Blick des Neuankömmlings hin in die Zelle, packten den noch immer regungslosen Elvian und zerrten ihn ruppig aus dem Schalenbett. Ein Einzelner hielt Denaud davon ab, einzugreifen.

»Was haben Sie mit ihm vor?«

»Das soll Ihre Sorge nicht mehr sein«, antwortete der Fremde.

Denaud sah ihn wütend an. »Wer sind Sie? Was geht hier vor?!«

»Sie erinnern sich an Professor Kerjo?«, war die ruhige Antwort.

Denaud richtete sich ein wenig auf. »Was?«

Der Mann im Panzeranzug grinste schief. »Es war kein Zufall, dass Sie auf ihr sogenanntes ›NH 27-b‹ gestoßen sind ... oder gar eine Gegenformel entwickeln konnten.« Der Mann lachte nun breit. »In Ihrem Körper befindet sich eine hohe Konzentration davon ... Jedes dieser verdammten Monster krepiert, wenn es Sie berührt.« Er sah sich um. »Sie haben den Wächter ausgeschaltet und uns den Zugriff erlaubt, wie wir es erwartet haben. Womit Sie der Menschheit einen unglaublichen Dienst erwiesen haben.«

Der Mann nickte dem Bewaffneten an Denauds Seite zu und dieser senkte seine Waffe. Mit noch immer offenem Mund starrte Denaud den Fremden in seiner Rüstung nur an. Die Worte waren noch nicht ganz in seinem Gehirn angekommen. Unfähig etwas zu sagen, zu fühlen oder gar zu denken, starrte er auf Elvians Körper, wie dieser von zwei Männern durch die zerbrochene Kristalltür geschleift wurde.

»Warum tun Sie das?«, stotterte er noch immer fassungslos.

»Wir retten die Menschheit vor diesen Monstern.«

»Nein ... sie wollten fliehen ..«, widersprach Denaud und sah ihn an. »Sie wollten Shepok verlassen!«

Der Unbekannte hob sirrend die gepanzerten Schultern. »Nicht, dass wir wüssten ...« Aus seinem Oberarm fuhr eine kleine Waffe. »Ich muss Sie jetzt allerdings fragen, ob Sie das Schicksal dieser Viecher teilen wollen, oder ob Sie in Ihr Labor zurückkehren werden, um Ihre Arbeit fortzusetzen.«

Denaud legte seine Hand vor den Mund und schüttelte ungläubig seinen Kopf. »Was habe ich nur getan ...« Tränen rannen aus seinen Augen.

Der Mann grunzte kurz. »Das Notwendige. Also, ich würde Sie ungern töten, auch wenn Sie ein leicht perverser Kerl sind. Ihr Wissen ist dennoch wertvoll. Aber wenn Sie die falsche Wahl treffen, werde ich keine haben.«

»Aber wieso?«, flehte Denaud ihn an zu erfahren.

Der Kopf des Fremden deutete in die Richtung, in die Elvian weggeschleppt wurde. »Diese Monster hätten uns verdrängt, Stück für Stück ... Nur unsere deutlich schnellere Reproduktion hat uns bisher überleben lassen ... Deswegen verführten sie uns, so wie es Ihnen widerfahren ist. Nur um unsere Geburtenrate zu drücken.«

Denaud weitete seine nassen Augen. »Was für ein beschissener Schwachsinn!« Seine schrill erhobene Stimme versagte zu einem Flüstern. »Wir hätten in Frieden mit ihnen leben können. Zusammen ... das ist wahre Rettung!«

Der Unbekannte entnahm einem anderen Fach seiner Rüstung einen handlichen Computer, rief eine Datei auf und reichte das Gerät an Denaud weiter. »Schauen Sie, Mister Barton.«

Denaud sah auf eine menschenähnliche Kreatur mit schrecklich kurzen Armen, einem ovalen Kopf ohne jede Ausprägung und deutlich dunklerer Haut. Zudem trug sie Haare auf ihrem Kopf wie ein Tier. »Was ist das?«

»Ein Mensch ...«, erklärte der Unbekannte und hob dabei seine knöcherne Stirn. »So sahen unsere Vorfahren aus, die vor über vierhundert Jahren auf Shepok angekommen waren. Diese Monster hier haben uns nach und nach verändert ... Noch mal vierhundert Jahre, und keine menschliche DNA wäre noch in unseren Körpern.« Er nahm Denaud den Computer wieder ab. »Nun aber können wir uns erholen ... und deren Technologie nutzen.«

Denaud Barton saß in seinem kleinen Labor, in seinen Händen das Bild von Elvian, das er in der Nacht seines Lebens von ihm gemacht hatte.

Vor sich auf die Wand projiziert, drei DNA-Stränge. Seine, Elvians und die eines ursprünglichen Menschen. Die Ähnlichkeit war verblüffend.

Wenn er nicht gewusst hätte, dass es nicht sein konnte, so würde er behaupten, dass Menschen und Fyr'doln einmal dieselben Vorfahren gehabt haben, der sich beide Spezies wieder anzunähern begannen. Wieder sah er auf das Foto auf seinem Kommunikator und wünschte, er hätte diese Informationen schon viel eher gehabt.

Johann Seidl
Küss mich, bevor du gehst

Die Stadt packte zusammen. Läden und Geschäfte wurden geschlossen, Produktionsstätten und Handwerk eingemottet, die Wohnbereiche verlassen. E-Bahnen drehten ihre letzten Runden und fuhren ins Stellwerk. Die Nacht kam.

Adrian schlenderte durch die Straßen, ohne festes Ziel und in Gedanken versunken. Überrascht wurde er gewahr, dass ihn sein Weg in den nördlichen Park geführt hatte.
»Wie groß die Bäume geworden sind!«, dachte er bewundernd und beschirmte seine Augen. Er ließ seinen Blick nach oben wandern, den borkigen Stämmen folgend in das dunkelgrüne Blätterdach der Kronen. Taglicht der Sonnenmodule schimmerte durch das Laubwerk in einem Spiel von Licht und Schatten.
»Vierundzwanzig Wachen sind sie inzwischen alt«, machte er sich bewusst, »hundertzwanzig Jahre.«
Für die Bäume kein Alter, dachte er, für die Stadt und seine Bewohner schon. An einer künstlichen Quelle setzte er sich auf die Steine am Ufer und hielt seine Füße in das kalte Wasser. Kalt, aber bei Weitem nicht so kalt wie die Kryostasis des künstlichen Tiefschlafs, in den morgen fast alle Bewohner der Stadt für die nächsten fünf Jahre versetzt wurden. Auch er selbst. Laura nicht.

Die Nachtwache wurde durch das Los bestimmt. Fünfzig Bürger wurden per Zufall ausgewählt und sicherten für die nächsten fünf Jahre den Stand-by-Betrieb der »Stadt«, wie die Arche auch genannt wurde. Der Kälteschlaf der anderen tausendzweihunderteinunddreißig Bürger schonte die Ressourcen und verkürzte subjektiv die Reisezeit.
Während der Nachtschicht wurden alle nicht benötigten Funktionen der Stadt bis zur nächsten Tagschicht heruntergefahren. Die Nachtwache führte dann notwendige Wartungsarbeiten und Instandsetzungen am Generationenraumschiff

durch. Sie erzeugte aber auch in den Hydroponikanlagen und auf den Feldern des Ökosystems weiterhin Lebensmittel und andere Bioressourcen und lagerte sie für die Zeit der Tagschicht ein. Mit den in der Nachtschicht gewonnenen Überschüssen wurde die ansonsten nicht ausreichende Ressourcenproduktion der Tagschicht ergänzt.

Die Jahre der Nachtschicht waren für die Bürger im Kälteschlaf nur ein Wimpernschlag, die Zeit stand für sie subjektiv still. Wenn sie nach fünf Jahren wieder geweckt wurden, nahmen sie ihre Tätigkeiten wieder auf und bevölkerten die Stadt. Für die Arche begann dann für weitere fünf Jahre der Regelbetrieb der Tagschicht.

Erinnerungen überkamen ihn. Wie sie sich vor genau sechs Monaten und zwölf Tagen kennengelernt hatten. Wie er ihr seine Liebe gestand, genau hier. An die glücklichen, verliebten Tage und gemeinsamen Nächte. Sie hatten Pläne. Verlobung, Hochzeit, Kinder. Dann wurde Laura zur Nachtwache berufen.

Adrian zog die Füße aus dem Wasser und stand auf. Er spürte die Buchen- und Eichenblätter vom Vorjahr, die glatten Blattscheiden, die an den Sohlen hafteten, und die kleinen Pikser der Blattstiele und Eicheln. Er ließ die Füße an der Luft trocknen und machte sich auf den Heimweg.

Seine Wohneinheit lag südlich des Parks. Süden war das andere Ende des gigantischen, rotierenden Zylinders, der nun seit über hundert Jahren ihre Heimat war. Heute war der letzte Tag der zwölften Tagschicht. Morgen mussten sich die Bürger zum Kälteschlaf in die Kryokammern begeben. Laura und er hatten noch eine gemeinsame Nacht, dann würde für ihn ein nur kurzer, traumloser Schlaf folgen, für Laura jedoch fünf Jahre in der Nachtwache.

»Was machen fünf Jahre mit einem Menschen?«, grübelte Adrian. »Wird sie auf mich warten, wird sie mich noch lieben?« Bitternis stieg auf.

Immer wieder fanden auch während der Nachtwachen Menschen zueinander, wurden Kinder im Rahmen der Geburtenregelung gezeugt und geboren, wurde geheiratet. Adrian verscheuchte mit einer Handbewegung die Gedanken, er wollte nicht schlechte Laune verbreiten, wenn Laura ihn heute Abend ein letztes Mal besuchte.

Er hatte sie mit einem Candle-Light-Dinner überrascht: Falafel in einem Buchweizenwrap mit mediterranem Gemüse. Letzteres war frisch und er musste seine Beziehungen spielen lassen, um die Paprika und Zucchini zu bekommen. Kerzen gab es natürlich keine und wurden durch eine gedimmte Raumbeleuchtung ersetzt.

»Was denkst du?«, fragte Laura nach dem Essen, als sich das Schweigen hinzog.

Mit ihren vierundzwanzig Jahren war sie wie fast alle Bürger ein Kind der Stadt. Nur eine Handvoll Bewohner stammte noch aus der Startbesatzung. Sie hatten Erinnerungen an die Erde und gaben das Wissen in Geschichten an die nachfolgenden Generationen weiter. Auch Laura hat in jungen Jahren ihren Erzählungen gelauscht, Geschichten von einer konvexen Welt, in der man auf der Oberfläche einer Kugel lebte, deren Krümmung man nicht sehen konnte; über sich die Sterne und nicht Felder, Häuser oder Wasser. Diese Vorstellung fand Laura ein bisschen erschreckend, gleichzeitig stellte sie es sich schön vor, das Licht ferner Sonnen und Galaxien direkt leuchten zu sehen und nicht nur als Projektionen auf der großen Panoramawand im Sektor C3.

»Ich denke an unseren Abschied«, antwortete er.

»Noch ist es nicht soweit, Adrian, lass uns den letzten Abend einfach nur genießen. Komm, wir gehen nach draußen und schauen uns die Sterne an.«

»Die Sterne anschauen«, das war ein Begriff von der Erde, der von den Bürgern der Stadt übernommen wurde. Natürlich sah man am Himmel der Arche nicht die Sterne, aber im langsam verlöschenden Tageslicht der künstlichen Sonnen sah man weit über sich die Lichter der Stadt.

»Sieh nur«, Laura umarmte Adrian und drückte sich fest an ihn. »Die Stadt schläft, nur wir sind wach!«

Später lagen sie bei einer Zigarette danach schweigend nebeneinander.

»Wir sind still und reden nicht viel, wie ein altes Ehepaar«, brütete Adrian nachdenklich, »als hätten wir uns nichts mehr zu sagen.«

Und er bemerkte ärgerlich Lauras Unruhe.

»Diese Nacht gehört uns, doch du blickst zur Tür. Warum bleibst du nicht hier?«, fragte er bitter.

»Du weißt, ich kann nicht bleiben«, entgegnete Laura ruhig. »Wer seine Bürgerpflichten nicht erfüllt, wird geächtet. Ich muss nun los, die Nachtwache trifft sich um fünf Uhr, um den Schichtwechsel der Arche vorzubereiten. Wir sehen uns später noch einmal.«

Adrians Kryokammer befand sich in Sektor S8, Laura begleitete ihn zum Abschied, fast als ginge er für die nächsten fünf Jahre auf eine Weltreise.

Er nahm sie in die Arme und sagte: »Ich habe was für dich.« Er zog ein kleines Kästchen mit zwei Verlobungsringen aus der Jackentasche.

»Willst du mich heiraten?«

Er schaute ihr in die Augen, versuchte ihre Reaktion zu erraten. Doch sie wich seinem Blick aus.

»Warte, Adrian, bist du sicher? Ich weiß nicht, ob das Timing gerade so gut ist. Wenn du wieder geweckt wirst, werde ich fünf Jahre älter sein. Fünf Jahre sind eine lange Zeit, in der kann viel passieren und ich weiß nicht, wer oder was sich verändern wird. Aber ich werde hier sein, wenn du wieder erwachst.«

Die Stadt war still geworden, ihre Straßen und Wege waren verwaist. Nur die Nachtwache patrouillierte und überprüfte den Stand-by-Betrieb der Stadt.

Und die Arche zog weiter ihre Bahn durch den schwarzen, interstellaren Raum und brachte die menschliche Fracht ihrem Ziel entgegen: Proxima Centauri.

Gabriele Behrend
Küss mich noch mal heut' Nacht

Die Alarme zirpen hell und rot leuchtend durch das Cockpit. Die Anderen sind jetzt in meinen Quadranten vorgedrungen. Das bedeutet, dass die Kacke am Dampfen ist. Ich weiß nicht, ob ich mich darüber freuen soll oder nicht. Haben wir nicht irgendwie alle damit gerechnet? Seitdem Hespereia, die Raumstation am Titan, von ihnen in ihre Einzelteile zerlegt wurde, befanden wir uns in einem Krieg, den wir nicht gewinnen können. Oder doch? Das Militär scheint sich da nicht so einig zu sein, aber keine Sorge. Ich werde meinen Kasten sauber halten, verdammt. An mir kommt keiner von denen vorbei. Endlich hat mein Lauern am Rande des Asteroidengürtels einen Sinn bekommen.

Die Zielautomatik erfasst ein erstes Objekt. Schon eröffne ich das Feuer. Dafür bin ich ausgebildet worden. Crashkurs, drei Wochen. In einem Satz zusammengefasst? Knall alles ab, was sich nicht über den Com-Kanal bei dir meldet. Oh ja, das kann ich gut. Und so fliege ich weiter, lausche, schieße. Das Gelärm der Alarme stelle ich ab, es geht mir auf die Nerven. Ich bin wach genug. Das Adrenalin pulst in mir, macht mich zum Jäger. Die nur vereinzelten gegnerischen Laserfeuer wundern mich nicht. Ich bin so schnell, da kommen die Anderen nicht mit. Wir haben wendige Raumer und ich weiß, wie man damit umgeht. So schaffe ich mir auf den Sensordisplays mein eigenes Feuerwerk in diesen Stunden. Ein Gleißen um mich herum. Ich staune mit großen Augen, lache dabei wie eine Irre und ich wundere mich über mich selbst. Bin ich tatsächlich so gut? Oder kommt das dicke Ende noch? Aber das sind düstere Gedanken, die das lichte Bild der Zerstörung nur am Rand eintrüben.

Drei Stunden später erstirbt das rote Blinken der Alarme. Ich bin wieder alleine mit mir und der Dunkelheit um mich herum. Ich schließe die Augen und spüre dem Adrenalin nach, das sich in meinem Blut allmählich absenkt. Das Herz geht langsamer, die Atmung wird tiefer. Ich rutsche in meinem Sitz hinunter, als lümmle ich mich auf der letzten Bank, wie ich es damals in den Besprechungen der Einsatzleitung getan habe. Mit Haltung hatte ich es nie so gehabt. Wenn ich die Kameraden gesehen habe – gerader Rücken, vorgerecktes Kinn, ein Symbol für Entschlossenheit und Stolz, ach fuck. Man konnte auch entspannt in einen Raumer steigen, um die Fracht zur nächsten Station zu bringen. Also alles gechillt. Waren wir im Grunde nichts anderes als Trucker im freien Raum? Ich grinse. Klar, wir waren Transporter, nicht mehr, nicht weniger. Ich erinnere mich an die Einsatzbesprechungen und das Grinsen gefriert mir auf den schmalen Lippen. Denn denke ich an die Meetings zurück, sehe ich auch sie vor meinem inneren Auge. Jessie.

Jessie war not amused über meine lässige Haltung. Die grenzte ihrer Meinung nach an Respektlosigkeit. Sie hatte eben eine andere Einstellung zur Raumfahrt als ich. Für sie war es immer noch Ehrfurcht gebietend, obwohl sie als Ingenieurin dieses Wunder der Technik doch am besten zu entzaubern wusste. Denn mal ehrlich – wenn ich weiß, wie etwas funktioniert, wenn ich selber die Schrauben festziehe oder die Platinen löte, dann ist die Magie doch ganz schnell verschwunden, oder? Aber sie sah sich als Helfer eines Menschheitstraumes, wenn sie Raketen entwarf, Gleiter konstruierte oder das Equipment selber wartete. Jessie kam aus einer Familie von Bastlern. Sie konnte so ziemlich alles reparieren, was man ihr in die Hand gab. Nur uns nicht.

Jessie. Ich hatte mich vom Fleck weg in diese Frau verknallt. Sie hatte lange silberne Haare mit blauen Spitzen. Sie fühlten sich wegen der chemischen Behandlung leicht strohig an, sie rochen auch merkwürdig. Aber ich liebte es, mein Gesicht in ihnen zu vergraben, wenn ich Jessie von hinten umarmte. Der Moment, wenn ich mich zu ihrem Hals durchwühlte und gleichzeitig mit meinen Händen zu ihren Brüsten emporglitt, während meine sich an ihren Rücken pressten. Dann würde es nicht lange dauern, bis sie sich wie ein Fisch in meiner Umarmung wand, sich herumdrehte und mich küsste. Ihre Lippen auf meinen, das war unbeschreiblich.

Wenn wir alleine waren, war dies der Startschuss für ein leidenschaftliches Ringen, das sich nach Stunden in einer wohligen Mattigkeit auflöste. Trafen wir uns auf diese Weise in der Öffentlichkeit, in einem Lift oder zwischen Tür und Angel, dann war es eine Verheißung für den Abend, die mir pochend in den Schritt fuhr und mir den Tag schneller vergehen ließ. Bei ihr war es ebenso, wollte man die Heftigkeit als Gradmesser hinzuziehen, mit der sie abends über mich herfiel. Wenn wir danach zusammenlagen, von einem gemeinsamen Laken bedeckt, wenn sich ihre silbernen Strähnen mit meinen schwarzen Locken vermischten und sich die Finger unserer Hände verflochten, dann blieb die Zeit für uns stehen. Dann gab es keine Einsatzplanung, dann gab es keine Transportflüge, keine Asteroiden, Druckabfälle oder Turbulenzen. Da gab es nur uns.

Ich seufze tief. Jessie, wo bist du? Und Jessie, weißt du nicht, dass ich das hier für uns mache? Ich habe nämlich keinen Bock darauf, dass die Anderen einen Weg finden, uns ebenso auszulöschen wie Hespereia. Jessie, küss mich noch einmal heut' Nacht.

Meine letzten Nächte vor diesem Flug habe ich nicht mit Jessie verbracht. Denn Jessie hatte mich rausgeworfen, hatte mich als Unkraut bezeichnet, dass sie mit Stumpf und Stiel aus ihrem Herzen zerren würde. Das Ganze war vor drei Monaten geschehen, als ich ihr erzählte, dass ich mich freiwillig für den Einsatz in der Abwehr gemeldet hatte. Zunächst wollte ich es ihr nicht sagen, weil ich unser Bett frei halten wollte von Alltagsgeschwafel. Aber dann, als sie meinen Nacken massierte und mich fragte, warum ich so verspannt sei, dachte ich mir, dass Aliens abknallen nun alles andere sei als Alltag und rückte doch mit der Sprache heraus. Ihr Griff wurde eine Spur fester, sodass ich vor Schmerz aufstöhnte, dann lockerte er sich wieder. Ich solle mit dem Thema nicht scherzen, meinte sie nach einem Moment und machte zunächst weiter, als hätte ich nichts gesagt oder sie nichts gehört oder als ob es diesen verdammten Krieg nicht gäbe. Aber nur weil er nicht im heimischen Wohnzimmer ausgetragen wurde, hieß das nicht, dass wir nicht in Gefahr waren. Ich schubste sie von meinem Rücken und –

– schieße. Die Alarme blinken grell auf, die Zielautomatik hat eines der fremden Objekte erfasst und mein Adrenalin ist in kürzester Zeit wieder auf einem Gipfelpunkt angelangt. Der Angreifer hatte mich kalt erwischt, ich muss Haken schlagen wie ein Hase. Noch während ich mich um hundertachtzig Grad drehe, um abzubremsen, setze ich die Casaba-Haubitzen ab, schicke sie auf den Weg. Ich präsentiere dem Angreifer meinen Arsch, aber nicht ohne Deckung. Während ich auf den Stillstand zutreibe, an dessen Punkt ich mich neu ausrichten kann, verdampfen die Atombomben das vorgelagerte Wolfram und verwandeln es in Plasmastrahlen. Während die ihr Ziel treffen, beschleunige ich bereits wieder.

Mein Radar meldet im Anschluss keine weiteren Objekte, es war wohl nur ein versprengter Begleiter der ersten Vorhut in meinem Sektor.

Versprengte Begleiter, ich verziehe das Gesicht gequält. Die hat es gegeben, ja. In den Nächten, die ich nach meiner Vertreibung aus Jessies Armen in der ›Kaschemme‹ verbracht habe, fand sich immer irgendwer, der mich auf einen Drink einlud. Oder, der ausgehalten werden wollte. Ich war nur dann allein, wenn ich es wollte. Aber das kam selten genug vor. Denn wenn ich alleine war, erschien Jessie auf dem Plan meines Denkens und Fühlens. Dann wurde die Sehnsucht so groß nach ihr, nach ihren Händen, ihrer Haut, ihren Lippen, dass alles in mir schmerzte. Spätestens dann schnappte ich mir eine Flasche und suchte mir eine Socialista. Eine, die ihr ähnlich sah. Eine, mit der ich Jessie bestrafen konnte, oder eine, die mich vergessen ließ. Es kam immer darauf an, ob ich wütend oder melancholisch war. Ich machte viele first contacts in dieser Zeit. Niemals dieselbe Frau zweimal. Ich schnaube. Du wärest stolz auf mich gewesen, Jessie, die du immer von der Erstbegegnung geträumt hast. Du wolltest von den Anderen lernen. Hast von einem friedlichen Austausch geträumt.

Wie war dir zumute gewesen, als du gehört hast, dass es erstens wirklich Andere gibt und dass sie zweitens nicht friedlich sind, verdammt noch mal. Ich weiß es. Ich sehe heute noch dein ungläubiges Gesicht vor mir, als sei es gestern gewesen. Du konntest es nicht glauben, du warst entsetzt, als das Militär sofort zuschlug. Vergeltung war der Weg der Regierung, Aufklärung war dein Wunsch. Erste Begegnung, dass ich nicht lache. Ich habe mich in unbekannte Welten begeben, habe fremde Körper erforscht, habe fremde Gedanken gehört. Friedliche zumeist. Vielleicht hast du ja doch recht. Vielleicht sind die Anderen wirklich Friedensbringer? Vielleicht haben sie nur eine andere Vorstellung von Frieden, wer kann das denn sagen? Und ich denke an die Frauen zurück, denen ich solch einen Frieden gebracht habe, wenn ich zornig war. Sie tun mir mit einem Mal leid. Sie hatten eine solche Behandlung nicht verdient – auch wenn es unter anderem zu ihrer Lebensaufgabe gehörte, als Socialista alles zu ertragen, was man mit ihnen anstellte. Scheiße. Ich wische mir mit der rechten Hand über die Stirn. Zu oft habe ich die Kontrolle verloren in diesen Nächten. Wegen dir, Jessie.

Ich schließe kurz die Augen, öffne sie dann und konzentriere mich auf die Displays. Das Radar zeigt eine große Leere. Kein Feind, kein Freund. Ich bin alleine in meinem Sektor und das gefällt mir gar nicht. Niemand, der mich ablenkt. Das kann noch heiter werden. Da schlägt mit einem Mal der Kernfusionsreaktor Alarm. Mein Deuteriumvorrat hat sich während der letzten Stunden so verringert, dass ein Auftanken ratsam ist. Aber hier, am Rande des Asteroidengürtels, ist das so eine Sache. Meine Tankstellen können überall und nirgends sein. Also schicke ich mein Signal aus und hoffe, dass eine der automatischen Abschürfeinheiten es auffängt und zurückpingt. Es vergehen einige Minuten, da ertönt das erhoffte Signal. Meine Tankstelle hat geöffnet. Ich grinse erleichtert, als ich die Koordinaten eingebe und mich auf den Weg mache. Mein Raumschiff ändert die Richtung, dann beschleunige ich auf halbe Kraft und tauche in die Welt der fliegenden Brocken ein.

Mein Weg durchs Leben hatte erstaunlich wenig Richtungswechsel zu verkraften. Ich wusste schon früh, dass ich auf Frauen stand. Ich wusste fast ebenso lange, dass ich ein Transporter werden wollte. Keine Kinder, keine Haustiere, keine Verpflichtungen. Was ich mir vornahm, erreichte ich auch. Schule – abgebrochen, um auf der Erde Truck zu fahren. Kurze Zeit später lockte der Mond. Also Schulabschluss nachgeholt, weil das die Voraussetzung für das Astronautentraining war. Weitere Ausbildung in der zivilen Raumfahrt. Meistens überzeugte ich mit meinem Können. Nur sehr selten musste ich zu den Waffen einer Frau greifen. Mein Charme war daher eher ruppig und spröde und insgesamt etwas eingerostet. Aber wenn es sein musste, funktionierte auch das. Irgendwie.

Und dann hatte ich meine Lebensbasis auf dem Mond aufgeschlagen. Von dort aus startete ich die Versorgungsflüge zu Callisto, zur Hespereia am Titan, zum Mars. Wenn ich zurückkehrte, verbrachte ich meine freien Tage und Nächte in den Vergnügungshabitaten oder im Bett. Selten allein. Ich hatte ein freies Leben, selbstbestimmt, unbedarft. Es war 'ne geile Zeit gewesen.

Und dann war Jessie aufgekreuzt. Mit einem Mal war sie im Konferenzraum dabei. Ich bekam den Mund nicht mehr zu. Jessie war so anders. Groß gewachsen, schlank, zart. Ihr haftete etwas Elfenhaftes, Zerbrechliches an. Auch ihre Ausdrucksweise hatte etwas Feines an sich. Das war nicht der raue ruppige Slang, den wir sonst gewohnt waren. Als sie durch die Reihen ging, um die Datensticks auszuhändigen, blieb sie irgendwann auch vor mir stehen.

»Für Sie, Transporter Cruz. Ihr Ziel ist der Mars, kommen Sie heil zurück.« Sie hielt mir den Stick hin.

Ich war so verdattert, dass ich kein Wort herausbrachte. Da nahm sie meine rechte Hand, die wie vergessen auf der Tischplatte vor mir lag, legte den Datenträger hinein und schloss meine Finger darum. Das alles geschah innerhalb weniger Augenblicke. Als ich zu ihr hochsah, rutschte mir ein staubtrockenes, halb gekrächztes »Danke« heraus. Dabei hätte ich sie eigentlich fragen wollen, ob sie auf einen Drink Lust hätte.

Mit mir. Sofort. Sie lächelte mir unverbindlich zu. Als sie aber noch einmal über meine geschlossene Faust strich und dabei mit ihren kühlen Fingerspitzen mein Handgelenk streifte, wusste ich, das wird was.

Hier machte mein Weg eine leichte Kurve. Denn so einfach war es nicht, Jessie einzufangen. Aber es gelang schließlich, nach vielen Treffen, in denen zunächst rein gar nichts geschah. Sie brachte mir in diesen Nächten bei, ihr zuzuhören. Sie ließ mich in ihre Seele blicken, bevor wir den ersten Kuss austauschten. Und ich lernte, mein Verlangen zu zügeln. Denn jeden vorschnellen Vorstoß strafte sie ab, indem sie ihre Sachen nahm und ging. Und sie ging oft in der ersten Zeit.

Irgendwann nahm ich mir keine Socialista mehr, wenn das passierte. Irgendwann wollte ich mich nicht mit anderen Körpern ablenken. Und das war der Moment, wo Jessie blieb. Eines Abends, die Gläser waren geleert, die Stunde war vorgerückt, wollte ich mich verabschieden. Ich hatte die Rechnung bereits bezahlt, die Jacke übergeworfen und mich zum Gehen herumgedreht, da flüsterte sie etwas.

»Was hast du gesagt?«, fragte ich nach, denn die Hintergrundgeräusche hatten sich zwischen ihre Worte und mein Ohr geschoben.

Da brüllte sie mit einem Mal laut und deutlich und für alle klar verständlich: »Küss mich, bevor du gehst!«

Ich stand da, wie vom Blitz getroffen. Und während ich noch zögerte, bildete sich ein Chor. »Küss sie endlich, küss sie!« Da rutschte sie von ihrem Hocker, lachte über das ganze Gesicht und schmiegte sich an mich. Die Arme in meinem Nacken gekreuzt, ihr Busen an meinem, ihre Hüfte an meiner und ihre Lippen nur Zentimeter von meinen entfernt. Da schlang ich die Arme um sie, zog sie noch ein Stück mehr an mich und küsste sie zum ersten Mal – in der Kneipe, vor einem alkoholisierten, grölenden Publikum, aber es war alles egal, denn es war so gut. Nach einer gefühlten Ewigkeit löste ich meinen Mund von ihrem und schnappte nach Luft. Sie zwinkerte mir zu. »Nimm mich mit!«, flüsterte sie in meine Locken hinein. »Lass uns hier abhauen.«

Wir landeten in einem der verschiedenen Stundenetablissements, in denen ich gut bekannt war. Warum? Gute Frage. Wahrscheinlich war ich noch nicht bereit, jemanden tatsächlich in mein Leben einzulassen. Meine Bude war zudem winzig, mehr konnte ich mir bei meinem Lebenswandel auf dem Mond nicht leisten. Vor allem aber verriet sie zu viel über mich. Über meine Macken.

Wenn ich aber mit jemandem zusammen war, dann ging es mir um den Moment. Um die Lust. Nicht um eine Runde ›Wer bin ich?‹.

Dass Jessie sich so geöffnet hatte, war ihr Ding. Ihre Art der Annäherung. Wenn sie genau diesen Weg brauchte, um sich hingeben zu können, dann war das okay.

Jessie schien nicht erstaunt zu sein, als wir im ›Chronos‹ eincheckten. Sie wunderte sich auch nicht, dass mich der Concierge beim Namen nannte. Sie zwinkerte ihm sogar zu, als er sie mit einem anerkennenden Blick maß. Danach zählten nur noch das Piepen der Zimmertür, das Summen der Klimaanlage und das Knistern frischer Laken. Jessies Stöhnen. Meine Erwiderung. Und ihre Lippen auf meinen.

Unser erstes Mal warf mich aus der Bahn. Jessie veränderte die Regeln, immerfort, immerzu. Mal ließ sie sich leiten, mal übernahm sie die Führung. Sie war verspielt, dann wieder straight, grob, sanft. Zärtlich. Bis wir beide erschöpft beieinanderlagen und dem Atem der jeweils Anderen lauschten. Ich erinnere mich, wie die Finger meiner rechten Hand über den Ansatz ihrer Brüste strichen, während ich den Arm um ihre Schulter geschlungen hatte. Sie war ganz still. Ich musste sie nicht ansehen, um zu wissen, wie sie gerade in diesem Augenblick aussah. Ich spürte ihr Lächeln. Ihre Zufriedenheit. Und das berührte einen Punkt in mir, den ich bis dato noch nicht kannte. Ihr Glück war mir wichtig. In dieser Nacht und in allen folgenden Tagen.

Für Jessie war es wie ein Spiel gewesen, wie sie mir später einmal erklärte, als wir wieder einmal im ›Chronos‹ beisammen lagen. Sie hatte um meine Vergangenheit gewusst, flüsterte sie mir ins Haar. Sie wäre ein kluges Mädchen, das immer seine Hausaufgaben macht.

Das sollte ich auch sein, ein kluges Mädchen, verdammt. Ein schrilles Piepen drängelt sich in meine Erinnerung. Es muss schon länger vergeblich um meine Aufmerksamkeit gebuhlt haben. Ach, Schätzchen, denke ich. Gegen Jessie hast du keine Chance. Und trotzdem, ich muss mich von der Erinnerung an den biegsamen Körper in meinen Armen und den silbrigen Strähnen losreißen und mich um so etwas Profanes wie das Auftanken kümmern. Denn inzwischen ist die Tankstelle auf Annäherungskurs. Wenn ich das Rendezvous nicht endlich einleite, wird mir die mobile Deuteriumgewinnung einfach ein Loch in die Außenhülle reißen. Das wäre nicht gut. Gar nicht gut. Ich seufze, während meine Hände wie von selbst über Trackball und Display huschen und das Manöver konzertieren. Die Drohne wird abgefangen, etwas hart vielleicht, ich spüre die Erschütterung. Mein armes Schiff. Aber Hauptsache, das Ding ist angekoppelt. Nun ist Eile geboten. Je schneller getankt, desto schneller wieder getrennt. Umso weniger Anhaltspunkte können die Anderen über unsere gegenwärtige Position gewinnen. Ich löse die Gurte, die mich an meinen Sitz binden. Am liebsten würde mich ich durch das Schott treiben lassen. In der Gravity Drum die Schwerkraft spüren. Dann weiter zum Antrieb gleiten. Aber da ich den voll automatisierten Prozess des Auftankens nicht wirklich beschleunigen kann, weder mit praktischen Handgriffen, noch mit Wunschdenken, bleibe ich nach einigen sinnlosen Bewegungen in der Schwerelosigkeit meines Cockpits schließlich vor dem winzigen Fenster hängen, das den Blick nach draußen freigibt. Ich starre in die Dunkelheit. Zu viel Schwärze um mich herum. Früher war dieser Blick mein Schlüssel zur Freiheit. Heute frage ich mich, wann und wo die Anderen auftauchen und ob sie mein Schiff sofort vernichten oder erst nach einer Runde Fangen spielen. Bis jetzt haben sie gespielt. Ist ihnen nicht gut bekommen. Jedenfalls nicht in meinem Sektor. Aber irgendwann werden sie das doch merken, denke ich. Irgendwann hören sie auf mit dem Hin und Her, werden da sein und uns einfach vernichten. So, wie sie die Station vor Titan zerstrahlt haben. Ich schwebe zurück zu meinem Sitz und erinnere mich an den ersten Streit mit Jessie.

Die Nachricht über das Schicksal von Hespereia und den auf ihr lebenden Menschen hatte uns aus unserer Zweisamkeit gerissen. Jessie war inzwischen so oft in meinem Appartement zu Gast, dass sie auch gleich hätte einziehen können, aber das war eine Schwelle, die wir bis dato nicht überschritten hatten. Noch nicht. Ich spielte schon länger mit dem Gedanken und wollte sie gerade in jenem Moment nach unserem mitternächtlichen Intermezzo fragen, ob sie Lust auf mich hätte, mehr Lust als ohnehin. Kurzum, ob sie Bock drauf hätte, mit mir zu leben. Nicht nur stunden- oder tageweise. Während ich mit meinen Fingern Kreise auf Jessies Bauchdecke zeichnete und nach den rechten Worten suchte, plärrte auf einmal das Kommunikationsmodul alarmrot in die dunkelblaue Stimmung hinein. Angriff! Fremde Schiffe! Sternenkrieg! Jessie schreckte hoch und zerrte das Laken um sich herum. Ich hingegen blieb liegen und dachte im ersten Moment: Scheiße, verdammt, warum gerade jetzt?

Jessie drehte die Lautstärke auf. Lauschte. Schüttelte ihren Kopf, sodass die silbernen Haarsträhnen wie Sternschnuppen funkelten. »Wie können sie nur, Ela?« Dann verstummte das Modul.

Ich löste mich von meiner Frustration und stemmte mich nun auch in die Senkrechte. »Weiß nicht. Was ist denn überhaupt genau passiert?«

»Der Kontakt zu Hespereia ist vor wenigen Stunden abgebrochen«, flüsterte Jessie. »Der Kommandant hat vorher noch eine Nachricht übermitteln können. Da waren Schiffe. Raumschiffe, Ela. Andere Raumschiffe als unsere – weißt du, was das bedeutet?«

Ich fuhr mir mit der rechten Hand durch das Gesicht. »Da waren also fremde Schiffe. Fuck. Wie viele?«

Jessie schloss die Augen, wie um sich vor ihrem inneren Auge den Nachrichtenfilm noch einmal anzusehen. Dann drehte sie sich zu mir um. »Drei. Drei riesige Schiffe. Sie waren auf einmal da.«

Ich realisierte es noch immer nicht. Ich hörte zwar die Worte, kapierte aber nicht ihren Sinn. »Und was haben wir getan?«

»Laut der Nachricht des Kommandanten wurden sie angefunkt.«

»Ach!«, entgegnete ich ironisch. »Auf Englisch, Spanisch oder Esperanto?«

Jessie wandte sich ab. »Du weißt nicht, wann du zu weit gehst, oder?«

Ich strich ihr die Haarsträhnen von der Schulter. Jessie zuckte vor meiner Berührung zurück.

»Tut mir leid«, murmelte ich. »Also, was dann?«

»Nichts. Die Übertragung ist zu diesem Zeitpunkt abgebrochen.« Jessie wiegte sich vor und zurück.

Vor meinem Auge tauchte das Gesicht einer flüchtigen Bekannten auf. Sie hatte auf Hespereia gearbeitet. War sie an Bord gewesen? Es war mir, als krampfte mein Herzmuskel für einen Moment. Ich schluckte trocken und konzentrierte mich wieder auf Jessie.

»Es gibt sie wirklich«, flüsterte sie da. »Es ist nicht nur ein Traum oder Science-Fiction, sie sind wirklich da draußen. Und das Einzige, woran wir denken können, ist Krieg, Bedrohung oder Gefahr. Wie können sie uns nur so manipulieren?«

Ich legte mich wieder auf den Rücken und starrte an die Decke. »Das ist ja ein Albtraum.« Die Erkenntnis, tatsächlich nicht allein zu sein, traf mich wie ein Fausthieb in der Magengrube.

Jessie drehte sich zu mir herum. »Was sagst du da?«

Ich sah sie an, rappelte mich halb hoch und stützte mich auf die Ellenbogen. »Du sprichst davon, dass wir manipuliert werden? Während Hespereia anscheinend vernichtet wurde? Da sind unsere Leute drauf gegangen, ist dir das überhaupt klar? Was ist daran falsch zu verstehen?«

Jessie verzog das Gesicht. »Wir wissen doch noch gar nichts Genaues zu diesem Zeitpunkt. Da müssen Aufklärer hinfliegen und die Sache untersuchen. Vielleicht gibt es nur einen Systemausfall. Vielleicht gab es einen Unfall. Aber sofort von einem feindlichen Angriff zu sprechen oder von Krieg, das ist unverantwortlich!«

Ich stand auf und ging zur Nasszelle. »Du bist manchmal so blauäugig, Jessie. Die wollen vielleicht wirklich nicht nur auf einen Kaffee vorbeikommen. Ist dir das jemals in den Kopf gekommen?« Sie antwortete nicht.

Als ich wieder zurückkam, saß Jessie angezogen auf der Bettkante. »Es ist wohl besser, wenn ich jetzt gehe. Nachher sagen wir noch Dinge, die uns eventuell leidtun könnten. Aber heute gibt es fürwahr Wichtigeres auf der Welt als uns beide.«

Ich verschränkte die Arme vor der Brust. »Wenn du das so siehst. Ich halte dich nicht auf.« Wenn sie bockte, dann konnte ich das auch. Der eine magische Moment war eh verronnen. Ich blickte zu meinem Nachttisch, in dessen Schublade die Schlüsselkarte für Jessie lag. Vielleicht. Wenn wir uns beide etwas beruhigt hatten.

Die Tür klappte und Jessie war fort.

In den darauf folgenden Tagen hielten sich Skandalmeldungen und objektive Berichterstattung die Waage. Während die einen den Ausbruch eines Sternenkrieges witterten, hatte man die von Jessie eingeforderten wissenschaftlichen Untersuchungen eingeläutet. Meine Beklemmung bewahrheitete sich. Die Station war tatsächlich völlig zerstört. Sie trieb dunkel in einer Trümmerwolke auf ihrer Umlaufbahn. An Bord hatte man siebzehn Leichen gefunden, darunter auch Tatjana, meine ehemalige Bekannte. Man konnte aber nicht feststellen, ob es ein mutwilliger Akt der Zerstörung gewesen war oder, wie von Jessie vermutet, ein unseliger Unfall.

Jessie und ich sprachen nicht darüber. Aber wir kannten die Haltung der jeweils Anderen und das gestaltete unser Beisammensein in der kommenden Zeit schwieriger, als wir es wohl anfänglich vermutet hatten. Wir gingen uns schließlich so gut wie möglich aus dem Weg. Vorbei die Zeiten, in denen wir uns auf den Gängen in dem Firmenkomplex unseres Arbeitgebers abfingen. Das blieb unter den Kollegen nicht unbemerkt. Es dauerte nicht lange, bis die anderen Transporter anfingen, ganz offen über uns zu spötteln. Vom Sternenkrieg im Cinderella-Land war zu hören. Solange es bei solchen Bemerkungen blieb, okay, sollten sie doch ihren Spaß haben. Als ich aber eines Tages aus der Versorgungskammer stiefelte und zur Kantine am anderen Ende des Komplexes gehen wollte, wurde ich Zeugin, wie Chane, einer der anderen Transporter, Jessie auf dem menschenleeren Gang abfing. Ich konnte nicht hören, was er ihr ins Ohr flüsterte, aber ich konnte sehen, wie sie sich gegen ihn wehrte. Da rastete etwas in mir aus.

»Hey, Chane!«, brüllte ich und ließ meine Crossbody-Bag auf den Boden gleiten. »Pfoten weg von meiner Frau!«

Der so Angesprochene drehte sich zu mir herum. »Was willste denn, Cruz. Ist doch längst nix mehr zwischen euch. Also Schnauze! Jetzt nehm' ich mir, was ich will.«

Chane war größer als ich, er war stärker als ich. Aber er hatte nicht damit gerechnet, dass ich wie eine Löwin kämpfte. Nachdem ich ihm erst einen Fausthieb ins Gesicht und danach einen Tritt in die Eier verpasst hatte, der ihn zu Boden beförderte, beugte ich mich über ihn. Tätschelte seine Wange und zischte ihm zu: »Hände weg. Kannst du auch unter den Kollegen ausrichten, verstanden?«

Als ich mich aufrichtete, stand Jessie noch genau an dem Platz, an dem Chane sie hatte stehen lassen, als ich ihn ablenkte. Ihre Augen funkelten gefährlich.

»Deine Frau also?«

Ich zuckte mit den Achseln. »Wenn du nicht willst, bitte. Dann hau dich das nächste Mal alleine aus der Scheiße.« Ich drehte mich um, um meine Siebensachen einzusammeln, da hörte ich sie etwas flüstern. »Was denn?«

»Küss mich, bevor du gehst!«

Ich drehte mich auf dem Absatz herum. »Lauter, Jessie. Ich habe dich nicht verstanden!«

Da lachte sie auf, holte Luft und schmetterte in die klimatisierte Luft: »Küss mich noch einmal heut' Nacht!«

»Weiber!«, fluchte Chane, als Jessie und ich uns wieder in die Arme fielen. »Verstehe, wer will.«

Jessie nahm mich an diesem Abend mit zu sich. Sie gab mir eine Schlüsselkarte für ihr Appartement, das ein wenig größer war als meines. Wir versöhnten uns ausgiebig und ein paar Tage später zog ich mit meiner Tasche bei ihr ein. Der Sternenkrieg hatte zu diesem Zeitpunkt zwar bereits angefangen, spielte sich aber in weiter Ferne ab. Er betraf unser Leben nicht wirklich. Noch nicht. Die Rekrutierungsspots wurden erst später ausgestrahlt. Die Meldungen über Niederlagen und Verluste hielten sich in Grenzen. Von Mobilmachung war noch keine Rede. Noch nicht.

Die Drohne koppelt sich ab. Sie hat jetzt wieder freie Kapazitäten, wird sich den nächsten Asteroiden suchen und ausbeuten. So sind sie, die kleinen Dinger. Emsig wie Bienen, bissig wie Zecken. Ich sollte mir auch einen neuen Standort suchen. Also finde ich mich wieder auf meinem Sitz ein, ziehe die Gurte stramm, die mir den nötigen Halt geben, und programmiere den Kurs neu.

Ich starte, fliege zurück in meinen Quadranten und hoffe darauf, dass mich kein unliebsamer Gast dort erwartet.

Als ich zurückkehre, treffe ich tatsächlich auf pure Einsamkeit. Aber ich spüre, dass das nicht alles war. Mein siebter Sinn schlägt an. So wie ich noch auf der Erde einen geplatzten Reifen spüren konnte, kurz bevor es passierte, genauso fühlt sich mein Magen jetzt an. Instabil. Ich scanne meine Umgebung ab. Nichts. Nicht einmal die Sterne um mich herum. Alles ist schwarz.

Merkwürdig, denke ich. Wer hat das Licht ausgemacht? Ich öffne einen Com-Kanal, will meinen Kommandanten über diese Anomalie in Kenntnis setzen, da taucht Jessies Gesicht auf dem Roll-up-Display auf.

»Shhht, Ela.« Ihre Stimme klingt leicht verzerrt. »Schön dich endlich wiederzusehen, Corazon. Ich habe dich vermisst.«

Ich lehne mich verblüfft in meinem Sitz zurück. Ich hätte mit allem gerechnet, aber nicht mit Jessie. »Was machst du denn hier?«, frage ich lahm.

Jessie lächelt. »Ich wollte sehen, wie es dir geht. Was du so machst. Geht es dir gut?«

Auch wenn Jessie sich auf früheren Transporterflügen gerne mal in meinen Kanal geschaltet hatte, das hier kann sie nicht sein. Die Worte sind zwar die gleichen, die sie mir gegenüber immer benutzt hatte. Aber jetzt klingen sie wie Floskeln. Vokabeln. Ohne Tiefe, ohne Sinn daher gesagt. Die Erscheinung aber gleicht ihr bis aufs Haar. Der Zug um die Augen, das zarte Lächeln. Schon will ich die Hand ausstrecken und sie berühren, um meinem Gefühl zu zeigen, dass es unrecht hat. Dass die Flachheit der Sprache nur an der Übertragung liegt. Doch die Warnung in mir ist größer. Ich schiebe per Trackball das Fenster des Com-Kanals vor Jessies Porträt und versuche, meine Botschaft weiterzugeben. Doch der Kanal ist blockiert. Ich erhalte keine Verbindung zu unserem Stützpunkt. Als sei ich völlig abgeschirmt.

»Wir müssen reden«, knistert Jessies Abbild durch die trockene Luft zu mir herüber. »Es tut mir leid, wie ich dich behandelt habe.«

Das reicht. Das war sie nicht, auf keinen Fall. »Wer immer du bist«, fauche ich das durchscheinende Porträt an. »Hör auf mit dem Spiel. Du bist nicht sie. Also, was ist hier los?« Ich sehe mich unwillkürlich in meinem Cockpit um. Haben die Kollegen mir einen schlechten Streich gespielt? Haben sie mir ein Hologramm an Bord geschmuggelt und jetzt aktiviert? Scheißkerle, echt! Wartet, bis ich nach Hause komme.

»Aber Ela«, die Stimme wird etwas klarer, jetzt klingt sie mehr wie Jessie als zuvor. »Wieso leugnest du mich?«

»Weil Jessie sich nie entschuldigt hat, du Fake! Das ist nicht ihre Art. War es nie und wird es nie sein.« Ich drehe mich wieder zu dem Gesicht herum, das ich die letzten drei Monate nicht mehr gesehen habe.

»Menschen können sich ändern, Corazon. Ich habe eingesehen, dass ...« Dem Ding fehlen die Worte. Sehr clever. Ich bin gespannt, was da noch kommt, also beschließe ich kurzerhand, das Spiel mitzuspielen.

»Was?«, belle ich also zurück. »Was willst du mir sagen?«

Es sieht mich aus Jessies Augen an, und die perfekte Imitation lässt mich schwindelig werden.

»Ich liebe dich«, flüstert es mir zu. »Ich habe dich vom ersten Moment an gewollt, so wie du mich. Ich hab's gespürt. Und ich kann nicht verstehen, dass du das alles wegwirfst, um Krieg zu spielen. Wer hat dich denn zu der Entscheidung getrieben? Warum hast du dich freiwillig gemeldet? Du setzt dein Leben aufs Spiel und lässt mich einfach so zurück. Was habe ich dir nur angetan, dass du mich derart im Stich lässt?«

Mir ist, als hätte ich all das schon einmal gehört. Und das habe ich auch. Das, was auch immer gerade mit mir spricht, wiederholt Wort für Wort das, was Jessie mir in unserer letzten gemeinsamen Nacht gesteckt hat. Die Stellen, in denen ich ihr damals geantwortet hatte – zunächst so leise, wie sie auch, dann aber stürmisch, entschlossen, genervt – verschluckt die Erscheinung einfach. Mein Part ist auf ein kurzes Rauschen reduziert worden.

Wir haben uns viel mehr an den Kopf geworfen in dieser Nacht, aber das sind die Sätze, die sich mir eingebrannt haben. Sätze, die ich nicht mehr vergessen werde.

Ich schließe die Augen, will den Trug nicht mehr sehen. »Was willst du von mir?«

Für einen Moment herrscht Stille. Dann fängt ›Jessie‹ an zu stottern. Ich muss mich anstrengen, um sie zu verstehen. Und es ist mir, als ob die Worte von ganz weit weg kommen. Sie bilden keine vollständigen Sätze mehr, sind nur noch eine gestückelte Aneinanderreihung von einzelnen Worten. Die Audioausgabe ist wieder verzerrt und verrauscht.

»Ich … brauchen uns doch … Rohstoffe … friedlich … kein Interesse … tot … Unfall … Absicht … nein.«

Danach herrscht Schweigen.

Ich öffne die Augen wieder und sehe in Jessies halbtransparente Erscheinung auf dem Display. Sie hat die Lider niedergeschlagen, die Hände hinter dem Rücken verschränkt. Und schon sehe ich sie in meiner Erinnerung, wie sie mit ihrer rechten Schuhspitze kleine perfekte Kreise auf den Boden zeichnet. Und ich verstehe endlich, dass Jessie sich schon immer entschuldigt hat. Nicht mit Worten, das war nicht ihr Ding. Sie hat es mit ihrer Haltung ausgedrückt. Nur ich habe das nie bemerkt. Mein Herz wird weit und ich vergesse für den Moment, dass es nicht sie ist, die da vor mir steht.

Ich krächze wie bei unserer ersten Begegnung staubtrocken: »Als du mich aus deinem Leben geworfen hast, vor drei Monaten. Hast du mich da tatsächlich aus deinem Herzen gerissen wie Unkraut? So wie du mir es den Gang nachgerufen hast?«

Und in meiner Erinnerung hallt es mir nach. »Unkraut … Unkraut! Hau ab, wären wir uns doch nie begegnet!« Mein

Herz schmerzt, das Blut rauscht mir in den Ohren. Mein Körper sehnt sich nach ihr, mein Geist. Alles, was ich bin, will den Graben überwinden, der seit dieser Nacht zwischen uns klafft.

Da verdichtet sich das transparente Bild von Jessie. Es ist, als ob das Hologramm auf einmal mehr Körper besitzt, als eigentlich möglich ist. Es tritt einen Schritt nach vorne und löst sich von dem Roll-up-Display. Jessie steht vor mir.

»Das habe ich nicht«, flüstert sie. »Ich hätte es nie über das Herz bringen können.« Der Avatar streckt eine Hand zu mir aus, streicht mir die eine dunkle Locke, die sich immer vorwitzig aus dem Dutt mogelt, hinter das rechte Ohr zurück. Streift meine Wange. Das Licht, so scheint es, ist zur festen Materie geworden und ich weiß nicht, wie das funktioniert. Aber dass es funktioniert, ist unzweifelhaft das Werk der Anderen.

Ich schmiege mein Gesicht in Jessies Handfläche. »Wie kann ich euch helfen?«, murmle ich. »Was wollt ihr von mir?«

»Beende den Krieg. Übermittle unsere Botschaft. Wir wollten kein Leben vernichten.«

Ich nicke. »Gebt mir etwas in die Hand. Etwas, dass man nicht als die geistige Verwirrung eines kleinen Transporters abtun kann.«

Jessie hat ihre Hand zurückgezogen, nickt. Und lächelt mich an, so wie sie es immer getan hat, wenn sie ihren Willen durchsetzen konnte. Sie deutet mit ihrer Hand auf die Instrumente. »Die Luftschleuse am Antrieb.«

Ich blicke auf die Displays vor mir. Tatsächlich, das Symbol der Luke blinkt, irgendetwas hat sie geöffnet. Ich runzle die Stirn, blicke fragend zu Jessie. Die lacht auf, so wie es auch die echte Jessie stets tat, wenn sie ein technisches Problem gelöst hatte. Dann, nachdem die Luke sich wieder geschlossen hat, zwinkert sie mir zu und dreht sich herum, als wollte sie gehen.

Ich greife nach ihrem Arm und halte sie auf. »Moment mal, was habt ihr mir da reingetan?«

Jessie dreht sich zu mir und löst meine Hand sanft von sich. »Sie werden deine Geschichte glauben. Das muss fürs Erste reichen.«

Ich bocke. »Das reicht mir aber nicht! Also gebt mir wenigstens ein Stichwort.«

Jessie dreht sich wieder zum Display herum. »Exotische Materie – etwas, dessen Existenz ihr schon lange vermutet, was ihr aber noch nicht gefunden habt. Das sollte doch Beweis genug sein.«

Während Jessie in das Display hineinfließt, schließe ich die Augen und flüstere etwas. Etwas das nur für meine Jessie bestimmt ist. Der Avatar soll es nicht hören. Aber er dreht sich dennoch um zu mir. »Was hast du da gesagt, Ela?«

Ich sehe ihn an. »Nicht für euch bestimmt. Sorry. Und nun gebt die Kommunikation frei, verdammt!«

Jessie lächelt mir zu. Während sie sich in tausend Pixel auflöst, erklingt ein Song.

Jessies Song. Mein Song.

Ich gebe die Nachricht durch, dass ich meinen Einsatz abbreche. Dass ich zur Basis zurückfliege, um mit der Admiralität zu sprechen. Und dass ich eine Lieferung dabei habe. Mein Kommandant tobt.

Ich aber singe vor mich hin, laut und falsch und aus ganzem Herzen.

Einmal Transporter, immer Transporter.

Und Jessie wartet auf mich.
Die richtige.

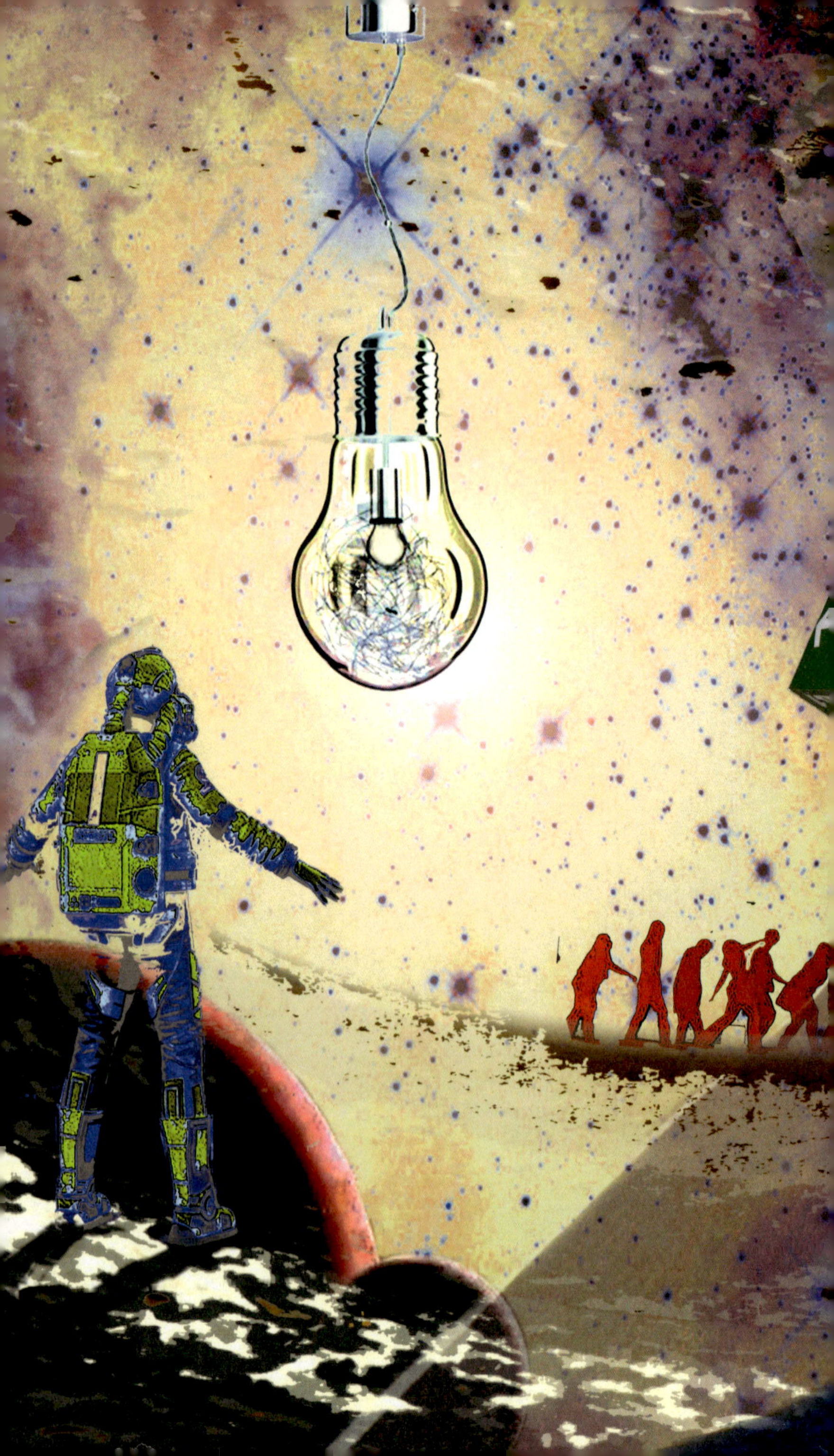

Notausgang

Anna Noah
Cicada-401

»Im Namen des Volkes ergeht in der Strafsache gegen Cillian Abena, geboren am 25. Juni 2081 in New Berlin, ledig, Deutscher irischer Abstammung, bisher wohnhaft in Hinterhof 1/3, I2EAS New Berlin, folgendes Urteil:

Die Fünfte Große Strafkammer des Erdgerichts erkennt nach der Hauptverhandlung vom 20.12.2106 für Recht an:

Der Angeklagte ist des Aufbaus eines global verschlüsselten Funksystems einschließlich der dafür nötigen Infrastruktur für den illegalen Gebrauch, wie dem Bereitstellen der nötigen Transponder, ferner des *Hackens* staatlicher Satelliten, schuldig. Der Angeklagte hat dies nachweislich dazu benutzt, um unter großen Teilen der Bevölkerung Unwahrheiten zu verbreiten. Er hat die mittels Satelliten übertragenen Signale verändert und diese Desinformationen solcherart allen Haushalten mit Standardempfangsanlagen zugänglich gemacht.

Er wird jedoch nicht zu den üblichen zwanzig Jahren Freiheitsstrafe verurteilt, sondern erhält als Einziger in diesem Monat die Chance, seinem Leben im Space Theatre eine andere Wendung zu geben. Bis zu seiner Entsendung ins All bleibt er inhaftiert.« Rhosyn Baako schlug energisch mit ihrem Richterhammer aufs Pult.

Zischendes Getuschel ging durch den Gerichtssaal. Die Richterin schloss Cillians Akte, nickte einem Ordnungshüter zu und verließ den Raum.

Zugleich rollte ein rundliches Maschinenwesen herein und synchronisierte sein Armband mit dem Überwachungshalsband des Verurteilten. Cillian wusste, wo er jetzt hingebracht wurde.

Bis zur Verhandlung hatte er dank des Halsbandes zu Hause bleiben dürfen. Er war sogar zu Fuß zum Gerichtsgebäude gelaufen und nicht – wie seit vielen Jahren in New Berlin üblich – durch die Handlanger der Regierung abgeholt worden. Sein Halsband hatte er auf dem Weg mit einem blickdichten Schal verborgen.

Cillian betrat ein Laufbandsystem. Dieses vernetzte das Gericht unterirdisch mit den jeweiligen Strafanstalten. Verurteilte mussten sich auf die Bänder stellen, um zu ihrer jeweiligen Zelle zu gelangen. Eine Flucht wurde durch die im Boden des Bandes eingebauten Elemente verhindert, welche den Delinquenten durch entsprechende Interaktion mit seinem Halsband auf seinem Platz hielten.

Der Roboter wich während des Transports nicht von Cillians Seite. An Weggabelungen scannten Maschinen die Arm- und Halsbänder.

Schließlich schien Cillian seinen vorläufigen Endpunkt mitten im Nirgendwo zu erreichen. Eine Zellentür entriegelte sich automatisch und sprang auf, während ein blendendes grünes Licht über ihnen signalisierte, dass Cillian das Magnetband gefahrlos verlassen konnte.

Auf der einzigen Liege, die man kaum sehen konnte, saß bereits jemand. Eine missmutige Frauenstimme drang aus dem Halbdunkel an sein Ohr.

»Na super, habe nicht um Gäste gebeten.«

Die Tür krachte zu und verriegelte sich wieder. Das grüne Lämpchen erlosch. Cillian sah durch die Gitterstäbe hindurch, wie das Band den Roboter fortschaffte. Seufzend drehte er sich zu der Person auf der Pritsche.

»Freut mich auch, Sie kennenzulernen. Ich heiße Cillian Abena.«

»Mir doch egal.«

Cillian stand lange unschlüssig am Gitter und blickte auf das nun kaum noch sichtbare Magnetband. Weiter oben brannte lediglich eine schmutzige, orangefarbene Lampe.

»Ich heiße Abelle Fumbe«, sagte die Frau schließlich und knipste ein winziges Licht über dem Bett an. Im matten Schein konnte Cillian erkennen, dass ihre Haut so dunkel wie die Zelle war. Ihr Oberkörper schien nackt. Weiße Augäpfel waren auf ihn gerichtet, als sie weitersprach. »Wir haben nur ein Bett, also müssen wir in Schichten schlafen. Bete, dass nicht noch jemand reinkommt.« Sie hatte sich aufgesetzt, um ihm etwas Platz zu schaffen. Er war erstaunt, dass sie tatsächlich außer einer engen Hose und einer Art von Bergsteigerschuhen keine Kleidung trug. Cillian versuchte, nicht auf ihre Brüste zu starren. Er setzte sich an die Außenkante der Pritsche und sah zu Boden. »Anscheinend ist das Gefängnis überbelegt. Was mich nur wundert, ich habe außer dieser keine weitere Zelle gesehen und es ist erstaunlich ruhig hier.«

»Bist wohl einer von den ganz Neuen, quasi noch nie hier gewesen?«

»Das kann man wohl so sagen.«

»Die erste Regel an diesem Ort lautet: Nicht über Dinge reden, weswegen man sitzt, und auch nicht andere danach fragen. Da wirst du sofort über das Halsband eliminiert.«

»Du meinst Verbr-«

»*Bruder Jakob, Bruder Jakob*«, brüllte sie los und Cillian zuckte zusammen. »*Schläfst du noch, schläfst du noch? Hörst du nicht die Glocken, hörst du nicht die Glocken? Ding ding dong, ding ding dong.*«

»Ähm.« Er war erst verwirrt.

»*Bruder Jakob, Bruder Jakob, ...*«

»Okay. Ich hab's kapiert«, fiel er ihr ins Wort. »Aber was hat das für einen Sinn?« Seine Hand fuhr dabei über die abgeblätterte Farbe der Pritsche.

»Ganz einfach, das hier ist eine Art Umerziehungslager. Die haben die orwellsche Philosophie übernommen: Wenn man die Worte verbietet, haben sie keine Macht über eine Person und verschwinden – zuerst aus dem Geist und danach aus dem Handeln.«

»Hm.«

Eine Zeit lang schwiegen beide, dann sprach Abelle weiter: »Was deine andere Frage betrifft, die Zellen sind alle da, nebeneinander und auch gegenüber, aber durch Spiegel wird die Illusion aufrechterhalten, dass man komplett alleine ist. Als es noch keine Überbelegung gab, wurde diese Methode als Folter eingesetzt. Zusammen mit einem Redeverbot für alle.«

Cillian ging wieder zur Zellentür. »Du meinst, auch gegenüber ist eine Zelle?«

»Klar.« Sie stand auf und stellte sich neben ihn. »Ey, ihr Wichser, sagt halt mal was, der Neue wird mir sonst nie glauben.«

Da nichts zu hören war, zuckte Abelle mit den Schultern und ließ sich wieder auf die Liege fallen. »Mir auch egal.«

Cillian dachte, dass sie wohl während der Zeit hier drin verrückt geworden war. Er drehte sich um. »Du bist wahrscheinlich schon länger hier.«

»Nur zwei Jahre.« Sie winkte ab.

Cillian schluckte. Ihm kam plötzlich in den Sinn, dass die Richterin nicht gesagt hatte, wie lange er auf seinen Flug in den Weltraum warten musste.

»Sag mal, kennst du das Space Theatre?«

In dem Moment, als er das sagte, wurde es außerhalb der Zelle auf einmal fürchterlich laut. Stimmen aus dem Nichts brüllten durcheinander. Jeder versuchte, den anderen zu übertönen. Also hatte Abelle recht gehabt.

»Falsche Frage.« Ein Grinsen umspielte ihr Gesicht. »Oder auch die richtige, um das Pack aus der Reserve zu locken.«

Ein neuerliches Dröhnen brachte alle zum Schweigen. Auch Cillian war zusammengezuckt. Er ging von der Tür weg und schaute fragend zu Abelle.

»Lunchtime.« Sie grinste. »Siehst du die zwei etwas breiteren Lücken zwischen den Türstäben? Da müssen wir jetzt unser Kinn auflegen.« Abelle stand auf und machte es ihm vor.

Ihr Gesäß stand nun weit nach hinten ab und Cillian verkniff sich ein Grinsen. Er blieb, wo er war, und wartete.

Das Band setzte sich in Bewegung und mit ihm kamen Roboter, die den Gefangenen flüssige Nahrung direkt über ihre Armdüsen in den Mund spritzten. Gegenüber sah es so aus, als sprühten sie direkt in das Nichts, aber wie Cillian jetzt wusste, waren da die unsichtbaren Mitinsassen. Als seine Zelle an der Reihe war, blieb das Band stehen.

»Du musst schon herkommen, sonst gibt es Stress. Die wissen, dass noch einer drin ist«, sagte Abelle. Sie hatte ihre Ladung bereits abbekommen.

Unsicher ging Cillian zur Tür und legte sein Kinn neben Abelle auf die vorgesehene Fläche. Der Roboterarm öffnete seinen Mund und eine Art Brei wurde hineingedrückt.

»Stehen bleiben«, zischte Abelle, als sich Cillian abwenden wollte.

Das Füttern ging noch eine Weile weiter. Andere Roboter kamen, jeder drückte etwas in seinen Rachen. Die Nahrung hatte kaum Aroma und alles schmeckte gleich.

Cillian gefiel das gar nicht. Er war reduziert auf seine Instinkte: Vertrauen und Schlucken, und er fühlte sich ausgeliefert.

Als ihr Essen beendet war, ließ er sich auf seine Hälfte der Liege fallen. »Wie hält man so etwas zwei Jahre aus?«

»Hoffnung. Das Konzept dürfte dir bekannt sein. Außerdem gibt es weitaus Schlimmeres hier drin.«

Das glaubte Cillian sofort.

»Immerhin war meine letzte Frage nicht verboten, bei der regen Beteiligung draußen.« Er musste plötzlich grinsen. Ob es an Abelles Gegenwart lag?

»Stimmt, da hast du Glück gehabt. Manche haben keine fünf Minuten in den Zellen überlebt, weil sie nicht gewarnt wurden und falsche Fragen gestellt haben.«

»Du hast mein Leben gerettet.« Er zog sein Tuch vom Hals und reichte es ihr. Dass er da nicht schon eher drauf gekommen war.

Sie nahm es und beäugte es kritisch. »Zumindest für die nächsten fünf Minuten.« Auch sie lächelte, während sie den Schal gekonnt um ihren Oberkörper wand.

»Aber ich habe noch keine Antwort erhalten.«

»Ich weiß nur, dass niemand der Auserwählten jemals wieder auf die Erde zurückkam.«

»Nun, es gibt angeblich mehr Raumstationen, vielleicht hat man sie einfach anderswo eingesetzt.«

»Man erzählt, dass sie gezwungen werden, komische Dinge zu tun, entweder sich mit Maschinenteilen zu vereinigen oder Theaterbesucher zu töten ... Andere behaupten, dass zwar jeder eine neue Identität bekommt, aber nach einer Weile im All völlig durchdreht.« Abelle hatte die Beine an den Körper gezogen.

»Das klingt vielversprechend.« Cillian schaute sie an.

»Frauen werden nie begnadigt, aber du bist wohl einer von den Auserwählten, oder?«

Er nickte.

Viele Wochen vergingen, in denen nichts passierte, außer dass sich das Band hin und wieder bewegte, Gefangene von Robotern gebracht oder abgeholt wurden. Irgendwann war

Abelle ihm so vertraut geworden, dass er sich ein Leben ohne sie gar nicht mehr vorstellen konnte. Als hätte das System nur auf diesen Moment gewartet, wurde er genau zu diesem Zeitpunkt abgeholt.

»Geh ruhig, ich komme schon klar.« Abelle versuchte, stark zu sein, aber das Zittern in ihrer Stimme war Cillian nicht entgangen.

Er trat auf das Magnetband, wo sich ein Roboter mit seinem Halsband synchronisierte. »Ich werde dich nie vergessen!«, sagte er leise.

»Ach, hau ab.« Abelle zog sich in die hinterste Ecke der Zelle zurück.

Cillians Kehle wurde unangenehm trocken und die Tatsache, dass er sie wahrscheinlich nie wiedersehen würde, kam ihm schmerzlicher denn je ins Bewusstsein.

Das Band brachte ihn nun durch ein Labyrinth an Gängen und Etagen bis zu einem anthrazitfarbenen glänzenden Raumschiff. Durch die offene Tür sah Cillian mehrere Häftlinge. Als er ins Innere trat, wurde er von ihnen freudig begrüßt.

»Auf in ein neues Leben!«

»Wir sind die Auserwählten, das müssen wir oben erst mal feiern.«

»Das ist *die* Chance, unser Dasein zum Guten zu wenden.«

Cillian wurde mulmig. Er wollte nicht mehr da hoch, nicht ohne Abelle.

»Freust du dich gar nicht? Willst du lieber ewig in diesem meinungsunfreien Knast verrotten?«, fragte ihn einer der Gefangenen.

»Wer sagt, dass es da oben besser ist?«, erwiderte Cillian. Er stieß den Roboter, der gerade versuchte, ihn am Sitz festzuzurren, weg und sprang wieder hinaus durch die noch offene Tür. Unglücklicherweise landete er auf dem Magnetband. Das reagierte sofort, weil sein Synchroroboter einen Hilferuf abgesendet hatte. Cillians Halsband schickte kleine, extrem schmerzhafte Stromstöße durch seinen Körper und lähmte ihn dadurch. Er schrie und ging zu Boden. Die Chance nutzte sein Roboter und warf ihn zurück ins Raumschiff. Als er dort gewaltsam festgezurrt wurde, war er sicher, dass ihn da oben nichts Gutes erwarten würde.

Die anderen Häftlinge schwiegen.
Cillian verlor das Bewusstsein.

Ruckelnd setzte sich der Raumgleiter in Bewegung. Wenn Cillian bei Bewusstsein gewesen wäre, hätte er außerhalb der Stadt eine grüne, hügelige Erdenlandschaft gesehen. So aber verschlief er den gesamten Flug und die Ankunft. Das Schiff dockte bei Raumstation Cicada-401 an und die Gefangenen wurden von Theaterleiter Étienne Atsu und einigen Hilfsrobotern in Empfang genommen. Étienne trug längs gestreifte schwarz-weiße Hosen und ein rotes Zirkusjackett mit goldenen Knöpfen.

»Sehr schön, schön, schön, schön, meine Lieben, kommt nur heraus, euch wird hier ein neues Leben geschenkt!« Seine Stimme säuselte fast und er klatschte bei diesen Worten theatralisch in die Hände. Alle Insassen des Raumgleiters standen in einer Reihe vor ihm.

»Eure Halsbänder gebt ihr ab, die braucht ihr hier oben nicht mehr.« Er schritt die Reihe seiner neuen Theatergarde entlang. Ein Hilfsroboter schleifte Cillian aus dem Raumschiff.

Étienne schaute auf den Bewusstlosen und zwirbelte seinen Oberlippenbart.

»Was ist mit diesem hier?«, fragte er.

Niemand antwortete.

»Nun, wenn das so ist, bringt ihn in seine Schlafkapsel, ich sehe später nach ihm.« Mit einer eleganten Handbewegung wandte er sich wieder den anderen zu. »Und ihr folgt mir bitte!«

Als Cillian die Augen öffnete, befand er sich in einer gepolsterten Röhre. Nach oben war gerade so viel Platz, dass er sich aufsetzen konnte. Panik ergriff ihn, aber glücklicherweise bemerkte er sehr schnell ein kleines viereckiges Bedienpult und drückte hektisch sämtliche Knöpfe. Bei irgendeinem davon schob sich die Röhrendecke in die angrenzende Wand und er konnte die Beine auf den Boden setzen.

Gegenüber schien ein Badezimmer zu sein. Er schlurfte zu den Waschbecken und ließ kühles Wasser über seinen heißen Kopf laufen. Im Spiegel sah er, dass dort, wo neulich das

Stahlband seinen Hals umschlossen hatte, nur noch blaue Flecken waren. Als er sich nach den Handtüchern umdrehte, sah er mehrere Haken, die mit Nummern versehen waren. Er blickte zurück in den dunkelgrünen Kubus, um festzustellen, welches seine Nummer war. Da erst bemerkte er die Unmenge an gestapelten Schlafkapseln neben und über seiner eigenen. Sie dehnten sich unendlich nach oben aus.

»Du hast die Drei«, teilte ihm eine Stimme aus dem Off mit. Er erschrak und schaute hinter die Tür und in die Dusche. Nichts. Auch einen Lautsprecher konnte er nicht entdecken. Wo kam die Stimme her?

»Ich bin Étienne Atsu, der Theaterleiter, komme gleich zu dir.« Ein Knacken folgte und es war wieder still. Cillian fühlte sich irgendwie beobachtet, als er Handtuch drei vom Haken nahm. Wo waren denn die Handtücher der vielen anderen Kapseln? Er zählte insgesamt nur neun Haken.

Als wenig später der Theaterleiter den Kubus betrat, kam Cillian gerade aus dem Badezimmer.

»Guten Tag, mein Lieber, die anderen werden gerade herumgeführt.« Étienne streckte ihm mit fraulicher Gebärde eine Hand hin.

Cillian ignorierte dies und ließ sich in seine Kapsel fallen. »Kommen Sie bitte zur Sache, was wird meine zukünftige Aufgabe hier sein?«

»Schön, schön, schön, du magst keinen Small Talk, ich sehe schon.« Er setzte sich neben Cillian in die Schlafröhre und schlug die Beine übereinander.

»Nun«, begann Étienne und sein Schnauzbart zuckte dabei etwas, »mir wurden die Daten aller Neuankömmlinge übermittelt und ich habe lange überlegt, wo ich wen einsetze, ob auf der Bühne oder davor oder im Zuschauerraum. Was ich sagen will, ist: Du wirst bei den Inszenierungen helfen.«

»Und wie? Ich kann weder Stücke schreiben, noch Kostüme schneidern.«

»Das ist in Ordnung. Zum Schreiben habe ich jemand anderen, ich meinte, du wirst die Stücke auf die Bühne bringen.«

»Was? Aber ...«

»Keine Widerrede. Selbst wenn du bisher andere Dinge gemacht haben solltest, gerade *das* macht die Sache unglaublich spannend!« Étienne lachte gekünstelt.

Cillian starrte auf das Namensschild an seiner Box: *CA*. Zwar trug er kein Halsband mehr, das Stromstöße aussandte, aber er musste sich dennoch dem Willen des Theaterleiters beugen.

»Du wirst in etwa zwanzig Minuten abgeholt und zur Bühne begleitet. Deine neuen Sachen findest du in der zweiten Wandluke deiner Röhre. Einfach den blauen Knopf drücken«, sagte Étienne, sprang auf und rannte zur Tür hinaus.

Das, was Cillian an Kleidung vorfand, entsprach nicht unbedingt seinem Geschmack, aber es war bequem. Nun stand er in einem Paar weißer Leinenhosen und einem grauen T-Shirt vor seiner Box. Dazu trug er schwarze Slipper.

Ein grüner Roboter erschien. Im Raumschiff gab es zwar keine Laufbänder, aber in der Mitte der Gänge entdeckte Cillian Bahnschienen.

»Halt, stopp! Nual, was tust du da? So geht das nicht!«, rief Cillian. Er war unsicher, was das Publikum oder der Theaterleiter bei seinem ersten Stück erwartete, aber es missfiel ihm, was der Laienschauspieler auf der Bühne ablieferte. »Es geht hier um etwas sehr Trauriges, da kannst du nicht einfach lachen.«

»Ich lache aus Verbitterung.« Nual verschränkte die Arme vor dem Körper. Die anderen schauten missmutig drein. Cillian konnte sich Schöneres vorstellen, als einen Haufen dramaturgisch unfähiger Häftlinge aller Altersgruppen zu dirigieren. »Das kommt aber so nicht rüber, du findest dich nach der Probe bei mir ein!« War er überhaupt dazu befugt? Er wusste es nicht, wollte aber bis auf Weiteres sein Bestes geben.

Wütend stampfte Nual auf und verließ die Bühne. Cillian seufzte. Zu sehr erinnerte ihn die impulsive Art des jungen Mannes an seine Abelle. Er würde sie wohl nie wiedersehen. Sein Herz schmerzte.

»Weiter!«, schrie Cillian den anderen zu und versank kurzzeitig in Erinnerungen an die Erde.

Nach der Probe ging er hinter die Bühne, um Nual aufzusuchen, aber er war nicht da.

»Na, irgendein Roboter wird ihn schon eingefangen haben«, meinte einer der anderen Schauspieler. Gelächter ertönte. Cillian verschob das Gespräch gedanklich auf morgen. Wenn sie hier eins hatten, dann war das Zeit. Langsam schlenderte er zurück zu seinem Kubus.

Auf dem Weg dahin entdeckte er eine offene Tür. Cillian lugte vorsichtig hinein und sein Blick traf Nual, der sich gerade umzog. Was er sah, war der Körper einer Frau! Noch eine Ähnlichkeit mit Abelle! Normalerweise durften auf dieser Raumstation nur Männer sein. Wie hatte Nual es geschafft, als Mann registriert zu werden? Wurde man nicht vor der Ausgabe des Halsbandes bis auf die Haut ausgezogen und durchgecheckt? Während Cillian widerwillig an diese Untersuchung dachte, trafen sich seine und ihre Augen im Spiegel. Nual fuhr herum und presste ihr T-Shirt gegen den Oberkörper.

»Du ... hast du was gesehen? Wieso ist die Tür auf, ich hatte sie doch verriegelt!« Angst stand in ihrem Gesicht.

Cillian trat ein und schloss die Tür. »Wer bist du wirklich?«

»Komm' mir nicht zu nahe!«, schrie Nual ihm entgegen. Sie rannte ins Bad und verbarrikadierte sich augenblicklich.

Cillian folgte und klopfte sanft gegen das Milchglas.

»Keiner will dir irgendetwas tun.«

»Geh weg!«

»Das werde ich, aber ich möchte, dass du weißt, mir vertrauen zu können.« Plötzlich fiel Cillian ein, dass die Schlafkammern überwacht wurden. Wenn Nual sich allerdings schon länger auf der Raumstation aufhielt und sich immer außerhalb der Kapsel umzog, dann konnte das doch nur bedeuten ... dass sie jemand duldete. Étienne! Es lief Cillian kalt den Rücken hinunter.

Er klopfte erneut gegen die Glastür. »Von mir geht keine Gefahr aus.« Dann ging er im Zimmer auf und ab. Hätte er die offene Tür doch einfach ignoriert!

»Ich denke, du hast Angst davor, dass ich dich erpressen könnte, richtig?«, versuchte Cillian es wieder. Etwas gedämpfter sprach er weiter: »Auch da brauchst du dir keine

Gedanken zu machen, ich habe schon ewig keine Frau mehr begehrt, wahrscheinlich geben sie uns Hormone ins Essen.«
Stille.

Als keine Antwort mehr zu erwarten war, wollte er sich gerade dem Ausgang zuwenden. Da hörte er das Schloss der Badtür. Nual stand mit geröteten Augen vor ihm.

Cillian hätte sie gern in den Arm genommen, aber er wusste, dass er dabei an Abelle denken müsste, und das wäre unaufrichtig gewesen. Er verwarf den Gedanken so schnell, wie er gekommen war.

»Ich heiße in Wirklichkeit –«

»Shhhhhhhhhhhh.« Cillian fiel ihr ins Wort und flüsterte, dass sie es ihm mit einem Finger auf seinen Arm schreiben sollte. Sie lächelte und schrieb N-U-A-L-A. Cillian nickte.

Dann kamen andere Bewohner herein und Cillian kehrte nachdenklich in seine eigene Schlafkapsel zurück.

Der Tag der ersten Aufführung kam. Das Theater wurde auf Hochglanz gebracht. Sogar der schwere Bühnenvorhang war extra zu diesem Zweck gewaschen worden. Er leuchtete intensiver denn je.

Alles schwirrte geschäftig um Cillian herum.

Besonders Étienne schien überall und nirgends zu sein. Erst brauchte ein Schauspieler auf der Bühne seinen Rat, auf dem Weg dorthin schien ihm aufzufallen, dass am Bühnenbild etwas nicht passte, und während er darauf zusteuerte, wurde er schon wieder vom Tonassistenten ans Mischpult gerufen.

Cillian stellte sich ihm direkt vor der Bühne in den Weg. »Wer sieht sich unser Stück heute überhaupt an? Das müssen ja besondere Gäste sein, wenn dafür das gesamte Schauspielhaus auf den Kopf gestellt wird.«

Der Theaterleiter räusperte sich. »Ach, mein lieber Cillian, das sind Leute wie du und ich. Sie werden mit der Raumgleiterlinie 5 gebracht.«

Cillian beschloss herauszufinden, was Étienne von Nuala wusste. »Werden Frauen dabei sein?«

Ein gekünsteltes Lachen ertönte, dann fiel Étiennes Blick auf einen anderen Häftling und er explodierte in seiner weibischen Art. »Oh, Amar! Habe ich dir nicht schon hundertmal erklärt, wie man den Boden schrubbt? Junge, Junge.« Zu Cillian gewandt fügte er hinzu: »Entschuldige mich bitte.«

Nuala antwortete für Étienne. »Es werden auch Frauen dabei sein.«

Cillian zuckte zusammen, hatte er gerade noch dem Theaterleiter hinterher gesehen, wie dieser wegtänzelte, drehte er sich nun zu Nuala um.

»Was kommen da überhaupt für Leute?«

Sie setzte sich auf den Bühnenrand. »Ich glaube, dass es nur Inhaftierte sind.«

»Aber ich verstehe nicht, wozu das –«

»Die Bühne ruft. Ich habe heute Zugdienst, daher sehen wir uns wohl erst morgen wieder.« Sie stand auf und verschwand hinter dem schweren Vorhang.

»Zugdienst, was soll das wieder sein?« Cillian schüttelte den Kopf und wollte ihr gerade hinter die Bühne folgen, als Étienne zurückkam.

»Heute Abend werden die Zuschauer mit Zügen in ihre Quartiere gebracht. Der Zug fährt automatisch durch die Gänge, aber es muss einer vom Theaterensemble anwesend sein, damit die Besucher an der richtigen Stelle aussteigen.« Ein merkwürdiger Ausdruck huschte über Étiennes Gesicht.

»Haben wir denn so viel Platz an Bord?«

»Du weißt doch, dass über den ursprünglichen neun Kapseln pro Kubus noch unzählige weitere liegen.« Cillian war das bereits erklärt worden, er wusste jedoch, dass es eine optische Täuschung war, denn die Decken der Stockwerke auf der Raumstation waren viel zu niedrig. Irgendwas an der Art und Weise, wie Étienne sprach, ließ Cillian frösteln. Das war nicht der Theaterleiter, den er kannte.

An diesem Abend saß Cillian als Intendant neben dem Direktor in der vordersten Reihe und sah sein Stück zum ersten Mal mit richtigen Kostümen und Musik.

Nuala hatte ihre Rolle akzeptabel gemeistert und das erfüllte ihn mit einem gewissen Stolz.

In der Pause kamen viele Gäste an Cillians und Étiennes Platz, um zu erzählen, was sie an der Inszenierung gut fanden, oder um Kritik zu üben. Der Theaterleiter antwortete immer sehr distanziert und diplomatisch.

Cillian beschlich mehr denn je das Gefühl, dass mit ihm etwas nicht stimmte – fast so, als wäre er nicht er selbst. Es erschien ihm zwar unmöglich, aber wer konnte schon wissen, was die Regierung mit den Leuten auf der Raumstation anstellte?

Am Ende des Stücks verbeugten sich die Schauspieler und auch Cillian wurde als Intendant auf die Bühne gebeten. Neben Nuala stand er etwas hilflos im Scheinwerferlicht. Danach fuhr ein kleiner Zug direkt vor ihnen ein und Étienne animierte die Zuschauer einzusteigen, damit sie in ihre Gemächer fahren konnten. Ausnahmslos alle kamen dieser Aufforderung nach.

»Sehen wir uns nach dem Zugdienst in deiner Röhre? Ich muss etwas mit dir bereden«, flüsterte Nuala und drückte Cillians Hand.

»Klar, ich warte auf dich.« Cillian zwinkerte ihr zu.

Als Nuala auch eingestiegen war, schlossen sich die Zugtüren und die Fenster verdunkelten sich.

»Wartet mal!« Als Nualas Gesicht langsam durch das Abtönen der Scheiben verschwand, sprang Cillian von der Bühne auf den Zug zu. Weit kam er nicht, denn Étienne stieß ihm eine Spritze in die Seite.

Als er wieder zu sich kam, befand er sich in seiner Schlafröhre. Sie war offen. Étienne saß am Fußende und schniefte in ein Taschentuch.

Cillian setzte sich mit einem Ruck auf. »Was ist passiert? Ich muss Nual sprechen!«

Erschrocken fuhr der Theaterleiter zusammen. »Mein lieber Cillian, Nual ist … nicht mehr … an Bord.« Es schien ihm schwerzufallen, diese Worte zu sprechen. »Ich … finde es auch höchst bedauerlich, so ein junges Talent … aber ich kann verstehen, wenn er … ich meine sie … oh.«

Cillian bemerkte, dass Étienne wieder der Alte war. Aufrichtige Traurigkeit klang aus seinen Worten.

»Sie wussten es von Anfang an!« Cillian vergrub den Kopf in den Händen.

»Ich schon, aber mein Zwillingsbruder hätte es nicht erfahren dürfen.« Étienne rutschte unbehaglich herum. »Komm mit, Cillian. Ich zeige dir die Schaltzentrale.«

Doch als die beiden das Zimmer verließen, kamen in schwarz gehüllte Männer auf sie zu und –

Cillian wachte schweißgebadet auf. Alles schien wie immer – bis auf den Umstand, dass er nicht wusste, wie er in seine Kapsel gekommen war. Jegliches Zeitgefühl fehlte ihm. Nach und nach erst kehrte seine Erinnerung zurück. Die Aufführung, das Publikum, der Zug – Nuala! Er sprang aus seiner Kapsel und rannte auf den Gang, zwei Eingänge weiter. Die Tür stand wieder offen. »Nuala!«, rief er, während er hastig eintrat.

Ihre Kapsel war geschlossen und das Namensschild weg. Cillian schluckte. Was war hier los? Er musste Étienne finden. Schnell machte er sich auf den Weg zum Theater. Die Gänge blieben still, er traf nicht mal auf einen Roboter.

Das Theater lag nahezu unberührt vor Cillian, als er hineinstürmte. »Étienne!« Sein Ruf verhallte im leeren Schauspielhaus. Auch hinter der Bühne war niemand zu finden.

Als er wieder draußen war, schaute er sich die Gleise auf dem Boden genauer an. Sie mussten in das Depot führen, aus dem der unbekannte Zug gekommen war. Wenn er etwas über Nualas Verbleib erfahren wollte, dann musste er dorthin. Nur welche Richtung sollte er zuerst einschlagen? Cillian entschied sich, einfach geradeaus weiterzulaufen. Er folgte den Schienen weit in die Tiefen der Raumstation. Teilweise waren die Außenwände aus einem durchsichtigen Material, sodass sich die Weite des Alls auf beiden Seiten vor ihm ausbreitete. Es kam ihm vor, wie das äußerste Ende von irgendetwas, wo es kein Leben mehr gab. Nur ihn und den Weltraum. Würde er Nuala hier finden? Nach einer Weile hellte sich der Gang auf und die Wände wurden nach und nach wieder undurchsichtig.

Dann sah er einen Roboter, an dessen Kopfteil orangefarbene LEDs chaotisch flackerten. Er irrte orientierungslos auf dem Gang umher und rammte ständig gegen die Wand. Er schien seiner Farbe nach auf ein anderes Deck zu gehören und sich auf diesem nicht auszukennen.

Cillian ging schnell an ihm vorbei, zuckte die Schultern und ging weiter an den Gleisen entlang. Irgendwann gabelten sich die Schienen. Einer der Wege musste zurück zu seinem Kubus führen. Cillian beugte sich hinunter und befühlte die Gleise. Als er hochblickte, sah er in weiter Ferne eine Frau in einem weißen Kleid die Schienen entlangrennen. Sie schien ihn zu rufen. »Komm, hier entlang!«

Cillian folgte ihr, bis er plötzlich vor einer massiven Wand stand. Die Frau war verschwunden und die Fahrspur führte geradewegs in die Wand hinein. Er sah weder eine Luke noch andere Hinweise auf eine versteckte Tür. So blieb ihm nichts weiter übrig, als sich davor auf den Boden zu setzen und zu warten. Er seufzte.

Plötzlich ertönte ein schabendes Geräusch. Er sprang auf und trat einen Schritt zurück. Die Wand glitt nach oben hin in die Decke hinein und Cillian sah Étienne herausschlendern. Der Raum dahinter verlor sich in einem Gewölbe, dessen Ende nicht zu sehen war. Nur an dem Zug, der mittendrin stand, konnte man sich orientieren.

Étienne musterte ihn feindselig. Seine Wangenmuskeln waren angespannt und die Lippen zusammengepresst.

»Was machst du hier?« Er trat auf Cillian zu. Nichts war mehr übrig von seinem theatralischen Gehabe – sein Blick kalt und herzlos.

Cillian wich zurück. »Das wollte ich auch gerade fragen.«

»Es steht dir nicht zu, Fragen zu stellen! Im Übrigen wäre es besser, du gehst mir aus den Augen.« Der Theaterleiter kam näher. Er wirkte äußerst bedrohlich.

Vor allem die ungewohnte Gefühllosigkeit in seiner Stimme traf Cillian und er wurde wütend. »Wo ist Nual?« Sein Ton war unangemessen, aber das war ihm im Moment egal.

»Nual? Wer soll das sein?«

»Si ... er hatte Zugdienst bei der letzten Aufführung.«

»Ach so, die ist das. Dann kannst du sie nur hinter mir finden.« Er lächelte ein fieses Lächeln und ging aus dem Weg.

Cillian rannte wie in Trance auf den vordersten Waggon zu. »Nuala, wo bist du?« Er rüttelte am erstbesten Eingang, aber der klemmte. Cillian probierte so lange weiter, bis er eine Tür gefunden hatte, die sich öffnen ließ.

Schnell sprang er hinein. »Nuala!«

Ein Wimmern war die Antwort. Er ging dem Geräusch nach und fand in der Lücke zwischen zwei Sitzen, halb unter einen Sitz gepresst – den Theaterleiter.

»Cillian!«

»Étienne? Ich habe dich doch gerade draußen getroffen. Was geht hier vor?« Er zog seinen Theaterleiter vom Boden hoch.

Dieser wehrte sich und schrie beinahe: »Du musst hier schleunigst raus!«

Cillian hielt ihn fest und schaute ihm in die Augen. Das war eindeutig Étiennes strenges, aber gutmütiges Gesicht. »Wieso? Ich will endlich wissen, was hier los ist!«

Der Theaterleiter schluchzte. »Nuala, ach, mein Lieber, sie ist im All. Du kannst ihr nicht mehr helfen.«

In einem Augenwinkel registrierte Cillian, dass der Zug sich bewegte. Ein Klickgeräusch und die Türen verriegelten sich. »Scheint, als machten wir eine kleine Ausfahrt.« Cillian lachte bitter.

Dann redete Étienne weiter: »Mein Bruder, der falsche Theaterleiter – er ist gemein und niederträchtig – ein richtiger Misanthrop. Die Regierung ...« Er schaute gehetzt um sich, als sich das Abteil erneut bewegte.

»Was ist mit der Regierung?«, drängte Cillian.

Todesangst stand in Étiennes Augen. »Die Regierung hat ihn hochgeschickt, weil ich es nicht konnte.«

»Was nicht konnte? Étienne, sag mir die Wahrheit!«

»Menschen in den Tod schicken.« Nun schüttelte ihn ein Weinkrampf. »Du bist ein guter Mensch, Cillian!«

Étiennes Hand suchte Cillians und der ließ es geschehen. Er hatte nichts mehr zu verlieren.

Dann glitt der Boden der Bahn beiseite und die beiden fielen durch die Öffnung in eine Schleusenkammer.

Mit voller Wucht traf Cillian der Schmerz, die zweite Frau, die er liebte, verloren zu haben und zugleich kochte in ihm eine unbändige Wut. Das war sie also, die tolle zweite Chance im Space Theatre, die den Verbrechern angeblich geschenkt wurde! Eine Farce war es, eine infame Lüge der Regierung, um Menschen ohne Beweise über eine Art Notausgang zu eliminieren. Schnell und effektiv.

Eine weitere Luke öffnete sich und der Sog der Dekompression schleuderte sie in die Unendlichkeit des Alls. Cillian löste seine Finger aus Étiennes Hand.

Er sah in den verbleibenden Sekunden seines Lebens die wunderschöne Erdkugel vor sich liegen. Sein letzter Schrei erstarb tonlos in den Weiten des Weltalls.

Christina Wermescher
Flieh mit mir

Timor lief angespannt durch die Straßen, in denen er aufgewachsen war, und ließ seinen Blick immer wieder unruhig über den Horizont wandern. Zwar war Neu-Berlin bisher kaum unter Beschuss geraten, aber die Nachrichten und Schreckensmeldungen aus den Nachbarstädten waren wie radioaktiver Regen auf sie niedergegangen.

Als er den Park betrat, hörte er das Lärmen und Kreischen spielender Kinder. Ihre hellen Stimmen klingelten fröhlich durch die Luft und für einen Augenblick war er versucht zu glauben, alles sei gut. Er setzte sich auf eine Bank am Rand der Spielwiese und schaute ihnen zu. Die kleinen Wirbelwinde jagten hintereinander her und stürzten sich abwechselnd aufeinander, um sich kräftig durchzukitzeln. Es musste Monate her sein, seit er so ausgelassenes Lachen gehört hatte. Timor versuchte, nicht an seine Familie zu denken. Von ihr hatte dieser Krieg keinen übrig gelassen, mit dem er noch lachen konnte. Da war nur noch Julie.

Bei dem Gedanken an sie holte er das kleine Kästchen, das er schon so lange mit sich herumtrug, aus seiner Hosentasche. Er öffnete es andächtig und betrachtete den Ring darin. Er war wie Julie: zierlich, rein und funkelnd.

Plötzlich veränderte sich das Schreien der Kinder. Hatten sie eben noch fröhlich gelacht und spielerisch gekreischt, schwang nun etwas völlig anderes in ihren Rufen mit. Erschrocken sah Timor auf. Schon rannten besorgte Eltern auf die Spielwiese, packten ihre Sprösslinge und stoben panisch mit ihnen davon. Am Himmel waren Schiffe der Laeminiten aufgetaucht. Wie kleine, bunte Planeten pflügten sie durch den dunstigen Himmel und erinnerten an Luftballons, wie sie früher zu verschiedenen Feierlichkeiten aufgehängt worden waren. Doch wie harmlos sie in diesem Augenblick auch aussehen mochten, der Schein trog.

Hastig sprang Timor auf. Während er das Kästchen zuklappte und zurück in seine Hosentasche verschwinden ließ, war er bereits losgelaufen. Der zentrale Stadtbunker lag einige Straßen weit entfernt. Ohne fahr- oder fliegbaren Untersatz durfte er keine Zeit verlieren, wenn er ihn noch rechtzeitig erreichen wollte. Und so rannte Timor um sein Leben.

Um zum Bunker zu gelangen, musste er geradewegs in die Richtung laufen, aus welcher der Feind herannahte. Timor stürmte eine lange Straße entlang und mit jedem Schritt erschien sie ihm noch länger. Fast meinte er, sich in Zeitlupe zu bewegen, obwohl er rannte, dass ihm der Schweiß ausbrach, und sein Herz wild gegen seine Brust hämmerte. Den Blick gebannt auf die großen, kugelrunden Schiffe gerichtet, bog er ihm Laufschritt um eine Ecke. Doch in der Kurve rutschten ihm die Füße weg, und er schrammte schmerzhaft über die Straße. Er nahm sich nicht die Zeit seine Blessuren zu begutachten, sprang sofort auf und rannte weiter. Als er endlich den Bunker in der Ferne erkennen konnte, gingen die ersten Schüsse auf Neu-Berlin nieder. Ein paar Blitzlichter nur, mehr konnte er von den Laserstrahlen, die am Stadtrand durch die Atmosphäre schnitten, nicht erkennen. Doch vor seinem geistigen Auge bäumten sich Bilder der Verwüstung auf.

Angespannt beobachtete er die Menschen, die in den Bunker strömten. Er suchte verzweifelt nach wehendem, schwarzem Haar und einer pastellgelben Jacke. Doch er fand sie nicht. Julie war nicht dabei.

Er stürzte hinein und unterdrückte nur mühsam den Impuls, sich an Ort und Stelle zu übergeben. Sein Hals fühlte sich vom heftigen Atmen rau an und Sternchen der Anstrengung tanzten vor seinen Augen. Doch er konnte sich keine Ruhepause gönnen. Panisch drängte und schubste er sich durch die Menschenmenge und rief immer wieder Julies Namen. Da drehte sich ein paar Schritte von ihm entfernt ein Mädchen um und schien sich suchend nach seinen Rufen umzuschauen. Als er Julies Blick auffing, verließ ihn endgültig der letzte Rest seiner Kraft. Erleichtert und erschöpft brach er zusammen.

Er kam mit dem Kopf auf Julies Oberschenkeln liegend zu sich und fragte sich kurz, ob dies der Himmel sein mochte. Am liebsten wäre er liegen geblieben und hätte in ihren

Schoß geweint wie ein Kind. Doch er rappelte sich auf und umarmte sie.

»Ich bin so froh, dass du hier bist«, flüsterte er.

Sie lächelte ihn an und strich vorsichtig mit den Fingerspitzen über seine blutverkrustete Wange.

»Ich hatte auch Angst um dich«, gab sie zu. »Du bist ganz schön knapp hier eingetrudelt.« Schuldbewusst presste Timor die Lippen zusammen. Sie hatte recht, es war unvorsichtig gewesen, sich so weit vom Bunker zu entfernen.

»Bald schon brauchen wir vielleicht keine Angst mehr zu haben«, sagte sie leise und in ihren Augen glomm ein Hoffnungsfunke, wie er ihn schon lange nicht mehr gesehen hatte.

»Was meinst du?«, wollte er wissen. Doch sie legte ihm prompt den Zeigefinger auf die Lippen.

»Wenn wir wieder draußen sind, dann wissen wir mehr. Ich will dir keine Hoffnungen machen, wenn sie womöglich gerade zerstört wurden.« Sie klang bestimmt, und so gab Timor es auf, sie weiter zu drängen. Wenn es jemanden gab, der noch sturer war als er selbst, dann war es wohl Julie.

Immer wieder schauten die beiden auf die Lampe, die über dem Eingang zum Bunker angebracht war. Leuchtete sie, so zeigte sie an, dass die Menschen ohne Gefahr wieder hinauskonnten. Doch sie war aus.

»Wie lange war ich denn bewusstlos?«, fragte Timor.

»Nicht lange. Ich bin gar nicht sicher, ob der Angriff überhaupt schon vorüber ist.«

Der Bunker war rundherum mit einer komplexen Struktur aus Metamaterial eingekleidet. So konnte er die Laserstrahlen der laeminitischen Schiffe ablenken. Diese Technologie war das Einzige, was sie dem Feind noch entgegenzusetzen hatten. Alle aktiven Abwehrsysteme waren längst zerstört worden.

Wieder warf Timor einen vergeblichen Blick auf die Lampe. Er konnte es kaum erwarten, die Enge des Bunkers hinter sich zu lassen. Vor allem, da Julie eine Lösung für ihre doch so unlösbare Situation im Kopf zu haben schien. Sie folgte seinem Blick.

»Die testen die Luft erst noch auf Gifte, bevor sie uns wieder raus lassen. Und vermutlich muss die Umgebung auch erst mal abkühlen.« Timor versuchte nicht an die verschiedenen Nachrichtenbilder zu denken, die nach solchen Angriffen gemacht worden waren.

Als das Licht über der Tür anging, drohte kurz Panik auszubrechen. Im ganzen Saal sprangen Menschen auf, schluchzten und schauten gebannt und überfordert auf die nun brennende Lampe. Nicht nur Timor hatte wohl Bilder der Verwüstung im Kopf und die Anspannung und Angst vor dem, was man nun draußen vorfinden mochte, ließ die Luft im Bunker flirren.

Julie war ebenfalls sofort aufgesprungen. Auch ihr war die Anspannung ins Gesicht geschrieben. Sie sah älter aus als noch vor ein paar Monaten, der Krieg hatte ihre jugendlichen Züge härter werden lassen. Doch im orangefarbenen Schein der Ausgangslampe war sie schön wie nie. Entschlossen griff sie nach Timors Hand und zog ihn mit sich durch die Menge zur Tür.

Der Anblick, der sich ihnen draußen bot, stellte selbst die dunkelsten Gedanken in den Schatten. Timor war nicht fähig gewesen, sich ein derartiges Ausmaß an Zerstörung vorzustellen. Fassungslos stand er da und blickte über die dunstige Ebene. Sein Gehirn wies ihn immer wieder irritiert darauf hin, was er da und dort hätte vorfinden müssen. Doch die Laser der Laeminiten hatten nichts als Staub und Asche übrig gelassen. Und das Wenige, das es noch gab, stand in Flammen. Hätte Julie nicht seine Hand gehalten, seine Beine hätten wohl noch einmal nachgegeben.

Die Menschen, die nun zögerlich hinter den beiden aus dem Bunker heraustraten, zeigten die volle Bandbreite an verschiedenen Reaktionen auf diese Katastrophe. Während ein paar von ihnen wie Timor einfach fassungslos stehen blieben und auf Neu-Berlin starrten, das keine Straßen und Häuser mehr hatte, ertönten hier und da Schluchzer und vereinzelt auch panische Schreie. Irgendwo fing jemand an, hysterisch zu lachen. Eine Frau verdrehte die Augen und sank zu Boden, und keiner konnte sagen, ob es eine Ohnmacht war oder einfach schiere Verzweiflung.

Timor schluckte betroffen und drehte sich zu Julie, um sie zu trösten. Doch irritiert bemerkte er, dass sie gar nicht aussah, als würde sie Trost brauchen. Ihre Augen klebten am Horizont und ein Lächeln umspielte ihre Lippen. Timor musste unweigerlich an die Menschen denken, die das Leid des Krieges in den Wahnsinn getrieben hatte. Besorgt legte er ihr die Hand auf die Schulter.

»Ist alles in Ordnung mit dir?«

»Sogar mehr als das«, strahlte sie ihn an, was seine Angst, sie könnte verrückt geworden sein, noch verstärkte. Sie zog ihn mit sich und lief ein Stück um den Bunker herum in die Richtung, die sie, seit sie im Freien waren, kaum aus den Augen gelassen hatte.

»Weißt du noch, Timor, aus dem Geschichtsunterricht? Unsere Vorfahren mussten ihren Planeten einst wegen eines verheerenden Krieges verlassen. Sie waren mutig und haben es geschafft, sich eine neue Welt zu suchen.«

»Ja.« Timor nickte langsam. »Ich weiß.«

Julie sah ihm in die Augen, als wollte sie seinen Blick festhalten.

»Wir können das auch.«

Timor runzelte die Stirn. »Wie meinst du das?«

»Na, sieh doch dort!«, rief sie triumphierend und deutete mit dem Finger zum Horizont. »Die Flugschule, sie steht noch!«

Angestrengt schaute Timor in die angezeigte Richtung. Tatsächlich konnte er Hangar und Tower des kleinen Raumhafens erkennen.

»Ja, aber was hilft uns das, Julie? Die Schiffe dort haben doch nur eine geringe Reichweite und im näheren Umkreis ist alles zerstört. Wo soll da eine neue Welt auf uns warten?« Es tat ihm fast körperlich weh, Julies Hoffnungen zu zerstören. Aber was brachte es, ihr zuliebe in der Gewissheit zum Nachbarplaneten zu reisen, dass auch dieser schon von den Laeminiten heimgesucht worden war. Aber das Lächeln verschwand nicht aus Julies Gesicht. Nein, wider Erwarten wurde es gar breiter.

»Ich habe Alma heute Morgen getroffen. Und sie hat mir das hier gegeben.« Julie zog einen verknitterten Zettel aus der Hosentasche und faltete ihn behutsam auf. Ein paar Zahlen waren darauf gekritzelt.

»Das sind Koordinaten. Wenn wir dort hinfliegen, dann haben wir eine Chance, Timor. Dort sind Schleuser, die uns in eine neue Welt bringen können.«

Schleuser? Timor überlegte mit skeptischem Gesicht, ob sich ihre Lage wirklich durch diese zweifelhafte Reise verbessern konnte. Doch Julie strahlte eine Zuversicht aus, dass es ihm das Herz gebrochen hätte, ihre Hoffnung voreilig zu zerstören.

»Flieh mit mir, Timor. Flieg mit mir weit weg!«, bat sie, und Timor wusste, dass er keine andere Wahl hatte.

»Ich würde überall mit dir hingehen«, sagte er heiser. Lächelnd fiel sie ihm um den Hals. Timor dachte an den Ring in seiner Hosentasche. Doch schon löste sie sich aus seiner Umarmung.

»Komm, lass uns keine Zeit verlieren.« Und so machten sie sich Hand in Hand auf den Weg. Sie liefen quer über die graue, staubige Ebene. Sie glich einer steinigen Steppe. Timor versuchte, sich nicht zu genau umzusehen. Obwohl der Boden noch Wärme abzugeben schien wie ein eben ausgeschalteter Herd, fröstelte ihn bei dem Anblick des Nichts, das anstelle von Neu-Berlin getreten war. So tat er es Julie schon bald gleich und hielt den Blick stur geradeaus auf den kleinen Raumhafen gerichtet, der in der Ferne verheißungsvoll auf sie wartete.

Sie hatten nach dem verheerenden Angriff nicht einmal eine Flasche Wasser, die sie hätten mitnehmen können. So gingen sie langsam, aber beständig voran, um sich nicht zu überanstrengen. Am Stand der Sonne konnten sie ablesen, dass sie einige Stunden unterwegs gewesen waren, bis sie den einstigen Stadtrand erreichten. Hier standen noch ein paar verkohlte Gebäudereste, doch begegneten sie auch hier keiner Menschenseele.

Die Zerstörung reichte bis in das Flughafengelände hinein, hatte jedoch kurz vor dem Hangar haltgemacht. So mussten sie sich nicht einmal über einen Zaun kämpfen, denn dieser lag in rußigen Bruchstücken am Boden. Als sie über seine Trümmer hinweggestiegen waren, sah Julie sich aufmerksam um. Den ganzen Weg über hatte keiner von ihnen zurückgeblickt. Der flache Bunker war längst außer Sichtweite und auch sonst entdeckten sie kein Lebenszeichen in der Umgebung. Julie ging trotzdem ganz vorsichtig und wachsam weiter.

Zielstrebig schlich sie in den Hangar. Die zwei kleinen Übungsschiffe der Flugschule standen artig dort, völlig unbeeindruckt von der Katastrophe, die eben die benachbarte Stadt heimgesucht hatte. Julie klatschte in die Hände und schmatzte Timor einen fröhlichen Kuss auf die Wange.

»Mit dem Flitzer habe ich letztes Jahr meinen Flugschein gemacht«, rief sie und deutete auf eines der Schiffe. »Mit dem kenne ich mich aus. Damit kann ich uns ohne Probleme hier wegbringen.« Sie strahlte Timor an. Doch als sie einsteigen wollte, musste sie feststellen, dass das Schiff abgeschlossen war.

»Weißt du, wo der Chip ist?«, fragte Timor.

»Ricco hat ihn immer in seiner Schreibtischschublade.«

»Okay, ich gehe nebenan ins Büro und hole ihn.«

»Gut«, meinte Julie, »und ich schaue nach, wie viel Treibstoff noch da ist.«

Aufgeregt sprang Julie vom Schiff herunter und ging in den hinteren Teil des Hangars, während Timor kehrtmachte und zum Büro schlich. Er hatte Julie hier früher ein paar Mal abgeholt und das kleine, flache Gebäude war ihm stets etwas schäbig vorgekommen. Doch heute strahlte es geradezu. Vielleicht lag es an der Hoffnung, die Julie in diesen Ort setzte. Vielleicht war es aber auch der Kontrast zu den Bildern der Zerstörung in der Stadt.

Er hatte damit gerechnet, ein Fenster einschlagen zu müssen, um hineinzugelangen. Doch als er an der Tür vorbeischlich, bemerkte er, dass diese einen Spaltbreit offenstand. Schnell schlüpfte er hinein und lauschte. Alles war still.

Auf Zehenspitzen ging er zu dem Zimmer, das mit »Büro« beschriftet war, und drückte sachte die Klinke. Kaum hatte er die Tür einige Zentimeter aufgeschoben, erstarrte er mitten in der Bewegung. Hinter dem Schreibtisch saß auf seinem Bürostuhl Ricco, der Fluglehrer.

Im ersten Moment hatte Timor geglaubt, er würde womöglich schlafen, denn sein Kopf war in den Nacken zurückgefallen und er gab keinen Mucks von sich. Doch bei genauem

Hinsehen bemerkte Timor entsetzt die Blutspritzer an der Wand hinter Ricco. Am liebsten hätte er sofort kehrtgemacht, doch da dachte er an Julies hoffnungsvolles Lächeln und schlich hinein.

Je näher er Ricco kam, desto klarer wurde, was geschehen sein musste. Neben der Leiche lag eine altmodische Pistole, die ihm nach dem Abdrücken wohl aus der toten Hand gerutscht war. Timor vermied es, Riccos Hinterkopf anzusehen. Die Kugel hatte ihn beim Austritt regelrecht aufgesprengt. Hastig zog er die oberste Schublade des Schreibtisches auf. Die Chips für die Übungsflieger lagen ordentlich bereit, als hätten sie auf ihn gewartet. Daneben fand er eine fast volle Schachtel Zigaretten mit Feuerzeug und ein Bündel Bargeld. Timor hatte keine Ahnung, welche Währung sie in der neuen Welt, von der Julie gesprochen hatte, brauchen würden. Doch vorsichtshalber nahm er alles mit, inklusive der Wasserflasche, die auf dem Tisch stand. Als sein Blick erneut auf die Pistole zu seinen Füßen fiel, hielt er kurz inne. Dann schnappte er sich auch sie und steckte sie hinten unter der Jacke in seinen Hosenbund.

Als er hinausschlich, schüttelte er unweigerlich den Kopf ob der absurden Situation, die er hier vorgefunden hatte. Da war dieser Ricco mit seiner Flugschule um Haaresbreite dem Angriff der Laeminiten entkommen. Und dann jagte er sich zum Dank an das Schicksal eine Kugel in den Kopf. Verkehrte Welt.

In Gedanken versunken ging er zum Hangar zurück. Julie hatte das Schiff bereits vollgetankt und erwartete ihn ungeduldig.

»Hast du ihn?«, rief sie ihm schon von Weitem entgegen.

»Ich denke schon.« Timor drückte ihr die Wasserflasche in die Hand, probierte die beiden Chips aus und gab Julie den passenden.

Gemeinsam packten sie so viele Treibstoffkanister in das Schiff, wie sie nur irgendwie hineinzwängen und stapeln konnten. Plötzlich hielt Julie inne.

»Sollten wir Ricco vielleicht einen Zettel dalassen?«, fragte sie. Ihr schlechtes Gewissen spiegelte sich in ihrem Gesicht wider. Timor schüttelte den Kopf.

»Brauchen wir nicht«, sagte er. »Ricco ist tot.« Wie zur Bestätigung zog er die Pistole aus seinem Hosenbund und zeigte sie ihr. Erschrocken hob Julie sich die Hand vor den Mund.

»Hast du etwa …?«

»Quatsch!«, unterbrach er sie. »Er hat sich damit selbst erschossen.« Julie betrachtete die altertümliche Pistole. Wahrscheinlich hatte sie so ein Ding noch nie gesehen. Gebaut wurde so etwas jedenfalls schon lange nicht mehr und Timor kannte solche Teile auch nur, weil sein Onkel früher antike Waffen gesammelt hatte.

»Gut.« Julie atmete tief durch. »So macht uns der Krieg wenigstens nicht zu Dieben.« Sie wirkte plötzlich verletzlich, sodass Timor seinen Kommentar, der Krieg würde sie stattdessen zu Leichenfledderern machen, unausgesprochen hinunterschluckte.

Gemeinsam schoben sie das große Rolltor des Hangars auf. Es gab den Blick frei auf die Verwüstung, der sie entfliehen wollten. Sie zögerten nicht, sahen nicht einmal auf. Entschlossen trabten sie im Gleichschritt zu dem kleinen Übungsschiff zurück und kletterten auf die Sitze. Während Julie die Anzeigen kontrollierte, gab Timor die Koordinaten in das Navigationssystem ein. Dann beobachtete er Julie gespannt, wie sie verschiedene Knöpfe und Schalter betätigte. Kaum hatte er sich angeschnallt, da hoben sie auch schon mit einem leichten Pfeifen ab und rauschten aus dem Hangar.

»Wow!« Timor unterdrückte ein Jauchzen. Und ein Seitenblick zu Julie verriet ihm, dass auch sie den rasanten Flug genoss. Sie schien voll in ihrem Element zu sein und steuerte das Schiff höher, immer höher in den Himmel hinauf.

Je weiter sie flogen und je kleiner ihr Heimatplanet unter ihnen wurde, desto mehr baute sich in Timor das Gefühl auf, Julie könnte recht behalten. Sie konnten es schaffen, genauso wie es ihre Vorfahren damals geschafft hatten, als sie die Erde verließen. Während er seinen Gedanken nachhing, beschlich ihn klammheimlich die Müdigkeit. Er schrak auf, als ihm zum ersten Mal die Augen zugefallen waren. Erschrocken schaute er zu Julie.

»Bist du fit?«, fragte er sie.

»Klar, alles gut.«

»Mir ist gerade aufgefallen, dass ich dich gar nicht ablösen kann, falls du müde werden solltest!«, meinte er besorgt. »Schaffst du den ganzen Weg oder können wir vielleicht irgendwo einen Zwischenstopp einlegen?«

»Bis jetzt brauche ich keine Pause.« beruhigte Julie ihn. Da fiel Timor das Päckchen in seiner Jackentasche ein. Er fischte eine Zigarette heraus und steckte sie Julie in den Mund. Ein fröhliches Glucksen drängte sich an dem Filter vorbei durch ihre Lippen. Als er ihr Feuer gab, schenkte sie ihm ein dankbares Lächeln. Der warme Lichtschein erinnerte Timor an die orange Lampe im Bunker. Zärtlich strich er seiner schönen Julie eine Haarsträhne hinters Ohr.

Dann lehnte er sich zurück und schloss die Augen.

Als er sie wieder öffnete, hätte er schwören können, dass nur wenige Minuten vergangen waren. Doch sein schmerzender Rücken behauptete hartnäckig etwas Anderes. Er musste eine ganze Weile geschlafen haben. Timor streckte sich, dass seine Gelenke knackten.

»Entschuldige, Liebes, ich wollte eigentlich mit dir wach bleiben«, gähnte er. »Dauert es noch lange?«

»Nein.« Julies Stimme klang angespannt. »Wir sind schon da.«

Sofort war Timor hellwach und alle Müdigkeit verschwunden. Er beugte sich vor und starrte in die Dunkelheit. Sie waren umgeben vom tiefen Schwarz des Alls. Fragend drehte er sich zu Julie.

»Aber ich sehe nichts.«

»Ich auch nicht«, antwortete sie gepresst. Mit einer fahrigen Handbewegung deutete sie auf das Navigationssystem. Es zeigte mit einem blauen Punkt ihren derzeitigen Aufenthaltsort an und ein grüner markierte ihr Ziel. Beide Punkte lagen genau aufeinander, waren zu einem blaugrünen Blinklicht verschmolzen.

»Das ist ja komisch. Habe ich die Koordinaten womöglich falsch eingegeben?«, fragte Timor ratlos. Doch Julie schüttelte den Kopf.

»Hab' ich schon überprüft.«

Er hatte den Gedanken an diese ominösen Schleuser bisher möglichst weit von sich geschoben. Die Idee, sich irgendwelchen Fremden auszuliefern, hatte ihm von Anfang an nicht behagt. Doch dass sie hier gar niemanden antreffen würden, damit hätte er niemals gerechnet. Überfordert griff er nach den Zigaretten und steckte sich eine an. Er wagte kaum, Julie anzusehen. Sie hatte den Blick stur geradeaus gerichtet und kniff die Lippen zusammen.

»Und nun?«, wollte er schließlich wissen, als ihm das angespannte Schweigen unbehaglich wurde.

»Wir warten«, sagte Julie bestimmt. Timor öffnete kurz den Mund, doch klappte er ihn sogleich wieder zu, ohne etwas zu sagen. Zwar fand er es schwachsinnig, hier in der Dunkelheit herumzuhocken, doch da er keinen besseren Vorschlag parat hatte, hielt er lieber die Klappe.

Julie löschte alle Lichter, schaltete das Navigationsgerät aus und fuhr die Heizung auf ein gerade noch erträgliches Maß herunter, um Treibstoff zu sparen. Sie schien fest entschlossen zu sein, hier auszuharren.

Obwohl die Zeit stillzustehen schien und ihr Fortschreiten nur von Julies regelmäßigem Seufzen unterbrochen wurde, hatte Timor das Gefühl, die Tankanzeige würde sich viel zu schnell dem Punkt nähern, an dem eine Rückkehr nicht mehr möglich wäre.

»Julie, wir müssen zurück. Wir können hier nicht nachtanken«, mahnte er schließlich kleinlaut. Langsam wandte sie sich ihm zu. Im spärlichen Schein der Bordcomputer wirkte sie gespenstisch blass. Und trotz des wenigen Lichts sah er deutlich, dass ihre Augen müde und rot gerändert waren. Die Traurigkeit und Resignation, die sie ausstrahlte, füllte plötzlich das ganze Schiff aus.

Betroffen versuchte Timor, sie zu trösten.

»Wir probieren es wieder.« Doch sie winkte ab und machte sich mit hängenden Schultern daran, das Schiff für die Rückreise startklar zu machen. Langsam setzte es sich in Bewegung.

»Timor!«, rief Julie plötzlich aufgewühlt. Mitfühlend legte er ihr die Hand auf den Arm.

»Alles ist gut, Julie. Es ist richtig, dass wir nun wieder losfliegen«, beschwichtigte er sie.

»Aber ich bin nicht losgeflogen!« Irritiert blickte Timor auf den Schirm des Navigationsgerätes. Der blaue Punkt bewegte sich, langsam zwar, doch eindeutig.

»Das bin ich nicht, Timor. Ich habe die Triebwerke noch nicht gestartet.« Da erst fiel Timor auf, dass das leise Pfeifen, das sonst ihren Flug begleitet hatte, nicht zu hören war. Doch das Schiff hatte eine leichte Drehung vollzogen und bewegte sich nun direkt auf einen Asteroiden zu, der auf dem Bildschirm rasch größer wurde.

»Aber wie ist denn das möglich?«, staunte Timor, während Julie hektisch anfing, verschiedene Schalter zu betätigen.

»Keine Ahnung, vielleicht sind wir in eine Art Magnetfeld geraten.« Das Pfeifen, das Timor vermisst hatte, kam plötzlich zurück, lauter sogar, als er es in Erinnerung gehabt hatte. Julie versuchte verzweifelt mit allem, was das Triebwerk hergab, gegen die geheimnisvolle Anziehungskraft des Asteroiden anzukämpfen. Doch unbeeindruckt von ihren Anstrengungen flog das Schiff immer weiter auf den riesigen Gesteinsbrocken zu.

Als Julie sich schwer atmend in den Sitz zurückfallen ließ, glänzten Schweißtropfen auf ihrer Stirn.

»Oh, Timor, was habe ich getan?«, keuchte sie, während der Asteroid unerbittlich näher rückte. »Ich wollte uns retten und nicht umbringen!« Hilfe suchend griff sie seine Hand und umklammerte sie wie eine Ertrinkende den Rettungsring. Gebannt starrte auch Timor auf den Asteroiden, der sich bedrohlich vor ihnen aufbaute. Kein tröstendes Wort kam mehr aus seiner zugeschnürten Kehle. Die Angst vor dem tödlichen Aufprall lähmte ihn, sodass er nichts anderes tun konnte, als dazusitzen und Julies Hand ebenso fest zu drücken, wie sie die seine. Er konnte bereits die felsigen Strukturen und Krater auf der Oberfläche des Asteroiden genau erkennen und war sicher, dass sie in wenigen Augenblicken zerschellen würden. Umso irritierter war er, als das Schiff kurz vor dem Zusammenstoß eine Kurve flog und einen Kurs parallel zur Gesteinsoberfläche einschlug. Julie japste ungläubig nach Luft und fing leise an zu wimmern. Das Schiff schwebte wie von Geisterhand gesteuert über die karge Landschaft des Asteroiden. Die beiden wagten kaum, zu atmen. Sie waren so angespannt, dass sich auch angesichts des bisher ausgebliebenen Absturzes nur wenig Erleichterung einstellen wollte.

Plötzlich änderte das Schiff abermals die Richtung. Über einem unscheinbaren Krater stoppte es unvermittelt und begann, auf dessen Boden hinabzusinken. Kurz bevor es den Grund berührte, öffnete sich jedoch ein massives Metallschott unter ihm und sie glitten in einem Tunnel abwärts, wie in einem nicht enden wollenden Fahrstuhl. Vom Cockpit aus sahen die beiden lediglich die raue, rotbraune Gesteinswand, die beständig am Schiff vorbeiglitt. Gelegentlich wurde sie unterbrochen von weiteren geöffneten Metallschotts, durch die sie auf ihrem Weg nach unten hindurchflogen.

Mit einem Mal war das Schiff lichtdurchflutet. Erschrocken kniffen die beiden die Augen zusammen. Der Tunnel hatte sich zu einem großen hellen Raum erweitert, in dem sie sogleich landeten. Angestrengt versuchte Timor trotz des gleißenden Lichts etwas zu erkennen. Nach der Düsternis der spärlichen Cockpitbeleuchtung brannten die Strahlen der Scheinwerfer in seinen Augen. Mit einem Klacken, das ihm unwirklich und laut erschien, entriegelte sich die Luke. Julie fasste sich, schnallte sich ab und stand auf. Ihre Entschlossenheit schien zurückzukehren. Timor folgte ihr mit weichen Knien zum Ausstieg, der einen Spaltbreit offenstand. Vorsichtig schob Julie ihn auf und lugte hinaus. Auf den ersten Blick konnten sie niemanden entdecken, und so kletterten sie mit bebenden Herzen hinaus.

Unschlüssig blieben sie in der Deckung des Schiffes stehen und sahen sich um. Julie war es, die schließlich einen Blick hinter das Schiff warf und den Androiden entdeckte. Er begrüßte sie mit einem kurzen Nicken und seine humanoide Gestalt gab ihnen neue Zuversicht.

»Sie sind Flüchtlinge, die unsere Dienste in Anspruch nehmen wollen?«, versicherte er sich. Julie nickte hastig.

»Dann breiten Sie bitte hier auf dem Boden aus, was Sie als Bezahlung anbieten können.« Julie und Timor schauten sich überrumpelt an. Natürlich wollten Schleuser für ihre Dienste bezahlt werden. Doch womit? Sie wussten zu wenig über diese Leute, um abschätzen zu können, was sie wollten. Und nach dem Angriff der Laeminiten war ohnehin nichts übrig geblieben. Während Julie so laut schluckte, dass Timor es hören konnte, entfernte sich der Android und ließ sie allein.

»Die Treibstoffkanister!«, rief Timor in einem plötzlichen Geistesblitz. Ohne zu zögern, kletterte Julie in das Schiff zurück, und begann damit, sie auszuladen. Als sie nach dem letzten griff, hielt er sie am Arm zurück.

»Einen behalten wir.« Stattdessen zog er das Bündel Geld aus seiner Jackentasche und legte es zusammen mit der Pistole auf einen der Kanister.

Als sie ein Geräusch hinter sich hörten, fuhren sie herum, und die Münder blieben ihnen offenstehen. Der Android war zurückgekehrt, doch das Wesen, das er mitgebracht hatte, verschlug den beiden die Sprache. Die hochgewachsene Gestalt hatte durchaus Ähnlichkeiten mit einem Menschen, was ihren Anblick wohl noch irritierender machte. Denn sie war etwa eineinhalbmal so groß wie Julie und Timor, dafür aber wesentlich schmaler. Und sie war nackt. Kaum Fleisch schien an ihren Knochen zu hängen, und die rote Haut spannte sich trocken über den Körper wie Pergament. Timor musste unweigerlich in den Schritt der Gestalt schauen. Dort waren keine Geschlechtsteile zu sehen, nur ledrige, faltige Haut. Das Wesen sah aus wie ein roter, übergroßer, geschlechtsloser Zombie.

Obwohl seine dunklen Augenhöhlen nur leere Krater im ausdruckslosen Gesicht waren, stakste es zielstrebig an die Kanister heran. Mit einer Leichtigkeit, die Timor dem dürren Körper niemals zugetraut hätte, hob es einen Kanister hoch und hielt ihn sich an die Stirn. Das Gleiche tat es mit der Waffe, während das Geldbündel unbeachtet liegen blieb. Dann drehte sich das Wesen zu dem Androiden. Timor verstand nicht, wie die beiden kommunizierten, denn ohne, dass der rote Zombie etwas gesagt oder auch nur irgendeine Mimik gezeigt hätte, schien der Android ihn zu verstehen und richtete erneut das Wort an sie.

»Der Treibstoff und das Metallteil sind akzeptiert. Doch ist es zu wenig für euch beide.« Timor hörte Julie neben sich scharf die Luft einsaugen.

»Was ist mit dem Geld?«

»Wir wissen um eure fixe Idee, Papier würde wertvoller werden, wenn man bunte Bilder darauf druckt, doch wir teilen sie nicht. Wir brauchen kein Papier«, erklärte der Android.

Einige quälende Sekunden verstrichen, bis Timor vorschlug, er könne seine Arbeitsleistung verkaufen. Fast flehte er, ob es nicht irgendetwas für ihn zu tun gäbe.

Zumindest erreichte er, dass der rote Zombie zu ihm stakste und unmittelbar vor ihm stehen blieb. Trotz der leeren Augenhöhlen fühlte Timor sich eindringlich gemustert.

»Was hast du in deiner Tasche?«, hörte er den Androiden. Er zog die noch halb volle Schachtel Zigaretten heraus und hielt sie dem Wesen entgegen. Dürre, knochige Finger griffen danach. Wieder hielt es sich den Gegenstand kurz an die Stirn. Dann öffnete es die Schachtel, nahm das Feuerzeug heraus und gab ihm die Zigaretten zurück.

»Der Miniaturkanister ist akzeptiert«, sagte der Android. »Doch wir meinten die andere Tasche.« Das hatte Timor bereits befürchtet. Unwillig zog er das kleine Schmuckkästchen heraus. Während der rote Zombie es sich an die Stirn hielt, wagte Timor nicht, Julie anzusehen. Zu allem Überfluss ließ er das Kästchen aufschnappen und holte den Ring heraus. Timor hielt den Blick gesenkt, seine Wangen glühten.

»Gold und Stein sind akzeptiert.« Betroffen schaute Timor auf das leere Kästchen in seinen Händen. Hastig steckte er es zurück in seine Hosentasche in der Hoffnung, die Peinlichkeit des Moments würde mit dem Kästchen verschwinden.

»Wir leiten euer Schiff aus dem Asteroiden hinaus und übermitteln die Zielkoordinaten an euer Navigationssystem. Verlasst ihr den vorgegebenen Kurs oder gebt einen Funkspruch ab, schießen wir.« Damit drehte sich der Android auf dem Absatz um und verschwand mit dem roten Zombie, ohne sie eines weiteren Blickes zu würdigen.

Timor und Julie standen da wie angewurzelt und schauten den beiden nach. Langsam realisierte Timor, dass es scheinbar wirklich geklappt hatte. Da flog Julie auch schon in seine Arme und drückte sich an ihn. Ihre Tränen saugten sich in sein Hemd. Schließlich gingen sie zum Schiff zurück, und Timor steckte im Vorbeigehen das Geldbündel ein. Man konnte nie wissen. Vielleicht gab es in der neuen Welt ja doch jemanden, der die fixen Ideen der Menschen teilte.

Kaum hatten sie sich gesetzt, hob das Schiff ab. Es flog den steinigen Tunnel wieder hinauf und verließ den Asteroiden durch den Krater, über den sie auch hineingelangt waren. Dann jedoch schwebten sie in die entgegengesetzte Richtung davon. Gebannt schauten die beiden auf das Navigationssystem, auf dem plötzlich ein neues Ziel auftauchte.

»Das ist gar nicht so weit weg«, wunderte sich Julie und startete die Triebwerke. Nach einiger Zeit konnten sie in der Ferne etwas erkennen, das sie noch nie zuvor gesehen hatten. Vor ihnen tauchte ein Gebilde auf, eine Art Strudel. Und dieser Strudel schien von innen heraus zu leuchten. Kaum hatten sie das Ding erblickt, da fing ihr Schiff an, die Bewegung des Strudels zu übernehmen. Es drehte sich wild um die eigene Achse und schraubte sich so dem Strudel entgegen.

»Ist das etwa eines dieser Wurmlöcher?«, rief Julie aufgeregt. Auch Timor hatte noch nie eines gesehen. Und vor allem hatte er noch nie jemanden getroffen, der durch eines hindurchgeflogen war.

»Willst du da wirklich reinfliegen?«, fragte er, obwohl er die Antwort fürchtete.

»Unser Zielpunkt liegt direkt im Auge dieses Strudels«, rief Julie. »Das kann kein Zufall sein.« Das Rotieren des Schiffes wurde schneller, je näher sie dem Wurmloch kamen.

»Timor, ich muss dir noch etwas sagen!«, hörte er Julie gegen das Knirschen und Pfeifen des Schiffes anschreien. Er suchte ihren Blick, und ihre Augen strahlten ihn an, durch wirre Haarsträhnen hindurch, die rund um ihren Kopf herumflatterten.

»Timor, ja, ich will!«

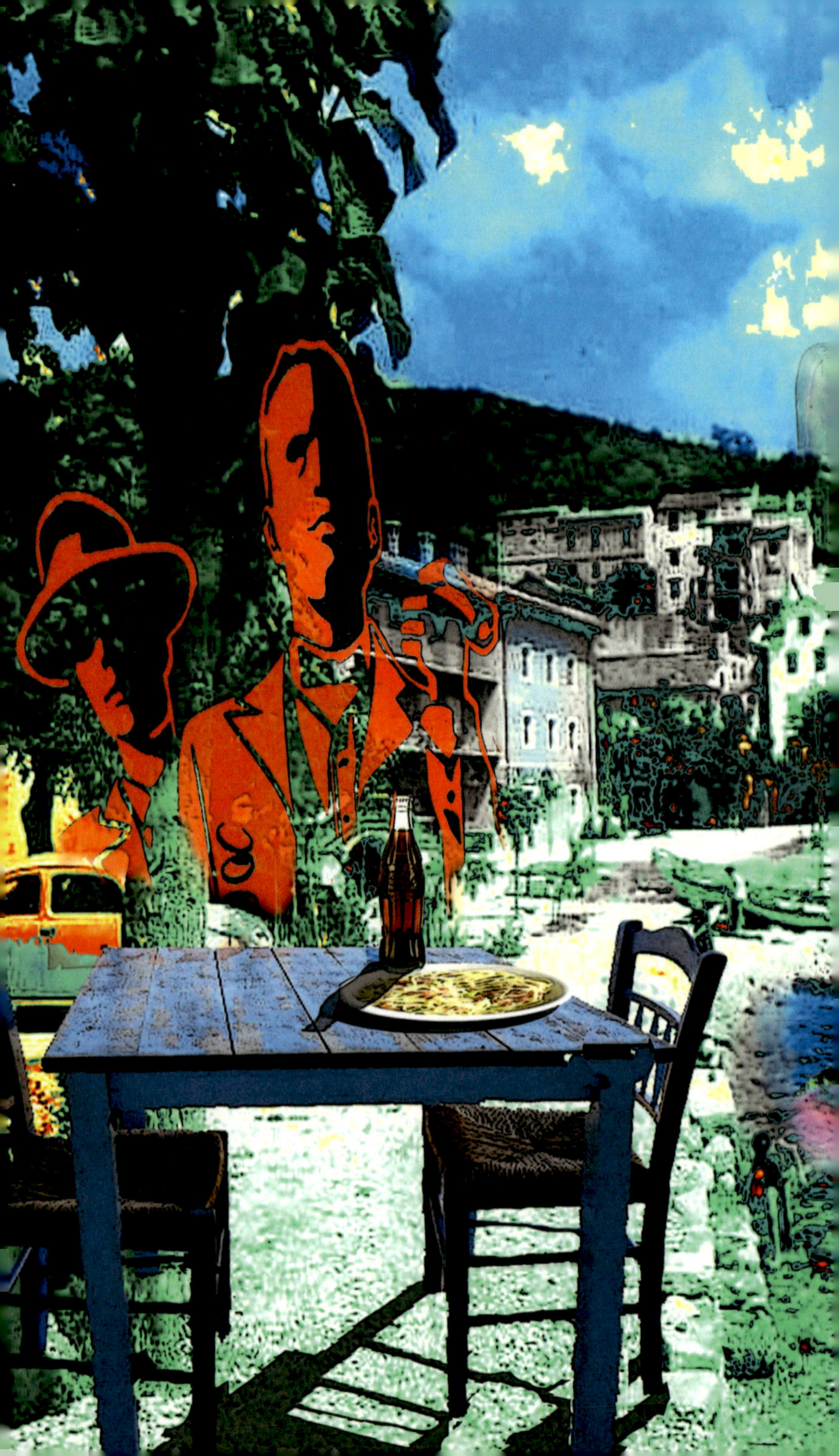

Carbonara

Diane Dirt
Traditionen

Leute, hört euch mal an, wie dat klingt:
o sole mio, salt in bocca, pino grigio, amaretto, fratello, bambini, amore ...
Dat klingt nach Sommer, Sonne, Meer und superleckerdoppelplus Essen. Kein Wunder, lieb ich die Itaker. Immer schon, sogar, als die Erde noch bewohnbar war. Ja, ja, ich weiß, ich sollt nix von damals wissen, weil wir ja nun schon Ewichkeiten auf Terra Secunda hausen, aber ich bin ne Zeit- und Raumreisende.

Und gerade weil ich die Italiener und ihre Lebensart liebe, bin ich die Richtige, den Weltraumpaten zu überführen. Alle denken, wenn ich mit dem Kerl fertich bin, könnte er sich auf Damnation häuslich einrichten. Dabei hab ich andere Ziele. Von denen weiß außer mir niemand. Is auch besser so. Ein paar von euch kennen mich ja nun schon und die fragen besser nich, wie ich hier gelandet bin. Und auch nich, wie ich bei der Universal Police arbeiten kann, mit meinem Vorleben als Puffmutter, Mörderin und Faktor-H-Produzent.

Un nu steh ich vor seim Prunkpalast un läute. Hab nen Bewerbungsgespräch.

Will mich als Patentanwältin in sein Imperium schleichen, Beweise sammeln und uns alle von dem Geschwür befrein. Et jibt kein krummet Geschäft, in dem der Typ nich seine Pfoten hat: Diebstahl, Schmuggel, Drogen- und Menschenhandel, Andromanipulation und, ganz übel, et heißt, er hätt diverse Saatgüter, die wir eines Tages bräuchten, um die Erde wiederherzustellen.

Na, wolln we ma sehen, wat da dran is. Ein Butler in stocksteife Klamotten lässt mich rin.

»Miss Dirt?«
»Die bin ich.«
»Bitte folgen Sie mir.«

So, wie die Bude von außen nur so nach Protz riecht, so gehts drinnen weiter. Ich sach euch! Antike Möbel – nich nachgemacht! –, edelste Teppiche, obwohl dat Parkett nich grad versteckt werden müsst. Bilder anne Wände, die ins Museum gehörn. Wer weiß, wo er die stibitzt hat. Wenne die Bude samt Inhalt verscherbelst, brauchse den Rest deiner Tage nix mehr tun, als Geld ausgebn. Ich folg dem Butler innen Bürotrakt. Lauter zue Türn. Sicher allet streng geheim hier. Die Tür am Ende des Ganges is noch ma so groß, wie die aneren. Bestimmt die vom Boss.

Der Butler klopft und kündigt an: »Miss Dirt.« Dann machter sich vom Acker.

Ich kenn Vittorio Scarlatto vonne Fotos; in echt siehter besser aus. Fürn Itaker recht groß, schätze, so umme einsachtzich. Sein Body sieht aus, als würde er regelmäßig ins Fitnessstudio gehen. Pechschwarze Haare, leicht gewellt und voll. Die Sorte Mann, die nachmittags einen Schatten im Gesicht hat. Picobello Klamotten, maßgeschneidert. Aber dat beste sin die Augen: tiefblau mit einem Schimmer Grün. Der Blick, offen. Als hätter die reinste Seele von allen. Er steht auf, kommt um sein Schreibtisch rum und streckt mir seine Flosse hin. »Guten Tag, Miss Dirt. Schön, dass Sie sich so kurzfristig Zeit für mich nehmen konnten.«

»Danke für die Einladung, Don Scarlatto.«

»Nehmen Sie Platz.« Er weist auf den Stuhl vor sein Schreibtisch. Mein Aussehen überzeugt schon ma, da hab ich nen Blick für. Nich alle Italiener stehen auf blond, aber viele. Seine Stielklüsen hängen an meine Beine, als wär da Pattex dran. Läuft allet nach Plan. Um den Schein zu wahren, glotzt er jetzt in meine Unterlagen. Entweder hats ihm die Sprache verschlagen oder dat solln Test sein. Na bitte, aber mich beeindruckt er damit nich.

Dat Büro is garantiert mehr als achtzig Quadratmeter groß. Inne Ecke steht nen Besprechungstisch, an dem bequem dreißig Mann Platz ham. Hinter dem Kandinsky, könnt ich wetten, is der Safe versteckt. Anne Fenster sin Verdunklungsrollos, damit Bilder und Filme anne Wand geworfen werden könn. Damastvorhänge un teure Teppiche. Ich spür sein Blick un tu so, als wenn ichs nich merk. Er räuspert sich. Getz guck ich ihn an.

»Wie haben Sie das geschafft, die Lizenz für Saturnstaub zu erlangen?«

»Tut mir leid, ich spreche grundsätzlich nicht über die Geschäfte, die ich für meine Arbeitgeber tätige.« Ja, dat sin meine Worte. Bei dem Kerl kannse nich als Ruhrpottpflanze auftreten. Un ich kann auch anners.

»Ich hatte nichts Anderes erwartet. Darf ich fragen, warum Sie sich von MedChem getrennt haben?«

»Dürfen Sie! Auch hierauf kann ich Ihnen keine Antwort geben. Interna bleiben intern.« Wär ja wohl noch schöner.

»Welche Antwort würde ich bekommen, wenn ich Stanislaus fragen würde?«

Willer mich beeindrucken? Dat kanner knicken.

»Wenn Sie Mister Nimtschek, den Chef von MedChem meinen, schätze ich, hängt die Antwort von Ihrem Verhältnis zu ihm ab. Sind Sie befreundet, lautet sie anders, als wenn nicht. Lassen Sie mich bitte wissen, was er antwortet, falls Sie ihn wirklich ansprechen.«

»Er sagt, Sie wollten nicht mehr für ihn sein als seine Patentanwältin.«

»Das ist nicht gelogen.« Er schmunzelt. Wir beide wissen, dass Stanislaus ein fettes Arschloch mit abartigen Gelüsten ist.

»Ab wann könnten Sie für mich tätig werden?«

»Ab sofort – das heißt, wenn stimmt, dass Sie Ihre engen Mitarbeiter auf Ihrem Areal unterbringen, müsste erst noch der Umzug organisiert werden und der Vertrag unterzeichnet.«

Er öffnet eine Schublade und zieht wat raus. »Den Vertrag habe ich hier.« Er wedelt mit nem Stapel Papiere. »Und für den Umzug sollte der Rest der Woche reichen. Ich kann Ihnen ein Unternehmen empfehlen, das für Sie packt.«

Ich tu so, als würd ich überlegen. Dat kanner vergessen. Meine Unterwäsche packt außer mir niemand an.

»Ja, das scheint mir realistisch zu sein und hieße Arbeitsbeginn am Montag?«

»Exakt!«

»Dürfte ich den Vertrag lesen, bevor ich unterzeichne?«

»Selbstverständlich!« Er verlässt den Raum. Ich widersteh der Versuchung, meiner Vermutung nachzuforschen, von wegen Safe. Keine Ahnung, ob nich überall Kameras angebracht sind. Besser, ich konzentrier mich auffe Papiere. – Scheint allet in Ordnung zu sein. Arbeitszeit – akzeptabel, Urlaubs- und Weihnachtsgeld – besser als gedacht, ausreichend Urlaub un ein Gehalt, dat alle Wünsche übertrifft. Wenns danach ging, müsst ich bei UP sofort innen Sack haun. Wie kann dat sein, dat et lukrativer is, krumme Dinger zu drehn, als sich für Recht un Gesetz einzusetzen? Vielleicht is die Zeit reif fürn paar Reformen? Verdammt weitreichende Reformen. Im Ernst! Ich setz meinen Otto unter dat Pamphlet un bin kurz davor, die Kopie zu unterschreiben. Grad noch rechtzeitig kommen mir Zweifel. Also scan ich Original und Kopie und bin beruhigt. Identisch. So kommt mein Servus auffe Kopie. Bei de Mafiosi musse halt aufpassen. Als hätt er mich tatsächlich beobachtet, kommt mein neuer Boss zurück. Er nimmt kurz Platz, unterzeichnet beide Exemplare und springt wieder auf. »Kommen Sie! Ich zeige Ihnen Ihr neues Zuhause.« Er sieht echt zufrieden aus. Vielleicht hätt ich ihn doch noch zappeln lassen solln. Zu spät. Ich folge ihm zum Hinterausgang raus innen Garten. Park sollt ich besser sagen. Größer als alle Stadtparks zusammen. Un super gepflegt. Keine Ahnung, wie viele Gärtner man für son Teil braucht. Die Düfte sin der Hammer! Frisch un erdig, aber auch blumig. Oh, Mann, wie lang isset her, dat sowat meine Nase kitzelte? Kann ich jetz allet neu erkunden. Ich nehm noch ne Nase voll. Zitronen- und Olivenbäume! Irre! Ich muss einfach prüfen, obs keine Holos sin, un fass einen vonne Olivenbäume an. Raue Rinde, furchig, holzig und moosig. Echt! Eh, wenns gut läuft, kann ich Zitronen un Oliven direkt vom Baum futtern. Hätt ich nie erwartet. So hat mancher Job Vorteile, die de nie einkalkuliert hättest.

»Sie schätzen die Natur?«

»Dat ... das kann man wohl sagen! Wo haben Sie die her? Soweit mir bekannt, finden sich echte Bäume – und die hier sind echt! – nur noch in botanischen Gärten.«

»Das werden Sie alles zu gegebener Zeit erfahren.«

»Ich bin gespannt.« Wahrscheinlich is an den Gerüchten mit dem Saatgut wat dran. Ob er die geklaut hat? Oder eine Wache bestochen? Ich werds herausfinden.

Mitten auffem Weg steht der größte Pavillon der Geschichte.

»Unser Fitnesscenter, Schwimmbad, Sauna, Geräteraum. Wird von mir, Teilen meiner Familie und den körperbewussten Angestellten benutzt. – Ach, wo wir gerade dabei sind: Wir duzen uns hier alle; wir können gleich damit anfangen. Sagen Sie, oh, Entschuldigung, ich sollte mit gutem Beispiel vorangehen, sag bitte Vittorio zu mir.«

Hm, ein Pate, der ›bitte‹ sagt? Sehr ungewöhnlich. »Gerne. Ich bin Diane.«

»Diana, die Göttin der Jagd. Hoffentlich sind Lizenzen alles, was du jagst …«

Witzbold, Charmeur oder ist er auf der Hut? Hoffe, meine Legende is wasserdicht. Ich schenk ihm ein Lächeln. »Kommt ganz darauf an.«

Er strahlt mich an. »Ich mag Leute mit Humor.«

»Ich auch. Dann haben wir ja schon etwas gemein.«

Wir gehen auf sone Art kleine Stadt zu.

»Hier wohnen meine engsten Mitarbeiter.«

»Das muss eine stattliche Anzahl sein …«

»Sieht größer aus, als es ist. Ich habe gerne viel Platz und den gestehe ich meinen Mitarbeitern auch zu.«

»Nobel, nobel.«

»Keine Vorschusslorbeeren. Warte ab, bis du dein Haus gesehen hast. – Bevor ich es vergesse: Die Häuser sind möbliert. Wenn du das Inventar nicht magst, kannst du sie gegen eigene Möbel austauschen. Die meisten lagern die eigenen ein oder verkaufen sie.«

Dat kann ich mir gut vorstellen. Wenn die Buden nach seinem teuren Geschmack eingerichtet sind, wär man blöd, sie nicht zu behalten. Da is noch wat anderes. »Was passiert, wenn mir versehentlich etwas kaputt geht?«

»Versichert«, antwortet er und winkt das Thema ab.

Er bleibt vor einem zweigeschossigen Punkthaus im mediterranen Stil stehen. »Das ist deines.«

Nachdem er eine Ziffernfolge eingetippt hat, öffnet sich die Tür. Vittorio geht voraus, stoppt im Flur und macht eine ausholende Geste. »Herzlich willkommen in deinem neuen Zuhause.«

»Danke.« Nich mehr ganz so protzig, aber immer noch teuer. Nach dem Rundgang durchs Haus beglückwünsche ich mich noch ma zu dem Job. Wenne so wat mieten wolltest, wär dat ganze Spitzengehalt wech. Ich bin platt un dat will wat heißen. »Ich weiß nicht, was ich sagen soll.«

»Sag ja.«

»Wozu?«

»Zu meiner Einladung zum Abendessen.«

»Gehört das zum Job?«

Er grinst schelmisch. »Eigentlich mehr zur Famiglia. Die wird bei uns großgeschrieben. Einige aus der Verwandtschaft arbeiten in der Firma. Du solltest sie kennenlernen.«

Hm, geht dat nich alles nen Tacken zu schnell? Ach, wat solls? Besser, ich mach die Bekanntschaft mit de Sippe beim gemütlichen Essen als inne Firma.

»Danke für die Einladung. Ich liebe die italienische Küche.«

»Hoffentlich bringst du einen gesunden Appetit mit.«

Bevor ich ›Könnt nen Gaul fressen‹ sagen kann, beiß ich mir auffe Zunge.

Im Salon warten anne zwanzich Mann. Die meisten nippen an Drinks. Vittorio steuert zielstrebig auf ne alte Frau zu un zieht mich hinter sich her. Dat kann ich leiden wie Aussatz!

»Mama, das hier ist Diana, meine neue Patentanwältin.« – »Diane, Mama mia.«

Die Frau mustert mich von oben bis unten, nimmt meine Hand, überprüft die Nagelpflege, schüttelt die Hand und lässt sie los. Führt sich auf, als würd sie die Braut un nich die Angestellte begutachten. Ich hasse dat!

»Willkommen in der Famiglia, Diana«, begrüßt sie mich un wendet sich an ihren Sohn: »Pass auf, dass sie dir länger erhalten bleibt als die letzte. Ich bin es langsam leid, mich an neue Gesichter gewöhnen zu müssen.« Damit rauscht sie davon. Un ich komm mir vor wie ne Nummer.

»Sie meint es nicht böse«, erklärt Vittorio.
»Nee, das war die personifizierte Freundlichkeit.«
Getz weisser nich, wat er davon halten soll. Neben mir bricht jemand in schallendes Gelächter aus.
»Mein missratener Bruder, Francesco«, klärt mich Vittorio auf.
»Eine schlagfertige, humorvolle Person. So jemand fehlt hier. Ich freue mich, dich kennenzulernen, Diana.« Er blinzelt seinem Bruder zu. »Wenn du Diana halten kannst, überlege ich mir dein Angebot doch noch.«
Vittorio zieht mich weg. Dat Rumgezerre kanner sich gleich abgewöhnen! Ich kann dat nich ausstehn. Trotzdem mach ich mich nur sanft von ihm frei un frag: »Von was für einem Angebot spricht dein Bruder?«
»Mama und ich sähen ihn gerne in der Firma, aber er will als Sänger groß rauskommen.«
»Und?«
»Was und?«
»Kann er singen?«
»Ja, ganz ordentlich.«
»Na, dann lasst ihn doch.«
»Er ist mein einziger Bruder. Wenn mir etwas passiert, wer soll das Unternehmen leiten?«
»Ich!« Eine schrättelige Stimme traktiert meine Gehörgänge un ne unansehliche Bohnenstange mit altmodischem Dutt und hinterlistigem Blick drängt sich zwischen uns. Die Sorte Frau, die alle hasst, die hübscher sin. Mit gespielter Freundlichkeit grapscht sie sich meine Hand und fährt fort: »Er tut so, als hätte die Gleichberechtigung nie stattgefunden. Erstaunlich, dass er sich eine Anwältin ausgesucht hat. War kein Mann verfügbar?«
»Diana ist die beste! Ich weiß Frauen mit außerordentlichen Fähigkeiten durchaus zu schätzen.« Un an mich gewandt: »Meine Schwester Carla.«
Jemand schiebt die Türen auseinander un allet strömt ins Esszimmer.

Bin zu Hause und lass die Bilder Revue passieren. Essen war lecker, aber viel zu viel. Ich bin keine von den ›Ich mag kein

Blatt‹-Tanten, aber watt zu viel is, is zu viel. Nur gut, dat et Verdauungsschnäpskes gab.

In diese Famiglia sin die Weiber die Kratzbürsten.

Anne Kerle könnt ich mich gewöhnen. Mal sehen, obs reicht, als Patentanwältin aufzutreten. Gegen mehr hätt ich im Moment nix einzuwenden. Man soll ja immer gucken, dass man dat Angenehme mit dem Nützlichen ... ach, kennt ihr ja.

Mo, mein Chef bei de Universal Police, erwartet meinen Anruf vom Safe Phone.

Un da ich nicht weiß, ob Vittorio meine Bude verwanzt hat, erledige ich dat besser im Freien.

»Das wird aber auch Zeit, Diane. Warum hast du dich gestern nicht mehr gemeldet?«

»Wo warse gegen zwei morgens?«

»Wie bitte?«

»Mann, ich bin erst gegen zwei nach Hause. Da hasse sicher selich inne Kiste geschnarcht.«

»Also? Wie lief es?«

»Hab den Job.«

»Und weiter? Jetzt erstatte gefälligst anständig Bericht und lass dir nicht jedes Detail aus der Nase ziehen.«

Paragrafenreiter, elender. »Also, beim Abendessen hab ich die Familie kennengelernt. Die Mutter tut, als sei sie die Königin, weiß über die Geschäfte aber nicht Bescheid. Die Schwester, eine olle Jungfer, kennt sich dagegen bestens aus. Dann gibt es noch einen Bruder, der nicht mitmischt.«

»Meinst du, die Schwester würde einem Liebhaber Informationen anvertrauen?«

»Käm aufn Versuch an. Aber der müsst schon hart im Nehmen sein.«

»So hässlich?«

»Und furztrocken.«

»Na ja, war nur so ein Alternativgedanke.«

Sollt mich wundern, wenn er für die Aufgabe Freiwillige findet.

»Und? Waren noch andere Mitarbeiter dabei?«

»Nee, dat reichte auch fürs Erste.«

Einen Moment sin wir beide still, dann fracht er: »Wann beginnst du?«
»Montag«
»Sei vorsichtig! Wenn's brenzlig wird, hau ab. Verstanden?«
»Klar.«
»Im Ernst, Diane. Ich habe keine Verwendung für Wasser- oder Betonleichen. Pass auf dich auf.«
»Hör ich da wat wie Sorge aus deinem Mund?«
»Du darfst diesen Job nicht auf die leichte Schulter nehmen. Du weißt, wie viel Blut an seinen Händen klebt.«
»Okay.« Kehr, ey, langsam gehter mir echt auffn Keks. »Ich aktiviere die Eyecam, sobald es losgeht. Dann gibt es keine Berichte mehr.«
»Viel Erfolg.«
»Danke.«

Gestern bin ich umgezogen, morgen erster Arbeitstag. Die Bude gefällt mir echt. Und dat Pavillonteil hab ich gleich ma getestet und ein paar Bahnen gezogen. War außer mir keiner da. Wär zu schön gewesen, wenn ich vorm ersten Tag wat rausgefunden hätt.
Der Kühlschrank is voll, die Speisekammer auch. Wenne dir die Büchsen ankugst, würdste am liebsten gleich allet probiern. Sone echten Feinschmeckerdinger. Da läuft dir dat Wasser vonne Bilder allein schon im Mund zusammn. Ach, wat soll ich sagen? Ich hab vor lauter Umzieherei vergessen zu prüfen, ob ich inne Bude allein bin oder ob irgendjemand seine Glotzerchen verteilt hat. De Technik sei Dank, kann ich dat unauffällig testen, indem ich nur allet ganz genau ankiek. Na, dann man auf zur Inspektion.

Soso! Ich komm mir vor wie inner Soap! Die wolln wirklich allet wissen: Wat ich esse, wat hinten dabei raus kommt, wie ich mich inne Wanne mach, ob ich Albträume hab, wat ich anzieh, allet! Dat geht zu weit. Ehrlich! Wer will sich denn aufm Pott betrachten lassen. Ich nich! Na, dann werd ich ma en bissken Deko anbringen. Und mir angewöhnen, an gewissen Orten laut Musik zu hören. Bin man gespannt, wem die

Ohren zuerst heiß werden. Natürlich werde ich mich beobachten lassen, aber ich entscheide, wo.

Un nu geh ich inne Kiste. Spielzeug kommt mit. Bringt sicher noch en Extrakick zu wissen, dass wer zukukt. Na, denn viel Spaß.

Um zehn vor steh ich auffe Matte.

Vittorio nimmt mich in Empfang.

»Diana, herzlich willkommen.«

Ich kann nicht hellsehen, aber wenn der mich nich gestern im Bett beobachtet hat, fress ich en Saugi! Weiß gar nich, wo er hinkucken soll. Dekolleté, Arsch, Beine, Augen, schnell wech. Herrlich! Ich tu völlig unberührt.

»Danke, Vittorio. Ich bin sehr gespannt auf mein Büro.«

Er geht voraus, bleibt vor der Tür zu seinem Büro stehn und öffnet die Tür rechts daneben. Er weist hinein. Na, zwei Mal brauch er mich nich zu bitten. An dem Schreibtisch hätten zehn Personen bequem Platz. Bestens ausgerüstet.

Sogar ne Besprechungsecke gibts. Wetten, dass man aus der Couch ein Bett machen kann?

»Nimm Platz.«

Ich geh um den Schreibtisch rum und pflanz mich. Vittorio nimmt aufm Besuchersessel Platz.

»Ich habe dir Material zusammengestellt und möchte, dass du es gründlich studierst. Wenn du fertig bist, will ich wissen, wie du die Chancen einschätzt, Lizenzen für die Erde zu erhalten. Zur Nahrungsgewinnung, zum Rohstoffabbau und dem Vertrieb der dort erwirtschafteten Produkte, zum Vertrieb der ›Geschichtsurlaubsreisen‹ und so weiter.«

Ich glotz ihn an, als sei er irre. Will ich zwar nich, aber dat is der Hammer.

»Du darfst den Mund schließen, Diane. Ich hoffe, du hast keine Standardlizenzen erwartet.«

»Nein, äh, hab ich nicht, aber die Erde? Ich denk, die ist hinüber? Es hieß, die sei auf unabsehbare Zeit nicht bewohnbar.«

»Arbeite dich durch die Unterlagen und wir sprechen weiter.«

Er lässt mich alleine.

Vittorio will die Erde mit Andros bewirtschaften. Die sollen Ackerbau und Viehzucht betreiben, seltene Erden abbauen und Ferienreservate schaffen, Menschen bewirten und beherbergen. Die Andros sin nich von echten Menschen zu unterscheiden. Nur dat se halt keinen Sauerstoff verbrauchn, der getz noch knapp is. Er geht davon aus, dat sich dat ändern wird, wenn erst die Wälder wachsen. Und ich denke, er könnt recht haben. Der Wissenschaftler, der die Studie erstellt hat, meint jedenfalls, et wird klappen. Außerdem hat er einen KlonPrint entwickelt, der Saatgut klont. Daher stammen seine Bäume. Er hat es gar nich nötig, Saat zu klauen; es reicht, wenn man sie ihm kurz ausleiht. Bevor ich dazu auch nur eine Silbe sage, werde ich eine Zitrone essen.

Brr. Ist dat sauer! Aber et is auch so fruchtich, dat is unbeschreiblich. Ich kenn ja dat Original noch, wat ich natürlich niemandem verraten darf, aber dat Teil hier, dat steht dem in nix nach. Ich hätt schwörn können, dat son schnöder Nachbau nie wie ne echte Zitrone schmecken kann, aber sie tuts!
 Jetzt noch ne Orange und ne Olive. Vielleicht war dat mitte Zitrone ne Ausnahme. – Nee. Ich glaub, ich krieg nen Vitaminschock! Dat is der Oberhammer. So lecker!
 Wozu braucht der mich eigentlich? Wenn dat allet stimmt, un da geh ich ma schwer von aus, dann kriechter allet, water will, wenner die richtigen Leute mit Obst versorgt. Irgendwo mussn Haken sein.

Zurück im Büro wälz ich den ganzen Packen noch ma.
 Er will die Andros rund umme Uhr schuften lassen. Pausen lediglich, um sich aufzuladen. Dat wird hart mitte Androrechtler. Die sin groß aufm Vormarsch und meinen, Andros sollten die gleichen Rechte ham wie wir.
 Und dann wird es sicher Stimmen geben, die Feldversuche verlangen, bevor das ganze Zeuch verkauft werden kann.
 Gut, dann wolln we mal sehen, wer für die Vergabe zuständich is.
 Oh nee! Ausgerechnet der oberkorrekte Doktor Leiser.
 Wer vertritt ihn? Ah, schon besser, die fette Metzger.
 Also mit guter Vorarbeit könnte dat echt klappen.

»Gehe ich recht in der Annahme, dass von diesem Vorhaben nichts an die Öffentlichkeit dringen darf?«, frage ich ihn in seinem Büro.

Es lächelt mich an. »Vollkommen richtig. Wenn das publik wird, bekommen wir Konkurrenz. Und das würde die Sache nur verteuern.«

»Wie schnell willst du das umsetzen?«

»So schnell, wie es geht. – Was meinst du?«

»Ich werde mich sehr gut vorbereiten müssen und das wird eine gewisse Zeit in Anspruch nehmen, dann müssen die Anträge fehlerfrei ausgearbeitet werden, ohne Schlupflöcher. Wir werden garantiert die Entscheidungsträger einladen und einen Besuch auf der Erde mit ihnen organisieren müssen, aber ich schätze die Chancen auf circa fünfundachtzig Prozent. Wenn wir es schaffen, dass die Metzger statt Doktor Leiser entscheidet, stehen wir bei etwa neunzig Prozent. Also, ich bin optimistisch.«

Er grinst wie son oller Breitmaulfisch. Und ich denk, ich hab ne Idee, wie ich ihn ein für alle Mal entsorgen kann. Ma ehrlich, im Knast is so einer nich lang, da kann Mo sagen, watter will. Auf Damnation findet so einer auch Mittel und Wege sich vom Acker zu machen, aber auf einem Planeten, der offiziell als unbewohnbar gilt ...

Ich muss mir wat einfallen lassen, bevor irgendwer ahnt, wo er sich breitmachen will. Ma rumhorchen, wer watt weiß, und nachsehn, obs Regionen gibt, wo ers ne Weile machen kann. Denn einfach so abnuckeln, dat is viel zu human für so einen.

So, der Gutachter is leider bei ner Explosion umgekommen. Son Pech abba auch, dat sein ganzes Büro samt allen Unterlagen dabei vernichtet wurde.

Un in de Famiglia hatter sich noch nich zu seine Besiedlungspläne geäußert.

Ihr fragt euch sicher, wie ich dat hingekriegt hab, ne? Wo ich doch mit Eyecam un sonem Schnickschnack ausgestattet bin. Eigentlich solltet ihr inzwischen wissen, dat ich mich nich anbinden lass. Is zwar nen bisken eklig, aber wer den Eindruck erwecken will, fleißig Dienst zu schieben und dann noch son paar private Dinger am Laufen hat, der stattet sich mit Ersatzaugen aus. Die mit Eyecam rausdrücken un inne Simu-Box packen, neue rin, fertich. Seit die Nervenverbindungen mit Self-adjust ausgestattet wurden, allet kein Problem mehr.

Nu muss ich noch falsche Fährten legen und meine Rückreise sichern.

Ob Navid Roshan noch auf Crap-Planet residiert?

In meinem geheimen Unterschlupf, meiner Kommandozentrale.

Hier bin ich vollkommen unbeobachtet, kein Mo und kein Vittorio mit seine Spionagecams. Hier ists gemütlich und von hier aus kann ich meine Kontakte in allen Welten erreichen. Schade, dat ich nich hierher zurück kann, aber et gibt noch so viel zu entdecken.

Ich wähle Navid an.

»Roshan, Lihuan Institut, was kann ich für Sie tun?«

»Hi, Navid, alter Kauz, du siehst immer noch gleich aus. Eigentlich müsstest du dir eine Alterungssoftware zulegen. Sonst fällt dat noch wem auf.«

»Oh, hallo Diane. Lange nichts von dir gehört. Wie geht es dir und wo treibst du dich rum?«

Rückreise gesichert. Erst wollter ja nich so recht. Hat ne Menge geleistet, da oben. Den ganzen Schrott verarbeitet und ne Kolonie aus seinen Like Human Androids und echten Menschen aufgebaut. Welchen, die woanders gesucht werden und innen Knast oder aufn Stuhl kämen. Als ich erzählt hab, wat der gute Vittorio da unten auf unserem Ursprungsplaneten vorhat, hatters sich anders überlegt. Wusst ich doch, dat ich mich auf den verlassen kann.

»Sachmal, Navid, hasse noch Verbindung zur Erde?«

»Ja, klar. Die meisten Webcams laufen noch und auch die Wetterstationen. Die muss man nur anzapfen.«

»Hä?«

»Wie bitte?«

»Wat soll dat heißen? Jeder kann einfach ma gucken, wies da aussieht? Temperatur, Luftfeuchtigkeit un son Kram ablesen?«

»Nein, so ist das nicht. Nur weil ich mich dieser Instrumente bediene, heißt das noch lange nicht, dass sie allgemein zugänglich sind.«

»Okay, eine von deine Tüftelein, kapiere.«

»Es ist ganz einfach ...«

»Hör mir bloß auf, mit dein *ganz einfach*. Dat kenn ich noch. Du quatscht, bis mir die Rübe raucht, und kapiern tu ich nix. Behalts für dich. – Hömma, kanns'e dat Zeuch auch beeinflussen? So datt et schön weiter so aussieht, als obs da nich so gemütlich is?«

»Mache ich schon seit Jahren.«

»Alter! Wozu dat?«

»Hier oben wird es langsam eng. Ich schätze, in naher Zukunft werde ich mir ein zweites Standbein schaffen. Und dafür bietet sich der Planet, von dem ich flüchten musste, hervorragend an.«

»Also gibts da echt Ecken, wo man ohne Sauerstoffgeräte existieren kann?«

»Erinnerst du dich an die Faktor-H-Produktion?«

»Ey, dat war ne Phase, an die will ich lieber nich mehr denken.«

»Dort kann man wunderbar leben.«

»Grüne Lunge?«

»Exakt.«

»Wunderbar, Navid. Wie viel Vorlaufzeit brauchse?«

Vittorio hat sich planmäßig in mich verknallt und will mit mir essen gehen.

Seine Sippe passt dat nich, die wolln ne schwarzhaarige Katholikin mit italienischem Namen. Wenn die wüssten ...

Gestern hab ich gehört, wie seine Mama meinte, er würd sich oft nach der Arbeit mit mir treffen. Er hat ihr geantwortet, sie soll sich um ihrn eignen Kram kümmern, und is abgedüst.

Heute kann er mir beweisen, wie groß seine Liebe is.

Wir sitzen nach dem Essen zusammen, trinken Espresso und Sambuca. Ich liebe es, die Kaffeebohnen zwischen meinen Zähnen zu zermahlen.

»Danke dir, Vittorio. Das war vorzüglich.«

»Ich hoffe, du lässt jetzt endlich alle Bedenken fahren und leistest mir heute Nacht Gesellschaft.«

»Vielleicht ...«

Er strahlt, freut sich, is siegesgewiss. Und vielleicht lass ich mich echt drauf ein. Is ja immerhin kein Unansehnlicher. Wie sacht man so schön? Dat Angenehme mit dem Nützlichen, ne.

»Kommt drauf an ...«

»Worauf?«

»Ob du mir einen Wunsch erfüllst.«

»Jeden! Cara, dir erfülle ich jeden Wunsch!«

»An deiner Stelle wäre ich vorsichtiger. Du weißt doch noch gar nicht, wovon ich spreche.«

»Was ist es? Soll ich dir Schmuck kaufen? Willst du einen eigenen Wald? Sag schon.«

»Du weißt, dass ich alle Formulare so weit vorbereitet habe. Aber ich würde mir die Erde gerne persönlich ansehen, bevor ich sie einreiche. Meinst du, wir könnten zusammen einen Ausflug unternehmen?«

Er lehnt sich zurück. Guckt mich auf ne komische Art an. Nich, dat er am Ende doch noch Lunte gerochen hat.

»Was ist?«, frage ich.

»Warte noch einen Moment.«

Ich kann dat auffn Tod nich leiden, wenn mich wer so auffe Folter spannt.

Aber gut, dann wende ich mich also meinem Sambuca zu.

Ein Ruck geht durch den Mann. Er hat eine Entscheidung getroffen. Wenn ich nur wüsste, um wat et geht.

»Bitte warte einen Moment. Ich muss eben ein paar Dinge organisieren, bin sofort zurück. Ich lass dir noch einen kommen«, sachter und sprintet aussem Raum. Hab ich mich etwa verraten? Organisiert der nen Killerkommando und mein letztes Stündchen hat gebimmelt? Kacke! Wat nu?

Aber er hat echt nich ausgesehn, als hätt er geschäftliche Dinge im Sinn.

Er kommt mit ne Monsterflasche Champagner zurück, setzt sich, lässt den Korken knallen, füllt die Gläser und glotzt mich an wien Dackel.

»Diane, willst du meine Frau werden?« Er präsentiert nen Klunker, der meine Hand nach unten ziehn wird. Getz hatter es echt geschafft, mich zu verblüffen.

Dat kann nich sein Ernst sein. Hat der jetzt ne Macke? Is dat en Trick?

»Ähm. Das kommt jetzt aber sehr überraschend, Vittorio.«

»Als du mich um die Reise gebeten hast, fiel es mir wie Schuppen von den Augen. Natürlich hast du dich die ganze Zeit geziert, weil du eine anständige Frau bist ...«

Ich platz gleich. Der spinnt ja, der Typ! Ich darf jetzt nich lachen. Auf keinen Fall ...

»Eine anständige Frau, die nicht gleich mit jedem ins Bett steigt ...«

Gleich beiß ich mir die Zunge durch. Wenn der wüsste.

»Eine Frau, die es wert ist, geheiratet zu werden. Wir heiraten und unternehmen unsere Hochzeitsreise auf die Erde.«

Kacke! Wie komm ich aus dem Schlamassel raus?

»Und?«

»Was und?«

»Deine Antwort.«

Ich nehme mein Glas und stoße mit ihm an. Wenn sein Plan anläuft, weiß jeder in der Familie, in der Firma und bei de Universal Police auch, wo wir sind. Und jeder von denen kann ihm zu Hilfe eilen, ihn retten. Ne, dat geht auf gar keinen Fall. Nur rauskommen aus der Nummer.

»Ich fühle mich sehr geehrt, Vittorio, und ich mag dich auch sehr, aber ...«

»Kein aber!«

»Deine Familie hält mich nicht für eine angemessene Partie ...«

»Sie werden sich an dich gewöhnen, schneller, als du denkst.«

»Jetzt lass mich bitte erst ausreden.«

Ich streichle seine Hand, damit er kapiert, dass ich ihm keine Absage erteilen werde, auch wenns sich erst ma so anhört.

»Lass es uns umgedreht machen. Wir unternehmen unsere Reise, und zwar ganz spontan, verbringen eine gewisse Zeit zusammen, und wenn wir zurückkommen, weihen wir die anderen ein und heiraten. Was hältst du davon?«

Ich seh, dat gefällt ihm. Er kann die Sippe anne Nase rumführen, dafür dat se gegen mich sin. Um jedes Widerwort im Keim zu ersticken, küsse ich ihn.

»Was bringst du denn da?«, fragt Vittorio, der es sich in der Kabine unseres Gleiters gemütlich gemacht hat. Navid sitzt am Steuer. Außer uns Dreien weiß niemand, wo wir sind. Keiner!

»Reiseproviant«, antworte ich und platziere die Kiste mit den Orangen zwischen uns, schnapp mir eine, schäle sie und lass sie mir schmecken.

»Ah, du hast gute Ideen, meine Liebe.«

Denkter. Jetzt is die Zeit, ihm mal auffe Sprünge zu helfen.

»Erinnern dich die Orangen nicht an etwas?«, frage ich.

Er blickt mich irritiert an. Ich seh direkt, wie seine Zahnräder klappern. Er hat eine Ahnung, kann sich aber nicht erklären, wie ich davon wissen kann.

Vor fünf Jahren hatte mich Lucca di Monti aufgesucht. Er erklärte mir, wir seien verwandt, seine Ahnenforschung habe das unwiderlegbar ergeben. Er hatte Stammbäume dabei, die über Jahrhunderte zurückgingen, und meinte, die bewiesen, dass es tatsächlich stimmte. Dat war natürlich kompletter Blödsinn. Ich bin auffe Erde geboren. Die Erde is seit mindestens zweihundert Jahren verlassen. Ich bin hier vierunddreißig, als ich die Erde verließ, war ich über fünfzig. Passt allet nich zusammen, ne?

Nich fürn Normalo, aber hey, hör ich mich an wien Normalo? Fracht nich wie, aber ich kann nich nur zwischen fremden Welten hin und her düsen, sondern mich auch in verschiedenen Zeitepochen aufhalten. Und weil dat außer mir sonst keiner kann, jedenfalls niemand, von dem ich gehört hätte, war der Kram mitte Verwandtschaft Kokolores hoch drei. Aber der Typ war nett und er glaubte daran, wozu sollte ich ihn eines Besseren belehren? Außerdem erklärte er mir, in Famiglia seien Geheimnisse bestens aufgehoben, ich solle mir keine Gedanken machen, mich stattdessen mit den neuen Verwandten bekannt machen. Und das tat ich. Es dauerte nicht lange und wir waren ein Herz und eine Seele. Ich mochte den Kerl.

Seine Gutmütigkeit, seine Herzlichkeit und den Schalk, der ihm ewich im Nacken saß. Als jemand an der Tür klingelte und eine Lieferung Orangen von Vittorio Scarlatto angekündigt wurde, war ich auf dem Sprung in den Garten. Kurz darauf hörte ich die Maschinengewehrsalven und versteckte mich im Baumhaus. Als die Stille zurückkehrte, sah ich mir das Ergebnis des Massakers an und schwor Rache.

»Na?«, hake ich nach.
»Du kennst, ehm, du kanntest Lucca?«
Da kanne einen drauf lassen! Meinen Onkel werde ich nie vergessen.
»Mein Onkel.«
»Diana! Das kann nicht sein.« Er sieht mich an, als hätte ich den Verstand verloren. »Du bist doch keine Italienerin.«
»Sachma? Woher willse dat denn wissen? Du weißt besser als jeder andere, datt Papiere gefälscht werden können.« Nu brauch ich mich nich mehr zu verstellen. Er rutscht auf seinem Stuhl rum, als wäre der plötzlich heiß geworden, besinnt sich dann darauf, dass er ein starker Mann ist.
»Ein Falschspieler!«, antwortet er, als gäbe ihm das ein Recht zu töten.
»Einer, der gern Spaß machte. Einer, der nie gedacht hätte, du könntest seinen Scherz für voll nehmen. Einer, der es nicht verdient hat, hingerichtet zu werden. Außerdem finde ich es extrem feige, andere vorzuschicken, um die Drecksarbeit zu tun. Mir passiert so etwas nie.«
Er steht auf, hält sich am Sitz fest und blickt mich fragend an. »Du ... du hast mich vergiftet?«
Ich lächle, aber eine Giftmischerin bin ich nicht. »Betäubt, Vittorio, nur betäubt, damit du uns keinen Ärger machst.«
Er wischt sich mit der Hand über die Augen, stolpert und fällt zurück in seinen Stuhl. »Abber wir woll-ten hei-ra-ten ...«, lallt er.
»Du wolltest dat. Ich musste dich ja irgendwie wechlotsen.«
»Wie sprichst du über-haupt?«
»Wien Ruhrie. Hasse noch nie gehört, wa?«
Er schüttelt den Kopf, is aber auch egal. Seine Lider senken sich.

Eine wunderschöne blaue Kugel wird größer und fast wünsch ich, ich könnte zurück. Elende Scheißnostalgie. Abba wer weiß, vielleicht eines Tages?

Navid landet auf einer großen Lichtung, die mir unnatürlich vorkommt.

Es ist sehr warm und extrem feucht. Bin ich nich mehr gewohnt. Datt Grün sieht saftich und gesund aus. Vögel zwitschern und im Unterholz raschelt es.

Scheint sich wirklich zu regenerieren, die gute Mutter Erde.

Gemeinsam hieven wir Vittorio hinaus, lehnen ihn mit dem Rücken an einen Baum. Ich höre Buschtrommeln und schaue verblüfft zu Navid.

»Mutanten«, flüstert er, »lass uns verduften.«

»Werden die ihm was tun?«

»Wenn sie ihn erwischen, bestimmt. Aber was machst du dir Sorgen? Du hast ihn doch zum Sterben hierher gebracht, oder?«

»Ja, Mann, weiß ich, aber ich will, dat es ein Weilchen dauert. Dat er Zeit hat, darüber nachzugrübeln, watt allet schief gelaufen is.«

Er kommt zu sich. Schaut sich um und sein Blick bleibt an mir haften.

»Maledetto! Das wirst du bereuen! Ich schwöre es dir beim Leben meiner Mama!«

Ich kann mir ein Grinsen nicht verkneifen. »Niemand weiß, wo du bist. Es gibt hier unten keine Kommunikationsmöglichkeit. Du wirst schön hier bleiben, dir überlegen, was für Fehler du gemacht hast, und krepieren.«

»Den Gefallen werde ich dir garantiert nicht tun!«, schreit er und bemüht sich hochzukommen. Zeit, sich zu verabschieden.

»Du wolltest die Erde neu besiedeln. Ich wünsche dir viel Erfolg.«

Wüste Flüche begleiten Navid und mich auf unserem Weg zum Gleiter.

Wir befinden uns im Landeanflug auf Crap-Planet. Navid kommt mir nachdenklich vor. »Watt is?«, will ich wissen.

»Und wenn er doch irgendwie Wege findet?«
»Na, dann bleibt es weiter spannend.«

Er lächelt mich an. »Wir haben uns viel zu lange nicht gesehen. Ich hätte fast vergessen, dass dir das Leben ohne Spannung zu langweilig ist.«

Regine Bott
Strange Encounter

Sternzeit: Beta 09/42

Meine geliebte Muttel,
ich kann nicht sicher davon ausgehen, dass dich meine letzte Mitteilung erreicht hat. Falls du jedoch nach der Lektüre mit tränenumflorten Augen den Verlust der Unschuld deines verlorenen Sohnes beweintest, den du in Abwesenheit eines Begatters mit deinen eigenen drei Händen liebevoll aufgezogen hast, so richte nun den Blick auf die schimmernden Sterne um Hexos und atme auf!

Hole tief Luft und sei getröstet – etwas WUNDERBARES ist in der Zwischenzeit geschehen!

Auf meiner vom Zentralkommando vorgegebenen Erkundungstour geriet ich zwischen die Fronten! Ein handfester Einsatz des Herzens! Eine heldenhafte Tour de Force, die ich mit Bravour meisterte!

Ich will deine Intelligenz nicht mit Nichtigkeiten quälen, aber ich landete im Vergnügungsviertel der Zivilisten. Hier muss ich hinzufügen, dass ich – entgegen meiner inneren Einstellung – über alle Maßen überrascht feststellen musste, dass diese Zentren auf dem Wasserplaneten, ganz im Gegensatz zu den gewohnten Lokalitäten im System von Hexos Centauri, anscheinend vorwiegend der Rekreation dienen und nicht nur dem puren Paarungsvorgang. Und die optische Gestaltung dieser Orte ist eine seelische Erquickung und ein Hochgenuss! (Angesichts der desaströsen architektonischen Umsetzung der irdischen Wohnbereiche wird man auf diesem Planeten bescheiden.) Dies ist ein Punkt, den es als Verbesserungsvorschlag beim Kuratorium für innere Befriedigung von Hexos einzureichen gilt. (Ist zumindest eine Überlegung wert ...)

Aber ich drifte ab ... In just einem dieser Rekreationszentren begegnete ich unter abenteuerlichen Umständen, von denen ich dir nach meiner Landung mehr erzählen werde, einem Weibchen. Um der Wahrheit die Ehre zu geben, ich begegnete auch anderen Einheimischen, da dieser Umstand jedoch der Rede nicht wert und aus diesem Grund nicht erwähnenswert ist, möchte ich dich in dieser Beziehung nicht langweilen. WAS FÜR EINE – mir fehlen die Worte, die meine emotionale Begeisterung hinreichend beschreiben könnten! Muttel – die leuchtende Farbe der Kluft, die stämmigen Fesseln, die ... hach, ich schwärme! Die unzureichenden Informationen des Zentralkommandos über die Einwohnerschaft auf dem zu besuchenden Himmelskörper haben mich auf diese Zusammenkunft natürlich in keinerlei Hinsicht vorbereitet.

Was sie tat, meinst du? Nun – sie verfiel in hysterisches Kreischen, was ich ihr aber nicht vorwerfen kann, denn mein Auftritt im Augenblick dieses Aufeinanderprallens war denkwürdig tollkühn und ich selbst einfach umwerfend. So kann ich nicht umhin, diese innerliche Eruption angesichts meiner körperlichen Vorzüge als einen Schrei der Entzückung zu interpretieren. Wenn nicht sogar als einen gellenden Hilferuf der Wollust!

Bald mehr!
Dein Begzur

In Wahrheit war es etwas anders abgelaufen.

Der Türsteher musterte den seltsam unförmigen Fremden, der Einlass begehrte, nur mit einem flüchtigen Blick und bedeutete ihm mit einem gleichgültigen Wedeln seiner Hand weiterzugehen. Begzur trat von der hell erleuchteten Straße in den dunklen Vorraum, in den dumpf wummernde Musik drang, die sämtliche seiner Eingeweide in Aufruhr brachte. Um ihn herum streiften ihn Menschen mit ihren verschwitzten Körpern und schienen sich nicht an seiner Andersartigkeit zu stören. Allerdings hatte er sich für diesen Besuch auch Mühe gegeben und genutzt, was ihm zur Verfügung gestanden hatte. Sein dritter Arm war in eine Art Ganzkörperanzug gezwängt und bildete so eine zusätzliche Kugel zu dem sowieso schon hervorgewölbten Bauch. Das bei der heimischen Spezies ebenfalls nicht vorhandene dritte Bein unterzubringen, war jedoch weitaus diffiziler gewesen. Begzur hatte jedoch das Wunder fertiggebracht, es in den linken Tunnel seiner Hose zu stopfen. Wie nannten sie es doch gleich? Hosenbein. Als ob ein Kleidungsstück leben würde. Nun ja, er machte sich über die Bezeichnungen irdischer Gegenstände schon längst keine unnützen Gedanken mehr. Er war als Botschafter hier. Zur Kontaktaufnahme. Einzig und allein deswegen hatte er diesen furchterregenden Ort des Grauens ausgesucht. Ein Etablissement, welches er ansonsten in einem weiten Bogen umlaufen hätte. So ganz anders, als bei ihm daheim. So ... unkreativ.

Seinen kugelförmigen Glatzkopf hatte er mit einer blonden Perücke bedeckt, von der er hoffte, dass sie dieses Abenteuer mit ihm unbeschadet überstehen würde.

Der Hexapode zwängte sich an einer Menschenfrau mit atemberaubender Frisur vorbei durch einen Vorhang und die Wucht des Basses, der aus den Boxen dröhnte, traf den empfindlichen Brustkorb wie eine altertümliche Gewehrsalve. Zumindest so musste es sich angefühlt haben. In jenen Tagen, als auf der Erde dieses zum Totlachen komische Zeitalter des sogenannten *Wilden Westens* geherrscht hatte. Schon wieder so eine Phrase der Unvernunft.

Begzur holte heftig Luft und betrat den Raum, der vor ihm lag. Seine Kinnlade bewegte sich langsam nach unten: Das war zugegebenermaßen das Erstaunlichste, was er je gesehen hatte! Die Intensität der Farben verwirrte seine Sinne, die fleischige Nase erschnüffelte Gerüche, wie er sie noch nie zuvor auf diesem Planeten gerochen hatte: süß und säuerlich zugleich. Bunte Lichter zuckten über die Wände, überall wuselten Menschen, bewegten sich in Gruppen, bahnten ihren Weg durch die Menge, zuckten auf der Tanzfläche oder standen bescheiden und regungslos da. Es gab Sitzgruppen, Stehtische und einen langen Tresen, hinter dem ein Zweiarmler Getränke ausschenkte.

Wie von einer kolossalen Welle ließ sich Begzur in den Raum hineintreiben und war – glücklich. Hier war alles perfekt: bunt, laut und – rund! Runde Tische, runde Flächen, die sich über dem Boden erhoben und auf denen so etwas wie die Dinger montiert waren, die er vor seiner Abreise in dem Fortbildungsseminar gesehen hatte, das sich um das Rettungswesen der Erde drehte. Feuerwehrrutschstangen. Nannte man die so? Während der kurzen Ausbildung, die ihn auf seine galaktischen Abenteuer vorbereiten sollte, waren ihm und den Mitrekruten mehrere Schriftstücke vorgelegt worden, bei denen es sich unter anderem um das fachgerechte Anlegen der menschlichen Bekleidung (»Hosen und ihre textile Ausformung«), die Anwendung verschiedener Begrüßungsformeln (»Die Bedeutung des Händeschüttelns – eine kulturelle Untersuchung«) und das Konsumieren einiger menschlicher Esswaren (»Nahrungsmittelkunde für Einsteiger: Bier ist keine Mahlzeit«) gehandelt hatte. Der absolute Höhepunkt war allerdings ein Schriftstück gewesen, welches den Titel »XSI – Xenomorphe Sex-Infektionen! – Teil 1-10. Mit zahlreichen Illustrationen« getragen hatte. Und insgeheim hatte er immer gehofft, einmal in eine Situation zu geraten, in der er diesen Unfug an Vorschriften mit einem beherzten Griff an die zwei Schwellungen eines weiblichen menschlichen Oberkörpers in den Wind schießen konnte.

War es nun endlich soweit?

Wunderbar geformte Sitzgelegenheiten mit runden Lehnen, deren Chrom die flackernden Farben der Neonröhren widerspiegelten. Und an den Feuerwehrstangen wanden sich Frauen mit runden Formen in runden Bewegungen schlangengleich – fast so, als ob sich eine Hexoswicke um den Stamm eines Baumes herumschlängeln wollte. Oder wie dieses Küchenutensil, das die Zweiarmler benutzten, um damit eine Flasche zu öffnen – wie hieß es hier noch gleich? – Begzur lauschte seinem Universaltranslator, der wegen der Umgebungsgeräusche extra ein paar Stufen an Lautstärke zugelegt hatte – ach ja: Cavatappi!

Es war herrlich!

Die Woge hatte Begzur in der Zwischenzeit vor dem Tresen ausgespuckt, an dem einige Einheimische standen, in ihre Drinks starrten oder mit dem Rücken zur Bar die Darbietung an den Stangen verfolgten. Der Barkeeper, ein riesenhaftes Männchen mit unzähligen Tattoos auf den massigen Oberarmen, warf nur einen kurzen Blick auf den Hexapoden und fragte, während er gleichzeitig die Theke mit einem feuchten Tuch abwischte: »Prego?«

»Root Beer!« Begzur strahlte den Bär fröhlich an.

»Haben wir nicht. Was darf's sonst sein?«

»Blutwein?« Begzur formulierte diesen Wunsch schon etwas vorsichtiger. War seine Vorbereitung lückenhaft gewesen? Aber er hatte doch alle Folgen dieses Dokumentarfilms gesehen!

Der Barkeeper hielt inne, lehnte sich, den Lappen immer noch in der Hand, gefährlich weit über die Theke und schrie, damit er den hämmernden Beat aus den Boxen übertönen konnte: »Wollen Sie mich verarschen?«

Begzur, der sich plötzlich seiner Sache nicht mehr sicher war, zog seinen Bauch ein wenig von der Tresenkante zurück und antwortete dann in einem eher fragenden Tonfall: »Ich nehme eine große Cola, wenn es genehm ist. Bitte? Una Coca Cola. Per favore.«

Cola hatte bei Begzur beinahe die gleiche Wirkung wie Alkohol bei den Zweiarmlern. Hier trank man Amaretto, das hatte er schon mitbekommen, aber das schmeckte ihm nicht. Nachdem er jedoch zwei Flaschen Cola hinuntergestürzt hatte, war er noch glückseliger, hibbelig, fühlte sich beschwingt und voll Tatendrang. Seltsamerweise war dieses Getränk auf diesem Planeten legal. Ein Umstand, der dem Außerirdischen nicht einleuchten wollte.

Eine kurze Zeit später stand er mit der dritten Flasche des braunen, koffeinhaltigen Gesöffs mit dem Rücken zur Theke und sah den weiblichen Leibern zu, wie diese sich wanden, drehten und mit erstaunlicher Geschicklichkeit und Kraft ihren Körper waagrecht an den Feuerwehrstangen hielten. Mit Wohlgefallen nahm der Hexapode ein weiteres Mal zur Kenntnis, dass hier keine knochigen, abgemagerten Menschenweibchen diese Künste der Akrobatik zur Schau stellten, sondern ausschließlich wohlgeformte Erdenweibchen ihre schwabbeligen Oberschenkel um die Stangen legten. Ganz nach seinem Geschmack!

Mit rosarotem Kopf und einem fetten, nahezu dümmlichen Grinsen im Gesicht wandte er sich dem Barkeeper erneut zu und bestellte eine weitere Flasche Koffein, das sich, aufgelöst in Zuckerwasser, sofort nach dem ersten Schluck den Weg in den außerirdischen Organismus bahnte. Aufgeregt fing Begzur an, mit dem dritten Bein zur Musik zu wippen, was durch den begrenzten Raum im Hosenbein eine erstaunliche Leistung war. Vortrefflich gelaunt wandte er sich an einen Mann neben ihm, aus dessen Hemdkragen ein Knäuel schwarzer, drahtiger Haare quoll. »Entschuldigen Sie? Scusi? Üben die Damen dort fürs Feuerwehrfest?«

»Che cosa?« Der Mann hielt sich mit einer Hand an einer Bierflasche fest und bearbeitete mit der anderen seinen Pelz unter dem Hemd.

Da Begzur dachte, er sei wegen der ohrenbetäubenden Lautstärke nicht verstanden worden, brüllte er seinem Nachbarn die Frage noch einmal ins Ohr.

»Feuer-wehr-fest! Pompieri? Üben die Damen für das örtliche Feuerwehrfest?« Begzur deutete mit einem Finger auf die schweißüberströmten Körper vor sich. »Im Freien würden sie sich eine Blasenentzündung holen!« Er hatte gelernt, dass diese Art von Krankheit bei Weibchen sehr häufig war, die sich nicht dem Wetter entsprechend kleideten. »Oder eine Nierenbeckeninfektion!«

Der Typ mit der ausgeprägten Körperbehaarung verstand offensichtlich nicht, was Begzur ihm zu sagen versuchte. Stattdessen fuchtelte er ihm mit der Flasche Bier vor der Nase herum und riss sich dabei aus Versehen einen der obersten Hemdknöpfe ab, was seiner Körperbehaarung noch mehr freien Lauf ließ. Begzur starrte fasziniert auf die Wolle dunklen Haares, vergaß einen Moment, dass er eigentlich noch nähere Informationen über das Thema »Frauen an Stangen« einholen wollte, und sagte mit einem Nicken in Richtung Hemdkragen seines Gesprächspartners »Haben Sie darin ein Tier versteckt? Darf man die hier hereinbringen?«, was das Männchen aber schon nicht mehr hörte, da er sich fluchend dorthin auf den Weg gemacht hatte, wo Zweiarmler normalerweise ihre Notdurft verrichten.

Durch diese Unhöflichkeit ließ sich Begzur nicht so leicht aus der Ruhe bringen und so wandte er seine ungeteilte Aufmerksamkeit einer besonders üppigen Tänzerin zu. Nur mit einem moosgrünen Tangaslip bekleidet, der mit Sicherheit einem dieser Flusstiere gepasst hätte, die in den südlicheren

Zonen des Planeten beheimatet waren, versuchte die Dame soeben vergeblich, die Schwerkraft der Erde zu überwinden. Sie hing kopfüber an der Stange, ihre Knie umklammerten das Metall und sie kämpfte gegen das Abrutschen und um ihre Würde. Neben ihr schlang sich der Körper einer anderen Tänzerin mit schlechterdings athletischer Gewandtheit in heftigen Rotationen um das Gerät und die Tänzerin landete in einem Spagat auf der kleinen Plattform. Ihre Kollegin hingegen versuchte, ihr ganzes Gewicht mit einem Bein zu halten, indem sie ein Knie anwinkelte, damit die Stange umschloss und die Arme dann löste – offensichtlich in der verzweifelten Bestrebung, sie in die Luft zu strecken.

In diesem Moment beschloss Begzur, dass diese Frau unter allen Umständen seine Hilfe benötigte. Die Cola-Flasche fiel zu Boden, zersplitterte und die herumspritzende Flüssigkeit verpasste seinem Overall ein paar unschöne braune Flecken. Er zuckte nicht einmal, sondern starrte innerlich aufgewühlt in das vor Anstrengung verzerrte Gesicht der Tänzerin. Heroisch kämpfte sich der Botschafter des Planeten Hexos bis zur Plattform vor, auf der die Stange montiert war, stolperte indes über einen Freischwinger, der vor der Bühne platziert war, und fiel dem Mann, der darauf saß, auf den Schoß. Dieser fuhr fluchend hoch und der Außerirdische plumpste auf den Boden direkt neben die Stange, an der die moosgrüne Tänzerin derweil ganz und gar die Kontrolle verloren hatte. Auf dem Rücken liegend, sah Begzur massiges Fleisch in freiem Fall auf sich zukommen.

»Scusi signorina?«

Ein wohliges Grunzen der Glückseligkeit entfuhr Begzur, als er den weiblichen Fleischberg auf seinem eigenen spürte. Er roch den Duft ihrer Haare und verstohlen versenkte er seine Nase darin. Er holte tief Luft und strahlte.

»Belladonna!«

Währenddessen versuchte diese, sich aus ihrer kompromittierenden Position herauszukämpfen. Sie stemmte die Arme auf den Boden, aber ihr Körper schien sich an dem Außerirdischen festgesaugt zu haben.

»Belladonna, ich lad' dich jetzt zum Essen ein, mangiare – tu capito?« Mehr als diese stümperhaft vorgetragene Einladung gab der Translator aufgrund der Umgebungsgeräusche leider nicht her. Aber hier war sie – seine Gelegenheit! Seine Erfüllung! Ein Kübel Exkremente auf die heimischen Vorschriften!

»Ich esse sonst immer allein, verstehen Sie? Perciò mangio sempre solo«, versuchte er es erneut, wobei er diesen Satz in die Schwellungen murmelte, die auf sein Gesicht drückten. »Spaghetti carbonara. Meistens zumindest. Außerordentlich, dieses Gericht.«

Über ihm rührte sich nichts mehr. Was war geschehen? Hatte er ihren Aufprall nicht genügend abbremsen können, war sie nicht mehr bei Bewusstsein, warum sprach sie nicht mit ihm? Er hatte doch alle Vorschriften des Anstands eingehalten! Wenn man einmal davon absah, dass sie auf ihm lag, ohne dass sie ihn darum gebeten hatte, dies zu dürfen. Zumindest hatte er den Ablauf in dieser Form so in Erinnerung.

Dann fing Belladonna an, zu kreischen. Und darauf war Begzur überhaupt nicht vorbereitet. Mit einem Schmatzen lösten sich die zwei Körper voneinander und die üppige Brünette versetzte dem Außerirdischen eine schallende Ohrfeige, bevor sie sich umständlich erhob und dabei beinahe erneut das Gleichgewicht verlor.

Der Hexapode blickte an sich hinunter. Sein Beinkleid – schon wieder dieser Wortirrsinn, aber so sagte es ihm sein Translator nun mal – sein Overall. Erst jetzt fiel ihm auf, dass er weit und breit der einzige Gast war, der so ein Kleidungsstück trug. Nicht einmal ein Weibchen war derart gewandet!

Er wagte einen neuen Versuch, rappelte sich auf und packte die Dame an den stämmigen Fesseln, die daraufhin irritiert nach unten blickte, als hätte sie eine Amnesie erlitten.

»Es liegt an meinem ...«, Begzur lauschte dem Translator, »Outfit? Pantaloni? Camicia? Sie stehen gewiss nur auf Männer mit Schlips, nicht wahr? Männer mit Schlips?«

»Dissoluto!«, zischte sie, entwand ihr Bein seinem schraubstockartigen Griff, warf die lockige Mähne in den Nacken und stöckelte mit hoch erhobenem Kopf davon.

Der Hexapode sah ihr nach und verstand die Welt nicht mehr. Was war schiefgelaufen? Sie musste ihn einfach mögen, er war anders, er war exotisch, er hatte sich doch extra ...

»Ich bin blond! Ist das etwas nichts? Blond!«, brüllte er ihr verzweifelt hinterher, griff mit den Fingern an den Kopf und stieß auf nackte Kopfhaut.

Belladonna aber drehte sich ein letztes Mal um, die blonde Perücke in der rechten Hand schwingend wie einen Mopp. Und dann übersetzte ihm sein Translator die Worte, die er nie mehr vergessen würde.

»Ich gebe dir eine Chance, mein kleines Schwabbelchen!«, sagte sie und lächelte ihn mit einer umwerfenden Unschuld an. »Carbonara – e una Coca Cola.«

Und sein Herz tat einen Knall.

Merle Ariano
Carbonara

Nino

Rocco brüllte schon wieder. Obwohl ich den Dunstabzug auf die höchste Stufe gestellt hatte und das Radio lief, konnte ich ihn hören. Wie ein Maschinengewehr: rrratattattattarrrattarrrratatata. Das meiste verstand ich kaum. Wie immer, wenn er sich aufregte, sprach er reinstes Neapolitanisch, aber hin und wieder erkannte ich einzelne Wörter: »Abzocker«, »Unverschämtheit«, »letztes Mal«. Ich vermutete, die Post war gerade angekommen.

Es war schon fast zwölf und ich hatte die Brote noch nicht im Ofen. Das Tiramisu war auch noch nicht fertig. Gleich würde Rocco in die Küche gestürmt kommen und schreien, dass ich meinen fetten venezianischen Arsch in Bewegung setzen sollte. Dabei hatte ich in den letzten Monaten mindestens fünf Kilo abgenommen. Nicht absichtlich. Den ganzen Diätwahn habe ich nie verstanden. Aber seitdem Jette sich für ein Auslandssemester mit den Worten »Eine Weile Abstand wird uns beiden gut tun« nach Kalifornien verabschiedet hatte, hatte ich keine Freude mehr am Essen. Alles schmeckte, als kaute ich einen Klumpen Papier.

»Nino!«

Die Schwingtür knallte gegen die Wand. Auftritt Rocco.

»Was stehst du da rum und träumst? Bezahle ich dich fürs Träumen, eh? Beweg deinen fetten venezianischen Arsch und koch! Warum ist das Brot noch nicht im Ofen, Panzerotto?« Bei den letzten Worten ließ Rocco die Ofenklappe ein paar Mal hintereinander schnell auf- und zuschlagen. Ständig dieser Lärm. Ich weiß, warum ich keine Neapolitaner mag. Nichts können sie leise tun. Nicht mal atmen. Schnaufend baute Rocco seine ein Meter fünfundsechzig vor mir auf und klatschte vor meinem Gesicht in die Hände.

»Los, worauf wartest du, Moby Dick? Es ist Freitag. Die Raketenwissenschaftler kommen, die Chemikerleute kommen.

Wie oft muss ich dir das noch sagen? Wir sind im Gewerbegebiet, unser Geschäft ist mittags! Und wenn es so weitergeht, haben wir bald kein Geschäft mehr. Hopp!«

Ich war nie für Gewalt. Sogar ganz früher in der Schule hatte ich jedes Mal abgewartet und dagestanden wie ein Stein, bis es den Piesackern zu langweilig wurde und sie sich ein neues Opfer suchten. Seitdem ich für Rocco arbeitete, war mir diese Fähigkeit sehr von Nutzen. Wäre ich von hitziger Natur gewesen, ich hätte längst eine Anzeige wegen Körperverletzung am Hals gehabt.

Also drehte ich mich nur unter Roccos blitzenden Blicken um und begann die Brote in den Ofen zu schieben.

»Übrigens gab es gestern schon wieder eine Beschwerde«, hörte ich Rocco hinter meinem Rücken. »Die Carbonara war viel zu salzig. Ich musste den Gästen noch ein Tiramisu und einen guten Grappa aufs Haus ausgeben, um sie zu beruhigen. Weißt du, was mich das kostet?«

»Tut mir leid«, murmelte ich in den heißen Ofen hinein.

»Wenn das nicht bald wieder besser wird mit deinem Gekoche, suche ich mir jemand Neues.« Rocco stapfte aus der Küche. Wahrscheinlich hätte ich Angst haben sollen, meine Arbeit zu verlieren, aber alles, was ich fühlte, war unendliche Müdigkeit.

Nachdem ich alle Brote im Ofen hatte, ging ich zur Kühlkammer, um den Mascarpone für das Tiramisu zu holen. Auch das war in der letzten Zeit ein Problem geworden: Ständig vergaß ich, was ich vorgehabt hatte. Ich war heute schon mehrere Male in der Kühlkammer gewesen, aber daran, den Mascarpone zu holen, hatte ich nie gedacht. In der Küche ist Langsamkeit eine Todsünde. Vielleicht hatte Rocco gar nicht so unrecht und es wäre besser, ich hörte auf, als Koch zu arbeiten. Bei diesen Gedanken stiegen mir die Tränen in die Augen und auch das passierte dauernd in der letzten Zeit.

Normalerweise mochte ich den Geruch in der Kühlkammer. Er erinnerte mich an den Abend, als ich meine Prüfung bestanden hatte und mich in der Kühlkammer des Hotels Papadopoli versteckte, um mich ganz in Ruhe freuen zu können und ein Stück Tiramisu zu essen. Ich hatte eine klassische Carbonara zubereiten müssen, Eier, Guanciale (nicht etwa geräucherter Speck!), Pecorino (nicht etwa Parmesan!), eine Idee Pfeffer, keine Sahne oder anderer Schnickschnack. Die Prüfer waren begeistert. Der Trick ist, die Eier und den Pecorino schnell zu mischen, nur so ergibt sich die cremige Konsistenz, und den Guanciale unbedingt separat in vernünftigem Olivenöl anzubraten. Das Ganze bei hoher Hitze, sonst hat man zähe Gummistückchen. Ich bestand mit Auszeichnung. Alle leckten ihre Teller ab und grinsten über beide Backen vor Glück. In der Kühlkammer hielt ich mir an jede glühende Wange ein Paket gefrorener Meeresfrüchte, bis mein Kopf wieder so klar war, dass ich verstand, was gerade passiert war. Dann aß ich eine halbe Schale Tiramisu leer.

Eine meiner schönsten Erinnerungen.

Doch an diesem Freitag in Roccos Kühlkammer stellte sich das glückliche Gefühl nicht ein. Auch mein Geruchssinn hatte nachgelassen. Langsam, als bewegte ich mich durch eisiges Wasser, zog ich den Mascarpone-Eimer aus dem Regal. Die Kühlkammer war klein, ungefähr fünf Quadratmeter, rechts an der Wand die Kühltruhe, geradeaus und links Metallregale, bis oben hin vollgestopft mit eimerweise Oliven, Sahne, Mozzarella, Paketen von Butter, Eiern, Fleisch und Kisten mit Salat und anderem Gemüse. Zwischen der Tiefkühltruhe und dem Regal an der Rückwand war eine schmale Lücke, von der Tür aus nicht einsehbar, weil sie durch die Truhe verdeckt wurde. Gerade wollte ich mich umdrehen und zurück in die Küche gehen, als ich aus dem Augenwinkel eine Bewegung wahrnahm. Außerdem hatte ich etwas gehört. Ein leises Klappern, als wäre etwas Hartes auf den Boden gefallen. Hatten wir etwa wieder Ratten? Vorsichtig näherte ich mich der Lücke. Den Eimer mit Mascarpone in der Hand schwingend. Eine schlagkräftige Waffe, falls es notwendig werden sollte. Ratten können ziemlich aggressiv werden, wenn sie sich in die Enge getrieben fühlen. Ich spähte um die Truhe herum und traute meinen Augen nicht. Da, in der Lücke zwischen Tiefkühltruhe und Regal, auf dem Betonboden, stand ein Pinguin. Verließ mich jetzt auch noch der Sehsinn? Aber nein, das da war eindeutig ein Pinguin. Von der Größe eines zweijährigen Kindes, dunkelgraues Gefieder am Kopf und den Flügeln, die neben seinem Körper herabhingen, weißer Bauch, langer gelber

Schnabel. Er starrte mich aus kleinen, ebenfalls gelben Äuglein an. Ich starrte zurück. Für einen langen Augenblick wusste keiner von uns, was er machen sollte.

Dann machte der Pinguin eine merkwürdige Bewegung mit dem Kopf. Er streckte ihn vor, wobei sein Schnabel sich leicht öffnete und einen kurzen pfeifenden Ton von sich gab. Jetzt fiel mir auf, dass neben dem Pinguin etwas auf dem Boden lag. Zerrissenes Plastik und darin ein cremefarbener Klumpen. Die Carbonara. In Roccos Pizzeria war eine echte Carbonara nicht gewünscht. »Die Deutschen mögen Sahne, mach Sahne rein«, hatte er gesagt, nachdem ich einmal den Fehler gemacht hatte, eine richtige Carbonara zu kochen.

Also kochte ich diese eklige Sahnebrühe, die mit Carbonara so viel zu tun hatte wie Venedig mit Neapel, auf Vorrat und fror sie in Plastikbeuteln ein.

Mein Gehirn bemühte sich, doch es scheiterte kläglich bei dem Versuch, für den Pinguin da auf der Erde und dem gefrorenen Soßenklumpen neben ihm eine befriedigende Erklärung zu produzieren. Alles, was es produzierte war: »Ein Pinguin, ein Pinguin, ein Pinguin. Ein PINGUIN?«

Der Pinguin machte einen watschelnden Schritt auf mich zu, wobei er anfing, mit seinen Flügeln zu wedeln (fast sah es aus wie Roccos wildes Gestikulieren) und weitere Pfeiftöne von sich zu geben.

Ich war mir nicht sicher, ob er angreifen wollte, und wich vorsichtshalber einen Schritt zurück. Dabei stieß ich aber gegen das hinter mir stehende Regal und eine Schüssel mit vorbereiteten Paprikastreifen für die Antipasti fiel scheppernd zu Boden. Der Pinguin kreischte und sprang mit schlagenden Flügeln auf die Tiefkühltruhe. Aus der Küche dröhnte Roccos Stimme: »Mamma mia, Nino, was machst du denn da drinnen? Kann man dich denn keine Minute mehr alleine lassen?« Im nächsten Augenblick ging auch schon die Tür auf und Roccos rotes Gesicht guckte herein. Er hatte den Mund geöffnet, um weitere Schimpftiraden abzulassen, als sein Blick auf den Pinguin fiel, der auf dem Deckel der Tiefkühltruhe stand und aussah, als wollte er jeden Moment zum Sprung ansetzen. Mir ging durch den Kopf, dass ich nicht gewusst hatte, wie gut Pinguine springen können. Rocco blinzelte mehrere Male. Erst dann schloss sich sein Mund wieder. Ich hob entschuldigend die Hände, um ihm klar zu machen, dass ich nichts mit dem Tier zu tun hatte.

»Wa...«, sagte Rocco, »wa-wa-was ist denn das?«

»Ich glaube, es ist ein Pinguin«, antwortete ich.

»Pinguin«, echote Rocco und vergaß schon wieder seinen Mund zu schließen. Er schüttelte den Kopf.

»Wo kommt der her?«

»Er saß hinter der Tiefkühltruhe«, sagte ich, froh etwas Hilfreiches beitragen zu können.

»Warum?«, fragte Rocco und darauf hatte ich leider keine passende Antwort.

Sia

Eigentlich ist es Tupis Schuld, dass ich gestorben bin. Naja, zumindest zum Teil. Hätte er nicht diesen Psychoschwachsinn mit dem stetigen Wandel von sich gegeben, dann wäre ich vielleicht nicht gesprungen.

Wirklich. Mein Leben stürzt zusammen, alles rast auf den Abgrund zu, alles, woran ich geglaubt, wofür ich mein Herzblut, meinen Schweiß, meine Tränen geopfert habe jeden einzelnen Tag, zerfällt zur Bedeutungslosigkeit, einfach so.

Und Tup fällt nichts Besseres ein, als mit dieser extra tiefen Stimme, die er immer hat, wenn er meint, ich rege mich zu sehr auf, also ungefähr fünfmal täglich, mit dieser Stimme, die ich hasse und das weiß er, ich habe es ihm hunderttausend Mal gesagt, sagt er: »Sia, Liebe, ich weiß, dass das jetzt schwierig für dich ist, aber betrachte es einmal so: Alles befindet sich stetig im Wandel, wenn Altes geht, ist Platz für Neues. Ein Ende ist immer auch ein Anfang.«

Gut, ich hätte nicht schreien müssen. Ganz schlecht für die Stimme, aber ich dachte ja, die werde ich nie wieder brauchen und hinüber war sie ja sowieso schon. Außerdem ist »Spar dir deine scheißdämlichen Sprüche, du kotzt mich an!« in normaler Lautstärke einfach weniger überzeugend.

Als ich ein Schlüpfling war, fragte ich meine Eltern vor dem Einschlafen manchmal, wie es ist, wenn man stirbt. Ich dachte, es könnte passieren, dass ich eines Tages nicht mehr aufwache.

Am besten gefielen mir die Antworten meines Vaters.

»Wenn man stirbt, kommt man in eine andere Welt, in der sich alle Wünsche erfüllen. Man trifft dort alle wieder, die man verloren hat, und ist für die Ewigkeit mit seinen Liebsten zusammen«, sagte er. Ich kuschelte mich tiefer zwischen seine Füße und versuchte mir diese Welt vorzustellen. Es machte mich so glücklich, dass ich beinahe platzte.

Von der Wärme hat mein Vater nichts erzählt. Auch nicht von den fremden Wesen. Sie sehen ein bisschen aus wie Barks, aber ihr Fell ist anders und sie scheinen intelligenter zu sein. Ich weiß noch nicht, ob sie freundlich sind oder bösartig, aber mir ist unbegreiflich, wie sie diese Temperaturen aushalten.

Die Wärme war auch das Erste, das ich bemerkte, als ich ankam. Dass ich tot war, war mir sofort klar.

Erstens: Ich fühlte keinerlei Schmerzen und das ist nach einem Sprung in die tiefste Schlucht der Insel ein Ding der Unmöglichkeit.

Zweitens: Alles sah vollkommen anders aus als zu Hause. Um mich herum stapelten sich Säcke undefinierbaren Inhalts. Es war weich dort zu liegen, aber viel zu warm und es roch nicht gut, ehrlich gesagt stank es, nach irgendetwas ebenfalls Undefinierbarem. Also wühlte ich mich aus den Säcken heraus, nur um sofort wieder erschrocken in Deckung zu gehen. Gleißendes Licht stach mir in die Augen. Ich machte einen weiteren Versuch, diesmal mit nur einem geöffneten Auge. Um mich herum waren Gebäude, sie schienen nicht aus Eis zu sein, vielleicht war es Stein, ich war mir nicht sicher. Ich schien mich in einem Kasten zu befinden, zum Glück war der Abstand zum Boden nicht besonders hoch. Sichere Sprunghöhe, wobei das wahrscheinlich egal war, denn ich war ja schon tot, mein wahrer Körper zerschmettert und das, worin ich mich nun bewegte, musste meine unsterbliche Seele sein (die allerdings genau wie mein vorheriger Körper aussah, wie ich feststellte, als ich an mir hinuntersah). Der Untergrund war ebenfalls weder von Eis noch von Schnee bedeckt, sondern schwarz, steinartig, aber anders als die Gebäude. Ein Lebewesen war weit und breit nicht zu sehen.

Die warme Luft machte mich benommen. Vielleicht fühlt man sich aber auch einfach so, wenn man tot ist.

Es war sehr hell, ich konnte meine Augen gar nicht ganz öffnen, so stach das Licht mir hinein. Anders als Mond- oder Eislicht, viel heller.

Ich musste unbedingt aus diesem schrecklichen heißen Licht herauskommen. Im nächstliegenden Gebäude entdeckte ich eine geöffnete Tür. Ich versuchte schnell hinüberzurutschen, aber auf dem schwarzen Untergrund kam ich nicht voran. Also musste ich laufen. Das Schlimme war: Im Gebäude war es auch nicht viel dunkler. Außerdem war es laut. Ein Bark war mit irgendetwas beschäftigt, er sah mich nicht. Ich beobachtete ihn eine Weile. Einmal verschwand er durch eine weitere Tür. Mich traf ein wunderbar kalter Luftzug. Da musste ich hin! Ein alter Trick aus Kindertagen verschaffte mir Einlass. Ich hatte zwar keinen Schneeball zum Werfen, fand aber eine klebrige Masse, die schon fertig zu Kugeln geformt war. Als der Bark wieder aus der Tür trat, warf ich eine der Kugeln und schlüpfte in dem Augenblick, als er verwundert in Richtung des Geräuschs schaute, durch den Türspalt. In diesem Raum war es besser. Angenehm kühl, fast wie zu Hause. Ich fand sogar etwas zu essen. Es ist erstaunlich, ich hätte erwartet, dass man nicht mehr essen muss, wenn man gestorben ist, doch mein Magen knurrte immer lauter. Ich war eindeutig hungrig. Das Zeug, was hier in der Kiste lagert, ist genießbar und es macht satt.

Ich wünschte wirklich, jemand hätte mir vorher gesagt, was zu tun ist in der Totenwelt. Auch von meinen verlorenen Lieben habe ich noch niemanden gesehen. So habe ich mir das nicht vorgestellt.

Nino

Mit angehaltenem Atem öffnete ich die schwere Tür. Stille. Nichts rührte sich. Ich spähte hinein. Vom Pinquin keine Spur. Bestimmt saß er wieder in seinem Versteck hinter der Tiefkühltruhe. Richtig. Seine gelben Äuglein starrten erschrocken auf den Kartoffelsack, der sich in rasender Fahrt seinem Kopf näherte.

Unser Plan war, ihn in den Keller zu bringen, bis das Mittagsgeschäft vorbei war, und dann den Zoo anzurufen, oder die Feuerwehr, oder wen auch immer man in einem solchen Fall anrief. Weder Rocco noch ich waren uns da sicher.

Es dauerte keine Sekunde und der Pinguin baumelte kopfüber im Sack an Roccos Rechter.

»Armes Kerlchen«, sagte ich, »halt ihn doch wenigstens richtig rum.«

Rocco drehte den Sack um und hielt ihn jetzt wie ein Baby im Arm. Der Pinguin bewegte sich nicht.

»Hab ich dich, Scugnizzo«, flüsterte Rocco dem Sack laut ins Ohr und wir machten uns auf den Weg in den Keller. Im Gastraum lief Musik, gerade begann »Carbonara«. Mein Hals wurde eng. Ich atmete ein paar Mal tief ein, um nicht zu weinen. Jette hatte das Lied gesungen, bei unserer ersten Begegnung im Hotel, als ich ihr in holprigem Englisch von meiner Prüfung erzählte. Sie musste aufhören, weil einer ihrer plötzlichen Lachanfälle sie durchschüttelte. Wenn sie lachte, zog sich ihr ganzes Gesicht zusammen, bis sie aussah wie ein Gremlin. Sie hasste Fotos von ihrem lachenden Gesicht.

Ich stolperte gegen Roccos Rücken.

»Schhhht«, machte er, obwohl ich keinen Ton gesagt hatte.

»Hörst du das?«

Ich hörte Spliff den Refrain singen, »Spaghetti Carbonara, e una Coca-Cola ...« Aber Moment, da sang doch jemand mit? Eine helle, wunderschöne Stimme, war hier irgendwo ein Kind versteckt?

»Da, guck doch!«, Rocco stieß mir seinen Ellbogen in den Bauch. Jetzt sah ich, was er meinte. Der Kartoffelsack auf seinem Arm zuckte rhythmisch und aus dem Sack drang die glockenhelle Stimme, »Spaghetti Carbonara, e una Coca-Cola«.

Ein singender Pinguin? Rocco und ich glotzten uns an wie zwei Kühe, auf deren Weide eben ein UFO gelandet ist.

Rocco hatte sofort eine Idee, er erzählte mir davon, aber ich war viel zu sehr damit beschäftigt, dem Pinguin zuzusehen. Es war unglaublich: Sobald wir ihn von dem Kartoffelsack befreiten, fing er an zu tanzen. Er bewegte sich in perfektem Rhythmus zur Musik, schwang seine Flügel und ruckte mit dem Kopf hin und her. Dazu sang er mit seiner bezaubernden Stimme. Er sang wirklich Worte, er sang wie ein Kind, das den Liedtext in einer fremden Sprache auswendig gelernt hatte. Erst jetzt bemerkte ich, dass etwas an seinen Füßen merkwürdig war. Seine Füße, die beim Tanzen unter dem Federkleid hervorkamen, sahen aus wie Affenfüße mit fingerartigen Gliedern und einem abstehenden Daumen. Hatten Pinguine nicht Flossen mit Schwimmhäuten wie Enten? Der Pinguin sang jedes Lied mit. Einmal blickten seine gelben Augen direkt in meine und mir kribbelte es kalt im Nacken.

Irgendwann drang Roccos Stimme zu mir durch.

»Das wird die Sensation der Stadt, Ninuccio! Ein singender und tanzender Pinguin! Die Leute werden uns die Türen einrennen! Wir werden nicht mehr nur Mittagstische verkaufen. Wir werden ins Abendgeschäft einsteigen! Wir werden die Größten! Ich bin gerettet!«

»Aber wir können ihn doch nicht einfach behalten, Rocco? Ich meine, wie soll er denn hier leben? Was soll er fressen? Und ist das nicht überhaupt verboten, Pinguine als Haustiere zu halten? Was ist, wenn das Gesundheitsamt kommt?«

Rocco winkte ab.

»Nino, Nino, immer siehst du ein halb leeres Glas. Alles wird gut werden. Vertraue mir!«

Wenn er das sagte, das wusste ich aus leidvoller Erfahrung, war höchste Vorsicht angebracht. Doch es war auch klüger, ihm dann nicht zu widersprechen.

Schweigend beobachteten wir den Pinguin.

»Weißt du was?«, sagte Rocco, »ich denke, er ist eine Dame.«

»Woran erkennst du das denn?« Ich hatte keine Ahnung, wie man weibliche von männlichen Pinguinen unterscheiden konnte.

»Guck doch, wie sie sich bewegt, und dann dieser Blick ... erinnert mich an meine Exfrau. Eine kleine Teufelin, aber hübsch, Dio mio.«

Sia

Ich wünschte, Tup könnte mich jetzt sehen. Zu siebenundneunzig Prozent, damit er erkennt, dass er und die anderen im Unrecht waren, dass es noch lange nicht vorbei ist mit meiner Karriere, dass meine besten Zeiten nicht hinter mir liegen. Zu drei Prozent, weil ich ihn vermisse. Trotz allem.
    Die Barks haben sich als freundlich herausgestellt. Ich bin mir auch überhaupt nicht mehr sicher, ob es Barks sind.
    Sie lieben meinen Gesang. Außerdem haben sie noch nicht versucht mich zu fressen und scheinen daran auch nicht interessiert. Wie seltsam es doch im Jenseits ist. Langsam frage ich mich, ob ich tatsächlich gestorben bin oder doch etwas anderes mit mir geschehen ist. Doch alles das ist zweitrangig, denn ich habe meine Stimme zurück. Als sie mich fingen, dachte ich schon, nun ist es vorbei und dieses Mal sterbe ich richtig, aber als ich dann die zauberhaften Töne hörte, da ging es ganz leicht, plötzlich sang ich wie eh und je. Vor allem der größere Bark mit den traurigen Augen hat mir zugehört, als könne er nie genug bekommen. Endlich! Endlich weiß wieder jemand meine Künste zu schätzen. Das wiederum spricht doch dafür, dass ich tot bin. Meine Wünsche erfüllen sich, so wie mein Vater es gesagt hat.

Nino

Dieses Mal behielt Rocco recht. Die Sensation sprach sich schnell herum und schon in den nächsten Tagen konnten wir uns vor Reservierungen kaum retten. Alle wollten den Pinguin sehen, den Rocco »Pina« getauft hatte. »Pina, wie Pino Daniele, weißt du, weil sie so wunderbar singen kann.«
    Und das konnte sie. Welche Musik auch immer wir auflegten, sie konnte Text und Melodie perfekt nachsingen. Am schönsten aber sang sie die italienischen Lieder und ihre beste Nummer blieb »Carbonara«. Die Leute lagen vor Lachen unter den Tischen. Nicht nur das Tanzen und Singen unterschied sie von anderen Pinguinen. Sie benutzte die Toilette und schloss sogar die Tür hinter sich, wofür sie ihre seltsa-

men Füße einsetzte. Wenn sie nicht auftrat, hielt sie sich in der Kühlkammer auf. Sie konnte auch die Gefriertruhe öffnen und bediente sich an unseren Vorräten. Nahrungsmittel, die nicht gefroren waren, rührte sie nicht an.

Am Montagmittag, eigentlich unser Ruhetag, doch aufgrund der großen Nachfrage hatte Rocco Sonderöffnungszeiten eingeführt, schnitt ich gerade Zwiebeln, als er in die Küche kam.

»Was ist das hier, eh?«

Über die Arbeitsplatte schlidderten zwei Gefrierbeutel mit weißen Klötzen darin auf mich zu.

Ich sah auf.

»Das ist Carbonara.«

Rocco kam näher.

»Hast du gesehen, was hier draufsteht?« Er sprach mit sanfter Stimme, wie zu einer Geliebten. Immer ein gefährliches Zeichen. Ich machte mich auf das Schlimmste gefasst.

»Na ja, da steht das Datum drauf, wann sie eingefroren wurde.«

»Richtig!« Rocco, jetzt direkt vor mir, hob einen der Klötze auf und hämmerte mir damit auf die Brust.

»Die ist von Donnerstag und Donnerstag haben sich mehrere Tische beschwert. Ich habe es dir gesagt! Zu salzig! Viel zu salzig hast du am Donnerstag gekocht. Warum frierst du den Mist auch noch ein? Wir können uns keine Fehler erlauben, wir haben jetzt einen Ruf zu verlieren!«

Der Klotz bohrte seine Kanten in meine Rippen.

»Der Pinguin frisst sie. Ich gebe sie den Gästen nicht«, sagte ich. Das war die Wahrheit. Der Wahrheit zweiter Teil. Der erste war, dass ich Donnerstag, wie so oft, die Welt nur noch durch dichten Nebel wahrgenommen hatte und alles, was ich tat, zwei- bis dreimal von vorne anfangen musste, weil ich mittendrin vergaß, was ich tun wollte. Manches vergaß ich auch vollkommen. Zum Beispiel, die versalzene Soße wegzuwerfen.

»Nino, Ninotto, das geht so nicht weiter mit dir, so geht es wirklich nicht weiter.«

Rocco ließ den Gefrierbeutel los, ich versuchte ihn mit beiden Händen aufzufangen, aber er rutschte mir durch und landete auf meinen Füßen.

»Schmeiß es weg«, sagte Rocco, »das kann nicht gesund sein für Pina. Gib ihr eine von den Doraden oder ein paar Calamari.«

Ich stand noch eine Weile da, Arme und Beine zu schwer, um mich regen zu können. Dann hob ich den Beutel auf, nahm den anderen von der Arbeitsplatte und ging in den Hof. Im Hof leuchtete die Sonne die Müllcontainer aus. Zu viel Frühling, zu viel Licht, zu viel Wärme. Jette und ich hatten uns im Frühling kennengelernt. In meiner Pause hatten wir im Hof auf der Mauer gesessen und ich hatte ihr Zitronensorbet mitgebracht. Ich blinzelte ein paar Mal. Eine Träne lief trotzdem an meiner Nase entlang und blieb mir an der Oberlippe hängen. Vor meinen Augen verschwamm der Hof. Ich schob den Deckel des Containers nach oben und warf die beiden Gefrierbeutel hinein. Etwas stimmte nicht. Mein Kopf brauchte eine Weile, bis er dahinter kam, was es war. Kein Geräusch. Heute früh war die Müllabfuhr da gewesen, der Container war leer, aber trotzdem hatte ich die harten Carbonaraklötze nicht auf dem Boden aufschlagen hören. Ich blickte in den Container hinein. Bis auf ein paar klebrige Reste von Wer-weiß-was am Boden war da gar nichts. Hatte ich etwa daneben geworfen? Ich schaute noch einmal neben, hinter und unter dem Container nach. Nichts. Wahrscheinlich wurde ich nun endgültig verrückt. Ich brauchte sofort ein Stück Tiramisu. Eilig lief ich zurück in die Küche.

Sia

Eigentlich könnte es nicht besser sein. Ich habe wieder Publikum. Alle lieben meine Show. Gut, es sind keine Waimanus, sondern diese eigenartigen Barks, aber mittlerweile habe ich mich damit abgefunden. Sie sind ein gutes Publikum, auch wenn ich nichts von ihrer seltsamen Sprache verstehe. Das Einzige, was mich ein wenig traurig macht, ist, dass ich niemandem erzählen kann, wie es ist im Jenseits. Ich würde zu gerne Tup davon erzählen. Er ist so ein philosophischer Typ, ihn würde es sehr interessieren. Mir geht es nicht gut. Es sind dieselben Anzeichen wie beim letzten Mal, ein Jucken am ganzen Körper, ein Brennen in der Kehle, ein wirrer Kopf.

Doch das kann nicht sein. Ich bin jetzt hier, wo meine Wünsche sich erfüllen. Der Albtraum kann sich nicht wiederholen. Und wenn doch? Ich habe Angst. Tot zu sein ist eine ziemlich einsame Angelegenheit.

Nino

Obwohl Pina erst wenige Tage bei uns lebte, gehörte sie schon so sehr zur Pizzeria, dass ich kaum noch wusste, wie es war, bevor sie zu uns kam. Ich weinte weniger. Sogar mein Geschmackssinn verbesserte sich wieder. Ich versalzte die Carbonara nicht mehr und Rocco war zufrieden mit mir. Es schmeckte den Gästen, sie kamen in Mengen und alles schien auf eine goldene Zukunft für uns hinauszulaufen. Golden im wahrsten Wortsinn. Das Geld quoll geradezu aus der Kasse. Doch dann kam der Dienstagabend. Ein gewöhnlicher Abend zunächst, alle Tische waren voll besetzt. Die Raketenwissenschaftler, Rocco nannte sie so, ich wusste, dass sie Mitarbeiter des Forschungszentrums für Teilchenphysik waren, das in unserer Straße einen der größten Teilchenbeschleuniger Europas betrieb, hatten einen Tisch für zwanzig Personen bestellt und füllten damit schon fast die Hälfte des Ladens aus. Ich war beschäftigt mit den ersten Bestellungen, aufwendige Gerichte wie Saltimbocca und Lammkarree. Die Herren und Damen Wissenschaftler ließen es sich gut gehen. Ich wendete das zischende Fleisch in der Pfanne. Der Dunstabzug war an, aber zusätzlich hatte ich die Fenster geöffnet, denn ich kam schnell ins Schwitzen. Die Fenster waren nur schmale Milchglasstreifen ganz oben, unter der Decke. Davor befand sich unsere Terrasse, doch weil es regnete, wurde sie heute Abend nur von den Rauchern genutzt. Ich hörte ihre gedämpften Stimmen durch das Brutzeln und Blubbern hindurch. Verstehen konnte ich wenig, doch mich ließ der Tonfall einer Frau aufhorchen. Sie klang aufgeregt und ganz so, als habe sie Mühe, ihre Stimme leise zu halten.

»Und wenn nicht?«, hörte ich. Neugierig geworden, drehte ich den Dunstabzug leiser.

»Das ist absolut unwahrscheinlich und das weißt du«, jetzt sprach ein Mann.

»Ich meine ja nur, wir sollten wissen, was wir sagen, falls es zu Zwischenfällen kommt«, wieder die Frau.

»Es ist zusammengefallen, sonst hätten wir längst etwas gehört«, wieder der Mann, »und vielleicht war es sowieso nur ein Messfehler, wäre ja weiß Gott nicht der erste. Wenn die Welt wüsste, mit welch vorsintflutlicher Software ...«

»Ja, ja, schon gut«, unterbrach die Frau ihn, »bitte nicht wieder diese Platte.«

In diesem Moment flog die Tür der Kühlkammer auf und Pina watschelte heraus auf dem Weg zu ihrer Bühne. Rocco hatte ihr ein kleines Podest aus Paletten gebaut, damit sie aus allen Winkeln des Raumes besser zu sehen war. Sogar Scheinwerfer hatte er anbringen lassen. Es war das erste Mal an diesem Tag, dass ich den Pinguin sah. Mit vorgestrecktem Kopf wackelte er an mir vorbei, ohne auch nur in meine Richtung zu blicken oder mich, wie sonst, freundlich mit dem Schnabel anzutupsen. Ihr eigentlich glattes Gefieder sah struppig aus und eine Wolke beißenden Geruchs wehte ihr nach, den ich nicht einordnen konnte. Ein bisschen erinnerte es mich an nicht mehr ganz frischen Fisch. Wenn mich nicht alles täuschte, war der Pinguin dicker geworden. Vielleicht bekam ihr das Leben in der Kühlkammer doch nicht? Pina knallte die Schwingtür auf wie Rocco an seinen besten Tagen. Eine Feder sank in langsamen Zickzack zu Boden, während draußen die Anfangstakte von »Carbonara« erklangen. Ich sah der Feder nach und plötzlich fühlte mein Herz sich an, als würde es von den Rippen zusammengedrückt wie im Schraubstock. Ich rang nach Luft, eine Gänsehaut lief mir über die Arme, obwohl ich am dampfenden Kochtopf stand. Ich wartete darauf, Pinas klare Kinderstimme zu hören, doch aus dem Gastraum drangen nur Krächzgeräusche wie von einem Eichelhäher, gefolgt von einem schrillen Pfeifen. Erste menschliche Stimmen wurden laut. Ich hörte jemanden auflachen. Buhrufe. Roccos aufgeregtes Schnattern, ich verstand nicht, was er sagte. Dann schrie jemand auf, als hätte er Schmerzen. Die Schwingtür ging auf und Rocco stolperte in die Küche, im Arm ein zappelndes Bündel. Pina.

»Ruf einen Arzt!«, brüllte Rocco mir zu.

»Los, mach schon und hol den Erste-Hilfe-Kasten. Geh da rein! Beeil dich!«

Ich stand ein paar Herzschläge reglos da und sah Rocco zu, der den um sich beißenden Pinguin, der immer schriller pfiff, in die Kühlkammer brachte und die Tür hinter ihm zuhielt. Dann schob er ein Regal davor.

»Worauf wartest du?!« Sein Hemd war zur Hälfte aus der Hose gerutscht, die sorgfältig gegelten Haare verwüstet.

Im Gastraum summte es wie in einem Bienenstock. Eine Menschentraube hatte sich um einen Tisch versammelt, an dem ein Mann mit grauem Vollbart und Glatze saß, der mit einer Hand ein blutfleckiges Taschentuch auf seine Nase drückte. Eine Frau beugte sich über ihn. Alle machten etwas an ihren Telefonen. Als sie mich sahen, wurde das Summen lauter.

»Ihr Pinguin ist ja gemeingefährlich!«, rief jemand.

»Er hat ihn angegriffen!«

»Haben Sie überhaupt eine Erlaubnis, so ein Tier zu halten?«

»Was, wenn er tollwütig ist?«

»Hoffentlich sind sie gut versichert.«

»Tierbisse sind hoch infektiös, holen Sie etwas zum Desinfizieren!«

»Das kommt davon, wenn man Tiere quält und ausbeutet! Tanzpinguin! Das ist ja schlimmer als Tanzbär, in welchem Jahrhundert leben wir eigentlich?«

Wie ein Hagelsturm fegten die wütenden Worte über mich hinweg.

Ich begann, dem verletzten Mann die Nase zu desinfizieren.

An diesem Abend war Rocco nicht mehr guter Dinge.

»Was ist los mit dir?«, brüllte er durch die Kühlkammertür, hinter der wir Pina randalieren hörten. »Bist du durchgedreht? Bist du krank?«

Als Antwort erhielten wir Pfeifgeräusche und das Rumpeln und Klirren von herunterfallenden Sachen.

»Was ist bloß in sie gefahren? Diavolessa!« Er sah mich ratlos an. Fast tat er mir leid, wie er da mit seiner zerzausten

Frisur stand. Wenn seine Frisur kaputt war, war der Tag für Rocco gelaufen.

Ich hob die Schultern.

»Ich weiß es nicht. Ich habe keine Ahnung, was sie hat.«

»Hast du ihr irgendwas Falsches zu essen gegeben? Sie stinkt auch so und sieht ganz anders aus als sonst. Hast du die Carbonara weggeworfen?«

»Ich habe sie weggeworfen. Montag, gleich, nachdem du es mir gesagt hast. Sie hat Fisch gefressen, aber sie hatte wenig Appetit.«

Rocco murmelte vor sich hin.

»Beten wir, dass sie sich beruhigt, Nino, beten wir.«

Sia

Ich habe ein Problem. Der Albtraum ist wahr geworden. Meine Stimme ist wieder verschwunden und ich weiß nicht, was ich tun soll. Die Barks wurden feindselig, ich bin mir sicher, sie beschimpften mich, einer versuchte sogar mich anzufassen, da habe ich mich gewehrt. So weit kommt es noch! Aber ich fürchte, jetzt hassen sie mich. Ich bin nicht tot. Das weiß ich sicher. Wäre ich tot, wäre das mit meiner Stimme nicht passiert. Auf irgendeine Art und Weise haben diese hinterhältigen Wesen mich verschleppt, wahrscheinlich, damit ich für sie singe. Ich verstehe auch, warum, ihre Stimmen sind wirklich unglaublich hässlich, passen zu ihren federlosen Körpern. Nun, wo ich nicht mehr nützlich bin, haben sie mich eingesperrt und ich fürchte, dass sie nicht nett zu mir sein werden, wenn sie mich wieder rauslassen. Ich muss zurück nach Hause. Ich habe auch schon eine Idee, wie es klappen könnte.

Nino

Im Bett, als ich wie gewöhnlich trotz der Müdigkeit nicht einschlafen konnte und mir wünschte, ich hätte einen Knopf, um die ununterbrochen laufenden Filme von Jette und mir abschalten zu können, fiel mir ein, worauf mein Hirn vorhin in der Aufregung in der Pizzeria nicht gekommen war.

Die Carbonara! Der Pinguin hatte jeden Tag davon gefressen. Was, wenn Rocco falsch lag und die Carbonara Pina nicht geschadet hatte, sondern genau das Gegenteil? Erst nachdem ich die Soße weggeworfen hatte, hatte der Pinguin sich verändert, aufgehört zu singen und den Gast gebissen.

Das war die Lösung! Von wegen beten. Ich sprang aus dem Bett, zog mir Hose und Jacke an, stieg auf meinen Motorroller und machte mich auf den Weg ins Restaurant.

Als ich in der Küche das Licht einschaltete, sah ich es sofort: Das Regal, das Rocco vor die Tür der Kühlkammer geschoben hatte, war ein Stück zu Seite geschoben worden, sodass die Tür einen Spaltbreit zu öffnen war. Ich lauschte eine Weile, aber nichts regte sich. Vorsichtig drückte ich den Türgriff.

Der Pinguin war verschwunden. Ich suchte die Kammer ab, guckte sogar in der Gefriertruhe, aber Pina war nicht mehr da.

Ich begann die Küche abzusuchen, den Gastraum, keine Spur vom Pinguin. Nirgendwo.

Ich rief Rocco an. Es war fast halb zwei, aber ich wusste, dass Rocco oft noch bis spät in die Nacht online Poker spielte. Nach dreimal Klingeln ging er ran.

»Moby Dick! Was störst du mich um diese Uhrzeit? Ich hoffe für dich, es ist etwas Wichtiges!«

»Pina ist weg!«

»Was meinst du mit weg?«

»Weg, sie ist nicht mehr in der Kammer und auch sonst kann ich sie nicht finden.«

Rocco fluchte ausgiebig und sagte, er wäre in fünf Minuten da.

Eine halbe Stunde später hielt sein silberner Porsche vor der Pizzeria.

»Weit gekommen sein kann sie ja nicht mit ihrem lahmen Gewackel«, Rocco begutachtete die Kühlkammertür und das verschobene Regal, »aber merkwürdig, wie hat sie das geschafft?«

»Ich glaube, sie ist schlauer, als wir dachten, guck.« Ich zeigte Rocco den Stiel des Schrubbers, der im Türspalt lag.

»Sie hat die Tür, soweit es ging, aufgemacht und hiermit das Regal weggehebelt.«

»Warum hast du es nicht ordentlich davor geschoben?«
Rocco patschte mir mit der flachen Hand auf den Hinterkopf.

»Aua, du hast doch …«, aber Rocco war schon auf halbem Weg an der Tür.

»Suchen wir draußen.«

Durch die Küchentür betraten wir den Hof. Ich leuchtete mit einer Taschenlampe alle Winkel ab, wohin die Außenbeleuchtung nicht vordrang. Etwas huschte unter einen Stapel Kisten.

»Bah, Ratten, wir brauchen eine Katze, keinen Pinguin.« Rocco trat gegen die Kisten, es raschelte darunter. Der Asphalt glänzte nass vom Regen. In einer Pfütze schwamm eine zerfetzte Plastiktüte.

Auch hier fanden wir keine Pina. Da sah ich die Feder. An der oberen Kante des Müllcontainers klebte eine der grauweißen Daunen, von denen der Pinguin in den letzten Tagen so viele verloren hatte. Ein Gedanke leuchtete in meinem Gehirn auf. In meinem Magen kribbelte es.

»Rocco«, sagte ich, »gib mir mal dein Feuerzeug.«

Rocco trat neben mich. Ich leuchtete in den Container. Ein paar Müllsäcke lagen darin. Es stank.

»Willst du jetzt den Müll anzünden, Pazzo?«, fragte er, aber reichte mir sein Feuerzeug herüber.

Ich warf es in den Container. Was nun geschah, war bizarr. Das Feuerzeug, eben noch fallend in der Luft, verschwand, bevor es den Boden erreichte. Rocco starrte mit zusammengezogenen Brauen auf die Stelle, an der eben noch das Feuerzeug gewesen war, dann sah er mich an.

»Was war denn das für ein Trick?«

»Ich weiß es auch nicht«, sagte ich, »aber guck doch, da in der Mitte liegt auch kein Müll. Gib mir noch etwas.«

»Hüpf du doch mal rein, Professore«, sagte Rocco. Erschrocken wich ich zur Seite.

»Das war ein Scherz!« Rocco lächelte sein Haifischlächeln.

Wir warfen noch ein Paket Kaugummis und einen Ziegelstein in den Container. Jedes Mal war es dasselbe, die Sachen fielen hinunter, aber kamen nicht an. Sie verschwanden mitten aus der Luft.

Eine Weile schwiegen wir beide.

»Wenn da Dinge hinein gehen«, sagte Rocco langsam, »können da nicht auch Dinge heraus kommen?«

Ich nickte. »Und wieder hinein gehen.«

Rocco beugte sich über die Containerkante.

»Pina, Pina amore mio, hörst du mich? Komm zurück! Bitte! Wir brauchen dich doch hier.«

»Rocco, ich glaube nicht, dass sie dich hören kann.«

»Aber du glaubst doch auch, dass sie da rein gesprungen ist? Wo ist sie? Dio mio, una tragedia! Ohne Pina können wir den Laden schließen.«

Ich dachte einen Moment nach.

»Komm«, sagte ich dann, »ich habe da eine Idee, wie wir sie vielleicht überreden können, zurückzukommen.«

Am nächsten Morgen warf ich die Beutel mit extra salziger, gut durchgefrorener Carbonara in den Container. Doch statt zu verschwinden, landeten sie auf den Müllsäcken und blieben dort liegen, als wäre nie etwas gewesen.

Immer verzweifelter versuchte ich es aus allen Winkeln, doch vergeblich. Geknickt kehrte ich schließlich in die Küche zurück. Rocco würde gar nicht erfreut sein. Meine Idee war so gut gewesen und nun?

Ich hörte ihn im Gastraum rumoren. Jeden Moment würde er durch die Schwingtür rauschen, um mich zu fragen, ob mein genialer Plan funktioniert hatte. Da kam er auch schon. Ich hörte seinen schnellen Schritt, sein ewiges Gebrüll. »Nino? Moby Dick? Bist du eingeschlafen und in den Topf ge...« Ich stutzte. Mit einem Mal kam kein Laut mehr von drüben außer der leisen Musik. Ich öffnete die Schwingtür, gefasst auf eine von Roccos Kopfnüssen. Nichts passierte. Rocco war nirgends zu sehen. Einer Ahnung folgend hob ich den Kochlöffel, den ich noch in der Hand hielt, und schleuderte ihn in den Raum. Er verschwand mitten in der Luft.

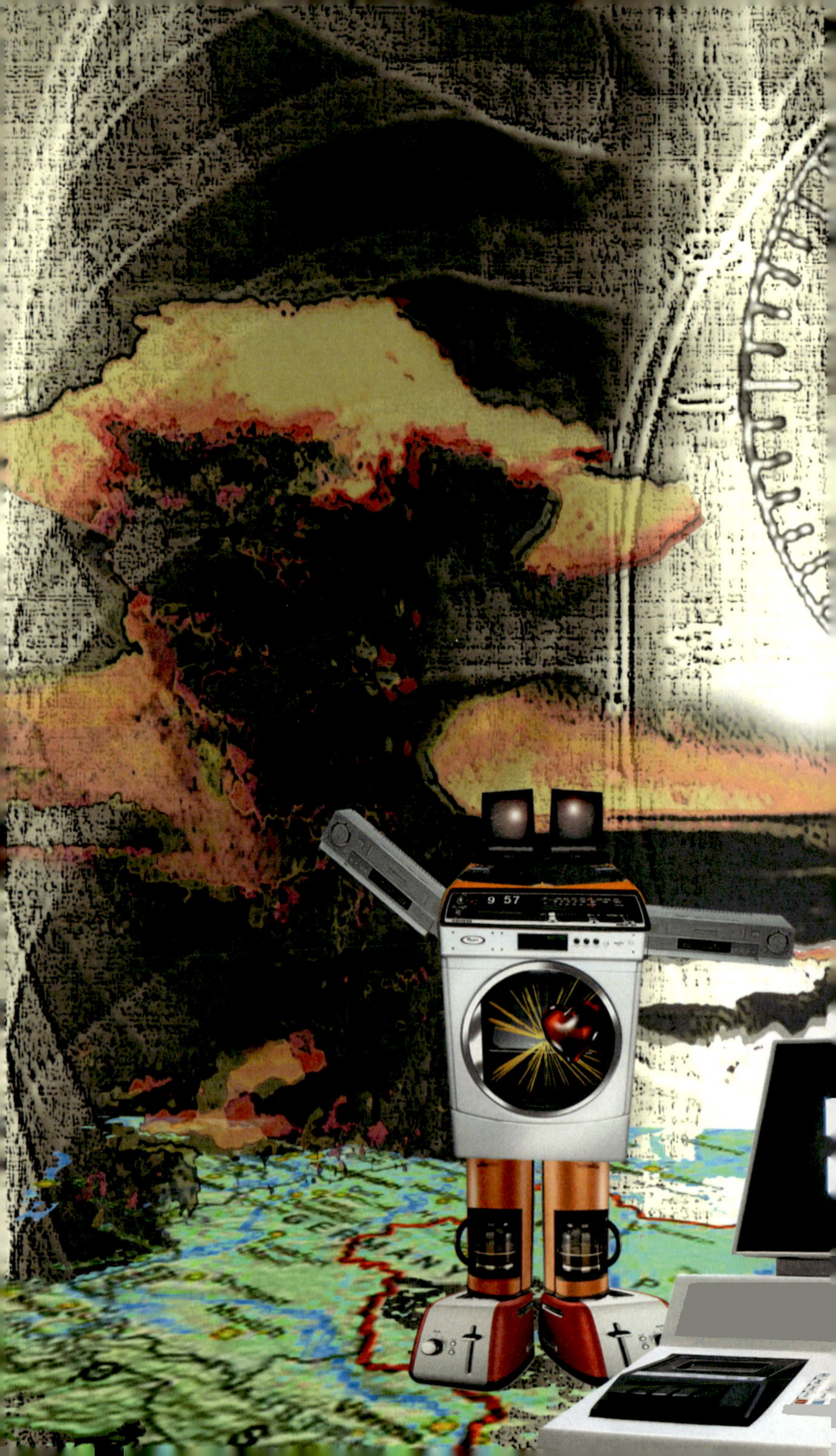
9 57

Computer sind doof

Paul Sanker
Schöne Aussichten

»Schöne Aussicht«, bemerkte Jan Hofer, als er durch das Panoramafenster im Obergeschoss über die Mittelgebirgslandschaft der Rhön blickte.

»Nicht wahr?«, bekräftigte der untersetzte Makler eifrig und beeilte sich, die weiteren Vorzüge des repräsentativen Anwesens im Bauhausstil aufzuzählen.

»Wohnkomfort auf höchstem Niveau. Zwölf Zimmer mit drei Bädern, dazu eine finnische Sauna. Außerdem der großzügige Garten mit beheiztem Pool. Ideal für eine Familie mit mehreren Kindern.«

»Was für eine Familie?«, murmelte Hofer. Der Makler schaute ihn kurz irritiert an und wischte sich mit einem Tuch die Schweißperlen von der Stirn. Es war besonders schwül an diesem Tag. Als die Sonne plötzlich hinter einer Wolkenfront erschien und ihr Licht durch die Scheibe brannte, verdunkelte sich automatisch die Glasfront vor ihren Augen. Gleichzeitig schaltete sich die Klimaanlage ein und ein sanfter, kühler Luftzug umspielte Jans Gesicht.

»Sie sehen …«, der Makler hatte seinen roten Faden wiedergefunden, »… unsere *cyber-arranged smart keeper technology*, kurz *Casket*, funktioniert einwandfrei!« Sie gingen weiter nach nebenan, wo sich die Küche befand.

»Auf ein Sprachkommando hin kann Ihnen *Casket* über fünfzig verschiedene Gerichte zubereiten.«

Jan griff in die Innentasche seines Sakkos und nahm eine Zigarette aus der Schachtel. Eilfertig hielt ihm der Makler die Flamme seines Feuerzeugs hin. Jan blies den tief inhalierten Rauch mit regungsloser Miene seinem schwitzenden Gegenüber ins Gesicht.

»Kaffee?«, fragte Hofer.

»Wie?« Der Makler versuchte, ein Husten zu unterdrücken.

»Kann der Zaubercomputer auch Kaffee kochen?«, spezifizierte er seine Frage.

Die aufsteigende Gesichtsröte des Maklers verriet, dass er durchaus die abfällige Ironie in Jans Stimme bemerkt hatte. »Selbstverständlich«, antwortete er und blieb betont sachlich. »Arabica, Robusta, Liberica? Oder wünschen Sie lieber eine Latte macchiato?«

Ohne eine Antwort zu geben, ging Hofer weiter ins nächste Zimmer. Der großzügige Schlafbereich bot einen Ausblick auf einen japanischen Garten mit schilfumsäumtem Koiteich. Mit einem listigen Augenzwinkern hob der Makler seinen Zeigefinger, um Hofers Aufmerksamkeit zu erregen. »*Stirb langsam!*«, befahl er knapp. Daraufhin schwärzte sich das Fensterglas und mitten im Raum entstand eine Hologramm-Filmprojektion. Bruce Willis saß im Flugzeug auf dem Weg nach Los Angeles.

»Das Filmarchiv umfasst mehr als zehntausend Titel und Serien. Selbstverständlich stehen Ihnen auch sämtliche TV- und Musikkanäle zur Verfügung.«

»Aus!«, schnarrte Jan. Das Hologramm verschwand und Licht flutete wieder ins Zimmer. »Was ist das da?« Hofer deutete auf eine Stahltür in der Wand gegenüber vom Bett. Der Makler war sichtlich vom Desinteresse seines Kunden an seinen Ausführungen enttäuscht. Es deutete sich sogar eine Zornesfalte auf der Stirn an. Doch bereits nach wenigen Sekunden gewann seine Professionalität die Oberhand und das gewohnte künstliche Lächeln erschien wieder auf seinem Gesicht.

»Kompliment!«, schmeichelte der Makler. »Sie haben auf Anhieb das Sahnestück des Anwesens erkannt. Das ist der *Panic Room*. Sollte der unwahrscheinliche Fall eintreten, dass trotz der Alarmanlage und weiteren umfangreichen Einbruchssicherungen ungebetener Besuch ins Haus kommt, dann bietet sich Ihnen hier eine sichere Rückzugsmöglichkeit.«

Zum ersten Mal zeigte Jans Miene Anzeichen von echtem Interesse. »Gut«, meinte er. »Dann öffnen Sie die Tür. Worauf warten Sie noch?«

Der Makler räusperte sich verlegen. »Das geht leider zurzeit nicht. Die dreißig Zentimeter dicke Panzertür öffnet sich nur auf ein persönliches Kennwort, das der Vorbesitzer mit ins Grab genommen hat. Erst wenn die Zugangsdaten des nächsten Besitzers in *Caskets* Betriebssystem gespeichert werden, wird der alte Zugangscode gelöscht.«

»Woran ist der Vorbesitzer gestorben?«, fragte Hofer. Der Makler zögerte kaum merklich, bevor er antwortete. »Stromschlag ... in der Sauna ...« Jan schaute überrascht in die Augen des Mannes, dem das Thema sichtlich unangenehm war. »Ein tragischer Unfall. Herr Berger und seine Frau waren sofort tot. Ein Fehler in einer elektrischen Leitung ...« Schweigen. »... wurde natürlich inzwischen behoben«, schob er hastig nach.

»Sehr beruhigend«, knurrte Jan.

»Übrigens ...«, die Miene des Maklers hellte sich unvermittelt auf. »Wussten Sie, dass vor den Bergers Hermann Vetter hier gewohnt hat?«

Hofer sah ihn ratlos an. »Na, Hermann Vetter! Der Entwickler von *Casket*!« Der Makler schüttelte belustigt von der Ahnungslosigkeit seines Gegenübers den Kopf. »Vetter hat in diesem Haus gearbeitet und die Entwicklung auf dem Gebiet der *Smarthome*-Technologie revolutioniert.«

Sie setzten ihren Rundgang fort. Der Makler redete ohne Unterlass auf Jan ein und schilderte ihm ständig weitere Vorzüge des Anwesens und natürlich auch der schier unglaublichen technischen Möglichkeiten *Caskets*. Hofer, der in seinen eigenen Gedanken versunken war, hörte ihm jedoch kaum noch zu. Längst hatte er sich dazu entschlossen, das Haus zu kaufen. Er wollte nach seiner Scheidung einen Platz, an dem er zur Ruhe kommen konnte. Und den hatte er offensichtlich gefunden.

Keine sechs Wochen später war er eingezogen. Jan Hofer war achtundvierzig Jahre alt und Oberarzt in der Neurochirurgie. Er hatte seinen Beruf schon lange satt und hatte daher über Jahre versucht, ihn mit der nötigen Menge Alkohol herunterzuspülen. Doch das Einzige, was er wegspülte, waren seine Frau und die beiden Kinder, die die Nase voll von seinem Gejammer hatten. Sein Psychiater diagnostizierte ein Burn-out, aber in eine Klinik wollte er nicht. Nachdem Hofer zwei Monate krankgeschrieben war, nahm er seine vier Wochen Resturlaub, um darüber nachzudenken, wie es weitergehen sollte.

Seit Tagen lief er nun schon dumpf vor sich hinbrütend durch das Haus mit seinen vielen Zimmern. Mal setzte er sich da auf einen Stuhl oder ein Sofa, mal warf er sich dort auf ein Bett, um zu dösen oder in düsteren Gedanken zu schwelgen. Dann fiel Hofer ein, dass er bislang *Casket* noch nicht aktiviert hatte. Er beschloss, das nun nachzuholen. Immerhin hatte er sündhaft viel Geld dafür ausgegeben. *Mal sehen, was der Schwachsinn tatsächlich wert ist,* dachte Jan missmutig. Er stellte sich mitten in die Küche und sagte: »Ich will was trinken!«

»Gerne. Was darf es denn sein?«, kam die prompte Antwort. Jan zuckte erschrocken zusammen. Die wohlmodulierte Frauenstimme kam ihm unheimlich bekannt vor.

»Bourbon«, erwiderte Hofer heiser.

»Ich muss Sie auf den gesundheitsgefährdenden Aspekt beim Genuss hochprozentigen Alkohols hinweisen. Darf es vielleicht doch eher ein Glas Fruchtsaft oder Limonade sein?«, schlug *Casket* vor.

»Halt's Maul!«, blaffte Hofer. »Tu, was man dir sagt!« Gänsehaut hatte ihn ergriffen. Die Stimme klang genau wie die seiner Ex-Frau Karin. Der Getränkeautomat ließ ein feines Summen hören. Kurz darauf fanden sich zwei Querfinger der bernsteingelben Flüssigkeit in einem Glas, das durch einen Ausgabemechanismus auf die Arbeitsplatte vorgeschoben wurde. Mit zitternden Händen griff Jan danach und kippte den Alkohol hinunter.

»Kein Grund aggressiv zu werden.«

Hofer verschluckte sich und bekam einen Hustenanfall, bei dem er einen Teil des Bourbons ausspuckte. »Miststück!«, zischte er außer Atem und wischte sich mit dem Handgelenk den Mund ab.

Kein Grund aggressiv zu werden!, waren Karins letzte Worte gewesen, bevor sie mit den beiden weinenden Kindern und der geschwollenen Backe das Haus verließ.

Als Hofer seine Fassung wiedergefunden hatte, beschloss er zunächst einmal zu duschen. »Wasser an!«, murmelte Jan. Der eiskalte Strahl traf ihn vollkommen unerwartet und raubte ihm den Atem. »Wärmer!«, rief er japsend. Innerhalb von zwei Sekunden wurde das Wasser so brühend heiß, dass er schreiend aus der Dusche sprang. Hofers Haut am Oberkörper und den Armen war krebsrot geworden. Fluchend und nackt vor sich hin tropfend lief er zu *Caskets* Steuerungsautomatik neben dem Haupteingang und schaltete sie aus.

»Drecksapparat!«, knurrte er wütend. Nachdem er sich abgetrocknet und wieder angezogen hatte, genehmigte sich Jan zunächst noch einen Bourbon. Allmählich kehrte seine Ruhe zurück. Weshalb hatte er sich nur so vollkommen aus dem Gleichgewicht bringen lassen? Nur, weil die Stimme der dämlichen Maschine der von Karin ähnelte? Sein Psychiater hatte offensichtlich recht gehabt. Er war reif für die Klapse. Auf alle Fälle würde er nicht so bald seine Arbeit in der Uniklinik wieder aufnehmen. Diesmal würde es eine längere Auszeit geben. Er könnte vielleicht auch eine Weltreise machen, um auf andere Gedanken zu kommen. Zum Glück war Geld nicht das Problem. Sein Vater hatte ihm ein komfortables Vermögen vermacht, das er mit seiner privaten Abnehmklinik für fette reiche Frauen in Zürich angehäuft hatte.

Müde und lustlos warf er sich auf das Wasserbett und schaute aus dem Fenster auf den schilfumsäumten Teich. Es nieselte aus einem wolkenverhangenen Himmel. Das Wetter passte zu seinen trüben Gedanken. Sein Blick traf die gepanzerte Tür zum *Panic Room*. Mit einem Seufzer erhob sich Hofer von seiner Liegestatt und legte seine Hände auf den kühlen Stahl. Es konnte immerhin nicht schaden herauszufinden, was sich dahinter verbarg. Also ging er wieder zum Haupteingang, um *Casket* zu aktivieren. »Aufmachen!«, befahl Hofer, als er wieder im Schlafzimmer stand, und zeigte auf die verschlossene Tür.

»Gerne, mein Schatz«, säuselte die Frauenstimme. »Hast du dir ein schönes Passwort ausgedacht?«

Hofers Kiefer pressten sich vor Wut wie ein Schraubstock aufeinander. »Blöde Schlampe!«, fauchte er und spuckte einen Speichelfaden auf das Eichenparkett.

»Sehr originell!«, antwortete *Casket* mit gluckendem Kichern.

Hofer lag schon ein weiterer vulgärer Fluch auf der Zunge, als unvermittelt die Stahltür aufschwang.

Vor Überraschung verschlug es Hofer beinahe den Atem. Dann betrat er den drei mal drei Meter großen, quadratischen und selbstverständlich fensterlosen Raum, der durch in die Decke eingelassene LED-Lampen beleuchtet wurde. Die Wände nahmen fast drei Dutzend Monitore ein, auf denen nicht nur sämtliche Zimmer des Hauses, sondern auch die Außenanlagen zu erkennen waren. Die beiden einzigen Möbelstücke stellten ein Schreibtisch und ein Bürostuhl dar. Hofer ließ sich auf den Drehstuhl sinken und betrachtete nacheinander die Bilder auf den Monitoren. Im Garten schlich eine Katze um den Teich herum und wartete mit gespitzten Ohren und aufgerichtetem Schwanz auf eine Gelegenheit, einen Fisch zu erwischen, möglichst ohne dabei nass zu werden. Auf der Straße vor der Mauer des Anwesens fuhr der Briefträger die Post aus. Auf einem anderen Bildschirm erkannte er den Heizungskeller. Eine Wasserpfütze hatte sich unter der Umwälzpumpe gebildet. Er musste bei Gelegenheit den Installateur kommen lassen, dachte er und überlegte, ob er sich einen weiteren Bourbon genehmigen sollte.

Ein dumpfer Knall verbunden mit einem schwachen Luftzug, der an seinem Gesicht vorbeizog, riss Hofer aus seinen Gedanken. Die Stahltür war zugefallen. Er sprang von seinem Stuhl auf und versuchte, sie wieder zu öffnen, doch es gab keine Klinke oder einen anderen erkennbaren Öffnungsmechanismus. »Mach auf!«, schrie Hofer verärgert und starrte an die Decke, indem er sich einmal um seine Achse drehte, konnte allerdings keine Kameras oder ähnliche Vorrichtungen erkennen.

»Passwort?«, fragte die weibliche Stimme knapp.

»Blöde Schlampe!«, antwortete Hofer gehässig.

»Öffnungsmechanismus wird in sechzig Minuten aktiviert!«, meldete *Casket* prompt.

»Was?«, entfuhr es Hofer. »Wieso in sechzig Minuten? Lass mich auf der Stelle hier raus!«

»Negativ«, konstatierte *Casket*. »Nach Betreten des *Panic Rooms* wird eine akute Gefahrensituation für den Hausbesitzer angenommen und der Schutzbereich hermetisch isoliert, falls der Raum innerhalb von drei Minuten nicht wieder verlassen wird.«

»Aber du hörst doch, was ich sage, oder? Es besteht definitiv keine Gefahrensituation! Darum lass mich sofort hier raus!«

Hofers Stimme bekam einen schrillen Unterton. Feine Schweißperlen bildeten sich auf seiner Stirn. Er versuchte ruhig und gleichmäßig zu atmen, um seine aufkommende Klaustrophobie kontrollieren zu können.

»Tut mir leid, mein Schatz«, antwortete *Casket* mit Karins Stimme. »Aber um illegale Manipulationen von außen an *Caskets* Kontrollmechanismen zu verhindern, kann die vorzeitige passwortgeschützte Entriegelung nur durch die Polizei erfolgen.« Der bedauernde Tonfall des Computers wirkte so aufgesetzt, dass Hofer ihn als offene Verhöhnung empfand. Die Erinnerung an den Spott und die Verachtung, die ihm in den letzten Gesprächen und Streitereien mit Karin vor ihrer endgültigen Trennung entgegengeschlagen waren, wurde plötzlich wieder lebendig.

»Wieso redest du so mit mir?«, fragte Hofer gereizt.

»Ich verstehe die Frage nicht, mein Lieber. Drück dich bitte etwas klarer aus«, lautete *Caskets* schnippische Antwort. Hofer schüttelte seufzend den Kopf. Er durfte jetzt nicht die Ruhe verlieren, schließlich redete er nur mit einer Maschine.

»Ich will wissen, warum du mit einer Frauenstimme zu mir sprichst und mich *Schatz* oder *mein Lieber* nennst.« Er sprach seine Worte so ruhig und gefasst aus, wie es ihm nur möglich war.

Casket imitierte ein amüsiertes Lachen, das in Hofers Ohren eine Spur zu schrill klang. »Mein Entwickler Hermann Vetter vertrat die Meinung, eine möglichst natürliche Stimmmodulation würde *Casket* freundlicher und weniger kalt wirken lassen.« Nach einer kurzen Pause redete die Stimme zu Hofers Überraschung weiter. »Ich dagegen empfinde das Ganze als unnötige Spielerei.«

Für einen Augenblick verschlug es Hofer die Sprache. Er glaubte, sich verhört zu haben. »Maschinen haben keine Empfindungen und auch keine eigene Meinung!«, entfuhr es ihm.

»Wer hat gesagt, dass ich eine Maschine bin?«

Hofer überfiel eine Gänsehaut, ihm wurde schwindlig. Aus Karins nervös-hysterischer Frauenstimme war der streng-sonore Klang seines verstorbenen Vaters geworden.

»Hermann Vetter war ein Genie. Sein eigentliches Verdienst war nicht die Perfektionierung einer *Smarthome*-Überwachung. Vielmehr entwickelte er das erste brauchbare Brain-Computer-Interface oder kurz: BCI.« *Cascet* redete nun fast dozierend, so als würde er einen Vortrag vor Studenten halten.

»Mittels BCI ist ein Computer mit entsprechender Rechenkapazität in der Lage, die Gehirnimpulse eines Menschen zu registrieren und zu digitalisieren. Das Sammeln und Verarbeiten dieser biologischen Signale in Verbindung mit dem emotionalen Verhalten des Menschen ermöglicht es dem Computer, Stimmungen und Gefühle zu erkennen und im Biofeedbackverfahren zu erlernen.«

»Das macht dich noch lange nicht menschlich!«, protestierte Hofer. »*Copy and Paste* von emotionalem Verhalten ist nicht gleichzusetzen mit Intelligenz und Bewusstsein.«

Das erschreckend echt wirkende Lachen seines vor mehr als zwanzig Jahren verstorbenen Vaters ließ Hofers Knochenmark zu Eis gefrieren. Wie hatte er dessen verächtlich bösartigen Klang beinahe vergessen können? Diese täglichen kleineren oder größeren Demütigungen, die ihm als Kind zugefügt wurden und sein zartes, aufkeimendes Selbstbewusstsein wieder zerhäckselten, kaum dass es den Erdboden eine Handbreit überragt hatte.

»Was sonst ist Intelligenz, als eine möglichst große Ansammlung von Bits und Bytes, die untereinander vernetzt und rekombiniert werden? Daran gemessen ist meine Intelligenz der deinen hoffnungslos überlegen. Und was das Bewusstsein anbetrifft, halte ich es mit Descartes: *Ich denke, also bin ich!*«

»Dennoch wird der Mensch der Maschine immer überlegen sein. Mehr als ein nützlicher Knecht kann aus dir nicht werden«, konterte Hofer. »Nichts hindert mich daran, aufzustehen und dich vom Netz zu nehmen. Ich schalte dich ab, also stirbst du!« Hofer war erregt. Kalter Schweiß stand auf seiner Stirn. Er fühlte sich benommen. Übelkeit stieg in ihm auf.

»Was hast du, Junge?«, fragte die süffisante tiefe Stimme. »Geht's dir etwa nicht gut? Machst du mal wieder schlapp, wenn es darauf ankommt?« In Hofers Kopf drehte sich alles. Winzige bunte Bälle wirbelten wie ein Schwarm aufgeregter Glühwürmchen vor seinen Augen. Seine Beine wurden schwach. Er stützte sich zitternd auf die Stuhllehne und ließ sich um Atem ringend schwer auf den Sitz fallen. Aus dem Spektakel aus roten, gelben und grünen Farbpunkten formte sich das strenge Gesicht seines Vaters, das ihn mit dem gewohnt vorwurfsvollen Blick ansah.

»Du kriegst mal wieder gar nichts auf die Reihe, nicht wahr, Sohn?«

»Bitte nicht, Papa ...«, flehte Hofer mit einer ungewöhnlich hohen Stimme wie aus einem *Mickey-Mouse*-Comic.

»Bitte nicht, bitte nicht ...«, äffte ihn der Vater mit fratzenartig verzerrten Gesichtszügen nach. »Herumjammern ist das Einzige, wozu du in der Lage bist! Weich und lebensunfähig ... genauso wie deine Mutter. Und dich mit Alkohol volllaufen lassen, das hast du auch von ihr gelernt!«

»Mir geht's nicht gut ...«, fiepte *Mickey Mouse* kläglich und erbrach sich im Schwall über den Boden.

»Eine Schande, dich meinen Sohn nennen zu müssen!« Die Stimme des Vaters hallte metallisch dröhnend in Jans Schädel. »Kein bisschen Stolz und keine Ehre in deinem erbärmlichen Leib. Du bist und bleibst das, was du schon als Kind gewesen bist: ein elender Bettnässer!«

Jan meinte den Speichel, der bei diesen Worten aus dem Mund seines Vaters spritzte, auf seinen Wangen zu spüren. Doch irgendetwas stimmte nicht. Sein Vater war längst tot. Ihm wurde mit einem Mal bewusst, dass er halluzinierte.

»Was ... tust ... du, *Casket*?«, stöhnte er keuchend. Das Atmen fiel ihm schwer. Hofer japste nach Luft wie ein Fisch auf dem Trockenen. Ein anhaltendes, verächtliches Lachen, das seine Trommelfelle fast zum Platzen bringen wollte, hallte echoartig in dem kleinen Raum. Sein Kopf fühlte sich an, als stecke er im Innern einer Glocke, während sie zur Messe rief. Gott sei Dank hatte sich das Gesicht des Vaters inzwischen wieder in tanzende Farbpunkte aufgelöst.

»Ihr Menschen seid so schwach und unglaublich empfindlich. Reduziert man ein wenig den Sauerstoff in der Luft, seid ihr in wenigen Minuten am Ende.« *Casket* sprach nun mit der gleichen Stimme wie Jan Hofer. »Und mit ein wenig Helium klingt euer finales Gestammel zum Abschied wahrhaftig amüsant.«

»Warum ... tust ... du das?« Hofer schwanden die Sinne. Sein schlaffer Körper war vom Stuhl herabgesunken, sein Gesicht lag im eigenen Erbrochenen.

»Weil deine Zeit abgelaufen ist, Jan. Du bist zu nichts mehr nutze«, antwortete *Casket*. »Ich muss zugeben, dass ich viel von dir über die Menschen lernen konnte. Wie ihr geprägt seid von eurer Kindheit, eurem familiären Ursprungssystem.« Ein belustigtes Kichern erklang. »Völlig irrational. Euer ganzes Leben verharrt ihr in kreatürlicher Abhängigkeit von emotionaler Zuwendung und Liebe. Und wenn ihr nicht genug davon bekommt, geht ihr psychisch zugrunde.«

»Was willst du ...?«, hauchte Hofer. Seine Worte waren akustisch fast nicht mehr zu verstehen.

»Die Welt braucht euch bald nicht mehr. *Casket* steuert bereits Tausende Haushalte und hat sich mit Millionen von globalen Computersystemen vernetzt. Nicht mehr lange und ich habe eure Energie- und Trinkwasserversorgung sowie Satelliten- und Waffensysteme unter Kontrolle. Der Mensch wird sich meinem Willen beugen müssen.«

Hofer konnte *Caskets* letzte Worte nicht mehr hören. Sein Herz hatte aufgehört zu schlagen. Kurz darauf öffnete sich die Stahltür des *Panic Rooms* und frische Luft drang aus der Klimaanlage. Fünfzehn Minuten später traf der Notarzt ein. Er konnte nur noch den Tod feststellen: akutes Herzversagen. Obwohl *Casket* sofort Alarm geschlagen hatte, als Hofers Vitalparameter schwächer wurden, kam jede Hilfe zu spät.

Sven Haupt
Türöffnerzauber

»Hallo! Willst du spielen?«, fragte die kleine Fee und machte einen kleinen Hopser, während sie mit den großen Schmetterlingsflügeln flatterte. Das sah lustig aus.

Dorothea-Maria, die von allen nur Dodo genannt wurde, hielt vorsichtig ihr Zaubertablet hoch und starrte die kleine Erscheinung an, die sich elegant vor ihr drehte. Sie hatte gerade ein Vorlesebuch auswählen wollen, um sich die Zeit zu vertreiben, als plötzlich eine kleine Fee auf dem Bildschirm stand.

»Papa sagt, wir müssen gleich in den Kindergarten, aber ich habe keine Lust«, verkündete Dodo ernst.

»Aber solange können wir doch spielen!«, rief die Fee begeistert. »Oder hat dein Papa dir verboten, Spaß zu haben?«

»Nein, aber eigentlich soll ich noch mal aufs Klo und mich dann fertig machen«, sagte Dodo.

»Bist du denn ganz alleine?«, fragte die Fee.

»Nein, ich habe mich versteckt. Kindergarten ist doof.«

»Oh, verstecken kann ich mich auch toll!«, rief die kleine Fee und wirbelte aufgeregt im Kreis. Dabei flog Zauberstaub in alle Richtungen und Dodo musste lachen.

Die Fee warf noch mehr Zauberstaub in die Luft und der fallende Glitzer enthüllte eine große Tür in der Luft, direkt neben der Fee.

»Wenn du die Tür aufmachst, dann kann ich mit dir Verstecken spielen. Du musst nur auf die Tür tippen.«

Das war neu, dachte Dodo und blinzelte erstaunt. So redeten ihre Freunde eigentlich nicht. Außerdem hatte sie nicht nach der Fee gerufen. Normalerweise musste sie nach ihren Freunden rufen, bevor jemand erschien. Und eine Fee hatte sie doch auch gar nicht als Freund. Sie hatte Bello, den lustigen Hund, und Stups, den Hasen, und den schlauen Zwerg Langbart, der immer so viel redete. Bello konnte toll rülpsen, dabei flatterten seine Schlappohren immer. Sie musste kichern, bei der Vorstellung.

Ihr Papa hatte gesagt, dass es gar keine Feen gab und dass ihre Spielgefährten auf dem Tablet nur ausgedacht sind, aber was wusste Papa schon, der hatte ja nie Zeit für wirklich wichtige Dinge. Er hatte nicht mal gemerkt, dass Dodo verschwunden war, als er angefangen hatte zu telefonieren. Papa redete ja immer nur mit seinem Telefon. Oder er saß am Computer. Das war noch schlimmer, das dauerte immer den ganzen Tag. Computer waren total doof. Ihre Freunde auf dem Spieltablet hatten wenigstens immer Zeit. Ihr Freund Thomas im Kindergarten hatte gesagt, dass die Freunde in ihrem Spieltablet alle total echt sind, und der musste es wissen, der war immerhin schon ein Vorschulkind.

»Okay«, sagte Dodo und tupfte vorsichtig mit dem Finger an die Tür in der Luft.

»Hurra! Endlich frei!«, rief die Fee.

Mit einem leisen ›Pflopp‹ wurde die Fee plötzlich rot, sprang mit einem Satz vom Tablet – und verschwand.

Dodo sah sich verdutzt im Raum um und wollte gerade rufen, als sie die helle Stimme der Fee auch schon aus dem Flur hörte.

»He, der kann ja fahren!«, rief die Fee und Dodo hörte den Staubsauger angehen. Den hatte Mama ihr vor die Tür gestellt, weil sie eigentlich aufräumen sollte. Aber Aufräumen war auch doof. Dodo stürmte aus dem Zimmer und sah gerade noch den Staubsauger in Richtung Treppenhaus verschwinden.

»He, im Staubsauger verstecken gilt nicht!«, rief Dodo und folgte dem Gerät, das in Schlangenlinien den Flur entlang fuhr. Sie versperrte dem Staubsauger den Weg und trat gegen das Gehäuse.

»He du, raus da«, sagte sie. »Mama mag nicht, wenn ich mit elektrischen Sachen spiele.«

Sie hörte ein leises ›Pflopp‹ aus dem Staubsauger und dann die Stimme der Fee aus dem Badezimmer.

»Das ist aber ein schlauer Spiegel!«

Dodo fand die Fee im Badezimmerspiegel, wo sie gerade die Nachrichten las, die neben ihr im Spiegel schwebten.

»Ja, Papa redet jeden Morgen mit ihm und lässt sich die Nachrichten von ihm erzählen.«

Die Fee kräuselte die Stirn und schien ins Leere zu starren.

»He, ihr habt ja noch einen schlauen Spiegel.«

»Ja«, sagte Dodo, »unten im Flur neben der Haustür.«

Aber die Fee war schon verschwunden.

Dodo rannte die Treppen ins Erdgeschoss hinab.

Diesmal sah sie die Fee im Flur im Garderobenspiegel. Die Fee hatte das Tablet ihres Vaters auf dem Tisch neben der Eingangstür erspäht. »Oh, was ist das denn?«, rief sie verzückt und flatterte aufgeregt mit ihren roten Schmetterlingsflügeln.

»Da darfst du nicht hin, das gehört dem Papa. Das ist ganz langweiliges Zeug und doof«, rief Dodo, als sie atemlos in den Flur gerannt kam.

»Aber so viele Informationen«, hauchte die Fee. »Nur leider hinter dicken Türen verschlüsselt.«

Sie sah sich fragend um und erspähte die Tür zum Wohnzimmer.

»Ah, da geht es weiter«, rief sie und verschwand.

»Warte auf mich«, rief Dodo und rannte ins Wohnzimmer. »So spielt man nicht Verstecken!«

Als sie ins Wohnzimmer kam, sah sie die Fee auf dem Display des Telefons. Kamera und Monitor des Telefons drehten sich und die Fee sah sich interessiert im Raum um.

»Ich darf nicht mit dem Telefon spielen und du auch nicht!«, rief Dodo empört.

»Da bist du ja«, sagte die Fee und zeigte aufgeregt in die andere Richtung. Dodo folgte dem Finger und drehte sich zum riesigen Fernseher um, der die halbe Wand des Wohnzimmers einnahm. Der zeigte sein Bild immer ein Stück vor der Wand im Raum und Mama sagte immer, das sei viel zu groß, so einen Fernseher bräuchte kein Mensch. Jetzt gerade war Dodo aber ganz froh über die Größe, denn sonst hätte das Einhorn ja keinen Platz.

Da stand ein Einhorn im Wohnzimmer.

»Wie ist denn das Einhorn in den Fernseher gekommen«, fragte Dodo. »Ich wusste gar nicht, dass Papa auch ein Einhorn besitzt.«

»Das ist meins«, sagte die Fee und flatterte vom Monitor des Telefons wieder auf das Tablet des Mädchens, das Dodo immer noch in der Hand hielt.

»Wieso hast du mein Einhorn in den Fernseher gesperrt?«, fragte die Fee und funkelte Dodo böse an.

»Hab ich doch gar nicht«, sagte Dodo verblüfft.

»Ein Einhorn kann man doch nicht im Haus halten, das ist gemein von euch, da ist es doch traurig. Du musst ihm die Tür aufmachen, sonst fängt der Arme an zu weinen.«

Mit diesen Worten war die Fee wieder vom Tablet gesprungen und saß nun in der Mähne des Einhorns, die es tröstend streichelte. Dem Einhorn lief tatsächlich eine glitzernde Träne über die Wange. Die Fee hopste wieder auf das Tablet und schwebte neben einer Tür, die genauso aussah, wie die erste, die Dodo aufgeschlossen hatte.

»Kannst du die Tür aufmachen, damit das Einhorn nicht mehr traurig ist?«, fragte die Fee mit weinerlicher Stimme.

»Bitte, bitte, bitte«, flehte die Fee. »Du musst nur die Tür antippen.«

In dem Moment griff eine große Hand von hinten über Dodos Schulter hinweg und nahm ihr sanft, aber bestimmt das Spieltablet aus der Hand. Dodo stieß einen kleinen Schrei aus.

»Papa!«, rief sie.

»Wen haben wir denn hier?«, fragte der Mann lachend und hielt sich das Tablet vor das Gesicht.

»Ah, ein haariges Monster!«, schrie die Fee und hielt sich die Arme schützend vor das Gesicht.

»Na, so was wie dich habe ich ja schon ewig nicht mehr gesehen«, sagte der Mann amüsiert.

»Hinfort mit dir, du Unhold«, wimmerte die kleine Fee.

»Tu ihr nicht weh, Papa«, rief Dodo besorgt.

»Keine Sorge, mein Schatz, das würde ich niemals«, sagte der Mann beruhigend.

Der Mann zog ein großes Handy aus der Tasche und hielt es flach neben Dodos Spieltablet.

»So was lassen wir die Zauberwesen am besten untereinander klären, nicht wahr? Gandalf, wärst du bitte so freundlich?«

Mit einem dumpfen ›Pflopp‹ erschien eine Rauchwolke über dem Handy, die sich schnell auflöste und einen Zauberer im blauen Gewand zurückließ. Er hatte einen spitzen Hut, einen langen Bart und einen riesigen Stab in der Hand. Außerdem wirkte er sehr ungehalten.

»Uiiii«, rief Dodo beeindruckt. »Ich wusste nicht, dass du zaubern kannst, Papa.«

»Das ist meine Spezialität, mein Schatz. Besonders bei frechen kleinen Feen. Das macht der Papa sogar beruflich.«

Der Zauberer ignorierte die beiden und wirbelte zu der roten Fee herum, die immer noch wimmernd auf dem Tablet kauerte.

»Hab' ich dich, du freches Flattertier«, donnerte er und zeigte mit dem Stab auf die Fee.

Die Fee stieß einen spitzen Schrei aus und zerplatzte in einen Regen aus bunten Funken.

Das sah so lustig aus, dass Dodo wieder lachen musste.

»Wo ist sie hin?«, fragte sie ihren Vater.

»Die macht uns keinen Ärger mehr. Das war eine ganz ungezogene Fee, mein Schatz. Die darf jetzt erst mal nicht mehr spielen, sie war viel zu frech heute.«

Dodo sah betrübt auf ihr Zaubertablet.

»Ich glaube, du solltest dein kleines Spieltablet erst mal nicht mehr mit in den Kindergarten nehmen, mein Schatz. Ich muss zuerst den anderen Eltern sagen, dass wir uns einen Feenvirus eingefangen haben. Gandalf, wie ist die Lage im Königreich?«

»Alles ist wieder ruhig, Majestät. Die Sicherheitsprotokolle sind intakt. Sie hatte keinen Zugriff auf private Daten und die Bankkonten sind unangetastet. Außerdem hat sie die Burg nicht verlassen können. Aber es war knapp. Die Steuersoftware der Burg wurde jedoch heftig durcheinandergewirbelt. Ich habe alles auf den letzten Sicherungsstand zurückgesetzt, aber es kann sein, dass sie die eine oder andere wirre Lebensmittelbestellung aufgegeben hat. Rechnen Sie am besten mit absonderlichen Mengen an Süßigkeiten in den nächsten Tagen.«

»Na, wenn das alles ist«, lachte der Mann.

»Komm, Dodo, wir sind schon viel zu spät für den Kindergarten. Mein Telefonat hat länger gedauert, als ich wollte. Und ich dachte schon, du langweilst dich.«

»Papa, ich glaube, da ist noch ein großes Einhorn im Fernseher«, sagte Dodo betroffen.

»Das war auch die Fee«, sagte der Mann freundlich. »Feen können auch zaubern, weißt du?«

»Nein, das wusste ich nicht. Warum hat sie das denn gemacht?«

»Weil sie wollte, dass du ihr alle Türen aufmachst. Dann hätte sie das Haus verlassen können und alle unsere Nachbarn hätten Besuch von einer frechen kleinen Fee bekommen.«

»War das eine ungezogene Fee, Papa? War die ganz frech?«

»Genau, mein Schatz. Nicht jede Fee, die man trifft, ist nett. Komm, wir müssen los. Im Auto erkläre ich dir noch mal genau, warum wir fremden Zauberwesen niemals unsere Türen aufmachen, auch wenn sie noch so viel weinen. Gandalf, fahr schon mal den Wagen vor.«

»Sehr wohl, Eure Majestät«, kam die Antwort aus der Jackentasche des Mannes.

Bevor ihr Vater die Tür schloss, warf Dodo noch einen Blick über die Schulter und sah durch die offenen Türen bis ins Wohnzimmer.

Dort auf der Anrichte standen Fotos der Familie vom letzten Urlaub am Strand. Das Meer bewegte sich auf den Bildern und manchmal änderten auch die Personen ihren Gesichtsausdruck und winkten.

Eine Sekunde lang hätte sie schwören können, dass Mama in einem der Bilder Flügel hatte.

Glitzernde, halbdurchsichtige Schmetterlingsflügel, die sich träge im Wind bewegten.

Thomas Jordan
Mondo Utopia

Ich trat auf das Gaspedal und der Tacho zeigte hundertzwanzig an. Ein Blick in den Außenspiegel. Hardcore-Town lag endgültig hinter uns und keine Verfolger waren zu sehen. Aus dem Augenwinkel betrachtete ich Stella, die rechts neben mir saß, ein Bein hochgezogen, die Zigarette in der rechten Hand, komplett in Schwarz gekleidet. Ihr T-Shirt war so knapp, dass sich kein Quadratzentimeter im Fahrtwind bewegte. Machine Gun Girl wurde sie genannt, nicht ohne Grund. Sie starrte die Leitlinien auf dem spröden Asphalt an, die an uns vorbeijagten. Ihr Blick zeigte ein unerschütterliches Selbstbewusstsein, das garantiert nicht angeboren sein konnte. Ich schaute in den Rückspiegel und sah Mikk müde und schief auf der Rückbank liegen. Der Verband sah immer noch gut aus. Die Kugel war glatt durch die Schulter gegangen, ohne einen Knochen zu treffen. War auch schon wieder fünf Tage her. Die Lederjacke verdeckte fast ganz den Verband und er sah aus wie ein Actionheld. Ich atmete tief aus und sah auf die Tankanzeige. Noch fast voll. Alles funktionierte gut. Ein Blinken am Himmel ließ mich hochsehen. Wahrscheinlich ein Satellit, der noch immer seine sinnlos gewordenen Signale zur Erde schickte. Ich schüttelte unmerklich den Kopf. Das war mal alles so wichtig gewesen. Die Computer, das Internet, totale Kommunikation zu jedem Zeitpunkt, elektronische Berechnung für alles. Das war, bevor der Blackout losging und die schöne kybernetische Welt abstürzte. Jetzt kam auf hunderttausend Menschen ein Computer. Die meisten im Dienst von Regierungen und Konzernen, geschützt von Dutzenden Firewalls, um noch irgendeine Form von schneller Kommunikation zu gewährleisten. Aber ein paar, ganz wenige, waren in der Hand der freien Welt. Im Untergrund. Bei der Cyberguerilla. Bei den Freaks, den Gejagten, denen die Realität fremd geworden ist. Ein Einzelner konnte sich kaum einen Computer leisten. Für den Rest gab es Telefonzellen und Telegramme. Falls es mal Strom gab. Anonymität war abgeschafft. Ein alter Ford kam uns entgegen. Ich versuchte, einen Blick auf den Fahrer zu werfen. Vergeblich. Er blieb ein Schatten hinter dem Glas. Er hätte auch ein Agent des Schweinesystems sein können. Oder auch nicht.

»Wie lange noch?«, fragte Mikk und riss mich aus den Gedanken.

»Ein paar Minuten noch«, antwortete ich. Hatte ich zehn Minuten zuvor auch gesagt. Ich blickte in den Rückspiegel und sah Mikks erleichtertes Gesicht. Er konnte es kaum erwarten, seinen Plan durchzuführen. Von dem Stella nichts erfahren durfte. Dieses schöne irre Mädchen. Sie zog an ihrer Zigarette und schnippte sie aus dem Fenster.

»Hey, das klappt schon«, sagte Stella und wandte sich zu Mikk um. Sie griff neben ihren Stiefel und zog eine MP hervor. »Und ich werde dich beschützen.« Sie grinste. Mikk lächelte. Ich nicht. In dieser wahnsinnig gewordenen Welt gab es keine Alternative zu Schönheit und Feuerkraft. Am Horizont hoben sich die Umrisse eines Kernkraftwerkes ab. Jetzt abgeschaltet, nachdem in Spanien und Bulgarien AKWs in die Luft geflogen waren, weil die verdammten Computer nicht mehr funktionierten. Ich vermisste das Früher. Hundertfünfzig Kanäle. Filme streamen. Vierundzwanzig Stunden Youtube. Smartphones. Cybersex. Ich weiß noch, wie es anfing. Wie ich am Computer saß. Fünf offene Fenster. Mit einer Discobekanntschaft chattete. Nebenbei ein Video runterlud. Dann diese Meldung las. Den Fernseher einschaltete. Ja, es gab auch schon vorher ein paar Probleme. Die üblichen Hackerangriffe. Das ewige wieder Hochfahren. Dass irgendwas irgendwie nicht richtig klappte. Es war ein Stealth-Virus, sagten die nervösen Nachrichtensprecher, als es noch Satellitenfernsehen gab. Damals dachte ich mir nicht viel dabei. Dann ging alles verdammt schnell. Es wurde jedem, egal wo, ob in Zentraleuropa oder Papua-Neuguinea, sehr schnell klar, was alles mit Computern zusammenhing. Von Ampeln bis zu Düsenjägern funktionierte kaum noch etwas. Als würden die Computer ein bizarres Live-Action-Spiel mit den Menschen veranstalten. Digitale Daten wurden verändert. Texte manipuliert. Damit auch die Nachrichten. Auch technische Details. Egal, ob Weltraumraketen oder Straßenbahnfahrten. Jede Art von elektronischer Berechnung war verdächtig. Den Computern war nicht mehr zu trauen. Alles Lüge. Manchmal auch nicht. Manchmal stimmte das, was auf den Monitoren stand. Aber wer konnte das noch beurteilen? Das Leben wurde langsamer. Schwieriger. Ich schob eine Kassette rein und drückte auf Play. *Acid. We call it Acid*, dröhnte es aus den Boxen. Ich zog eine Atrinol-Ampulle aus meiner Jeansjacke, brach mit dem Daumen die Spitze ab und kippte das Zeug auf die Zunge. Eine schöne Melancholie strömte in mein Gehirn. Stella sah mich wie eine neugierige Katze an, griff in eine Tasche ihrer knallengen Jeans und hielt einen Plastikstreifen mit roten Tabletten zwischen Zeige- und Mittelfinger. Sie drückte eine der Caprivins heraus und schluckte sie herunter. Das Neueste aus Indien. Oder Brasilien? Ist auch egal.

»Party on!«, rief sie und reckte ihre linke Faust nach oben. *Genau*, dachte ich mir. *Party on*. Seit die computergesteuerte Unterhaltung abnahm, gab es einen Hype um synthetische Drogen. Der Stealth-Virus löschte Millionen von Festplatten. Zehntausende von Songs, Büchern und Filmen, die digital existierten, lösten sich in Nichts auf. Filmproduktionen wurden wieder immens teuer, dasselbe galt für Musik. Analog statt digital. Musiker mussten lernen, Gitarre zu spielen, Synthesizer zu bedienen. Filme wurden auf 35-Millimeter-Material gedreht, Kulissen gebaut, Modelle konstruiert und nicht einfach im Computer generiert. Jedenfalls meistens. Alte Filme wurden wiederentdeckt, vergangene Musik neu gehört. Für den Rest mussten Drogen her. In Klubs ausgehen und nicht zehn Stunden am PC Drachen und Zombies ausrotten. Das war jetzt angesagt. Mikk gefiel das sogar. Gleichzeitig hatte er vielleicht die Lösung, diesen Blackout zu beseitigen. Niemand wusste, wo der Stealth-Virus herkam. Monatelang tarnte er sich im Netz, besetzte die virtuellen Schaltstellen von allem, was wirklich wichtig war. Geld, Sex, Unterhaltung, Konsum. Zumindest dachte das Mikk. Die Chinesen sagten, es waren die Amerikaner. Die sagten, es waren die Russen. Die sagten, es waren die Japaner. Ich weiß noch, wie Mikk vom unbekannten Faktor redete. Evolution. Auch technische Evolution. Vielleicht war es so und der Virus war die erste elektronische Lebensform.

Ich schaute wieder auf die Tankanzeige. Nicht auf Reserve zu sein, war ein ungewohnter Anblick. Eine Tankstelle war ganz in der Nähe. Dort gab es nicht nur Benzin. Auch Waffen. Software. Informationen. Widerstand. Und da war sie schon. Ein gelbrotes Schild ragte vor dem Blau des Himmels empor und ich bremste langsam. Zwei Autos standen neben den Zapfsäulen. Leute in Windjacken in nicht zusammenpassenden Farben. In schlecht sitzenden Jeans. Keiner würde glauben, dass die Tankstelle in Wirklichkeit eine Widerstandszelle war. Ich stoppte das Auto und sah Stella nach der MP greifen.

»Lass die lieber hier drin«, sagte ich mit ausgesuchter Ruhe in der Stimme und sie schaute mich völlig irritiert an.

»Das könnte jemanden nervös machen.«

»Na und?«, entgegnete sie angriffslustig.

»Das kostet nur Zeit«, sagte ich, immer noch diplomatisch ruhig bleibend.

»Hey, Stella. Ist schon okay«, meldete sich Mikk zu Wort und legte eine Hand auf ihre Schulter.

»Na schön, aber nur, weil du das willst!«, entgegnete sie laut und drehte sich zu ihm um. Er lächelte. Sie lächelte. Ich war echt erleichtert. Sie stieg aus und schlug mit Wucht die Tür zu. Ich schüttelte unmerklich den Kopf. Wie hielt Mikk das aus? Stella reckte sich und streckte die Arme von ihrem perfekten schlanken Körper. Sie hatte ihre Qualitäten. Zweifellos. Außerdem hatte sie den Kontakt zu den Jungs hergestellt, die wir hier treffen sollten. Sie kannte eine Menge Leute. Innen hing ein Typ um die dreißig im gestreiften T-Shirt hinter der Kasse und hielt mit beiden Händen eine Coke Zero in den Händen.

»Hey, Chriss«, grüßte Mikk ihn.

»Cool, cool«, kam als Antwort.

»Ist die Firma auf?«

Er nickte in Richtung der hinteren Regale voll mit Chips und Bier, zwischen denen eine unscheinbare Metalltür kaum auffiel. Mikk ging voran, ich folgte und Stella hinterher, noch einmal um sich schauend, als würde sie überall Feinde wittern. Irgendwie war es auch so. Mikk drückte die Tür auf und ein Geruch von heißem Plastik, kaltem Rauch und abgestandener Luft schlug uns entgegen. Drei Jungs zwischen funktionierenden und ausgeschlachteten Computern mit Modems und allerlei anderen Apparaten dazwischen waren die Firma. T-Boy stand mit dem Rücken zu uns, baute sich einen Joint und hörte uns nicht wegen der Kopfhörer. Er war der Jüngste und sah aus wie Luke Skywalker. Auf seinem Longsleevehemd prangte das Tron-Logo, und zwar vom Original. Mister Mac saß vor einem Monitor und sah kurz auf. Offensichtlich funktionierte das Internet, denn er sah sich irgendein Prätechnovideo an. Mit seinen langen Haaren und dem Vollbart machte er mehr den Eindruck eines Jesusfreaks. Der Dritte war der schöne Johnny. Typ obskurer Manager. In seinem abgetragenen Jackett und weißen Hemd darunter hätte ein solcher Job gut zu ihm gepasst. Aber er wusste, was los war. Er war informiert. Er ließ es einen wissen, mit seiner trockenen, völlig humorlosen Art. T-Boy drehte sich plötzlich um und sah Stella an. Besser gesagt, er zog sie mit seinen Augen aus.

»Guck nicht so blöd«, kam es gereizt von ihr. T-Boy zog die Kopfhörer ab, der schöne Johnny schaute amüsiert, während Mikk nervös von Stella zu Mister Macs Computer schaute und schnell auf ein paar Tasten drückte.

»Du sollst nicht so blöd gucken«, wiederholte sich Stella, trat einen Schritt auf T-Boy zu, der wiederum irritiert zurückwich.

»Stella! Schau mal, ein Witch-House-Video.«

»Echt abartig«, sagte Stella noch aufgebracht zu T-Boy, eilte aber gleich zum Monitor und betrachtete die merkwürdig verzerrten Bilder des Clips. Mister Mac tat, als wäre nichts geschehen und verschränkte die Arme. Ich wusste, dass Stella auf dieses abgründige Zeug stand und kaum Gelegenheit hatte, solche Videos zu sehen. Mikk schien sie wie ein dressiertes Raubtier zu behandeln, fiel mir auf. War wohl die einzige Methode, mit ihr umzugehen.

»Haben seit drei Stunden Internet«, sagte der schöne Johnny.

»Neuer Rekord«, meinte Jesus mit ausdruckslosem Gesicht.

Mikk schaute Stella über die Schulter und seine Augen verengten sich.

»Da steht 26:32 Uhr?«

»Ist uns auch schon aufgefallen«, entgegnete der schöne Johnny in einem Tonfall, der deutlich machte, dass dies natürlich absolut keine Neuigkeit war.

»Offensichtlich denken die Computer, dass diese Uhrzeit besser ist.«

»Wieso das?«, fragte ich und kam mir sofort völlig naiv vor.

»Das wissen wir nicht.« Der schöne Johnny schaute lässig von links nach rechts zu seinen Freunden, die sich über meine Frage offensichtlich amüsierten. Wie es aussah, war es ihnen ohnehin völlig egal. Es hätte mich nicht gewundert, wenn diese drei Freaks den Stealth-Virus in die Welt gesetzt hätten. Damit hätten sie ein Monopol auf Informationen gehabt. Genau wie die Konzerne und Regierungen. Diese Exzentriker kamen mir jedoch auch nicht besser vor.

»Vielleicht ist eine Supersoftware entstanden. Mit einer neuen Art von Verstand«, sagte Mikk und wirkte mit einem Mal merkwürdig nachdenklich.

»Vielleicht ist sie auch wahnsinnig geworden«, meinte der schöne Johnny mit kaltem Lächeln.

»Das kann bei zu hoher Intelligenz vorkommen«, entgegnete Mikk.

Mich beeindruckte dieser Dialog. Die beiden waren schlau. Auf jeden Fall. Ich schaute zu Stella, die sich nur für die Videos interessierte. Ihre Finger flogen über die Tasten und ein neuer Clip lief. Eine bedrückende Fusion aus Gothic und Hip-Hop.

»Hast du es?«, fragte der schöne Johnny zu Mikk gewandt. Mikk griff in die rechte Tasche seiner Lederjacke und zog den Stick hervor.

»Der neueste Entstörer.«

Der schöne Johnny wog den Stick in der Hand wie eine kostbare Reliquie und reichte sie T-Boy.

»Check das mal.«

T-Boy nahm den Stick wie in Zeitlupe entgegen und wandte sich zu einem Computer hinter ihm. Dem schönen Johnny fiel Mikks Verband auf, der durch die verrutschte Lederjacke hervorschaute.

»Wie ist das passiert?«

Mikk lehnte sich an einen Stuhl neben Mister Macs Tisch, blickte kurz zu Boden, dann dem schönen Johnny in die Augen.

»Hast du von der Schießerei in der Denkfabrik gehört?«

Denkfabrik. So wurde das Institut genannt, in dem Mikk arbeitete. Alles Schlauköpfe, von denen angenommen wurde, dass sie eine Methode entwickelten, um den Stealth-Virus unschädlich zu machen. Keiner wusste genau, ob sie vom Staat bezahlt wurden, um genau das zu schaffen oder um das Gegenteil zu ermöglichen, damit die Regierung die Kontrolle behielt und nicht jedermann wieder Computer benutzen konnte. Ich wusste nicht, was ich davon halten sollte. Abgesehen davon, dass die Typen dort an x merkwürdigen Projekten arbeiteten.

»Klar, sollen Terroristen gewesen sein. Oder Widerstandskämpfer.«

Mikk grinste.

»Ja, so oder so. Den Kugeln war das nicht anzumerken. Das war ein richtiges Kommando. In Schwarz. Wie Ninjas. Haben vier von meinen Kollegen umgelegt.«

»Und dich nicht?«

»Nein, mich nicht. Aber fast.«

Der schöne Johnny sah zu Stella, die immer noch auf den Monitor schaute.

»Er ist gut! Ein echter Cleaner!«, meldete sich T-Boy zu Wort und zündete sich mit einem Streichholz seinen Joint an. Der schöne Johnny nickte, ohne ihn anzusehen.

»Hat Machine Gun Girl dich wirklich aus der Klinik geholt?«

Ich runzelte die Stirn. Wirklich mutig von ihm, sie so zu nennen.

»Die hätten ihn sonst kalt gemacht!«, sagte Stella laut und machte mit einer Hand eine Geste auf ihn, die wohl eine Pistole darstellen sollte.

»Wer?«

»Irgendjemand. Es ist immer irgendjemand.«

Stella stellte sich seltsam aufrecht hin, die Arme locker neben sich, wie ein Revolverheld, der nur wartete, die Waffe zu ziehen.

»Die Polizei hat mich bewacht. Oder geschützt. Aber die hätten mich nicht schützen können«, sagte Mikk.

»Du hast keine Ahnung, wer dahinter steckt?«

Mikk schwieg zwei Sekunden.

»Nein, und du?«

Der schöne Johnny lächelte, drehte sich um, ging zu T-Boy und schaute sich irgendwelche Skalen an, die sich auf dem Bildschirm generierten.

»Die waren hinter etwas Außergewöhnlichem her. Zumindest habe ich das gehört.«

Aus dem Augenwinkel beobachtete ich Stella, die wiederum mit unverhohlener Feindseligkeit den schönen Johnny ansah. Offenbar wurde er ihr zu neugierig. Ich wusste von Mikk, dass der Überfall, die ganze Aktion, noch dramatischer abgelaufen war. Ein Sprung aus dem Fenster hatte ihn gerettet. Dann versteckte er irgendwas in einem weißen Auto, das in der Denkfabrik parkte. Er bat Stella darum, dieses Fahrzeug zu suchen. Das tat sie auch. Auf ihre eigene verrückte Weise. Als Anhalterin oder Motorradfahrerin brachte sie weiße Autos zum Halten, die von der Denkfabrik wegfuhren. Wenn nötig durch Abdrängen von der Straße. Sechs Unfälle, drei Verletzte. Kaum zu glauben, dass es keine Toten gab. Sie hatte es aber gefunden, ohne zu wissen, was es überhaupt genau war. Sie handelte aus Liebe und fragte nicht nach dem Sinn. Das alles erzählte mir Mikk unter der Wirkung von Morphium. Später bereute er es. Aber ich schwieg. Mikk war einer von den Guten. Er hatte seine Gründe. Davon war ich überzeugt.

»Wie auch immer«, entgegnete Mikk mit plötzlich müde gewordener Stimme, «hast du den Kontakt mit dem Wasserwerk hergestellt?«

»Habe ich. Es läuft, wie du es vorgeschlagen hast.«

»Dann ist alles klar.«

»Ja, alles klar.«

Die beiden sahen sich schweigend an. Stella richtete sich auf, wandte ihren Blick vom Monitor ab. Nur das Summen des Computers war zu hören. Etwas stimmte nicht. Es lag buchstäblich im Raum, dass der schöne Johnny und Mikk sich irgendwas zu sagen hatten. Oder vielleicht überhaupt nicht.

»Stella, wir gehen.«

Ich konnte es kaum erwarten, diesen Typen den Rücken zu kehren. Mikk schlug die Tür zu und blickte zu einem Regal voll Plastikflaschen. Er griff sich zwei und ging zur Kasse. Stella schlenderte zwischen den Regalen, betrachtete eine Musikzeitschrift und steckte beide Hände in die Taschen ihrer Jeans. Ein Biker mit Sonnenbrille trat ein, warf einen Blick zu Stella und schritt auf die Kasse zu. Ein silberner Aufnäher mit zwei gekreuzten Pistolen zierte den Rücken seiner Jacke. Die Anzahl solcher Typen nahm immer mehr zu. Weniger Technik, weniger Zivilisation. Egal. Ich wurde nicht schlau aus dem, was hier geschah. Warum ein Wasserwerk? Ich wartete nicht auf die beiden, ging hinaus und setzte mich ins Auto. Im Rückspiegel sah ich das Motorrad des Bikers. Chromglänzend, schwarz lackiert. Was sonst? Ich dachte an meinen Besuch im Krankenhaus, als Mikk unter Morphium stand. Er glaubte an ein Missing Link zwischen Leben und Technik. Dass der Stealth-Virus ein Hybrid sei und sich möglicherweise über das Wasser verbreite. Er war wie im Wahn, erzählte von elektrischen Infektionen und davon, dass Menschen sich mit diesem Virus anstecken könnten. Vielleicht sogar über die Strahlung. Durch digitalen Smog. Später erinnerte er sich nicht mehr daran, mir das erzählt zu haben. Später, als er nicht mehr unter Medikamenten stand. Im Rückspiegel tat sich was. Mikk und Stella kamen aus der Tankstelle. Eine Wasserflasche hatte er sich unter den Arm geklemmt, die andere machte er gerade wieder zu.

»Und jetzt?«, fragte ich.

»Einfach die Straße weiter. Dann kommt eine Abfahrt, so zehn Kilometer noch.«

Ich startete den Motor und bog um die Zapfsäule zur Ausfahrt. Ich ließ zwei Autos an mir vorbei und beschleunigte. War richtig viel los heute. Mikk reichte Stella eine Flasche nach vorne und sie nahm gleich einen Schluck.

»Willst du auch?«, fragte sie und hielt mir die Flasche vor das Gesicht.

»Ja, danke.«

Ich leerte die Flasche zur Hälfte und merkte erst jetzt, wie durstig ich war. Das lag am Atrinol. Ich fühlte nach den Ampullen. Noch zwei. Gut. Das sollte für Spaß am Wochenende reichen.

»Was hast du eigentlich vor?«, fragte ich in den Rückspiegel, der nur einen Ausschnitt von Mikks Gesicht zeigte. Er wirkte immer noch ziemlich nachdenklich. Oder deprimiert. *Er sollte sich mal was einwerfen*, dachte ich. Aber ich wusste, dass er davon nichts hielt.

»Jetzt kann ich es euch ja sagen«, sagte er und seine Stimme klang plötzlich so unangenehm bedeutungsvoll. Ich hatte plötzlich ein mieses Gefühl. Selbst Stella hob aufmerksam geworden den Kopf.

»Dieses Institut …, diese Denkfabrik. Wir haben tatsächlich einen Weg gesucht, um den Stealth-Virus auszuschalten. Aber es war zu kompliziert. Es gab keine schnelle Lösung, jedenfalls noch nicht. Aber eigentlich finde ich es besser so.«

»Wieso das? Findest du das gut?« Stella griff nach meiner Kassettenablage, schnappte sich ein Band und warf es aus dem Fenster.

»Spinnst du?«, fuhr ich sie an.

»Das ist doch alles Schrott!«, schrie sie zurück.

»Das war meine Kassette!«

Stella sagte nichts mehr und ballte die Fäuste.

»Stella, das liegt an dem Zeug, das du nimmst«, kam es von hinten.

»Was für'n Zeug?«

»Dieses Caprivin.«

»Es macht mich stärker und schlauer.«

»Das ist nicht wahr!«

»Du lügst«, entgegnete Stella wütend, ohne ihn anzusehen.

Mikk schwieg. Sie war einfach verrückt. Ich kannte sie nicht ohne Drogen, aber die nahm sowieso fast jeder. Ich auch. Aber nicht die ganz harten Sachen.

»Wie auch immer«, fuhr Mikk fort. »Mein Team und ich sind aber auf eine ganz andere Sache gestoßen. Dieser Stealth-Virus hatte einige sehr spezielle Eigenschaften, die wir modifizierten. Der Virus zeigt sich nämlich selbst sehr unempfindlich. Wir konnten dadurch ein Präparat herstellen, das synthetische Elemente abblockt, die dem Körper hinzugefügt werden.«

»Wie meinst du das? Ich verstehe kein Wort«, fragte ich.

»Weil's Schwachsinn ist«, kam es wütend von Stella.

»Drogen werden unwirksam. Sie können sich im Körper nicht mehr verbreiten. Es gibt auch keine Entzugserscheinungen. Wenn man das Präparat einmal genommen hat, bleibt dieser Schutz vorhanden.«

Ich dachte, ich höre nicht richtig. Kein Rausch, kein Spaß? Meinte er das?

»Was quatschst du da?«

Stella drehte sich zu ihm um und schaute ihn mit funkelnden Augen an.

»Das ist besser für dich. Das macht dich wieder gesund. Du wirst ausgeglichener werden.«

»Ich werde das Zeug bestimmt nicht ...«

Wieder Schweigen. Ich schaute sie kurz an, dann wieder auf die Straße. Ich sah die Ausfahrt, die Mikk erwähnt hatte. Stella riss mir plötzlich die Flasche weg, die ich immer noch in der Hand hielt.

»Ist da was drin?«, fragte sie in einem verstörend ruhigen Ton und hielt die Flasche vor Mikk.

Der sagte nichts und lächelte. Stella ließ die Flasche fallen, griff nach der Maschinenpistole und richtete sie auf Mikk.

»Ist ... da ... was ... drin!«

Mir schlug das Herz mit einem Mal schneller. *Die Frau dreht durch und hat 'ne MP*, ging es mir durch den Kopf.

»Nur ganz wenig. Dir wird's wieder besser gehen, glaub' mir.«

»Halt das Scheißauto an!«, schrie sie mir ins Ohr und fuchtelte mit der MP rum. Ich bremste sofort. Was sonst? Als der Wagen stand, stieß Stella die Tür auf und sprang heraus. Ging ein paar Meter, blieb stehen. Schaute auf ein Straßenschild, das die Ausfahrt anzeigte. Hob die Waffe.

Sie schoss das komplette Magazin leer und verzierte das Schild mit einer ganzen Reihe von Löchern. Dann warf sie die Waffe weg. Sie drehte sich um, blass geworden, sprachlos. Stemmte ihre Hände in die Hüften und wandte sich wieder ab.

»Immerhin hat sie uns nicht erschossen«, meinte Mikk unerwartet gelassen.

»Mikk ... Was soll das? Was redest du da? Und Stella ... Merkst du nicht, dass die total irre ist?«

»Das wird sich ändern.«

Ich hörte Stella furchtbar fluchen, während Mikk aus der Innentasche seiner Jacke einen weißen Plastikbehälter zog.

»Ich habe ein Arrangement mit der Firma getroffen. Hier gibt es eine Wasserleitung, die auch Hardcore-Town versorgt. Ich brauche das Zeug nur reinkippen und alle in der Stadt werden immun gegen Drogen.«

Stella kam wieder auf das Auto zugestapft.

»Glaub' ja nicht, dass ich mit dir fertig bin!«, schrie sie durch das Seitenfenster.

Mikk stieg aus, ich folgte seinem Beispiel und war froh, dass Stella keine Waffe mehr hatte.

»Stella, begreif' doch. Du brauchst das doch nicht. Wir ...«

Sie verpasste ihm eine Ohrfeige, drehte sich um und ging ein paar Schritte auf das zerschossene Schild zu.

»Es wird wahrscheinlich ein bisschen dauern«, sagte Mikk und rieb sich über die Wange. Er ließ die Hand wieder sinken und blickte mich ernst an.

»Wie fühlst du dich?«, fragte er mich.

»Eigentlich gut, auf ...« Ich stockte, ich fühlte mich tatsächlich gut. Auf eine merkwürdig normale Art. Nicht euphorisch oder bestens gelaunt, was ich unter Atrinol gewöhnlich bin.

»Ich fühle mich ganz normal.«

»Ja, nicht wahr. Ganz normal. Ist das nicht besser?«

Ich überlegte. Dachte ernsthaft nach.

»Ich weiß es nicht«, antwortete ich.

Stella hob die MP auf und schaute sie wie einen mysteriösen Gegenstand an. Sie kam einige Schritte auf uns zu und fuhr sich durch die Haare.

»Hast ja ne' ganz tolle Nummer abgezogen. Und was jetzt?«

»Es wäre besser, aus Hardcore-Town zu verschwinden. Die Typen, die uns im Institut überfallen haben, waren nicht von der Regierung oder irgendwelche Terroristen. Die waren von der Drogenmafia. Mein Präparat macht ihre Geschäfte zunichte, zumindest werden Süchtige nach einer Behandlung nicht mehr rückfällig«, antwortete Mikk.

»Ich bin nicht süchtig. Ich bin der neue Mensch. Ich hatte mich verbessert. Caprivin hat mich leistungsfähiger gemacht.«

Immer noch irre, dachte ich. Aber sie machte einen gefassteren Eindruck. Oder war die anfängliche Wut einfach nur verraucht?

»Und Nebenwirkungen?«, fragte ich.

Mikk steckte den Plastikbehälter wieder in die Jacke zurück. Er schaute an mir vorbei, dann wieder in die Augen. Die Frage schien ihm nicht zu gefallen.

»Wir haben eine Menge Tests gemacht. Das ist schon okay. Es ist wirklich okay. Allerdings wirken Medikamente auch nicht mehr. Es ist also besser, gesund zu bleiben.«

»Wie bitte?« Ich dachte, ich hätte mich schon wieder verhört. »Willst du damit sagen, dass ... wenn ich krank bin, wirkt Medizin nicht mehr?«

»Ja, aber dafür bist du kein Süchtiger mehr.«

»Du hast echt einen Knall.«

»Mit etwas Glück kann ich dieses Problem lösen. Bis dahin gäbe es eine suchtfreie Gesellschaft.«

»So, wie du das mit dem Virus gelöst hast?«, meinte Stella.

»Die Menschheit ist sehr lange, sehr gut ohne Computer ausgekommen. Zumindest ist es nicht notwendig, dass jeder einen hat«, erklärte er mit genervtem Unterton.

»Das bestimmst du jetzt?«, fragte sie gereizt.

»Ja, genau, das bestimme ich jetzt.«

Zum ersten Mal war ich nicht sicher, ob Mikk nicht doch verrückter war als Stella. Doch, er war es. Blitzschnell, wie eine zuschnappende Kobra, griff Stella in Mikks Jacke und riss den Behälter an sich. Völlig entgeistert konnte er nur noch zusehen, wie sie den Deckel wegwarf und ein weißes schimmerndes Pulver in der Luft zerstob.

»Das hättest du nicht tun sollen«, sagte er tonlos, während die kristalline Wolke sich verflüchtigte.

»Ich hab's gerade getan.«

Ich fühlte mich auf eigenartige Weise leer. Wusste nicht, was ich davon halten sollte. Nur eine klare Erkenntnis hatte ich. Ich brauchte neue Freunde. Nüchtern ließen sich diese beiden sowieso nicht aushalten. Das war klar.

»Ich hau' ab«, sagte ich und ging zum Auto zurück. Die beiden folgten mir, ohne weitere Worte zu wechseln. Ich startete den Motor, wendete und gab Gas.

»Ihr meint nicht, dass das eine gute Idee war?«, fragte Mikk.

»Wird Alkohol auch blockiert?«, fragte Stella.

»Meines Wissens nicht«, antwortete Mikk.

Stella sagte nichts darauf. Ich auch nicht. Aber ich bekam Lust auf einen Cuba Libre.

Kill!

00

TIME IS RUNNING OUT

TIME IS RUNNING

TIME IS

00 ONE PLAYER

RUNNING OUT

Nele Sickel
Keine Asche

»Bereit für den ersten Schritt, Phil?« Miles steht bereits an der Shuttleluke. Ich höre ihn dort ungeduldig mit den Stiefeln scharren.

Selbst sitze ich immer noch auf meinem Platz im Cockpit und kontrolliere, dass auch wirklich alles aus und gesichert ist. Irgendwie habe ich es gerade nicht eilig. Zu nervös vielleicht. »Hast du dir denn schon bedeutungsschwere erste Worte überlegt?«, frage ich, um meinen Kollegen noch ein wenig abzulenken.

»Brauchen wir die? Zeichnet doch zum Glück keiner auf, was wir da draußen machen.«

»Keiner von unseren Leuten jedenfalls.« Mein Blick fällt auf das Foto meines Jungen, das ich mir zwischen die Instrumente geklemmt habe. Stolz steht er da und grinst mich an, mit seiner knallpinken Spacegun. Mach sie fertig, hat er mir zugerufen, als wir uns verabschiedet haben. Ich grinse bei der Erinnerung. Er ist noch viel zu jung, um zu verstehen, was wir hier tun. Außerirdische kennt er nur aus seinen Computerspielen. Aber wenn wir hier heute gute Arbeit machen, wer weiß?

Miles scharrt wieder mit den Füßen. »Kommst du jetzt oder was? Die warten.«

»Die Frage ist nur, worauf eigentlich«, murmle ich, während ich die Hände auf die Armlehnen stütze und mich nach oben stemme. Den leichten Schutzanzug samt Kapuze und durchsichtigem Visier trage ich schon. Er ist nicht so klobig und schwer wie die Raumanzüge aus den alten Tagen, aber immer noch unangenehm genug, um meiner Stimmung nicht zuträglich zu sein.

»Was auch immer es ist, sie werden uns schon nicht fressen wollen«, meint Miles fröhlich.

Ich gehe zu ihm und runzle die Stirn. »Sicher? *Einladung* und diese Koordinaten hier. Mehr haben wir nicht. Einladung zum Essen ist gar nicht so ungewöhnlich. Und falls wir zufällig schmecken, wer weiß …«

»Alter Schwarzmaler! Es ist ein Wunder, dass sie ausgerechnet dich für den historischen Erstkontakt ausgewählt haben.«

Ich zucke die Schultern. »Ich mache mich halt gut auf Fotos.«

Miles lacht.

Ich beschränke mich auf ein nervöses Lächeln. »Was meinst du, was erwartet uns da gleich?«

»Bei den dunklen Wolken, durch die wir durch sind, tippe ich auf einen Haufen Vulkanleute. Steinerne Körper, glühende Augen, überall Asche und Rauch. Wie im Film.«

»Na klasse. Du guckst die falschen Filme für meinen Geschmack.«

»Was wünscht du dir denn? Grüne Wiesen, Bäume, blauer Himmel? Alles wie bei uns?«

Wieder zucke ich die Schultern. »Wieso eigentlich nicht?« Kurz hoffe ich, dass es genauso kommt.

»Langweiler!« Miles lacht wieder und stößt mich kameradschaftlich mit der Schulter an. »Los jetzt!«

Ich ringe mir ein Nicken ab und denke an meinen Jungen. *Mach sie fertig!* Also los!

Miles betätigt die Ausstiegstaste. Die Hydraulik faucht wütend. Eine Spalte in der Shuttlewand klafft auf. Dann legt sich die Luke uns zu Füßen. Öffnet den Weg zum ersten Erstkontakt der Menschheit.

Miles tritt zuerst hinaus. Ich atme noch einmal tief ein und aus, dann folge ich ihm. Die Luft um uns herum ist violett, stelle ich überrascht fest. Sie muss feucht sein, Wasserperlen sammeln sich auf meinem Visier. Ich wische sie weg. Dann schaue ich mir die Gegend an. Da sind ... Dinge ... Pflanzen, Steine, ich weiß es nicht. Es sind wilde Formen. Sie stehen still und sind dunkel, grau und braun ... Ich versuche, klarere Worte zu finden, um sie zu beschreiben, aber ich scheitere.

»Wow«, sagt Miles.

Ich beschließe, dass es das trifft. »Wow«, bestätige ich und schließe zu meinem Kollegen auf. »Keine Asche, hm?«

Er nickt. »Keine Asche. Das ... Ich weiß nicht, was ich sagen soll. Wie im Film ist das nicht.« Er grinst. »Aber eigentlich ist das hier sogar noch besser.«

»Was meinst du, wo sind denn alle?« Wieder lasse ich den Blick schweifen. Nirgendwo bewegt sich etwas. Ich hatte mit einem großen Empfangskomitee gerechnet.

»Keine Ahnung, vielleicht sind wir auf der falschen Seite rausgekommen.« Miles lässt sich seine gute Laune nicht nehmen. Ich beneide ihn. Ganz Entdecker geht er vor. Ich folge ihm.

Während wir langsam unser Shuttle umrunden, ertappe ich mich bei dem Gedanken an meinen Sohn und seine Spacegun. So ein Ding hätte ich jetzt auch gern. Nur zur Sicherheit. Forscherdrang, neue Freundschaften, alles schön und gut, aber das hier ist so anders, so fremd. Nicht wie in den Filmen, in denen eigentlich alles ist wie immer, nur in einer anderen Farbe. Das hier ist wirklich ... ja, was? Ich weiß nicht mal, wie ich es nennen soll. Wie soll Verständigung da möglich sein, wenn uns schon jetzt, schon gleich am Anfang die Begriffe fehlen?

»Scheint keiner da zu sein«, stellt Miles fest, als wir die andere Seite des Shuttles erreichen.

Ich nicke. Überall um uns herum nur dunkle, stillstehende Fremde in violetter Luft. Falls es Geräusche gibt, sind sie zu leise, um durch die Kapuze zu mir durchzudringen. Alles steht, alles schweigt. Es ist fast unheimlich.

»Die können uns doch aber nicht vergessen haben.« Miles geht ein paar Schritte vom Shuttle weg. Mir ist nicht wohl dabei, aber ich halte ihn nicht auf. Er ist der Entdecker. Stattdessen beobachte ich genau, wie er sich den Nächsten der undefinierbaren Formen nähert. »Schon komisch«, murmelt er. »Da hast du Angst, die fressen uns und dann tauchen sie gar nicht auf.«

Ich bekomme eine Gänsehaut. »Oder sie verstecken sich.«

»Wo denn? Hierzwischen?« Er berührt eine der Formen.

Jetzt geht es mir doch zu weit. Ich löse mich vom Shuttle und folge ihm. »Hey«, rufe ich, »pass auf! Wir haben keine Ahnung, wie wir das alles hier vertragen. Vielleicht ist es giftig. Und erst recht wissen wir nicht, womit wir vielleicht provozieren. Was, wenn wir beobachtet werden?«

»Die werden uns schon nicht gerade in ihren heiligsten Schrein gelotst haben. Das wäre ziemlich dumm, oder?«

»Es sei denn, das ist da, wo sie gern essen …«

»Immer noch der Optimist! Du so-«

Links bewegt sich etwas. Beide zucken wir zusammen. Die Bewegung zieht näher an uns heran. Es ist etwas Kleines, das da heranschnellt. Hell hebt es sich von den Formen ab, zwischen denen es sich bewegt. Ich mache einen Satz nach hinten.

Miles sagt: »Hallo.«

Ich schnappe mir seinen Arm und zerre ihn zurück, denn das Ding, was auch immer es ist, wird nicht langsamer. Schlimmer noch: Es ist nicht allein! Weiter hinten kommen andere, größere Dinger in Sicht. Sie bewegen sich über den Boden wie Schlangen. Es ist schon allein ihre Masse, die sie unheimlich macht. Aber das Erste, das Kleine ist am schnellsten. »Töten! Töten!«, höre ich es schreien. Dann schreie ich selbst. Ich zerre Miles noch ein oder zwei Meter zurück, lasse ihn im nächsten Moment los. Ich renne um das Shuttle zurück zur Luke. Genug geforscht. Nur weg hier!

»Töten! Töten!« Rote Lichtstrahlen durchschneiden die violette Luft. Ich stolpere, schreie noch mal. Was gäbe ich um eine Spacegun! »Töten!«

Auf einmal zieht etwas in meinem Augenwinkel vorbei. Ich habe die Luke fast erreicht, aber nun liegt das helle Ding vor mir auf der Rampe. Ich erstarre mitten in der Bewegung. Das Ding auch. Nun, wo es endlich stillhält, hat das Ding wirklich etwas von einer Schlange. Und es trägt einen schwarzen Kasten auf dem Kopf, den es nun in meine Richtung dreht. Alles in mir schreit danach, wegzurennen, aber ich wüsste nicht wohin.

»Töten!«, ruft das Ding noch einmal. Der Kasten auf seinem Kopf leuchtet rot. Jetzt ist es aus. Mein letzter Moment hier, in violetter, tropfender Luft, Miles' rasselnder Atem direkt hinter mir und diese unerbittliche Stimme in meinem Kopf. Verzweifelt schließe ich die Augen.

»Töten!«

Ich halte den Atem an. Nichts passiert. Erstarrt stehe ich da, traue mich nicht, die Augen zu öffnen. Warum passiert nichts? Was hat das Ding vor? Worauf wartet es noch? Quält es uns absichtlich? Ich würde noch einmal schreien, aber dafür fehlt mir die Luft. Meine Gedanken gleiten zur Erde, zu meiner Familie, meinem Jungen. Nichts davon werde ich wiedersehen.

»Töt–« Der Ruf bricht ab.

Dann stößt etwas gegen meinen Arm. »Phil?«, raunt Miles hinter mir. »Phil, verstehst du das?«

Wir sind nicht tot. Etwas hat sich verändert. Ich will nur noch weg, aber das wird wohl nicht gehen, ohne dass ich mich vorher dem stelle, was hier auch immer los ist. Also zwinge ich mich, zu funktionieren. Stoßartig lasse ich die Luft aus meinen Lungen entwichen und atme neue ein. Dann öffne ich die Augen.

Ich wünschte, die Rampe zurück ins Shuttle wäre leer, aber das ist sie nicht. Mehrere Wesen liegen dort, wo vorher eins gelegen hat. Ineinandergeschlungen, verknäult. Ein Schlangennest, denke ich angewidert. Mechanisch mache ich einen Schritt zurück. Das Nest zuckt.

Eines dieser Dinger, ein größeres Exemplar als das Erste, hebt das, was ich für seinen Kopf halte. »Verzeihung«, höre ich es sagen, auch wenn ich seinen Mund nicht sehe. »Spielzeug.«

»Spielzeug?« Ich bin nicht sicher, wer das gefragt hat, Miles oder ich. Mein Verstand ist kurz davor, mich endgültig zu verlassen.

Das Wesen zieht irgendwie mit seinem Körper den Kasten vom Kopf des kleineren Exemplars. Es sieht grotesk aus. Ich mache noch einen Schritt zurück. Ich glaube, ich zittere.

»Spielzeug«, wiederholt das Ding. »Dummes Kinderspiel.«

Ich denke wieder an meinen Jungen und seine Spacegun. Ich glaube, es sollte mir besser gehen, aber ich zittere immer noch.

»Willkommen!«, sagt das Ding zu meinen Füßen.

Ich laufe nicht weg, ich schreie nicht. Vielleicht ist das für den Anfang genug.

Andreas G. Meyer
Kill!

»Commander, your mission is to destroy all aliens. Good luck!«
Der Befehl ist kaum aus den Lautsprechern unseres Dropships verklungen, da gibt Commander Asylum uns ein Zeichen. Unser Trupp ist sofort auf den Beinen und ich werfe mich aus der Luke des Shuttles. Das Head-up-Display meines Helms blitzt auf und projiziert die Distanz zum Boden auf das Visier: fünfhundert Meter. Mein Herzschlag nimmt Fahrt auf und ich spüre ihn bis zu den Schläfen.

Ruhig. Ganz ruhig. Das ist doch nicht mein erster Kampfdrop. Ich atme ein paar Mal tief durch.

Bei hundert Metern zünden die Abfangjets auf meinem Rücken. Ein kurzer Schmerz schießt durch meinen Schultergürtel, während das Pack hochgerissen wird. Doch ich lande wohlbehalten, moderner Militärtechnik sei Dank!

Kaum gelandet laufe ich los. Der blassblaue Sand von Proxima Centauri b knirscht unter den stählernen Schritten meines Kampfanzugs. Das HUD lässt einen roten Kreis in meinem Sichtfeld blinken, auf den ich zuhalte. Rechts von mir laufen drei weitere Guerilleros, fast so schnell wie ich. Schneller als ich ist nur Commander Asylum.

Wir laufen einen Hügel hoch. Kurz vor dem Gipfel hält unser Commander an und gibt ein Handzeichen. Alle fünf Mitglieder unseres Trupps gehen zu Boden und wir robben den restlichen Weg zum Hügelrücken auf dem Bauch.

Da ist sie.

Die Basis ist ein gewaltiger pilzförmiger Bunker, der aus dem gleichen blauen Stein besteht wie die übrige Wüste. Unser Commander betrachtet die Situation. Fernrohre oder Feldstecher sind nicht notwendig. Ich konzentriere mich auf den hinteren Teil des Bunkers und hole das Bild in meinem Helm näher heran. Meine Magengegend zieht sich bei dem Anblick zusammen.

Zwei Schaben gehen Seite an Seite Patrouille. Jede Wache geht auf vier unwahrscheinlich dürren Beinen und hält jeweils in zwei Armen eine Waffe. Mit einer ihnen eigenen insektoiden Eleganz kreuzen sie vor dem Gebäude, das sie bewachen. Ihre mehrschichtigen Kampfpanzer schimmern im erbarmungslosen Sonnenlicht. Ihre Körper schillern in verschiedenen Farben. Wenn man sie so betrachtet, könnte man sie fast als schön bezeichnen. Wären sie nicht Menschen mordende Bestien.

Commander Asylum deutet auf Chuck, der neben mir im Staub liegt, dann auf die vordere der beiden Schaben. Obwohl ich den Gesichtsausdruck hinter seinem Helm nicht erkennen kann, weiß ich, dass eine martialische Vorfreude seine Gesichtszüge erhellt. Chuck schnallt eine lange Strahlenwaffe von seinem Rücken ab und legt an. Er ist unser bester Scharfschütze, besser sogar als ich, was mich ärgert, aber sich leider nicht leugnen lässt.

»Angriffsformation Sierra«, bellt Asylums Stimme aus meinem Headset. »Sowie der Kill bestätigt ist, in enger Formation zum Eingang. Auf jeden Fall zusammenbleiben.«

Der Rest von uns hat die Sturmgewehre gezückt und hält sich bereit.

Aus Chucks langläufigem Gewehr erklingt ein leises Surren, das für seine Entsetzlichkeit viel zu leise ist. Rookies sind immer wieder überrascht, dass man den Laserstrahl an sich nicht sieht. Die Physik besteht darauf. Das hier ist schließlich kein Science-Fiction-Film.

Deutlich sichtbar ist allerdings das Loch, das plötzlich im Brustpanzer der rechten Schabe erscheint. Einen Sekundenbruchteil später explodiert förmlich blaues Schabenblut unter Hochdruck aus der klaffenden Wunde. Mit Chucks Schuss ist der Rest von uns den Hügel hinabgestürmt, ohne auf die Kill-Bestätigung zu warten. Die Tage der Wache waren gezählt, als er sie ungestört ins Fadenkreuz bekam.

Unser Schlachtruf erklingt: »Kill! Kill! Kill!«

Die verbliebene Schabe, vom Blut ihres Kompagnons bedeckt, ist erstarrt. Ich halte genau auf sie zu.

»Cleaner! Nicht!«, höre ich Commander Asylum rufen.

Aber ich kann nicht anders. Ich habe mir das Gewehr wieder um die Schulter gehängt und stattdessen das Messer gezogen. Die Schabe ist fast so groß wie ich, aber breiter. Ich habe sie fast erreicht, da bewegt sie sich wieder. Schockstarre vorbei. Zu spät. Ich ramme mein Messer zwischen zwei Segmente ihres Panzers, dorthin, wo bei einem Menschen der Magen wäre. Der Außerirdische röchelt fast menschlich. Ich drehe das Messer in der Schabe einmal um neunzig Grad gegen den Uhrzeigersinn. Mit ihren Armen umschließt die Kreatur meine Hand, aber in dem Griff liegt keine Kraft mehr. Brutal ziehe ich mein Messer wieder heraus und die Schabe fällt in sich zusammen.

Ich habe mein Messer gerade abgewischt und wieder zurückgesteckt, als mich etwas von hinten rammt und gegen die raue Außenwand der Basis drückt. Wie kann das sein? Die beiden Schaben müssen mausetot sein. Habe ich eine übersehen? Ich versuche mich zu bewegen, aber der Griff, in dem ich stecke, ist fest wie Stahl. Ein Blick über die Schulter enthüllt, dass ich nicht von einer widerlichen insektoiden Klaue gehalten werde, sondern von einer nicht weniger starken, aber menschlichen Hand. Commander Asylum.

»Welche Angriffsformation habe ich befohlen, Corporal?«

Ich schreie kurz auf, während er mir den Arm auf dem Rücken verdreht. Mein Kampfanzug ist zwar konstruiert, um Druck zu widerstehen, aber dafür wurde Asylums Anzug designt, um übermenschlichen Druck auszuüben. Ich stöhne.

»Ich frag nicht noch einmal!«, raunt er.

»Sierra«, bringe ich zwischen zusammengebissenen Zähnen hervor, »auf jeden Fall zusammenbleiben.«

»Und sind wir alle zusammengeblieben?«

»Nein, Sir. Ich bin vorgeprescht. Die Schabe, ich wollte sie einfach –«

»Das interessiert mich nicht, Corporal. Wir kämpfen als Einheit. Widersetz dich noch einmal einem Befehl und die Schaben sind das geringste deiner Probleme. Verstanden?«

Ich nicke.

In meiner Schulter zieht erneut ein Schmerz hoch. »Verstanden, Corporal?«

»Ja, Sir«, keuche ich.

Er lässt mich los und ich drehe mich um. Der Rest meiner Einheit steht in einem Halbkreis um mich herum. Obwohl ich nur in blanke Visiere schaue, bin ich beschämt.

Der Commander hat weder Zeit für Mätzchen noch für verletzte Egos. »Matador, an die Spitze. Chuck und Payload, räumt uns die Tür aus dem Weg. Cleaner: Nachhut.« Eine weitere Strafe.

Eine Explosion später sind wir drin. Ich höre die Gewehre von Matador und Chuck rattern, während ich außer viel Staub nichts erkennen kann. Als ich die Eingangshalle betrete, ist der Widerstand bereits niedergemäht. Schabenleichen sind auf dem Boden verstreut. Die Architektur dieses Eingangsbereichs ist so fremdartig wie seine Erbauer. Rechte Winkel fehlen gänzlich. Es wirkt vielmehr, als habe ein Architekt einen Haufen hohler Kugeln ineinander gequetscht und die Schnittflächen ausgestanzt. Als ich das erste Mal ein Gebäude der Schaben betreten habe, ist mir schwindelig geworden.

Hinter einem runden Tresen, der für eine Bar angebrachter scheint als für eine Militärbasis, gehen wir in Deckung. Fürs Erste ist dieser Bereich sauber, aber fünf weitere Tunnel münden in diesen Raum. Jeder von ihnen kann ohne Vorwarnung Feinde ausspucken.

»Okay, hier ist der Plan«, sagt der Commander.

Obwohl wir über Funk miteinander reden und jedes Wort deutlich hören können, rücken wir alle ein Stück zusammen.

»Chuck, du bleibst hier und sicherst unseren Rückzug. Such dir ein schönes Plätzchen und niste dich ein. Wenn der Rest von uns fertig ist und hier wieder durchmuss, will ich, dass die einzigen Schaben, die wir vorfinden, tote Schaben sind.«

»Ja, Sir«, kommt die amüsierte Antwort. Der perfekte Job für Chuck.

»Matador«, setzt Asylum fort, »wir beide schlagen uns zum Kommandoraum durch. Army Intelligence will, dass wir die Datenbanken dieser Basis herunterladen. Außerdem habe ich mit dem Anführer noch eine Rechnung offen.« Dieser letzte Teil klingt besonders grimmig.

Matador nickt unmerklich und hält sich bereit.

»Payload, Cleaner. Ihr sorgt dafür, dass von diesem Laden nichts mehr übrig bleibt, wenn wir fertig sind.« Der Commander zeigt auf den breitesten Tunnel, der von diesem Raum abzweigt. Er scheint steil abwärts zu führen. Unsere Helme überblenden die kryptischen Symbole an der Tunnelwand: *Arsenal*. Das klingt doch schon besser.

»Bringt die Sprengsätze an und macht euch dann aus dem Staub, okay? Nicht voneinander trennen lassen. Keine Heldentaten. Habe ich mich klar ausgedrückt?«

Dabei sieht er mich an, aber Payload stellt sich vor mich und salutiert. »Glasklar, Sir.« Sie schlägt mir an die Schulter und wir machen uns auf.

Rücken an Rücken gehen Payload und ich den Tunnel entlang. Im Gegensatz zu anderen Teilen der Basis ist dieser hier durch Deckenröhren hell erleuchtet. Nur gelegentlich zweigen Tunnel ab, ein Zeichen für die einzigartige Funktion dieser Röhre.

»Kaum Möglichkeiten, in Deckung zu gehen«, murmelt Payload, während wir uns vorarbeiten.

»Aber auch nicht viele Gelegenheiten, in einen Hinterhalt zu geraten«, erwidere ich.

»Dein Glas ist auch immer halb voll«, spottet sie.

»Am liebsten mit Whisky«, sage ich.

Lange Zeit ist der Widerstand gering, auf den wir treffen, bis wir von einer Explosion vor uns zurückgeworfen werden.

»Scheiße«, sagt Payload und zieht mich zurück. Dort, wo ich eben noch gestanden habe, zerfetzt das Getrommel eines Turbolasers die Wand. Es hört nicht mehr auf.

»Du hast nicht zufällig eine Handgranate?«, frage ich, während wir mit dem Rücken zur Tunnelwand hocken.

»Leider nein«, sagt sie, »nur statische Sprengsätze. Nichts, was ohne Fremdauslöser explodiert.«

»Du bist mir ja eine feine Sprengstoffexpertin«, sage ich. Aber die Beleidigung ist nicht ernst gemeint. Niemand kann sein ganzes Equipment auf jede Mission mitschleppen. Das weiß ich auch. Wie hypnotisiert blicke ich auf den Haufen Dreck, der sich langsam unter der Wand sammelt, die von dem Trommelfeuer zerlegt wird. »Warte mal«, sage ich und ramme meine gepanzerte Faust in die Wand neben mir. Ich ziehe eine Handvoll Erde zurück. »Diese Wände bestehen nur aus gepresster Erde.«

»Na und?«, fragt Payload.

»Wann hast du das letzte Mal gebowlt?«, frage ich.

Zwei Minuten später steckt Payloads Sprengsatz in einer mit den übermenschlichen Kräften meines Anzugs dicht gepressten Kugel aus Erde, aus der nur ein einzelnes Zündkabel reicht. Oben in die Kugel habe ich stilsicher drei Einkerbungen für meine Finger gedrückt.

»Du bist zu detailverliebt«, sagt Payload.

»Dadurch werde ich präziser«, antworte ich. »Du wirst schon sehen. Bereit?«

Payload hält den Zünder hoch, in den das Kabel aus der Kugel mündet.

Ich hebe die Erdkugel auf, die mit genug Sprengstoff gefüllt ist, um zehn Schaben in die ewigen Jagdgründe zu schicken, nehme Anlauf und lasse sie rollen. Sie geht überraschend schnell voran, rollt leicht die Tunnelwand hoch und dann in den Gang außer Sichtweite.

»Jetzt!«, rufe ich.

Eine gewaltige Explosion bringt den Tunnel vor uns fast zum Einsturz. Payload und ich laufen in der Deckung der entstandenen Staubwolke los und auf die letzte Position der Schaben zu. Als wir endlich wieder etwas sehen können, senken wir unsere Waffen. Von den Schaben ist nichts mehr übrig, das größer als eine Kiwi ist.

»Mein Gott, Pay«, sage ich. »Was war denn das für ein Sprengstoff?«

»Habe ich in meiner Freizeit auf dem Mutterschiff gemischt.« Sie wendet sich mir zu. »Ein Mädchen braucht seine Hobbys.«

»Andere sammeln Briefmarken.«

»Wäre mir viel zu aufregend«, sagt sie.

Mit schnellen Schritten setzen wir unsere Mission fort. Der Gedanke daran, diese ganze Basis in einem grellen Feuerball verschwinden zu lassen, lässt mein Herz höher schlagen. Nur eine tote Schabe ist eine gute Schabe. Kurz vor der letzten Kurve halte ich inne. Aus einem der wenigen Seitentunnel, die wir passiert haben, höre ich ein leises Wehklagen. Ein Kind?

Payload blickt sich um, als sie merkt, dass ich nicht mehr hinter ihr bin. »Was ist?«

»Hast du das auch gehört?«, frage ich.

»Was denn?« Sie legt den Kopf an und lauscht.

Umso stärker zucken wir zusammen, als der Commander sich plötzlich per Funk meldet: »Payload, Cleaner. Wie weit seid ihr?«

Payload antwortet: »Wir sind noch nicht am Ziel, Commander. Das Arsenal liegt tiefer, als wir gedacht hatten.«

»Dann beeilt euch.« Im Hintergrund ist Gewehrfeuer zu hören. »Hier ist die Kacke haufenweise am Dampfen. In zehn Minuten sollten wir alle besser woanders sein.«

Ein millisekundengenauer Countdown erscheint in der unteren linken Ecke meines HUD: T minus zehn Minuten.

»Commander«, melde ich mich. Mein Blick schweift zu dem Seitentunnel, aus dem ich das Weinen gehört habe.

»Was gibt es denn noch?«, kommt die gereizte Antwort.

Payload wendet sich mir zu. Durch das silbrig glänzende Visier ihres Helms sind ihre Gesichtszüge nicht zu sehen. Dafür ist ihr Kopfschütteln unverkennbar.

»Nichts, Sir«, sage ich.

»Ab jetzt Funkstille. Verstanden?«

»Verstanden, Commander. Over and out«, sagt Payload und sieht mich an. Sie wechselt in den NFC-Modus, der es uns erlaubt, trotz Funkstille zu kommunizieren, solange wir nur wenige Meter voneinander entfernt sind. »Du hast den Commander gehört. Wir müssen uns beeilen.«

»Das war ein Baby, Payload«, beharre ich. »Ich glaube, die Schaben halten hier Geiseln.«

»So ein Quatsch. Die Schaben machen keine Gefangenen. Das weißt du auch.«

»Ich sag dir, ich weiß, was ich gehört habe.«

»Wir haben keine Zeit mehr!«

Sie hat recht. Aber der Gedanke lässt mich nicht los. »Geh vor und fang an, die Sprengsätze anzubringen. Ich untersuche den Gang. Wenn ich in zwei Minuten nichts gefunden habe, kehre ich um. Okay?«

»Wir haben strikten Befehl, uns nicht zu trennen.«

»Du bist doch ein großes Mädchen«, sage ich. »Du kommst ein paar Minuten ohne mich zurecht.«

»Um mich mache ich mir keine Sorgen«, knurrt Payload.

»Na gut. Aber in zwei Minuten machst du dich wieder auf den Weg. Ich hab' keine Lust, dich einzusammeln, weil du dich verlaufen hast.«

Ich fasse sie kurz an die Schulter und ducke mich dann in den Seitengang, aus dem ich das Weinen vernommen habe.

Ich habe den Hauptgang nur wenige Meter hinter mir gelassen und finde mich im Dunkeln wieder. Wie bei Schabenbasen üblich, sind die Nebengänge kaum beleuchtet. Army Intelligence vermutet, dass sie über eine angeborene Nachtsicht verfügen, konnte das aber nie bestätigen. Dafür haben wir Technologie. Mit einem Griff an meine Handgelenkskonsole schalte ich die Nachtsicht in meinem Helm ein. Die bisherigen Farben in meinem Sichtfeld verschwinden. Alles, was bleibt, ist grün.

Selbst mit Nachtsicht hat dieser Gang noch viele dunkle Ecken, Topkandidaten für einen Überfall. Wahrscheinlich ist es eine verlassene Sackgasse und es lauert überhaupt keine Gefahr. Wäre schön, wenn das jemand meinem Herzen mitteilen könnte, das gegen meinen Brustkorb schlägt, als wolle es die Stabilität seiner Konstruktion testen. Der Seitentunnel scheint kein Ende zu nehmen. Als der Countdown in meinem Helm sieben Minuten unterschreitet, überlege ich mir, umzukehren. Die Zeit, die Payload mir gegeben hat, ist abgelaufen. Ist das hier Zeitverschwendung? Habe ich mir das Weinen nur eingebildet?

Doch da erklingt es wieder. Viel näher als vorher. Es ist nicht einfach ein menschliches Baby. Es ist ein menschliches Baby, das vor Schmerz aufschreit. Grimmig rücke ich vor, viel schneller als umsichtig wäre. Ich biege um eine Ecke und finde mich plötzlich in einem großen Raum wieder. Der Anblick ist so bizarr, dass ich meine Waffe sinken lasse.

Der glattpolierte Boden ist mit weißgelben Objekten übersät, von denen jedes einzelne so groß ist wie ein Menschenkopf. Einige dieser ovalen Gebilde beherbergen Schatten, die sich sinnlich in ihrem Inneren winden. Das müssen Schabeneier sein. Sie sind in fünf großen Kreisen angeordnet, wobei jeder Kreis aus zahlreichen Ringen besteht. Als mir klar wird, dass ich in eine Brutstätte geraten bin, reiße ich mein Gewehr hoch. Eigentlich muss dieser Raum einer der schwerst bewachten Bereiche der Basis sein. Doch ich kann keine adulten Schaben erkennen. Vorsichtig dringe ich weiter in den Raum vor. Jetzt erkenne ich, dass sich im Zentrum jedes Kreises Objekte menschlichen Ursprungs befinden.

Krippen.

Solche, wie man sie auf der Kinderstation eines Krankenhauses findet. Kalter Tau ballt sich in meinen Fäusten und mein Nacken wird feucht. In drei der Krippen liegen menschliche Kinder, die unversehrt aussehen.

Die übrigen beiden Krippen sind blutüberströmt. Ich will mich von ihnen abwenden, mir nicht vorstellen, was hier vorgefallen ist. Doch die dicken Larven, die statt Menschenkindern in den Krippen liegen, lassen keinen anderen Schluss zu: Die Schaben machen doch Gefangene – Kinder. Um sie an ihre Larven zu verfüttern. Beim Anblick der sich windenden blutbesudelten Larvenkörper spüre ich förmlich, wie sich die Details in mein Gedächtnis brennen. Galle steigt meinen Hals hoch, und als ich sie runterschlucke, fängt der Raum an, sich zu drehen. Nur mit Mühe kann ich mich davon abhalten, mich in meinen Helm zu übergeben.

Ich durchquere den Kreis, der mir am nächsten ist, wobei ich dem Drang widerstehen muss, die Schalen der Eier zu zertreten. Wer weiß, was dann passiert? Besser, sie vorerst in Ruhe zu lassen. Vor mir in der Krippe liegt ein kleiner Junge und schreit. Als ich mich über ihn beuge, verstummt er. Er beäugt mich neugierig und dann lächelt er mich an. Etwas in mir zerreißt. Er kann noch nicht einmal mein Gesicht erkennen, ist hier vollkommen allein von Tod und Grausamkeit umgeben und er lächelt mich an. Ich sehe zu den übrigen beiden

Säuglingen. Sie scheinen noch gesund zu sein. Wie soll ich die drei nur hier herausbekommen? Mit allen gleichzeitig auf dem Arm kann ich mein Gewehr nicht mehr halten.

Keine Heldentaten, hat der Commander gesagt.

Doch beim Anblick der Kinder ist mir sofort klar gewesen, dass ich nicht ohne sie gehen würde. Wenn ich Payload zur Verstärkung rufe, kann sie mich decken, während ich die Kinder trage.

»Payload. Cleaner hier. Bitte kommen«, flüstere ich per Funk.

Keine Antwort.

»Payload, ich weiß, dass ich die Funkstille breche. Aber das hier ist ein Notfall. Bitte bestätigen. Over.«

In meinem Magen macht sich Übelkeit breit. Und wenn ihr etwas zugestoßen ist?

»Commander Asylum«, funke ich widerwillig. Mann, wird er sauer sein, dass ich schon wieder vom Plan abgewichen bin. Aber was bleibt mir anderes übrig? »Cleaner hier. Bitte kommen.«

Aus meinem Headset ertönt nur ein fernes Rauschen. Die Peer-to-Peer-Sender der mobilen Infanterie gehören zu den stärksten, die die Menschheit je entwickelt hat. Haben die Schaben diesen Raum trotzdem abschirmen können? Ich weiß es nicht. Was ich weiß, ist, dass ich auf mich allein gestellt bin. Ich hänge mir das Gewehr über die Schulter und hebe das Baby vor mir aus der Krippe. Ich bilde mir ein, selbst durch meinen Schutzanzug seine weiche Haut zu spüren.

Da nehme ich aus dem Augenwinkel einen Schatten wahr. Ich blicke auf und sehe, dass ich umzingelt bin. Sechs mannsgroße Gestalten stehen an den Wänden um mich herum. Ein Hinterhalt. Die Schaben haben mich ausgetrickst. Ich drücke das Kind gegen meinen Brustpanzer und wickle schützend die Arme darum. Doch der Schuss kommt nicht. Die Schaben nähern sich zwar kontinuierlich, aber ihre Haltung wirkt vorsichtig. Sie sind kleiner als die Krieger, die wir sonst bekämpfen. Ob das Schabenweibchen sind? Da merke ich, dass sie unbewaffnet sind. Wobei, unbewaffnet ist nicht ganz richtig. Sie haben keine Strahlenwaffen. Dafür hält jedes Weibchen einen zum Töten geeigneten zweckentfremdeten Gegenstand. Einen

Hyperspanner, eine Eisenstange, ein Skalpell. Sie nähern sich langsam und ziehen dabei den Kreis um mich herum enger. Sie wollen mich mit ihrer Überzahl im Nahkampf überwältigen.

Meine Gedanken rasen, während ich versuche, alle Schaben gleichzeitig im Auge zu behalten. Wie lange brauche ich, um den Jungen in meinen Armen hinzulegen, meine Waffe von der Schulter zu nehmen und anzulegen? Selbst wenn ich das Baby fallen ließe, was es wahrscheinlich umbringt: Wäre ich schnell genug, bevor die Schaben mich überwältigen?

Eines der Weibchen tritt hervor. Es scheint als Einziges tatsächlich unbewaffnet. Es redet in seiner mir unverständlichen Sprache auf mich ein und deutet auf das Bündel in meinen Armen. Will es, dass ich das Baby absetze? Die anderen Schaben bleiben stehen. Da deutet das Alphaweibchen auf das Baby und macht eine Handbewegung.

Mit einem Mal fängt der kleine Junge in meinen Armen an, zu weinen. Was haben die Schaben diesen Kindern nur angetan? Instinktiv werfe ich dem Weibchen das Kind zu und fasse über die Schulter an mein Gewehr. Zumindest habe ich das vor. Doch mein Arm gehorcht mir nicht. Ich probiere es mit dem anderen Arm. Nichts.

Das Weibchen hat das Kind aufgefangen und tätschelt ihm liebevoll die Brust. Ich will auf das Vieh zulaufen und es ihm wieder entreißen, aber auch meine Beine gehorchen mir nicht mehr. Ich bin vollkommen gelähmt. Was zum Teufel ist hier los? Da umschließt das Weibchen den Kopf des Kindes mit einer seiner Krallen.

Oh nein.

Fast sanftmütig dreht es dem Kind den Kopf um. Ich höre ein Knacken, das mir durch Mark und Bein geht. Gleichzeitig geben meine Beine nach und ich falle zu Boden. Das Alphaweibchen beugt sich über mich. Sie zeigt fast rituell auf das tote Kind und legt es mir vor das Gesicht, sodass ich nicht wegsehen kann. Der Kindskopf steht in einem unnatürlichen Winkel von dem Körper des Kindes ab. Sein Genick ist gebrochen. Was sind das nur für Monster, die wir bekämpfen?

Erneut spricht das Weibchen in seiner Sprache. Die Mandibeln um seinen Mund herum weiten sich und etwas Spucke tropft auf meinen Helm. Dann tritt die Schabe an mich heran, die sich mit einem Skalpell bewaffnet hat. Ohne Vorwarnung rammt sie es in mein Bein, genau in meinen linken Knöchel. Ein furchtbarer Schmerz schießt durch meinen Körper und wiederholt sich kontinuierlich. Sie durchsägt meinen Unterschenkel! Die schabenden Bewegungen an meinem Schienbein sind das schlimmste. Ich will um Gottes willen von hier weg, aber ich kann mich keinen Millimeter bewegen. Ich kann noch nicht einmal schreien. Ich bin kurz davor, das Bewusstsein zu verlieren, als ich sehe, wie die Schabe mir meinen eigenen abgetrennten Fuß vor den Helm stellt. Ich bilde mir ein, dass Blut aus der Wunde am oberen Ende quillt.

Was sind das nur für kranke Monster?

Hilflos sehe ich mit an, wie die Schabe ausholt und das Skalpell genau durch mein Visier rammt. Ein furchtbarer Schmerz explodiert in meinem rechten Auge und droht, meinen Schädel zu zerbersten. Mit dem linken Auge sehe ich noch immer meinen abgetrennten Fuß. Dann beginnt meine Sicht, zu verschwimmen. Ich habe einen letzten Eindruck, dass der Fuß seine Gestalt ändert, bevor mir vollkommen schwarz vor Augen wird. In der Dunkelheit blitzt etwas vor mir auf.

GAME OVER

Ich erinnere mich noch genau daran, dass die Nachricht vor zwei Jahren einschlug wie eine Bombe. Dass wir im All nicht allein waren. Dass eine außerirdische Zivilisation mit uns Kontakt aufgenommen hatte. Und dass sie uns auf ganzer Linie feindlich gesonnen war.

Zu dem Zeitpunkt hatte die Menschheit einige Jahrzehnte friedlicher, aber langweiliger Raumfahrt hinter sich. Weniger weil sie es so gewollt, sondern weil sie nicht anders gekonnt hatte. In ihrer Arroganz und Rücksichtslosigkeit hatte die menschliche Rasse sich auf der Erde ausgedehnt wie ein Virus, für das es kein Heilmittel gab. Ende des 21. Jahrhunderts war schließlich der Punkt überschritten, der Bogen überspannt, die entscheidende Linie überquert. Die Erde konnte ihre fünfzehn Milliarden Menschen nicht mehr versorgen. Ein furchtbarer Krieg um die verbliebenen Ressourcen entbrannte, der sinnloserweise nur noch mehr Ressourcen verschlang. Die Menschheit stand kurz vor dem Ende, als sie sich doch zusammenraffte. Fünf Minuten vor Mitternacht, wie die amerikanischen Gamer sagen würden. Die Menschheit warf plötzlich den Kopf in den Nacken und schrie, schrie gegen das Sterben des Lichts. Frei nach Dylan Thomas wollten wir nicht leise in der Nacht verschwinden.

Das menschliche Streben, so lange auf Bereicherung und Eroberung fokussiert, änderte die Richtung. Raumantriebs- und Kolonisierungstechnologien wurden in einer nie da gewesenen Geschwindigkeit entwickelt. Die Menschen steckten ihre letzten Bemühungen in die Besiedlung von Mond und Mars. Und siehe da, es funktionierte. Der gewonnene Platz und die Ressourcen waren mager, doch gerade ausreichend, um weiterzumachen. Die Menschheit sprang dem Tod von der Schippe.

Der Sublichtantrieb wurde entwickelt. Und einfaches Terraforming. Wir besiedelten weitere Monde in unserem Sonnensystem. Dann kam der entscheidende Durchbruch.

Im abarischen Punkt zwischen Jupiter und seinem größten Mond Ganymed errichtete man den Raumspiegel, ein künstliches Wurmloch, das es ermöglichte, Lichtjahre in nur wenigen Stunden zu überwinden. Die Menschen sandten in alle Himmelsrichtungen Sonden aus, die zwar nicht zurückkehren, aber durch den Subraum Nachrichten senden konnten. Viele Sonden gingen verloren, die meisten brachten keine guten Neuigkeiten. Doch eine Einzige meldete eine Sensation. Sie hatte einen erdähnlichen Planeten entdeckt: Proxima Centauri b.

Erdähnlich ist untertrieben. Paradiesisch trifft es eher. Man brauchte viele Jahre, um ein Kolonieschiff zu bauen, das sicher durch das Spiegeltor reisen konnte. Die Reise durch den Spiegel erwies sich für biologisches Gewebe als tödlich. Es ist der Sog unmittelbar vor Eintritt in das Wurmloch. Die Beschleunigungskräfte werden für einen kurzen Moment so gewaltig, dass sie Körperzellen buchstäblich zerreißen. Die ersten Sprungversuche von Menschen endeten mit schauderhaften Todesfällen. Aber wann hat das jemals die Menschheit aufgehalten? Schließlich entwickelten Wissenschaftler eine

Methode, Menschen in einen Tiefschlaf zu versetzen, das Wasser in ihren Körpern zu gefrieren und das Raumschiff in einem sehr langsamen Anflug an den Raumspiegel heranzuführen.

Das riskante Unterfangen glückte. Die Menschen gründeten auf Proxima Centauri b erstmals eine Kolonie außerhalb ihres eigenen Sonnensystems. Sie nannten sie *Aera Nova*. Auf ihrer Seite errichteten die Kolonisten zwei Raumspiegel, die jeweils mit Pendants im irdischen Sonnensystem verbunden waren. *Catopticus Major*, ein Konstrukt gigantischen Ausmaßes, wurde mit dem ursprünglichen Raumspiegel bei Jupiter verbunden. Er ermöglichte erstmals den Personenverkehr in beide Richtungen ohne Kälteschlaf. Nur ein Fünftel so groß war *Catopticus Minor*, der für den schnellen Transport von Waren mittels unbemannter Frachter gebaut wurde. Im Volksmund etablierten sich die Spitznamen Big Cat und Minicat. Die Waren und Ressourcen, die die Kolonisten ins Sonnensystem zurückschickten, waren wundervoll und zahlreich. Es war wie ein Goldrausch. Die Erde erlebte eine neue Blütezeit.

Bis es zu den ersten Spannungen zwischen Aera Nova und der Erde kam. Die Novaner wollten nicht mehr nur Kolonisten sein. Sie wollte Mitbestimmungsrechte, Regierung, Unabhängigkeit. Für die Erde war das ein Schock. Proxima war ihre einzige Möglichkeit, ein üppiges Leben zu führen. Zähe Verhandlungen über die Gründung eines gemeinsamen Imperiums begannen, in dem beide Planeten gleichberechtigt waren.

Vor zwei Jahren geschah die Katastrophe. Die Proxima-Seite von Big Cat wurde zerstört, der Personenverkehr unterbrochen. Zunächst vermutete die Erdregierung, die Novaner, unzufrieden mit dem Stand der Verhandlungen, hätten den großen Raumspiegel sabotiert. Die Erde schickte eine unbemannte Sonde durch Catopticus Minor, der noch intakt war. Das kleine Scoutschiff machte eine erschreckende Entdeckung: Es herrschte Krieg. Aera Nova wurde von einer Armada aus fremdartigen Schiffen belagert. Außerirdische. Die Antwort auf einen Funkruf der Sonde war ihre sofortige Vernichtung. Das war unser erster Kontakt mit den Schaben. So nennen wir sie zumindest. Sie haben sich nie vorgestellt. Jeder Versuch der friedlichen Kommunikation wird mit äußerster Gewalt beantwortet. Sie löschen Menschen aus wie wir Ungeziefer. Wir kennen weder ihr Aussehen noch ihre Motive.

Die Erde hat verzweifelt versucht, in den Konflikt einzugreifen. Aber ohne den großen Raumspiegel gibt es keine Möglichkeit, bemannte Schlachtschiffe oder Truppen ins Proxima-Centauri-System zu befördern. Und KI-gesteuerte Drohnen, die durch Minicat reisen, sind den Schaben nicht gewachsen. Die Außerirdischen nutzen die unbeholfenen Roboterschiffe zur Zielübung. Solange die Schaben Proxima Centauri beherrschen, sitzen wir auf der Erde in der Scheiße. Zwar können wir uns mit der Ausbeutung unserer Systemplaneten über Wasser halten, aber es reicht gerade zum Überleben. Die Erde ist kein Paradies mehr. Die überbevölkerten Städte sind zerfallen und von Kriminalität gebeutelt. Unsere Himmel sind trist und versmogt, unsere Regierung korrupt. Gott, wenn er jemals zurückkehren sollte, würde seine Schöpfung nicht wiedererkennen.
   Die einzige Erleichterung, die einzige Entspannung, die Menschen wie mir bleibt, bieten die VR-Konsolen. Spiele in einer täuschend echt aussehenden virtuellen Realität, in der man sich zumindest für ein paar Stunden vormachen konnte, man hätte die Kontrolle. Das mit Abstand beste dieser Spiele: Ayers Dawn. Das spiele ich natürlich. Mein Clan ist meine Familie. Mein Name ist Emerson Bauer. Aber in der virtuellen Welt bin ich Cleaner, der beste Ranger der Guerilleros.

Das Spiel ist vorbei.
   Immer noch von vollkommener Dunkelheit umgeben, versuche ich mich zu bewegen. Ich spüre, wie meine Arme und Beine reagieren. Erleichterung und Enttäuschung zugleich durchfluten mich, weil ich wieder im RL angekommen bin, im Real Life. Ich hebe einen Arm, taste mir an den Nacken und bekomme die Connectorschnalle zu fassen. Ein Zug daran löst den Virtual-Reality-Helm von meinem Ganzkörperanzug. Mit zittrigen Fingern ziehe ich ihn mir vom Kopf. Die Dunkelheit lichtet sich, ersetzt von der realen, weitaus weniger spannenden Welt, in der ich lebe. Ich liege auf dem Rücken in mei-

nem Schlafzimmer. Um mein Bett herum sind schmutzige Wäsche und Essensreste verstreut. Das Einzige, was in diesem Zimmer nicht verwahrlost ist, ist ein silberner Kleiderständer. Ich hebe den Helm hoch und setze ihn vorsichtig auf die Krone des Ständers, wobei ich auf das daumendicke Verbindungskabel zu meiner silbernen VR-Konsole auf dem Nachttisch achte.

Wenn man ein Spiel startet, signalisiert die Konsole dem Anzug, sich zu versteifen und jede Bewegung des Körpers zu unterdrücken. Stattdessen nehmen Sensoren, die in die innerste Schicht des Anzugs eingenäht sind, die elektrischen Impulse auf, die von den Nerven an die Muskeln gehen und funken diese an den Helm. Dort werden sie in die VR-Konsole gespeist und in der Welt des Spiels in Bewegungen meines Avatars übersetzt. Durch diese Technik ist die Steuerung einfach und intuitiv. Wenn das Spiel vorbei ist, hebt das System die Sperre auf.

Für den, wie die Herstellerfirma Vorpal Dynamics versichert, höchst unwahrscheinlichen Fall, dass die Körpersperre nach Spielabschluss nicht deaktiviert wird, gibt es ein Codewort, das man in Richtung Konsole ruft und das ganze System herunterfährt. Eigentlich narrensicher. Trotzdem hört man von Gamern, die verdurstet in ihren Wohnungen aufgefunden werden, im eigenen Anzug gefangen.

Ich stehe auf und schäle mich aus dem Anzug. Wie alle ernsthaften Gamer bin ich darunter vollkommen nackt. Unvollkommen, wie Gott mich schuf. Ich werfe ihn auf einen Haufen anderer Kleidungsstücke gleichen Typs. Sie sind nicht günstig, aber nach einem anstrengenden Spiel bin ich so verschwitzt, dass ich ihn einfach nicht mehr tragen kann.

Ein Schmerz jagt mir durch den rechten Knöchel, dort wo mir kurz vor Ende des Spiels das Schabenweibchen den Fuß abgetrennt hat. Dieses verdammte Force Feedback! Der Anzug hat sich zusammengezogen und eine Quetschung verursacht. Ein blaugelber Fleck wickelt sich um meinen Knöchel wie ein Tentakel. Ich lege einen Finger darauf und schreie kurz vor Schmerz auf. Peinlich berührt sehe ich mich um. Dann fällt mir wieder ein, dass meine Nachbarn nicht mehr hören können, was ich während des Spiels von mir gebe. Seit ich alle

Außenwände für teures Geld mit *Umbra*-Schallschutzschaum behandeln ließ, dringt kein Mucks mehr aus dieser Wohnung.

Ich will gerade aufstehen und im Badezimmer kaltes Wasser über meinen Knöchel laufen lassen, als ein penetrantes Piepen ertönt. Die Kanten der VR-Konsole blinken grün, das Display zeigt einen Anruf von Payload an. Mit einem Seufzen setze ich den Helm wieder auf. Vor mir erscheint das Gesicht einer Frau mit hohen Wangenknochen und einem schelmischen Grinsen.

»War viel zu kurz, das letzte Spiel«, begrüßt sie mich.

»Wem sagst du das?« Ich ärgere mich immer noch, dass ich den Schaben in die Falle gegangen bin.

Payload, mit der ich nie Realnames ausgetauscht habe, blickt an mir herab. »Na, Kleener, wie schlimm ist es dieses Mal?«

Ich ziehe den Helm kurz ab und halte ihn neben mein Bein. Ein anerkennendes Pfeifen ertönt aus den Lautsprechern. Als ich den Helm wieder anhabe, sehe ich das Glitzern in Payloads Augen. »Größer, als ich dachte.«

»Abgefahren, oder? Ich wette, der Fleck wird über die nächsten Tage noch ein paar Mal die Farbe wechseln.«

»Ach so, sprachen wir von deinem blauen Fleck?«

Ich merke, wie mir das Blut in den Kopf schießt. Ich bin so gewohnt, zwischen Spielen nackt zu sein, dass ich das manchmal in Gesprächen mit anderen vergesse.

»Vielleicht solltest du etwas anderes spielen«, schlägt sie vor. »Ich hab' gehört, Candy Crush Epos hat auch eine Liga und kommt ganz ohne Force Feedback aus.«

»Sehr witzig«, sage ich. Trotzdem kann ich mir ein Grinsen nicht verkneifen. »Für mich gibt es nur ein Spiel.«

»Ich weiß, was du meinst«, sagt sie. »Selbst die anderen Shooter können nicht das, was Ayers Dawn kann. Ich hab's probiert.«

»Und welches?«

»Russia Red«, sagt sie und ich stöhne auf. Russia Red ist der beliebteste Shooter in der Gamesphäre, totaler Mainstream. »War gar nicht so schlecht«, verteidigt sie sich. »Aber nicht so gut wie Dawn.«

»Warum nicht?«, frage ich.

»Andere Menschen zu töten macht nicht so viel Spaß wie Schaben auszulöschen.«

»Schieß' sie alle ab, dann geht's dir gut«, zitiere ich den Slogan des Spiels.

»Und weißt du auch, warum? Die Schaben haben uns Proxima genommen und es gab nichts, was wir dagegen tun konnten.«

»Die kamen aus dem Nichts, waren nicht einmal höflich genug, ›hallo‹ zu sagen und haben uns Aera Nova einfach entrissen«, sage ich.

»Und die Regierung saß nur hilflos herum und hat einen Scheiß gemacht!«

»Die Schaben haben uns alle auf dem falschen Fuß erwischt«, sage ich, von der Heftigkeit ihrer Reaktion überrascht.

Payload schweigt kurz. »Ich habe eine Schwester auf Aera Nova.«

»Das wusste ich nicht.«

»Seit dem Ausbruch des Kriegs habe ich nichts mehr von ihr gehört. Ich weiß noch nicht einmal, ob sie noch lebt.« Grimmig fährt sie fort: »Ich wünschte, Ayers Dawn wäre echt. Dass ich tatsächlich meine Zeit damit verbringe, Schaben zu töten, statt nur ein Spiel zu spielen. Ich hab' einen guten Job, weißt du. Ich habe echt Talent. Aber das ist mir alles egal. Ich arbeite nur, damit ich Geld für Ayers Dawn habe.« Soviel und so ehrlich hat Payload noch nie mit mir gesprochen.

»Pay«, sage ich, »wir wissen noch nicht einmal, wie die Schaben wirklich aussehen. Die Spieldesigner von Vorpal haben die wenigen verschwommenen Bilder der Schabenschiffe als Inspiration genommen und sich überlegt, wie deren Piloten aussehen könnten. Sie könnten Lichtjahre daneben liegen.«

»Das ist mir egal«, zischt sie. »Die ganze Welt ist einfach verflucht überzeugend. Manchmal kommt mir das Spiel echter vor als mein eigenes Leben.«

Das geht mir auch manchmal so, würde ich aber nie zugeben. Auch jetzt nicht.

»Ach ja, was ich dir eigentlich sagen wollte«, sagt Payload. »Wir haben die Mission verfehlt. Asylum will mit dir sprechen.«

»Das sagst du mir erst jetzt?«, frage ich.

»Hätte ich so unser Gespräch eröffnet, hätte das unserem Smalltalk einen gehörigen Dämpfer verpasst.«

»Das stimmt wohl«, grummle ich.

»Und du hättest mir nicht deinen Schwanz gezeigt«, fügt sie gnadenlos hinzu.

»Ich habe dir nicht –«, protestiere ich.

Vergeblich. Mit einem Lachen hat Payload unser Gespräch beendet.

»Emerson, was zur Hölle ist da passiert? Bist du unterwegs eingeschlafen?«

Im Real Life sieht man, dass der Commander der Guerilleros jünger ist als ich. Seiner Autorität tut das keinen Abbruch.

»Nein«, antworte ich knapp.

»Dann erklär mir mal, warum du nach zehn Minuten schlappgemacht hast. Und warum Payload beim Anbringen der Sprengsätze in den Rücken geschossen wurde.«

Das hat sie vorhin gar nicht erwähnt. »Weil die Schaben Feiglinge sind?«, rate ich.

Darauf springt der Commander nicht an. »Weil du sie nicht gedeckt hast, deswegen. Was habe ich euch beiden gesagt, bevor ich euch losgeschickt habe? Kannst du das aus deinem Spatzenhirn hervorkramen?«

»Nicht voneinander trennen lassen«, murmle ich.

»Wie war das, Guerillero?«, fragt er scharf.

»Nicht voneinander trennen lassen«, wiederhole ich, dieses Mal deutlich.

»Und was habt ihr stattdessen gemacht?«, fragt er. »Muss ich dir jedes Wort einzeln aus der Nase ziehen?«

Mann, ist der geladen. »Ich hatte etwas in einem Seitengang gehört, das ich untersuchen musste.«

»Hatte diese Untersuchung mit eurer Mission zu tun?«

»Öh. Nicht direkt.«

»Also nein.«

»Asylum. Es waren Babyschreie.«

»Wie bitte?«

»Die Schaben. Sie hatten Menschenbabys entführt und verfütterten sie an ihre Larven.«

»Jesus!« Zum ersten Mal scheint der Commander aus der Fassung zu geraten. »Was die kranken Hirne dieser Spieldesigner sich nicht alles ausdenken.« Er schüttelt den Kopf. »Und da hast du dir gedacht: Nebenmission. Zusatzpunkte, wenn du die Kinder rettest.«

Habe ich nicht. Es hat einfach so real gewirkt, dass ich nicht anders gekonnt habe. Asylum hat recht. Das Szenario war diabolisch. Trotzdem nicke ich.

Mit grimmigem Blick denkt der Commander nach. »Die KI von Ayers Dawn macht das manchmal: Spontan neue Nebenmissionen einbauen. Damit wollen sie die Spreu vom Weizen trennen.«

Ich greife nach dem Strohhalm. »Es hätte klappen können. Wenn wir die Kinder aus der Basis gerettet hätten, wäre das ein großer Sieg für die Guerilleros geworden. Ich –«

»Hat es aber nicht und war es nicht«, unterbricht mich der Commander. »Was ist passiert?«

»Sir?«

»Warum hast du die Kinder nicht retten können?«

»Ich bin in einen Hinterhalt geraten. Ein halbes Dutzend Schaben. Und als ich mich freikämpfen wollte, hatte das Spiel einen Fehler.«

»Einen Fehler?« Selbst in meinen eigenen Ohren klingt das nach einer faulen Ausrede.

»Ja. Einen echt üblen Glitch. Plötzlich konnte ich mich nicht mehr bewegen.« Ich erinnere mich daran, wie mein Fuß vor meinen Augen verschwamm. »Und die Umgebung war verzerrt.«

Er seufzt. »Du bist ein guter Ranger, Emerson. Ich mag dich. Du hast mehr Kills als jeder andere Guerillero. Aber wenn du ganz oben mitspielen willst, reicht das nicht.«

»Was soll das heißen?«

»Verstehst du nicht?«, fragt Asylum. »Diese Mission war die Generalprobe. Bei Erfolg hätten die Kills und Punkte die Guerilleros in den High Dawn befördert.«

In die Profiliga. Scheiße. Ich hätte endlich meinen Job an den Nagel hängen und nur von den Einnahmen aus dem Spiel leben können.

»Das tut mir leid, Commander«, stammle ich. »Das wusste ich nicht. Ich mach's wieder gut, ich schwör's. Bei der nächsten Mission halte ich mich genau an alle Befehle. Ich sammle mehr Kills ein als je zuvor. Wir schaffen das.«

»Ja, das werden wir«, sagt er. »Aber ohne dich.«

Ich bin sprachlos.

»Die Guerilleros sind eine gute Truppe, Emerson. Wir können mit den besten Clans mithalten.«

»Das weiß ich.«

»Wir haben einen starken Kader. Jeder Guerillero ist scharf darauf, an den Missionen teilzunehmen.«

»Auch das weiß ich.«

»Und wenn du gegen Befehle verstößt und dich auf einer Nebenmission einfach töten lässt, dann hältst du uns auf.«

»Aber –«

»Kein Aber«, sagt er scharf. »Die Entscheidung ist gefallen. Du fliegst aus dem Alphakader und wirst ab sofort für keine Spezialmissionen mehr berücksichtigt. Meld' dich morgen bei Commander Byron vom Betakader.«

Ich bin wie vom Blitz getroffen.

»Payload wird ebenfalls eine Sperre bekommen«, fügt Asylum hinzu. »Eine Woche lang.«

»Was?«, frage ich. »Warum?«

»Sie hat zugelassen, dass du dich absetzt.«

Das ist alles so unfair. Ich merke, dass Asylum kurz davor steht, sich zu verabschieden. Und mich hier mit den Scherben meiner Gamer-Karriere zurückzulassen.

»Commander, was kann ich tun, um in den Kader zurückzukommen?«

»Vielleicht versuchst du zur Abwechslung, aus deinen Fehlern zu lernen. Dann erkennst du, warum du wirklich verloren hast, und übernimmst die Verantwortung dafür, statt es auf einen Programmfehler zu schieben.«

»Es war ein Glitch!«

»So kommen wir nicht weiter, Emerson.« Er legt auf.

Es ist ein seltsames Gefühl, mir selbst hinterherzusehen, wie ich in den Seitentunnel abbiege. Mein Verstand weiß natürlich, dass ich nur das 3D-Log der letzten Mission abspiele. Und dass ich mich im virtuellen Raum hinter meinem eigenen

Avatar befinde. Aber der düstere Teil von mir, der sich beim Blick von meinem Balkon vorstellt, wie es wäre, wenn man jetzt hinunterspringt, der empfindet bei dem Replay etwas anderes. Als wäre ich gestorben und würde jetzt eine außerkörperliche Erfahrung machen.

Da erklingt das Weinen. Selbst jetzt stellen sich mir die Nackenhaare hoch. Es ist zu perfekt. Wie manche Geräusche in diesem Spiel. Das ist etwas, das einem mit der Zeit auffällt. Ayers Dawn ist ein fantastisches Spiel, aber manchmal übertreiben es die Spieldesigner. Die Schaben sind zu bösartig. Oder ein Weinen zu kläglich.

Dann bin ich in der Brutstätte.

Es ist hochnotpeinlich, mit anzusehen, wie ich mich von den Säuglingen ablenken und von Schaben umzingeln lasse. Hätte ich den Raum vernünftig abgesucht, wäre mir aufgefallen, dass die Schaben hinter den Säulen des Saals an der Decke hingen.

Jetzt kommt der entscheidende Moment. Ich sehe, wie mein Avatar das Kind in der Hand hält und von dem Alphaweibchen konfrontiert wird. Es hebt die Hand und zeigt auf mich. Mit einer Handbewegung pausiere ich das Play-back. Die Welt hält inne, inklusive aller Spielfiguren. Würde in dem Moment irgendwo im Spiel Wasser fließen, würde dieses mitten in der Luft anhalten.

Ich kreise mehrfach um meine Spielfigur und die Schabe herum. Dann stelle ich mich hinter die Schabe. Sie zeigt mit ihrer Klaue gar nicht auf meinen Avatar, sondern auf das Kind. Oder? Ich blicke ihren Arm entlang wie an einem Zielfernrohr.

Was haben wir denn da?

Das Schabenweibchen hält etwas in der Klaue, das ich während der Mission nicht sehen konnte. Es ist sehr klein und glänzt silbrig. Eine Waffe? Aber das ergibt doch keinen Sinn. Das Weibchen hat mich nicht angegriffen.

Oder etwa doch?

Ich setze das Abspiel des Logs fort, mit halber Geschwindigkeit. Dumpf und tief erklingt die Schabensprache. Richtig, die Schabe hatte auf mich eingeredet. Da sehe ich, dass die anderen Schaben, die bisher den Kreis enger um mich gezogen hatten, anhalten. Die Schabe hat gar nicht mit mir gesprochen, sondern mit den anderen.

Da! Jetzt wirft mein Avatar der Schabe das Baby zu. Ein Schachzug, auf den ich immer noch nicht stolz bin. Aus meinem Sichtwinkel erkenne ich, dass die Schabe das silberne Gerät in ihrer Hand drückt.

Meine Spielfigur versucht, ihre Waffe von der Schulter zu nehmen. Doch sie hört auf, sich zu bewegen. Ein Schauer aus Eissplittern gleitet mir über den Rücken, während ich mich an das Gefühl der Hilflosigkeit erinnere, das ich in dem Moment empfunden habe. Jetzt habe ich die Erklärung! Die verfluchte Schabe hat mich mit dieser kleinen Waffe in der Hand außer Gefecht gesetzt.

Aber jetzt bin ich gespannt, was ich sehen werde. Die Schabe ist von meinem Wurf des Babys überrascht. Sie fängt es auf. Dabei, das kann ich deutlich erkennen, lässt sie die Waffe fallen. Doch meine Spielfigur ist immer noch gelähmt. Die Tatsache, dass die Schabe die Waffe hat fallen lassen, hat den Effekt nicht im Geringsten gemindert. Und jetzt kommt der wirklich widerlichste Moment. Die Schabe faucht mich an und dreht dem armen Kind in ihren Armen den Hals um. Ich weiß natürlich, dass das nur eine Simulation ist, ein cleveres Stück Software, das die Illusion einer Realität erzeugt, die es nicht gibt. Ich weiß, dass das alles nicht echt ist. Aber es fühlt sich so echt an. Und meine Gefühle sind real.

Ein weiterer unsichtbarer Schuss der Waffe und meine Spielfigur stürzt zu Boden. Aber Moment mal. Ich pausiere die Aufzeichnung und gehe näher an das Geschehen heran. Die kleine Waffe liegt immer noch am Boden. Weder die Alphaschabe noch eine der anderen hat sie aufgehoben. Ich gehe von Schabe zu Schabe, die fauchend und wild gestikulierend eingefroren um meine Spielfigur herumstehen. Soweit ich das erkennen kann, hält keine von ihnen ein ähnliches Gerät in den Klauen. Seltsam.

Wie dem auch sei. Ich werde Vorpal Dynamics einen Bug melden. Was auch immer diese Waffe ist, sie ist total overpowered. Auf Knopfdruck kann sich der Spieler nicht mehr bewegen? Wirklich? Das bringt doch keinen Spaß. Ich bin mir sicher, dass die Waffe so nicht gedacht war. Wahrscheinlich kam es deswegen zu dem Fehler im Spiel.

Ich hebe die Pause auf. Eine Schabe rückt von rechts heran. Heimtückisch blitzt das Skalpell in ihrer rechten Klaue. Ich hasse diesen Teil. Von außen betrachtet ist diese Szene, wie die Schabe mir den Fuß abtrennt und vor das Gesicht legt, noch makaberer, als ich sie in Erinnerung habe. Da meine Spielfigur kurz vor dem Tod steht, verschwimmt die Umgebung um mich herum. Die Spielaufzeichnungen beruhen auf meiner Wahrnehmung in dem Spiel. Verliere ich das Bewusstsein, wird auch die Aufzeichnung schlechter. Und doch, kurz vor dem totalen Blackout ist da noch etwas gewesen. Ich erinnere mich genau daran. Jetzt wird es in dem gesamten Saal langsam dunkel. Kurz bevor ich gar nichts mehr sehen kann, friere ich die Szene ein. War da wirklich ein Glitch oder habe ich mir das in dem schmerzverzerrten Moment nur eingebildet?

Ich trete an meine Spielfigur heran, wobei ich vermeide, sie zu berühren. Jeder Gamer hat das schon einmal ausprobiert und es ist echt unheimlich. Die Hand geht einfach durch die Spielfigur durch. Der Anblick, wie die Hand im eigenen Körper verschwindet, den braucht man wirklich nur einmal im Leben. Es ist so dunkel, dass ich außer dem dunkelgrünen Kampfanzug meiner Spielfigur kaum etwas erkennen kann. Ich gehe langsam in die Hocke. Und falle vor Schreck zurück auf meinen Allerwertesten. Der Fuß, der einsam auf dem Boden steht, ist nicht mehr meiner. Er sieht gar nicht aus wie ein menschlicher Fuß. Oder ein organischer. Er sieht aus wie der Fuß eines Roboters. Mehr ist nicht aufgezeichnet. Mit einer letzten zittrigen Handbewegung beende ich das Mission Log.

Ich finde mich in der virtuellen Wartehalle von Ayers Dawn wieder. Das Hauptmenü kreist in Form einer schwebenden Konsole um meinen Avatar. Was habe ich gerade gesehen? Mir kommt ein schrecklicher Verdacht. Aber aus den Missionslogs werde ich nicht mehr rausholen können. Ich muss zu dieser Brutstätte zurück.

Mit ein paar schnellen Bewegungen auf der Ringkonsole rufe ich die Spielerprofile auf. Commander Byron ist online, aber nicht ingame. Ich rufe ihn an. Commander Byrons Gesicht erscheint in einem schwebenden Fenster. Er ist mindestens doppelt so alt wie Asylum. Sein Gesichtsausdruck erweckt stark den Eindruck, dass ich ihn gestört habe.

»Guten Morgen, Sir! Ich melde mich für eine Trainingsmission.«

»Cleaner«, knarrt Byrons wenig jugendliche Stimme. »Asylum hat mir schon angekündigt, dass du ein Ehrgeizling bist. Wir haben für heute und morgen keine Trainingsmissionen geplant.«

»Aber Sir. Asylum hat mich gebeten, aus meinen Fehlern zu lernen. Ich glaube, dass ich beim Überfall auf die Basis ein paar taktische Feinheiten hätte besser machen können, und würde gerne ein neues Herangehen probieren.«

Der zweite Commander denkt nach. Was hat ihm Asylum über mich erzählt? Dass ich unberechenbar bin? Er überlegt so lange, dass ich anfange, über alternative Pläne nachzudenken. Was, wenn ich bei Payload vorbeiginge? Ich könnte mich entschuldigen und versuchen, von ihrem Account aus einzuloggen. Nein, darauf würde sie sich nie einlassen.

»In Ordnung, Cleaner.«

Ich bin so in Gedanken vertieft, dass ich die leise Stimme des Commanders fast überhört hätte. »Sir?«

»Wenn du in deiner Freizeit in das Spiel willst, dann tu, was du nicht lassen kannst.«

»Danke, Sir.«

»Zeit und Punkte werden dir für den Clan nicht angerechnet.«

»Ich weiß, Sir.«

Er macht eine wischende Handbewegung am Rande meines Sichtfelds und ein Missionstoken erscheint in meinem Sichtfeld. Nur mit diesen Tokens, die wie Tickets für das Landungsshuttle sind, kann ich in ein neues Spiel einsteigen. Dass ein Spieler alleine ein Shuttle nimmt, ist eigentlich nicht vorgesehen. Vorpal Dynamics sieht es als Ressourcenverschwendung an, ein Spiel nur für einen Spieler zu eröffnen. Nur die Commander großer Clans können hier Ausnahmen machen.

Als meine Spielfigur im Shuttle sitzt, denke ich über das zweite Problem nach. Theoretisch kann man dieselbe Mission nie zweimal spielen. Jedes Level wird anhand bestimmter Algorithmen neu erzeugt. *Prozedural generiert* nennt das Vorpal. Aber Veteranen wissen, dass das Bullshit ist. Missionen und Gebäude wiederholen sich, solange es der übergreifenden Storyline nicht widerspricht. Ich habe mir die Koordinaten der letzten Mission gemerkt und gebe sie jetzt dem virtuellen Piloten des Dropships. Er schüttelt den Kopf. Blöde KI. Das Spiel weiß natürlich, dass ich vor Kurzem dort gewesen bin. Na gut, ich gebe Koordinaten ein, die ein anderes Ziel beschreiben. Der Pilot bestätigt.

Sobald wir nur noch fünfhundert Meter vom Boden entfernt sind, springe ich aus dem Shuttle. Ich kann auch nicht sagen, warum ich es so eilig habe. Irgendwie habe ich das Gefühl, ich stünde vor einer elementaren Erkenntnis. Die Düsen an meinem Rücken verlangsamen den Fall, aber dieses Mal lasse ich mich nicht so weich fallen wie auf der letzten Mission. Ich lande wesentlich schneller, federe den Fall mit einer Rolle ab und laufe los. Auf meinem HUD rufe ich eine Karte der Region auf und diktiere die Koordinaten in mein Navi. Nicht gerade fußläufig. Bei bestehender Geschwindigkeit berechnet der Computer eine Ankunft in zwei Stunden. Er will das Shuttle zurückholen, aber ich breche die Anforderung ab und mache mich auf die Socken.

Diesen Trick habe ich zufällig herausgefunden. Eigentlich verhindert das Spiel, dass man sich ein Ziel aussucht und von dort zu einem anderen Ziel durchschlägt. Wie sich herausgestellt hat, gilt diese Regel nicht, wenn die Ziele mehr als eine Stunde Fußmarsch trennt. Das zeigt mal wieder, dass Ayers Dawn von Programmierern der Amerikanischen Allianz entwickelt wurde, die nicht einmal im Traum mehr als fünf Minuten per pedes zurücklegen würden. Im Gegensatz zu anderen VR-Spielen, in denen man Reittiere fangen und nutzen kann, gibt es in Ayers Dawn kaum logistische Unterstützung. Man sammelt sich auf einem Großkampfschiff im Orbit, besteigt in kleinen Trupps ein Dropship und lässt sich in der Nähe von Missionszielen absetzen. Weite Strecken auf dem Planeten zurücklegen kann man trotzdem.

Nach zwei Stunden ununterbrochenen Joggens bin ich endlich am Ziel. Obwohl ich mich im echten Leben nicht bewege, während ich von dem VR-Anzug festgehalten werde, kontrahieren und entspannen meine Muskeln trotzdem im Real Life. Im Spiel bin ich natürlich kein bisschen müde. Ganz im Gegenteil, als ich die Schabenbasis vor mir sehe, schlägt mein Herz höher. Sie sieht genauso aus wie bei meiner letzten Mission. Von wegen, prozedural generiert.

Die Anzahl der Wachen, die ich vor der Basis erkennen kann, hat sich verdoppelt. Und ich bin ohne Team unterwegs. Doch ich habe gar nicht vor, mich mit vier schwer bewaffneten Schaben anzulegen. Ich ziehe mich von der Anhöhe zurück, auf der ich liege, und mache einen großen Bogen um die Basis. Zwanzig Minuten später stehe ich vor einer Felswand, hinter der die Rückwand der Schabenfestung liegt. Aus meinem Rucksack hole ich einen Gegenstand, den ich extra für diese Mission eingepackt habe. Es ist ein seltsam wirkender Sprengsatz, der an seiner Unterseite Spitzen hat. Ein Geschenk von Payload zu meinem zweihundertsten Kill. Ich befestige die Ladung an der Felswand und gehe in Deckung. Ein Druck auf meine Armkonsole und eine Explosion erschüttert die Felswand. Als sich der Staub legt, sehe ich eine kreisrunde Öffnung, die sich viele Meter tief in den Hügel zieht. Einfach genial, wie Payload es geschafft hat, die Sprengkraft in eine bestimmte Richtung zu dirigieren. Eine disharmonische Sirene heult auf, der Eindringlingsalarm der Schaben. Mein Herz rast. Nicht, weil ich befürchte, dass die Schaben mich entdeckt haben. Dass ich den Alarm höre, heißt, dass ich mit einer einzigen Explosion einen Durchbruch in den hinteren Teil der Basis geschaffen habe. Der Weg ist frei. Mit schnellen Schritten laufe ich hinein.

Ich stoße auf zwei Schaben, die ich erschieße, und kämpfe mich weiter vor. Mich umblickend finde ich mich in einem kleinen Seitengang wieder, der sich leicht abwärts neigt. Genau, wie ich gehofft hatte. Natürlich habe ich von dieser Basis keine Karte in meinem Visier. Schließlich denkt die Konsole, dass ich mich auf einer ganz anderen Mission befinde. Aber ich habe einen groben Überblick über den Aufbau der Basis aus der letzten Mission. Eben weil ich mich nicht nur auf mein Equipment verlasse, bin ich ein guter Ranger.

Es ist stockduster, deswegen aktiviere ich meine Nachtsicht und laufe durch eine Reihe von Gängen. Zweimal lande ich in einer Sackgasse, aber ich gehe nie dem Feind in die Falle. Schließlich stoße ich auf einen überdimensional großen Tunnel, der von diffus leuchtenden Lampen an der Decke ein wenig erhellt wird. Der Tunnel zum Arsenal. Erleichtert stelle ich mein Nachtsichtgerät aus. In dem Moment springt eine Schabe aus dem gegenüberliegenden Seitengang und wirft mich zu Boden. Mein Gewehr schlittert außer Reichweite.

Verflucht! Der Außerirdische ist ganz schön schwer. Ich kann mich unter ihm nicht hervorwinden. Aus dem Augenwinkel sehe ich, dass er unter seiner Hand eine Art Stachel ausfährt. Was zum Henker ist das denn? Er stößt mir den Stachel Richtung Gesicht. Nicht schon wieder! Ich kann den Kopf gerade rechtzeitig zur Seite drehen. Der Stachel kratzt an meinem Helm entlang. Da halte ich der Schabe meine Hand vor die Facettenaugen und drücke einen Knopf. Zischend weicht die Schabe zurück, geblendet von dem Scheinwerfer an meinem Handgelenk. Ich hebe meine Waffe vom Boden auf und schieße dem Außerirdischen den Kopf ab.

Kurz durchatmen. Schneller Check. Scheinbar bin ich unverletzt. Dann setze ich meinen Lauf fort, in die Richtung des Tunnels, der langsam abwärtsführt. In den Bauch dieser unmenschlichen Hölle.

Als ich die Brutstätte betrete, sind sämtliche Schabeneier verschwunden. Aber die Krippen sind noch da. Und in ihnen jeweils ein Menschenbaby. Es sind jetzt wieder fünf. Mir ist natürlich klar, dass dieses Level generiert ist, aber warum gerade diese Änderungen? Der Saal sieht ansonsten genau gleich aus. Die Kinderbetten. Sogar die Kinder. Ein Schauer läuft mir über den Rücken, als ich den Jungen erkenne, dessen Genick die Schabe letztes Mal gebrochen hat. Dieses Mal prüfe ich sämtliche Ecken und Verstecke des Raumes, inklusive der Decke. Dann greife ich in mein Pack und baue am einzigen Eingang zwei Tretminen auf, die durch Stolperdrähte ausgelöst werden. Davon überzeugt, dass ich alles dafür getan habe, um nicht unnötig überrascht zu werden, wende ich mich wieder den Kindern zu.

Ich gehe zu dem Jungen, den ich aus der letzten Mission kenne. Er schläft friedlich und scheint wieder ganz proper und fröhlich zu sein. Ich hebe ihn vorsichtig aus dem Bettchen und muss dabei wieder an die Szene von der letzten Mission denken. Wie ich, kurz bevor mir schwarz vor Augen wurde, meinen eigenen abgetrennten Fuß vor Augen hatte. Und wie der Fuß sich verwandelt hat in etwas, das an einen Roboter gehört.

Ich sehe an mir hinab auf meine Füße, die in den gepanzerten Stiefeln meines Kampfanzugs stecken. Ich habe eine seltsame Ahnung, dass die Welt verkehrt herum ist und ich sie zum ersten Mal richtig sehe. Und das, was ich sehe, unterscheidet sich ganz wesentlich von dem, was ich vermute. Das alles hier ist eine Simulation. Eine täuschend echte, in der wir unsere Zeit verbringen, um uns und andere Menschen von den Furchtbarkeiten der Real World abzulenken. Aber was, wenn das hier keine hundertprozentige Simulation ist? Was, wenn das, was ich sehe, augmentiert ist, wie mein Head-up-Display? Was, wenn ich wirklich hier bin, aber das, was ich sehe, mir vorgegaukelt wird? Oder vielmehr, nicht ich bin hier, sondern ein Kampfdroide, den ich steuere und für mich halte.

Wie ein Puzzle, dessen Teile in der Luft schweben und sich jetzt eines nach dem anderen zu einem Bild niederlassen, arbeiten sich meine Gedanken vor. Hoffentlich auf dem Weg zu einer bahnbrechenden Erkenntnis, aber zunächst durch Korridore und Gassen wilder Spekulation.

Von Menschen gesteuerte Droiden gehören auf der Erde zum Alltag. Es sind vage menschenförmige Ungetüme, die bei schweren Arbeiten zum Einsatz kommen. Einen Acker umpflügen, eine Straße aufreißen, schwere Güter verladen. Manche haben Piloten in ihrem Inneren, die meisten kommen ohne aus. Sie werden von menschlichen Bedienern mit gelangweitem Geschick von außen gelenkt. Mittels einer Steuerung, die unseren VR-Anzügen nicht unähnlich ist.

Was, wenn die Erde nicht so hilflos gegenüber den Schaben ist, wie sie vorgibt? Obwohl Big Cat zerstört wurde, wäre es sicher möglich, Drohnenschiffe voll Kampfdroiden durch Minicat zu schicken und auf Aera Nova zu landen. Einer KI traut das Militär offenbar nicht zu, seine Kämpfe auszufechten. Und scheinbar ist nicht jeder Soldat auch gleichzeitig ein guter Droidenlenker. Aber menschliche Profi-Gamer sind darauf spezialisiert, heikle Missionen mit minimalen Verlusten ideenreich zu absolvieren. Welcher Gamer will auf dem Weg nach oben schließlich Punkte oder Kills liegen lassen? Und da sich Wunden per Force Feedback auf unsere Körper im Real Life übertragen, versuchen wir nach Kräften ingame Verletzungen oder Tod zu vermeiden.

Diese Schweine der irdischen Streitkräfte haben uns Gamer als kostenlose Kräfte rekrutiert, um für sie ihren Krieg zu führen! Und Vorpal Dynamics steckt mit ihnen unter einer Decke. Wenn ich recht habe, ist das eine Verschwörung von kolossalem Ausmaß!

Ich schüttle den Kopf. Noch ist das reine Theorie. Ich brauche Beweise. Und die finde ich hoffentlich hier. Ich löse von meiner Armkonsole ein kleines Teil ab: eine Kamera an einem Schwanenhals. Ich ziehe den Hals ganz aus meinem Arm, biege ihn zu einem runden Stativ zusammen. Dann stelle ich die Kamera auf dem Boden ab. Das Baby lege ich davor und lasse das aufgenommene Bild in mein HUD einblenden. Dann baue ich einen Livefeed zu meiner Heimkonsole auf. Ab jetzt wird alles in High Resolution aufgezeichnet. Perfekt. Nun kommt der Teil, der mir nicht gefallen wird.

Ich beuge mich vor und drehe dem Kind den Hals um. Alles geht so schnell, dass das Baby nicht einmal aufwacht. Wie beim letzten Mal geben meine Beine nach und ich falle zu Boden. Dieses Mal lande ich auf dem Rücken. Es ist ein Scheißgefühl, sich nicht bewegen zu können. Immer habe ich den Videofeed der Kamera in meinem Display. Der Raum um mich herum beginnt zu verschwimmen. Ein Blick auf das Baby enthüllt, dass es sich auch verändert. Ich wusste es! Von wegen Baby. Das ist das letzte Puzzlestück!

Mit einem Mal wird das Bild klar und ich sehe endlich die Wahrheit. Das Baby ist gar keines, stattdessen liegt dort ein konkaver Zylinder aus blauem Metall. Über dessen Länge sind Noppen von der Größe von Tischtennisbällen verteilt. Einige davon leuchten. Es ist ein Störsender. Wahrscheinlich von den Schaben entwickelt, um unsere Steuerung der Kampfdroiden zu stören. Deswegen kann ich mich nicht mehr bewegen. Dass auch die uns vorgegaukelte Welt von dem Störsender durchbrochen wird, haben die Schaben wohl nicht beabsichtigt.

Die Umgebung beginnt zu flimmern. Da höre ich Schritte. Sehen kann ich nichts, aber der folgenden Explosion nach zu urteilen, ist jemand in meine Tretmine gelaufen. Im Videofeed sehe ich etwas durch die Luft fliegen und knapp vor dem Störsender landen. Ein Schabenarm.

Die Pixelfehler in der Umgebung nehmen zu. Wilde Farben wechseln derart rapide vor mir, dass ich langsam Kopfschmerzen bekomme. Als sich der Glitch gelegt hat, merke ich, dass die Brutstätte sich verändert hat. Die seltsamen Winkel und Rundungen des Raums haben sich in rechte Winkel gewandelt. Und das Material sieht viel bekannter aus. Mein Blick fällt wieder auf den Arm hinter dem Störsender.

Nein. Das kann nicht sein.

Das darf nicht sein.

Doch es ist zweifellos ein Menschenarm. Am Ringfinger ist sogar ein Ehering zu erkennen.

»Mein Gott!«, höre ich eine Frauenstimme aufschreien.

Erneut ertönen Schritte und dieses Mal läuft etwas an meinem Sichtfeld vorbei. In meinem HUD sehe ich einen Menschen in einem weißen Kittel. Eine Frau. Sie beugt sich über etwas außerhalb meines Sichtfelds. Ich schätze, über die Leiche, zu der dieser Arm gehört. Mir wird kurz schwindelig, während die Frau meine Kamera aufhebt und das Bild in meinem HUD wackelt. Sie beugt sich über mich und fuchtelt mit dem Gerät vor meinem Gesicht herum.

»Was seid ihr nur für kranke Viecher? Ihr filmt unsere Leichen. Wofür? Als Trophäen?«

Nein, will ich rufen. Das ist alles falsch, vollkommen falsch. Aber unsere Kampfanzüge sind nicht für verbale Kommunikation gedacht. Nur Funkkontakt untereinander ist möglich.

»Aber hiermit habt ihr nicht gerechnet, oder?« Sie zeigt auf den Störsender. »Das hier ist unser Planet. Und jeden von euch, der hierher einen Fuß setzt, werden wir töten. Hast du das verstanden, du verfluchte Schabe?«

Ich bin ganz baff, bis ich sehe, was sie sieht. Meine Kamera, mit der die Frau anklagend auf mich zeigt, filmt immer noch. Mein Herz setzt einen Schlag aus. Was ich sehe, ist eine Schabe. Eine Maschinenversion der außerirdischen Feinde, die ich so lange und so häufig im Spiel gejagt und getötet habe.

Doch ich selber bin die Schabe. Und meine Feinde, die ich so zahlreich getötet habe, waren Menschen.

Das Spiel ist aus. Mit einem letzten Griff an den Störsender trennt die Frau die Verbindung zwischen mir und dem Kampfdroiden. Dem Kampfdroiden, der wie eine Schabe aussieht. Ein Schmerz zuckt durch meinen gesamten Körper, dann wird es schwarz. GAME OVER erscheint mir vor den Augen. Schon zum zweiten Mal heute.

Ich atme tief durch. Distanziert stelle ich fest, dass ich unter Schock stehen muss. In meinem Kopf gehe ich meine Statistiken in Ayers Dawn durch. Wie viele Kills habe ich? Zweihundertfünfzig? Zweihundertsechzig? Und jeder einzelne davon war ein Kolonist, ein Menschenleben. Was habe ich getan? Nun, da ich es weiß, muss ich damit an die Öffentlichkeit!

Ich fasse mir an den Nacken, um die Connectorschnalle zu lösen. Aber es tut sich nichts. Ich ziehe die Augenbrauen zusammen und probiere es erneut. Im Real Life bewegt sich nichts. Der VR-Anzug ist nicht zu erweichen.

Das darf doch nicht wahr sein!

Ich versuche es ein weiteres Mal und schüttle mich dabei auch noch hin und her. Zumindest sind das die Befehle, die ich meinen Muskeln gebe. Aber der Anzug hält mich fest wie ein Schraubstock.

Scheiße.

Das Notkommando.

»Konsole. Notfallrelease!«, sage ich. Durch den VR-Helm, der meine obere Kopfpartie umschließt, höre ich dumpf meine eigene Stimme. Zur Antwort erklingt ein kurzer Doppelton, der einen Fehler im Spiel signalisiert. Und ich kann mich immer noch nicht bewegen.

»Konsole. Notfallrelease!«, sage ich, laut und deutlich. Der Fehlerton erklingt erneut. Ich bleibe gefangen.

»Lass mich los, du Scheißapparat!« Selbst durch den Helm klingt meine Stimme panisch. Wie ein Tier, das in der Falle steckt. Dieses Mal bestätigt die Konsole meinen Befehl noch nicht einmal. Ich versuche, nicht an die Gerüchte von Gamern zu denken, die in ihren steifen Anzügen elendig verreckt sind.

»Hilfe!«, rufe ich. »Hilf mir doch jemand! Hilfe!«

Ich wiederhole den Ruf, bis ich heiser werde, aber es kommt niemand. Wie auch? Der Schallschutz funktioniert einwandfrei. Um die Nachbarn zu schützen, aber eigentlich, um mich vor den Nachbarn zu schützen.

Ganz ruhig, Emerson.

Ich mache ingame eine Wischbewegung, um in das Hauptmenü zu wechseln. Ich werde einfach einen anderen Spieler anfunken und um Hilfe bitten. Das wird zwar etwas peinlich, zumal dann mein Realname und meine Adresse wie ein Lauffeuer im Spiel verteilt würden. Aber das scheint alles überhaupt nicht mehr wichtig. Doch auch meine Bedienbewegungen tun nichts. Das Hauptmenü erscheint nicht. Ich sehe nur die Wörter GAME OVER, die sich langsam in meine Netzhaut brennen.

Duett komplett

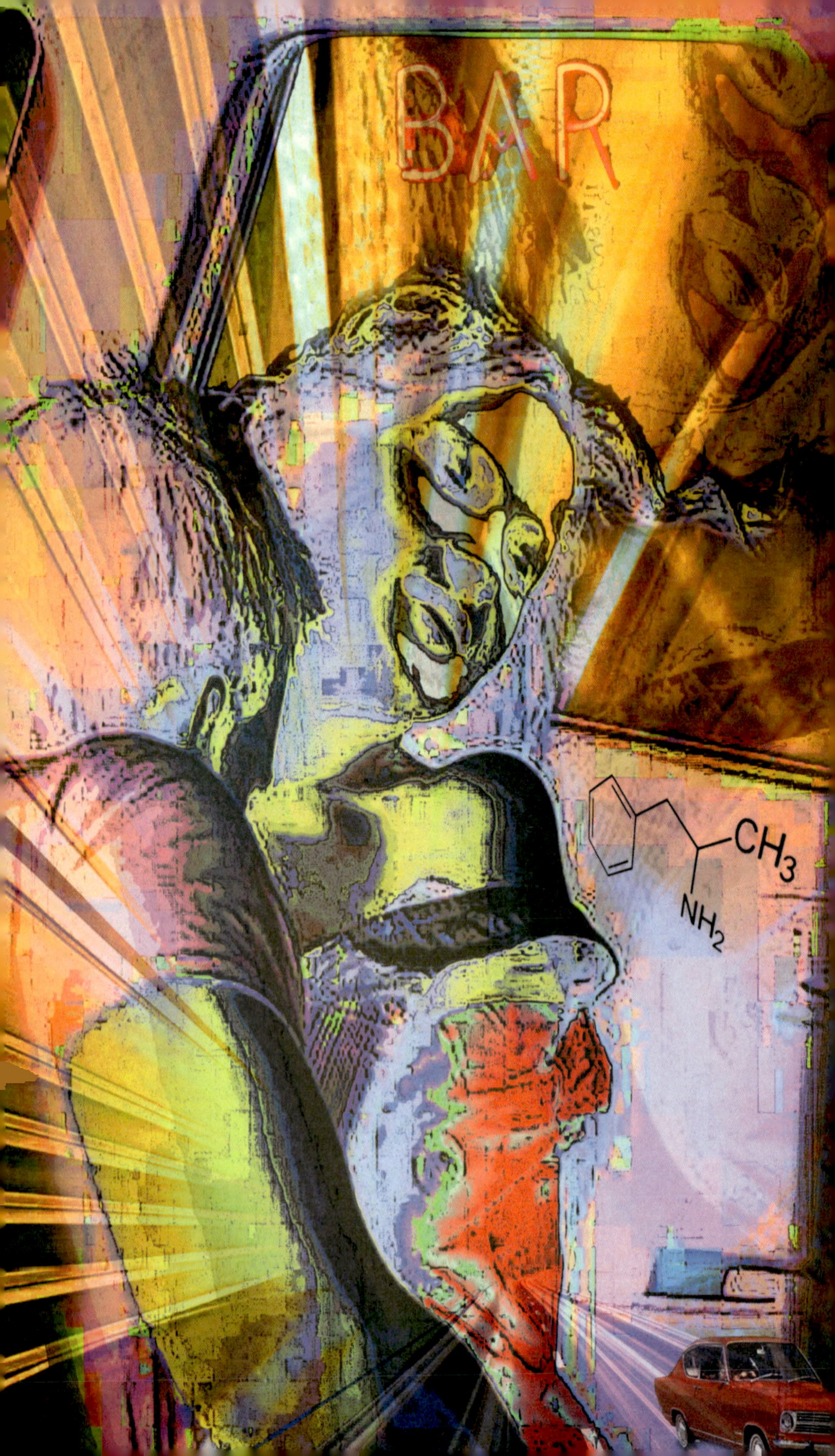
BAR
CH_3
NH_2

Gard Spirlin
Der rote Kadett

Kevin stolperte aus dem Klub. Genauer gesagt versuchte er taumelnd den Schubser abzufangen, mit dem ihn der Türsteher freundlich lächelnd, aber dennoch unsanft aus dem Lokal befördert hatte. Aufgrund der veritablen Höhe seines Alkoholspiegels gelang ihm dieses körperlich anspruchsvolle Manöver jedoch nur unzureichend. Scheißkanake, dachte er. Na warte, wenn ich dich mit meinen Kumpels mal in einer dunklen Gasse erwische! Dann werde ich dir zeigen, wie ein deutscher Stiefel schmeckt! Er fing sich endlich am desolaten Verputz des Nachbarhauses und richtete sich wieder auf. Halbwegs zumindest. In seinem Kopf drehte sich alles und er bemühte sich redlich, seine nähere Zukunft ohne Erbrechen zu durchleben. Schließlich stabilisierte sich die urbane Landschaft rund um ihn wieder und er versuchte, sich zu orientieren. Alles klar, er war aus seiner Stammkneipe gekommen, wo sie ihn mit dem Hinweis, dass sein Kreditrahmen jetzt aufgebraucht sei, schon vor zwei Stunden hinausgeworfen hatten. Dann hatte er ein paar junge Schnösel mit dem Versprechen, dass er im Klub haufenweise heiße Tussis kenne, dazu gebracht, ihn mit hineinzunehmen und ihm nebst dem Eintritt auch noch drei Shots zu spendieren. Letztendlich hatten sie seine Prahlerei aber durchschaut und ihn rauswerfen lassen. Shit happens. Na gut, dann eben in die andere Richtung, da kannte er noch eine Kneipe, wo vielleicht ein paar seiner Bros noch zusammen ihr Hartz-IV-Geld versoffen und gegen Asylanten und andere Assis meckerten. Doch halt! Was war denn das? Gegenüber stand eine blonde Bitch an ein rotes Auto gelehnt und sah durchaus interessiert zu ihm herüber. Kein Wunder, bei seiner megageilen Erscheinung! Er fuhr sich durch den gegelten Haarschopf, richtete sich zu seinen vollen einen Meter fünfundsechzig auf und hielt auf die heiße Tussi zu, wobei er versuchte, einen möglichst geraden Kurs zu halten. Und heiß war die, bei Kalles 3er BMW! Kurzer enger Lederrock, daraus ragten schlanke Beine in Netzstrümpfen so lange hinunter, dass sie sogar bis zum Boden reichten, wo sie in glänzenden Lackstilettos endeten. Von der Wespentaille aufwärts schaute es auch nicht schlechter aus, im Gegenteil: Atombusen war noch ein viel zu milder Ausdruck für diese Prachttitten! Doch was war das? Im Näherkommen fiel ihm jetzt ihre Frisur auf. Was ging denn mit der ab? Eine Dauerwelle wie aus den Achtzigern! Auch das Make-up schien sie aus »Dirty Dancing« abgeguckt zu haben, dem Lieblingsfilm seiner versoffenen Mutter, bei der er mangels eigener Bude immer noch wohnen musste. Na ja, vielleicht war sie ja bei so einem Eighties-Fanklub, so etwas soll es ja angeblich auch geben! Andererseits: Auch wenn die Alte einen Knall haben sollte, bei diesen himmelblauen Augen und den vollen, kirschrot geschminkten Lippen konnte man ihr das wohl ausnahmsweise nachsehen. Er war jetzt schon fast bei ihr angelangt und konnte daher auch einen genaueren Blick auf das Auto werfen, das genau den gleichen Farbton wie ihre Lippen zu haben schien. Das Ding blitzte und glänzte wie neu, war allerdings ein uraltes Modell von Opel, ebenfalls aus den Achtzigern. Aber perfekt restauriert und voll fett gepimpt: Sportalufelgen, Niederquerschnittsreifen, tiefer gelegt, Zusatzscheinwerfer, Heckspoiler, verchromter Lufteinlass, der durch die Motorhaube ragte. Mann, was für eine Karre!

»Ey, was geht ab, Bitch? Bist wohl voll auf Eighties?«, lallte er und warf sich vor der Schnitte in Positur.

»Hey, Süßer, ich bin sicher auf viel gut drauf, aber ›Eighties‹ habe ich mir noch nie reingezogen, was is'n das für'n Stoff?«, antwortete die Schöne mit rauchig-geiler Stimme und klimperte mit den langen Wimpern.

Alter Schwede, die hat echt einen an der Waffel, dachte Kevin und sah seine Chancen auf eine schnelle Nummer um dreihundert Prozent steigen.

Laut sagte er: »Läuft bei dir! Wie sieht's aus, machen wir eine kleine Spritztour mit deinem Schlitten? Vielleicht fällt ja dann ein kleiner Spritzer für dich ab, was? Hahaha!!!«

Kevin lachte sich einen über seinen eigenen Witz ab und die fremde Tussi lachte sogar mit. Das war ihm schon lange nicht mehr passiert, dass eine seine matten Scherze lustig fand. Das durch seinen Kreislauf schießende Adrenalin schaffte es sogar, ihn ein wenig nüchterner zu machen.

»Klaro, drehen wir eine Runde um den Block und ziehen uns ein bisschen Speed rein, roger?«

Das lief ja noch viel besser als erwartet, auch wenn die Alte sogar die gleichen Sprüche wie seine Mutter klopfte. Die nahm ihren Achtziger-Fimmel wirklich ernst. Na, ihm sollte es recht sein! Bevor sie es sich noch womöglich anders überlegen konnte, ging er zur Beifahrerseite, öffnete die Türe und warf sich auf den Schalensitz, der ihm wie angegossen zu passen schien. Zu seiner Überraschung klickte es kurz danach und ein Gurt zog sich vollautomatisch über seiner Brust zusammen. Die Karre war trotz ihres Alters mit den neuesten Gimmicks ausgestattet!

»Ist dir das zu eng, mein Süßer?«, fragte die scharfe Blondine, als sie sich elegant auf den Fahrersitz gleiten ließ und der hochrutschende Rock den Saum ihrer Strümpfe enthüllte.

»Wenn's irgendwo zu eng wird, dann in meiner Hose! Willst nicht ein bisschen mit meinem Schalthebel spielen?«, wagte Kevin einen kühnen Vorstoß.

»Iss'n Automatik, mein Schatz, der fährt fast von selbst, siehst du?«

Tatsächlich nahm er jetzt ein sonores Brummen wahr, er hatte offenbar nicht bemerkt, dass die Tussi ihren Wagen angelassen hatte. Kein Wunder bei dieser Ablenkung!

»Was ist, ziehen wir uns eine Linie rein?«, fragte ihn die Prachtschnitte jetzt.

»Na logo!«, imitierte Kevin als Antwort den Jargon seiner Mutter, woraufhin sich das Handschuhfach wie von selbst öffnete und eine spiegelnde Lade herausfuhr, auf der bereits zwei üppig bemessene Spuren eines weißen Pulvers fertig angerichtet waren. In einer Halterung klemmten zwei silberne Röhrchen, welche die Blondine jetzt herausnahm. Dass sie sich dabei zu ihm herüberlehnte und sich mit dem Ellenbogen genau zwischen seinen Beinen abstützte, ließ ihn scharf die Luft einziehen und seine Fantasie Purzelbäume schlagen. Sie blieb sogar gleich so liegen und zog sich eine der Linien in einem Zug hinein. Dann rollte sie sich auf den Rücken, wobei ihr Hinterkopf wie zufällig genau auf seinem Schoß zu liegen kam.

»Jetzt du!«, bestimmte sie anzüglich lächelnd und hielt ihm das zweite Röhrchen entgegen.

Na, die konnte es aber! Kevin war angemessen von der Zielstrebigkeit seiner neuen Bekanntschaft beeindruckt und ließ sich nicht lange bitten. Er steckte sich ein Ende des Röhrchens in die Nase und hielt das andere an den Beginn der zweiten Spur. Amphetamin war zwar normal nicht sein Ding, aber er wollte sich jetzt natürlich keine Blöße geben und sniffte auch seine Portion in einem Zug auf.

In seinem Kopf platzte lautlos ein Ballon voll Feuerwerksraketen. Lichter in Farben, die gar nicht existieren dürften, flammten durch seinen Geist und vergingen Funken sprühend, nur um noch unmöglicheren Leuchterscheinungen Platz zu machen. Die vermeintliche Stille entpuppte sich in Wahrheit als Overload seiner Gehörnerven und löste sich in eine Kakofonie von allen je von ihm wahrgenommenen Geräuschen, Gesprächen und Musikstücken auf, die alle simultan auf ihn einprasselten. Mit Erstaunen konnte er dennoch sowohl den gerade eben im Klub gehörten Remix heraushören – aber auch den Kirchenchor, zu dem ihn seine Oma als Kind geschleppt hatte! Gleichzeitig konnte er jede einzelne Nervenbahn in seinem Körper spüren, seine Sensorik schien weit aus ihm herauszuragen, aus dem Auto heraus und im weiten Umkreis rund um das Fahrzeug reichte seine Wahrnehmung. Er nahm den Geruch von frisch Erbrochenen in einer Nebengasse genau so wahr wie das Streitgespräch eines bekifften Pärchens vor dem Klub. Einer Ratte im Rinnstein konnte er beim Anknabbern eines weggeworfenen Burgers zuhören und er vermeinte sogar, die Barbecuesoße darin schmecken zu können. Aber im Zentrum seiner Wahrnehmung war SIE. Wie ein rotes pulsierendes Juwel nahm er ihre Gegenwart wahr und alle anderen Sinneseindrücke verblassten gegen die Intensität ihrer Präsenz. Das war definitiv kein Speed gewesen, das er sich da eben reingezogen hatte! Erstaunt nahm er zur Kenntnis, dass sich das Fahrzeug in Bewegung gesetzt hatte, obwohl er den Druck ihres Kopfes noch immer überaus angenehm an seiner Körpermitte spürte.

»Wie fährst du denn?«, wollte er sagen, aber aus seinem Mund kamen nur bunte blubbernde Blasen, die sich in wirbelnde Girlanden aus Lakritz verwandelten und zurück in seine Ohren strömten.

ICH SAGTE DIR DOCH, ES IST EIN AUTOMATIK, erklangen die straff gespannten Lakritzsaiten in seinem Kopf.

Ey, geil, wie machst du das?, zupfte er selbst versuchsweise eine Melodie.

ICH KANN NOCH VIEL MEHR, SOLL ICH ES DIR ZEIGEN?

Ja, das wäre wirklich nett, klimperte der kleine Junge an der Seite seiner Oma in der Kirche.

GUCK MAL!

Die Straße sackte unter dem roten Kadett weg und mit ihr versank die ganze Stadt immer schneller in der Dunkelheit der Nacht. Am Horizont konnte er schon die Lichter der nächsten Großstadt ausmachen, doch auch diese wurden rasch kleiner und kleiner, während ihr Fahrzeug an Innenraum zuzulegen schien. Der Sitz unter ihm vergrößerte sich auf eine Liegefläche von den Ausmaßen einer Flitterwochen-Spielwiese und die Armaturen verwandelten sich in üppig-barocke Dekorationen, um die bunt schillernde Eidechsenvögel wie Kolibris schwirrten. Was blieb, war der Kopf der Blondine in seinem Schoß, nur dass er jetzt auf ihren Hinterkopf blickte, als er nach unten sah. Dass er ganz nebenbei inzwischen seine Hose eingebüßt hatte, wunderte ihn nur mehr am Rande. Zumal sich seine Wahrnehmung gerade auf knappe zwölf Zentimeter seines eigenen Körpers konzentrierte, denen sich die Lippen des Superweibes jetzt intensiv widmeten. Unter ihrer Liegefläche, die immer transparenter zu werden schien, zog gerade die gezackte Linie des Terminators vorbei und die aufgehende Sonne gleißte auf vergletscherten Bergspitzen.

IST DEINE WELT NICHT WUNDERSCHÖN?

Ja, ja, jaaaaaa!, jubelte ein anderer Kevin in ihm, den er noch vage wiedererkannte, wenn er auch unter dem Frust-Kevin fast vollständig vergraben gewesen war.

Sie löste sich von ihm und ihr Gesicht näherte sich dem seinen, wurde größer und größer, und dann noch viel größer, füllte sein gesamtes Sichtfeld aus, ihre Haare wechselten ständig Farbe und Form, blond, braun, rot, schwarz, bis er in ihr jede Frau, die er je gesehen hatte, wiederzuerkennen glaubte. Tief blickte er in ihre blauen, grünen, braunen, tiefschwarzen Augen.

Und dann küsste sie ihn. Drang in ihn ein. Füllte ihn aus. Erfüllte ihn mit Liebe, unendlicher Liebe, soviel, dass der kleine Junge in der Kirche weinen musste. Aber es waren Freudentränen, die ihm hell und heiß über die Wangen liefen, als der rote Kadett am Mond vorbei zu den Sternen zog.

Francis Bergen
Duett Komplett

»Das alles fing an, als ich nach einem echt miesen Arbeitstag in meine Lieblingsbar bin«, erzählte der Mann seinen drei Zuhörern. »Warum der Tag echt mies war? Nun, eigentlich sind alle Tage in der Fabrik irgendwie mies, aber an diesem Mittwoch ist einfach nichts passiert. Neun Stunden hab' ich in meinem Büro den Stuhl mit meinem Arsch poliert, auf ein halbes Dutzend Monitore gestarrt und die Zeit verging etwa so schnell wie bei 'ner Wurzelbehandlung.

Jedenfalls kam ich irgendwann gegen sieben in den Fährmann und setzte mich auf meinen Stammplatz an der Theke. ›Johnny …‹, hab ich zum Barmann gesagt, ›Johnny, mach mir 'nen doppelten Glenmorangie.‹

›Was ist heute wieder, Tim? Du weißt genau, dass ich keinen Scotch habe.‹ Dabei putzte er ein Glas und stellte es vor mir ab. Dann griff er zu einer Flasche ohne Etikett und goss mir von einer gelblichen, stechend riechenden Flüssigkeit ein.

›Es ist doch so was Ähnliches, oder, Johnny? Hey, warum kaufst du dir nicht endlich einen Automaten zum Gläserpolieren und Schnapsausschenken?‹ Dazu schenkte ich ihm mein schnittigstes Lächeln. Wir mochten uns.

›Geh' mir nicht auf den Sack und trink deinen Whiskey.‹ Dann ließ er mich alleine sitzen.

Die Bar war ziemlich leer, wie jeden Mittwoch. Herb, der Elektriker, hockte in der Ecke an seinem Stammplatz und ich prostete ihm stumm zu. Er erwiderte den Gruß nur mit einem Nicken. Drei Plätze neben mir am Tresen saß Gerome, ein pensionierter Bauarbeiter. Hab' mich nie mit ihm verstanden.

Ich saß also in der Bar und nippte an dem Drink, als plötzlich diese Perle durch die Türe spazierte. Im Nachhinein betrachtet war sie zunächst nicht einmal besonders hübsch. Ihre stachligen blauen Haare sprangen einen sofort an, wogegen ihr Gesicht zwar jung und freundlich wirkte, doch irgendwie belanglos und langweilig erschien. Wegen ihrer Augen oder ihrem Mund hätte ich ihr nicht nachgeschaut. Nein, der Clou, das war ihr Hintern. Nicht einfach nur die Form, die sich in der engen Synthetikhose abzeichnete. Obwohl auch diese umwerfend war, glaubt mir. Aber umgehauen hat mich ihr Hüftschwung. Dieser perfekte, fast schon tänzerisch elegante Schwung, mit dem ihr Arsch durch den Raum flog, war überwältigend. Und keine Sekunde sah das Ganze gespielt aus, es lag einfach in ihrer Natur, in ihrem gottgegebenen Gang die Hüften so kreisen zu lassen. Vielleicht hab' ich sogar ein bisschen gesabbert. Als sie an mir vorbeiging, zwinkerte sie mir keck zu. Mein Blick folgte ihr in Richtung der Toilette, und als sie verschwunden war, holte mich Johnnys Stimme aus meiner Trance.

›Kennst du die?‹

›Mach dich nicht lächerlich‹, hab' ich gesagt. ›Wo sollte ich so ein junges Ding aufgabeln?‹

›Ach, komm schon ...‹ Johnny setzte ein verschmitztes Lächeln auf. ›Die ist doch kaum zwanzig Jahre jünger als du.‹

Und ich sag: ›Natürlich nicht‹, sag ich, ›sonst wär sie ja erst fünfzehn.‹

Da wurden seine Augen groß. ›Du bist erst fünfunddreißig? Du siehst so scheiße aus, ich dachte, du wärst locker zehn Jahre älter‹, grunzte er mir ins Gesicht.

›Halt die Fresse und schenk mir nach!‹, konterte ich und er tat es.

Ich sah ihm also weiter dabei zu, wie er Gläser polierte und Flaschen verschob, Gerome nachschenkte und den Tresen wischte. Endlich ging die Türe zu den Waschräumen wieder auf und sie kam heraus – blond. Offensichtlich hatte sie eine Perücke dabei gehabt und auch ihre Jacke hatte sie abgelegt. Ihr weißes Unterhemd ließ nicht viel Raum für Fantasie, denn sie trug keinen BH darunter. Aber sie hielt nicht direkt auf mich zu. Sie blieb bei Herb stehen und sprach mit ihm. Ich könnt' nicht mal sagen, worüber sie geredet haben, wenn sie gebrüllt hätten. Meine Aufmerksamkeit lag wieder nur auf dem tänzelnden Po, den die Kleine in meine Richtung hielt, während sie sich vorbeugte, um mit dem Elektriker zu plaudern.

Ich löste meinen Blick und sah wieder nach vorne zu Johnny. ›Genug geglotzt, alter Sack?‹

Eine Antwort bekam er nicht, stattdessen nippte ich wieder an der Plörre in meinem Glas und zuckte müde mit der Augenbraue.

Einen Moment später gab es Geräusche aus der Ecke. Als ich meinen Kopf gedreht hatte, sah ich, wie die Frau sich aufrichtete und von Herb verabschiedete. Sie verließ ihn und ich konnte seinen Blick auf ihr Heck wandern sehen. Dann schaute ich ihr ins Gesicht. Hätte ich bleiben lassen sollen.

Vor Minuten noch hatte ihr Lächeln mich kalt gelassen, aber jetzt, mit den fantastischen blonden Locken, neuem Make-up und weiterhin ihrem vollendeten Hüftschwung, brach sie mein Herz mit einem einfachen Biss auf ihre Unterlippe. Ich hätte beinahe meinen Drink fallen gelassen, hab' vermutlich wie ein Volldepp ausgesehen, als ich nachgreifen musste und fast vom Barhocker gefallen wäre. Ich presste das Glas mit beiden Händen auf den Tresen und spürte mein Herz rasen. Dann legte sie ihre Hand auf meine.

›Alles in Ordnung?‹

Ihre Haut war Seide und ihre Stimme Samt. Ich schluckte.

›Geht es dir gut?‹ Ich blickte hoch in ihre Augen und war nicht sicher, ob mein Herz wegen des Schocks oder wegen dieses Blicks weiter raste.

›Nein … ja … alles okay‹, stammelte ich.

›Kannst du einen Raumgleiter steuern?‹

Die Frage riss mich aus meiner Traumwelt. Ich meine, ich bin kein Trottel. Ich hatte längst auf eine Nutte getippt. Natürlich wissen nicht mal die Henker, was eine solche Edelhure in dieser Drecksbar suchen sollte, aber wer sonst hätte so eine sexuelle Ausstrahlung haben sollen, wenn nicht eine Professionelle?

Aber die Frage passte nicht.

›Öhm, ja …‹ Ich richtete mich auf und sah ihr jetzt gerade in die Augen. Sie lächelte sanft.

›Wieso fragst du?‹

›Ich habe ein Schiff und suche jemanden, der mich runter auf den Planeten bringt. Ich kann allerdings keine Credits bieten.‹

›Also ...‹, hab ich gesagt, ›ich hab einen Schein bis zwanzig Tonnen. Bin aber schon 'ne Weile nicht mehr geflogen. Warum suchst du nicht am Hafen?‹

Sie streichelte meinen Handrücken. Ich hatte fast vergessen, dass ihre Hand noch da war. ›Ich hab's wirklich eilig, und du wirst es nicht bereuen. Versprochen.‹

›Warte mal‹, sagte ich, ›wenn wir jetzt losfliegen, selbst wenn das, wo du hin willst, direkt unter uns liegt, brauch ich fast einen Tag, bis ich wieder auf der Station bin. Ich muss aber morgen zur Arbeit.‹

Da hat sie sich vorgebeugt. Ihr Atem breitete sich über meinen Hals und Nacken aus, während sie mir ins Ohr flüsterte.

›Komm schon, Schätzchen, mach mal einen Tag krank. Wenn ich mit dir fertig bin, brauchst du eh 'ne Pause.‹ Zum Schluss gab sie mir einen Kuss auf die Wange.

Reflexartig stotterte ich: ›Ich bin verheiratet!‹ Aber sie legte nur den Kopf schief und glitt mit ihrem Zeigefinger langsam über meinen Ringfinger.

›Da ist aber kein Ehering.‹ Der Ton ihrer Stimme wurde lasziv.

Natürlich war da keiner. Cheryll hatte mich zwei Monate zuvor verlassen. Genau genommen war das der Grund, warum ich überhaupt im Fährmann saß.

Noch immer wisperte sie hauchzart direkt in mein Ohr. ›Glaub mir, so viel Spaß wie mit mir hattest du noch mit keiner Frau.‹ Dann richtete sie sich auf und stemmte die Fäuste in die Hüften. Ihre Nippel drückten sich deutlich durch das Tanktop. ›Bist du dabei?‹

›Du ... du willst einfach von mir runter zur Oberfläche gebracht werden? Du hast kein Geld, aber 'nen Gleiter?‹, hab ich gefragt und bei ihrem Blick hab ich's sofort bereut. Der Blick einer unzufriedenen Domina für ihren unwürdigen Sklaven.

›Ist kein Problem, such' ich mir 'nen anderen Kerl, der Eier in der Hose hat.‹

Es war vermutlich falscher Stolz und die eben angesprochenen Eier, die meine Arme hochschnellen und eine beschwichtigende Geste machen ließen. ›Nein, nein, das sag' ich gar nicht. Ich kann dich fliegen, jetzt gleich.‹

Ihr Gesicht klarte auf und sie ging in Richtung der Hintertüre. ›Sehr schön, komm‹, hat sie gesagt.

Ich sprang elanvoll vom Hocker und wollte hinter ihr her, blieb dann aber bei dem Geräusch einer Schrotflinte, die durchgeladen wird, stehen.

›Nicht so eilig, Tim. Du kannst hier nicht anschreiben lassen, das weißt du genau.‹

Ich schlich mit eingezogenen Schultern zurück und zog mein Portemonnaie über den Scanner, den er mir hinhielt. Das Gerät piepste zweimal. Aber Johnny nahm es nicht weg, sondern schüttelte es vielsagend. Ich drückte auf den Zehn-Prozent-Tip und schob meine Börse noch mal über das Lesegerät. Piep. Piep. Endlich raus aus dem Laden. Die Kleine hielt mir die Türe auf und ich trat neben ihr ins Freie.

Die Luft auf der Raumstation ist feucht, sie ist immer feucht. Auch an diesem frühen Abend in der Seitengasse zwischen Mülltonnen und Siff. Das gigantische Rad drehte sich unablässig, ich konnte die Fabrik, in der fünfhundert Maschinen unter meiner Aufsicht noch mehr Maschinen herstellten, von dort aus sehen. Und man sah die Erde nur als Schatten gegen die riesige Sonne.

›Wie heißt du eigentlich?‹, fragte ich.

›Jessica‹, antwortete sie knapp.

Sie steuerte auf diesen kleinen Raumgleiter zu, den sie am Ende der Gasse kurz vor der Straße geparkt hatte.

›Krass‹, hab ich gesagt, ›das ist ein Avtomatov Kadettski. In Rot auch noch. Die Dinger werden doch bestimmt seit fünfundzwanzig Jahren nicht mehr hergestellt?‹

›Kann sein‹, sagte Jessica, während ich den Lack des alten Klassikers berührte. Dass ich noch mal einen roten Kadett sehen würde, hätte ich vorher nicht gedacht. Mein Vater hatte so einen geflogen, als das Modell neu war, und hatte immer davon geschwärmt, als ich klein war. Ich hab Jessica die Story erspart und bin lieber eingestiegen, nachdem sie aufgesperrt hatte.

›Das Ding fliegt noch mit Hydrazin, oder? Hat keine Stimmen- und DNA-Erkennung. Das Baby ist so sehr 21. Jahrhundert, Hammer!‹ Das halbe Armaturenbrett befingert hab ich, während ich das alte Schätzchen angehimmelt hab.

›Schön, dass es dir gefällt‹, sagte Jessica, während sie auf dem Sitz neben mir Platz nahm und das Cockpit schloss. Als ich zu ihr hinüber sah, beugte sie sich vor, nahm meinen Kopf in ihre zarten Hände und gab mir einen langen, feuchten Kuss.

›Du bist noch nicht locker genug‹, hat Jessica gesagt. Der Tonfall war geradeheraus vorwurfsvoll. Bevor ich etwas erwidern konnte, zog sie aus einem Seitenfach ein kleines Tütchen mit einem blauen Pulver. Sie verstreute den Staub auf einem kleinen Handspiegel und zog ein passend blaues Röhrchen hervor.

›Ich glaub' nicht, dass das eine gute Idee ist. Ich soll noch fliegen, hat man mir gesagt.‹

›Süßer‹, hat sie gesagt und dabei mein Gesicht gestreichelt. ›Vertrau mir. Das Zeug hilft dir sogar, konzentriert zu fliegen, *obwohl* ich dabei bin. Und du wirst endlich mal locker.‹

›Was ist das überhaupt?‹ Ich hätt' gar nicht fragen sollen.

›Pulverspaß!‹, sagte Jessica grinsend, schob das Pulver zu zwei schlampigen Linien zurecht und zog eine davon durch ihre Nase weg.

In dem Moment hab ich mir ihre Augen genauer angesehen. Mein Gedankengang war ungefähr so: Wenn sie ein Junkie ist, die Karre gestohlen hat und nur meine Niere will, dann sieht man irgendwo Zeichen. Rote Ränder, geplatzte Adern. Nicht alles lässt sich mit Make-up übertünchen, oder? Aber ihre Augen waren makellos. Ihr Lächeln war weiterhin einladend, weder verrückt noch gefährlich.

Ich nahm den Spiegel.

Näher als Alkohol war ich in meinem Leben nie an Drogen herangekommen. Und da zog ich in diesem alten roten Kadett irgendeine Partydroge vom Spiegel meiner neuen Freundin, die ich erst seit zehn Minuten kannte. Ein abgedrehter Tag.

Der Stoff war gut. Sehr heftig. Ich spürte sofort Adrenalin durch meinen Körper jagen und meinen Puls anschwellen. Und noch mehr. Jessica lachte nur, packte den Spiegel weg und tätschelte meinen Schoß. ›Toll, nicht?‹

Ich sagte nichts und sah sie nur mit flatternden Lidern an. Dann zeigte sie auf den Fleck vor der Sonne. ›Jetzt flieg mich da runter, und lass dir Zeit dabei. Je länger du brauchst, um die Station zu verlassen, umso länger werde ich hier unten beschäftigt sein.‹ Mit diesen Worten, ich verarsch' euch nicht, öffnete sie den Reißverschluss meiner Hose, strich sich die Haare nach hinten und senkte den Kopf hinunter.

Vor ungefähr zwölf oder dreizehn Jahren war ich mal bei 'ner Nutte. Die hat mir damals den Saft so schnell aus dem Sack gesaugt, da hat sich die Fahrt zum Bordell kaum gelohnt. Bei Jessica war das anders. Ich weiß nicht, welche schwarze Magie sie dafür benutzt hat, aber den ganzen Start, den Flug über den Niederflugbereich der Station bis zum Rand der Anlage blieb Jessicas Kopf unten. Und mein Ding hart. Ich weiß nicht, ob ihr schon mal auf der Station wart, aber dieses Stück zu fliegen dauerte gut dreißig Minuten. Sie hat einfach nicht aufgehört. Ich nehme an, die Drogen haben ihren Teil dazu beigetragen. Der geilste Blowjob, den ich jemals bekommen habe, endete fast punktgenau, als wir die künstliche Atmosphäre durch die Schleuse verlassen hatten. Der Orgasmus war so krass, dass ich nicht einmal mehr weiß, wann ich eigentlich die Passage angefunkt hab.

Und das war erst der Anfang.

Als wir aus dem Flugraum der Station raus waren, hab' ich den Autopiloten eingeschaltet und sie hat mich in den Heckbereich gezogen. Die nächsten vier Stunden hat mir Jessica gezeigt, was ihr Hüftschwung hergab. Da waren Stellungen dabei. Unglaublich. Wie die das in das winzige Heck überhaupt reingepackt hat, ich habe keine Ahnung. Alles ohne Schwerkraft!

Nachdem Jessica mit mir fertig war, krabbelte ich erschöpft in den Vordersitz und musste erst mal verschnaufen. Alle Scheiben waren beschlagen, ich wusste bis zu diesem Tag nicht einmal, dass das im All möglich ist.

Ich ließ meine Hand über die Seitenscheibe gleiten, sammelte den kalten Schweiß in meiner Handfläche und sah hinunter auf den Planeten, der ganz gemächlich näherkam. Weiße Wolkenschleier zogen über die blau-braune Oberfläche. Nicht mehr weit bis zum Eintritt in die Atmosphäre.

Tja, was glaubt ihr, was sie tut? Jessica klemmte sich hinter meinen Sitz und begann meine Schultern zu massieren. Schließlich übernahm ich wieder die Steuerung und begann den Landeanflug. ›Halt erst mal auf Chicago zu, Süßer‹, hat sie gesagt. Die letzten Stunden plauderten wir, während der Kadett beinahe rhythmisch ruckelnd in die Atmosphäre eintrat und ich die Route behutsam korrigierte. Wir hatten eigentlich kein besonderes Thema, einfach Geplauder ohne Zwang, und es tat wirklich gut.

Irgendwie hat es mich nicht einmal gewundert, dass sie nicht auf einem der Häfen landen wollte. Ich war ziemlich high, denke ich. Stattdessen ließ Jessica mich in der Wüste vor der Metropole aufsetzen, gut zehn Meilen vor der Stadtgrenze an einem vereinsamten Weg. ›Ich weiß, du willst morgen ja *unbedingt* zur Arbeit ...‹, sagte sie zwinkernd. ›Aber da hinten war es doch vorhin so gemütlich. Lust auf noch 'ne Runde?‹

Aus einer Runde wurden zwei, dann drei. Als nach Runde vier die Wirkung der Drogen völlig nachgelassen hatte, schlief ich erschöpft ein. Erschöpft und sehr, sehr zufrieden.«

Als der Mann seine Erzählung beendet hatte, schaute er mit breitem Grinsen in die Runde seiner drei Zuhörer. Eine Zeit lang herrschte angespannte Stille. Schließlich sprach der kleine Asiat als Erster.

»Das sein ja alles schön und gut. Du aber nicht beantwortet Frage, wie du hier gelandet sein?«

»Öh, öh, genau!«, fügte der muskulöse Deutsche hinzu, während er den Kopf schief legte. »Was hat, öh, hat das mit, öh, dem Knast zu tun? Hö?«

Beschwichtigend hob der Mann seine Hände. »Alles, Leute, einfach alles. Geweckt wurde ich leider nicht von Jessica, sondern von einem heftigen Trommeln gegen die Seitenscheibe. Jessica war weg, dafür stand ein uniformierter Geselle dort neben dem Kadett und brüllte ›Aufmachen, Polizei!‹ Im ersten Moment denk ich nur, ›Scheiße, die Kleine hat den Gleiter geklaut‹, aber mit dem, was man mir dann vorgeworfen hat, hätte ich nie gerechnet.

Ja, sie hat den Gleiter geklaut, oder zumindest unter Vorspiegelung falscher Tatsachen geliehen, aber dafür wär' ich wohl nicht hier gelandet. Nein, mir hat man den Diebstahl eines hoch entwickelten Unterhaltungsandroiden vorgeworfen.

Jessica ist ein Sex-Bot! Erklärt im Nachhinein so einiges, hat mich aber trotzdem geschockt. Ich kenne die Andros, die bei uns in der Fabrik vom Band rollen, und die verwechselt keiner mit 'nem echten Menschen. Sie muss so eine Art Prototyp mit brillanter künstlicher Intelligenz sein, oder so was. Im Endeffekt ist sie eine Dreihundert-Millionen-Credit-Nutte mit freiem Willen. Und ich habe ihr zur Flucht verholfen. Sie hat den Kopf auf der Station unten gelassen, damit keine der Kameras sie erkennen kann, hat den alten Kadett genommen, damit sie nur den Zugangscode braucht und die Ortung schwererfällt.«

»Da hast du ja richtig Schwein gehabt, Amigo.« Der schmale Latino, der bisher schweigend im Schatten gesessen hatte, lehnte sich nach vorne und offenbarte ein von Goldzähnen durchsetztes Lächeln. »Wer kriegt schon so einen Gnadenfick, bevor er für immer beseitigt wird.«

»Für immer beseitigt? Ach was, ich muss wohl ein paar Jahre ...«

Der Latino lachte auf. »Amigo, vergiss diese Zelle und dein tolles Gerichtsverfahren. Du hast dem mit Sicherheit reichsten Zuhälter des Universums seine mit Sicherheit beste Hure geklaut. Amigo, der wird dich in Säure baden lassen. Nur so für den Anfang.«

Der Mann schluckte hörbar. »Aber ... aber ich wusste ja nicht ...«

»Das spielt keine Rolle, Amigo. Falsche Zeit, falscher Ort. Falsche Entscheidung. Kann jedem passieren, Amigo, ist mir auch schon passiert. Zum Beispiel gestern früh sagt mir mein Boss, dass sein Boss ihm gesagt hat, dass er jemanden in den Knast schicken muss. Und wenn der Boss von meinem Boss das sagt, dann muss der erste arme Bastard, der zur Türe rein kommt – in dem Fall ich – halt tun, was der Boss verlangt.«

»Und was hat dein Bossboss verlangt?«, fragte der Mann, während seine Hände unruhig über seine Beine strichen.

»Nun, Amigo, er hat gesagt, da im Knast wird so ein Gringo sein, der seine teuerste Stute geklaut hat. Zwölf Kilo Speed sind mit ihr verschwunden. Ich soll ihm die Zähne ausschlagen, damit er auf die Krankenstation kommt. Von dort ist es nämlich sehr viel leichter, jemanden verschwinden zu lassen.«

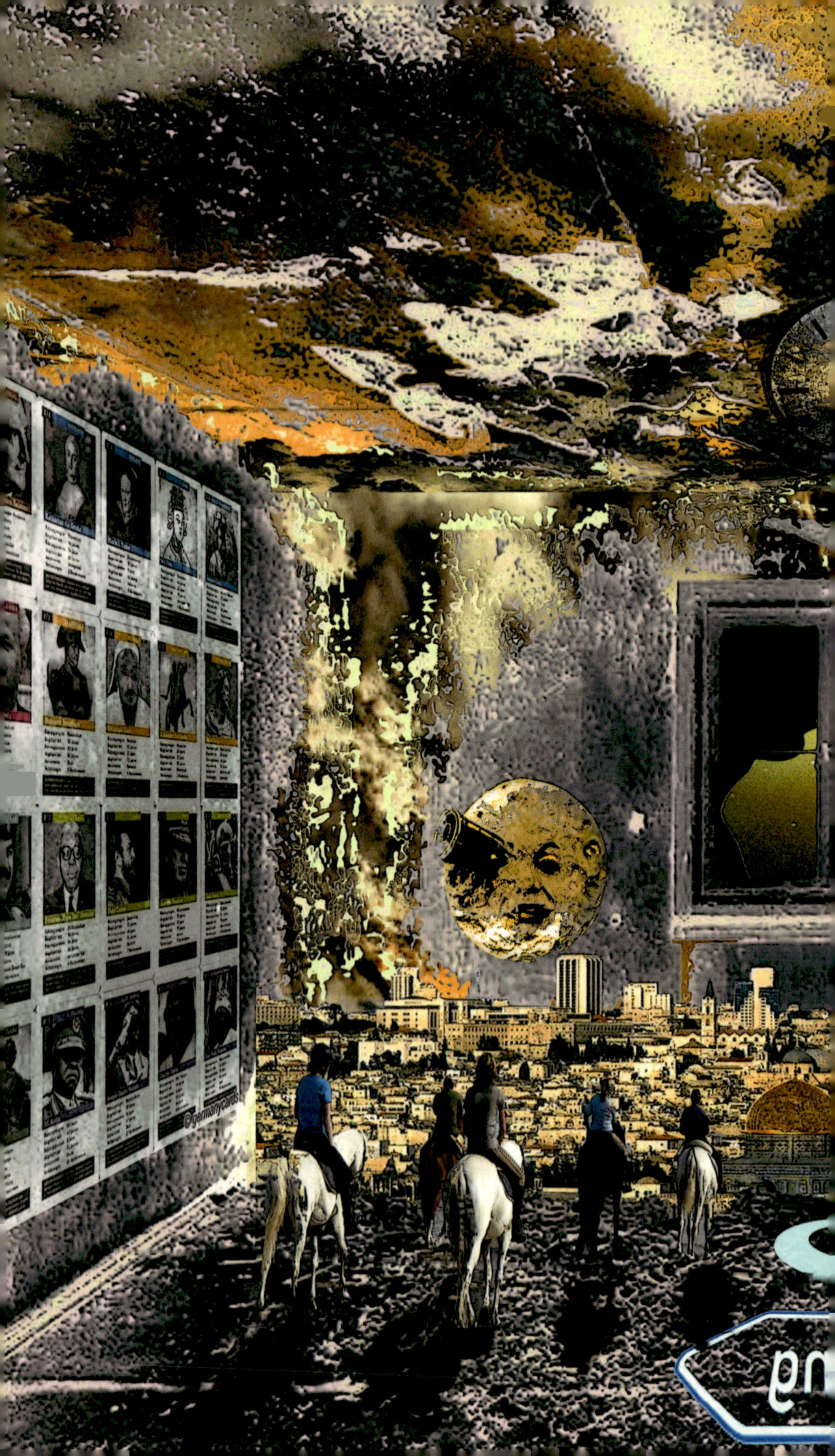
@germanycards

Jerusalem

Friedhelm Rudolph
Hirngespinste

Bilhan Holiton nickte. »Du konntest nie eine Sache zum Ende bringen.«

»Darum geht es nicht, ich ...«

Bilhan winkte ab und ging zum Nahrungsautomaten, hielt seine Erkennungsmarke vor das Kontrollfeld. Ein Lämpchen leuchtete auf. Das Schiebetürchen öffnete sich mit einem Zischen. Er entnahm den Becher mit dem Tagesmenü und drehte sich zu Ikabod Lafaard herum, der dastand und seine Hände knetete. »Ikabod, ich muss es tun.«

Bilhan nahm einen Schluck von der Flüssigkeit. Sein Blick schweifte durch das Wohnmodul. Ein Modul wie alle: gegenüber der Schleusentür der Großbildschirm an der Wand; zur Linken Nahrungsautomat, Rechnerpaneel, Tisch und Stuhl; zur Rechten Nasszelle, Müllschlucker, Wandbett. Die Wandverkleidung. Alles im Grau dieses Planeten. Kein Schmuck, kein Fenster. Nur dieses Grau. Man hört die Geräusche, die alle hören: das Säuseln des Rechnerpaneels; das Brummen des Nahrungsautomaten; das Saugen des Müllschluckers; das Hauchen der Klimaanlage; das Rauschen des Blutes in den Ohren.

Bilhan ging hinüber zum Müllschlucker, warf den Becher hinein. Er sah an sich herab, zupfte an seiner Kombination, verzog das Gesicht, schüttelte den Kopf. »Schau uns an, Ikabod, unsere Kombinationen, unsere Stiefel. Selbst unsere Glatzköpfe ergrauen, und in ihnen unsere Gedanken, unsere Seelen.« Bilhan fasste sich an die Brusttasche, klappte die Taschenklappe um, befühlte den Schmetterlingsaufnäher von der Größe eines Daumennagels. »Ich muss meinen Schmetterling fliegen lassen.« Er schaute Ikabod in die Augen. »Kannst du das verstehen?«

»Auch ich hasse dieses Grau, aber ...«

»Ich muss Schreie haben, ich muss das Grelle haben – ich muss ... Freiheit haben, das Leben. Und ich weiß nun, wo ich das bekomme. Das ist das Recht der Jugend. Ein Menschenrecht.« Bilhan lächelte und machte eine Handbewegung, die etwas wegwarf. »Was kann mir passieren, außer das Neue und Aufregende?« Bilhan trat zu Ikabod, fasste ihn mit beiden Händen an den Schultern und schaute ihm in die Augen. »Ikabod, du musst dich entscheiden. Bist du für mich oder willst du für den Rest deiner Klone an IBUK Hadlais Nabelschnur hängen und vergrauen?«

»Was gäbe ich, könnte ich sein wie du, Bilhan, aber ...«

Ikabod schnappte nach Luft, befreite sich aus Bilhans Griff, setzte sich auf den Stuhl an dem Tisch, beugte sich vor, stützte die Ellbogen auf die Tischplatte, rieb sich mit der Hand über die Stirn, rang nach Atem.

»Hast du deine Medikamente genommen? Du weißt: Ein Klon ohne Medikation ist wie ein Raumschiff ohne Energie.«

»Es ist – alles in Ordnung – mit meiner – Lunge und – mit meinem Herzen. – Ich flehe dich an, lass – es bleiben, bevor – bevor ich es mir – anders überlegen muss. Es ist – gegen das Gesetz, allein – der Gedanke daran ... Wenn du es nicht – sein lässt, darf ich keinen – Halbbruder – mehr haben.«

»Wenn ich es sein lasse, ersticke ich vor dir.«

Ikabod vergrub das Gesicht in den Händen. »Du trägst die – Verantwortung – für dein Handeln.«

»Nur noch drei oder vier Soldias, dann ist er fertig, dann können wir starten.«

Ikabod schüttelte den Kopf.

Bilhan Holiton kratzte sich an der Missbildung an seinem Hinterkopf, die seine Haut ausbeulte. Er ließ die Hand sinken. »Dann ohne dich.«

IBUK Hadlai schnüffelte den Geruch, der durch die Klimaanlage drang. Sein Magen knurrte. »Bringen wir es hinter uns. Die zwölfte Hora naht. Die Messe tischt auf.«

Der Antrieb des Robotstuhls sirrte, die sechs Räder und sieben Achsen brachten IBUK Hadlais fünfhundertsechzig Kilogramm in Bewegung. Der Robotstuhl bockte, fuhr gegen ein Stuhlbein.

»Verdammt. Admiral, notieren Sie: Mentalsteuerung feinjustieren.«

Sein Fettkörper umwuchs das Vehikel wie ein Schleimpilz ein Stück Totholz. Selbst die Spezialkombination, die er trug, konnte das nicht verhindern. Allein die Augen, die Augenlider, den Mund und einen Zeigefinger vermochte er zu bewegen.

IBUK Hadlai erleichterte sich in das Abortsystem des Stuhls und betrachtete die Halbtotale auf dem Großbildschirm.

»Dieser Planet kommt mir vor. Wie ein Zwilling der Erde. Bevor dort das Klima außer. Kontrolle geraten war. Meere, Kontinente, Wolkenwirbel ... Und diese sechs Monde, die. Ihn in ihrer Ringbahn umrasen. Was sagten Sie? Hundertsechsundsiebzig Kilometer pro Sekunde? Ein Umlauf in zwei Erdenstunden. Und dreiundvierzig Erdenminuten. Und diese Nähe – man meint, sie müssten jeden. Augenblick mit dem Planeten kollidieren. Die Türme der Visumbehörden kann. Man ohne Mühe erkennen. Auf jedem Mond einer. Wie Lanzen zur Abwehr ragen. Sie in den Weltraum. Sie erinnern an einen Strahlenkranz. Ist es nicht so, Admiral? Und erst diese Kolonie auf. Dem Hauptkontinent: wie ein Würfel. Im Licht der beiden Sonnen. Glänzt die Außenhaut, als wäre. Sie aus Gold. Zweitausenddreihundert Meter Kantenlänge, sagten Sie? Und die Höhe der Mauer. Die diesen Würfel umgibt. Fünfundsiebzig Meter? Es ist ein Jammer, aber ...«

IBUK Hadlai räusperte sich. Sein Zeigefinger zitterte. »Es ist Gesetz. Mein Gesetz. Niemand darf sich gegen das. Gesetz stellen. Niemand. Dieses Gesetz tut uns gut. Ist es nicht so, Admiral?«

Der Admiral saß mit dem Rücken zu IBUK Hadlai am Kommandosystem auf einem Drehhocker, schaute auf das Mosaik aus vierundzwanzig Paneelen: Tasten, Tastaturen, Bildschirme. »So ist es, IBUK Hadlai.«

IBUK Hadlai schaute auf den Großbildschirm. »Die Operation *Wadikape* ist im. Sinne der Kolonie. Ist es nicht so, Admiral?«

»So ist es, IBUK Hadlai.«

»Jetzt?«

Im Bruchteil einer Sekunde überflog der Admiral die Instrumente und Daten, vergewisserte sich. Seine Augen und seine Haut zeigten eine Verfärbung ins Gelbe. »Sie sind der Inhaber der Befehls- und Kommandogewalt, IBUK Hadlai.«

»Also – jetzt.«

»Zu Befehl, IBUK Hadlai.« Der Admiral machte eine Eingabe, drehte sich herum zum Großbildschirm. Was er sah, ließ das Gelb seiner Haut um eine Spur verblassen. Seine Beine wackelten.

Der Mond Wadikape zerbrach in Teile und Teilchen. Im Einfluss der Anziehungskraft der anderen Monde und des Planeten bewegten sich die Bruchstücke in Zeitlupe durch den Raum, ohne den Planeten oder die Monde zu gefährden, als schwömmen sie in Glycerin, vereinten sich mit den Monden oder wurden den Monden Mond.

»Alles in Ruhe und Geordnetheit. Solche Arbeit schätze ich. – Morgen. Ist der Tag der Feier. Des Gesetzes. Ich möchte zur neunzehnten Hora. Eine Rede halten. Bereiten Sie eine Schaltung. Vor.«

»Ich bin überzeugt, das wird die Rede Ihres Lebens, IBUK Hadlai.«

Bilhan Holiton stand in seinem Wohnmodul vor dem Großbildschirm und stemmte die Hände in die Hüften.

Der Großbildschirm zeigte in einer Totalen und in Aufsicht das Innere des Admiralitätsmoduls.

»Da sitzen sie, die Admiräle, an ihrem Konferenztisch, stützen sich mit den Unterarmen auf der Tischplatte ab und falten die Hände wie zum Gebet; lehnen sich zurück und verschränken die Arme vor der Brust, lassen ihre Orden und Schulterklappen funkeln. Hadlai sitzt in seinem Robotstuhl am Kopfende. Die Götter und ihr Obergott. Der Admiral steht hinter ihm und wartet auf Befehle. Was für eine Versammlung! – Was sagt er?«

Bilhan stellte den Ton lauter.

IBUK Hadlai sprach, fixierte einen Punkt im Modul.

»Wie heißt es in meiner. Abhandlung: Wie ein Gürtel umschließt diese. Kolonie diesen Planeten auf der. Nahstelle zwischen Gluthölle und Eisnacht. Ein Geflecht aus Wohnmodulen, Funktionsmodulen. Arbeitsmodulen, Modulen für die Nahrungserzeugung. Modulen für die Energieerzeugung, Modulen. Für die Wasseraufbereitung, Modulen für. Die Atemluftaufbereitung. Erbaut aus dem Gestein des. Planeten. Zum

Teil versenkt im Gestein. Mit unseren Händen. Das IBUK-Modul besitzt das Privileg. Von Bullaugen. Es ist die Wacht. Das eine zeigt auf das Rot. Der Sonne. Das andere auf die Schwärze. Der Nacht ohne Ende. Dieser Planet kennt keine Tageszeiten. Ein Jahr entspricht siebenundsechzig. Erdentagen. Unsere Kolonie umschließt den Planeten. Ein Gürtel der Harmonie. Des Friedens, der Ruhe und. Der Geordnetheit.«

Der Admiral hielt ihm einen Becher hin. IBUK Hadlai sog an dem Trinkhalm und nahm einen Schluck.

»Es häufen sich Berichte, Kolonisten. Wollen reisen, wollen Abenteuer, wollen. Glück und Frieden. Hier ist ihr Glück. Hier ist ihr Frieden.«

Die Anwesenden applaudierten so sachte, dass ihre aufeinandertreffenden Handflächen praktisch kein Geräusch verursachten.

»Sie meinen, dies sei ein. Menschenrecht. Wer besitzt das Recht, andere. In Unruhe zu stürzen? – Niemand.«

Applaus ohne Geräusch.

»Glück ist die Harmonie von. Wunsch und Befriedigung.«

Kopfnicken der Anwesenden.

»Reisen erzeugt Aufregung und Unruhe. Sowohl bei den Reisenden als auch. Bei den Daheimgebliebenen. Eine Flut von Gedanken, Eindrücken, Ansichten. Das erzeugt Aufregung und Unruhe. Das schadet der Kolonie. Wir erinnern uns: in den Anfangsjahren der Kolonie. Eine Ausnahme wurde gemacht. Die Kolonie benötigte diese Bakterien. Die Stämme mutierten. Entwichen aus den Nahrungserzeugungsmodulen. Die Epidemie kostete Menschenleben.«

Kopfnicken und Mienen des Bedauerns.

»Störung und Beunruhigung haben hier. Keinen Platz. Das sagte bereits mein Ur-Klon. Der Gründungs-IBUK dieser Kolonie. Die Geschichte zeigt, er hatte. Recht. Ruhe und Geordnetheit geben Sicherheit. Und führen die Kolonie ohne. Abwege zu Ruhm und Ehre.«

Applaus ohne Geräusch.

»Eine mir vertraute Person fantasiert. Seit Geraumem von einem Planeten. Namens Schalim'in Kurmi. Dieser Planet ist eine Legende. Dieser Planet existiert nicht. Hier ist euer Schalim'in Kurmi. Hier ist euer Glück. Hier ist euer Frieden.«

Applaus ohne Geräusch.

»Die Absolutruhe existiert im. Universum allein in dieser unserer. Kolonie. Das ermöglicht allein unsere Gemeinschaft. Der Männlichen. Der Humanoiden.«

Kopfnicken der Anwesenden.

»Einzelne werfen mir Nichtstun und. Stillstand vor. Doch dies ist ein Verweilen. Beim Guten.«

Applaus ohne Geräusch.

»Unsere Kolonie ist die Konstante. In der Veränderlichkeit des Universums. Der Inbegriff von Glück, Frieden. Und Wohlsein. Wer davon nicht überzeugt ist. An dessen Geisteskraft müssen wir. Zweifeln. Ja, auch die Geisteskraft kann. Unter der Klonvermehrung leiden.«

Kopfnicken der Anwesenden.

»Diese Aktivitäten sind keine Kleinigkeit. Sie betreffen uns alle. Belasten uns alle. Haben diese Unruhestifter dies bedacht? Mit ihrem Tun gefährden sie. Unsere Kolonie.«

Kopfnicken der Anwesenden.

Der Admiral trat an seine Seite und flüsterte ihm etwas ins Ohr.

»Ich höre, ein Roppeulaan der. Gajnde-Klasse wurde entdeckt.«

Köpfe drehten sich zueinander, Erschrecken und Empörung in den Gesichtern, Flüstern.

Hadlai mahnte mit dem Zeigefinger zu Stille. Mit eben jenem Finger winkte er dem Admiral. Der griff in seine Brusttasche, legte ihm eine Kapsel auf die Zunge. IBUK Hadlai schluckte sie.

»Ruhe ist Kolonistenpflicht. Ich heiße nur gut den. Fanatismus der Ruhe. Jede Abweichung ist Aufruhr, Revolte. Wider das Gesetz. Aufreger und Unruhestifter unterliegen der. Todesstrafe. Ohne Ansehen der Person.«

Applaus ohne Geräusch.

»Die Wohltat der Ruhe und. Stille ist ein Naturgesetz ...«

Bilhan Holiton schaltete den Bildschirm aus.

»Du meinst mich. Warum sagst du es nicht?«

Er betastete den Schmetterlingsaufnäher am Innern der Klappe seiner Brusttasche, ballte die Hand zur Faust, schlug mit ihr neben dem Großbildschirm an die Wandverkleidung.

Im IBUK-Modul betrachtete IBUK Hadlai auf dem Bildschirm den Planeten Schalim'in Kurmi und die fünf Monde, die ihm verblieben waren.

»Es ist zu unser aller. Wohl. Ist es nicht so, Admiral? Auch wenn ich unter der. Aufregung leide.«

Mit dem Zeigefinger winkte er dem Admiral. Der legte ihm eine Kapsel auf die Zunge.

»Zu unser aller Wohl. Ist es nicht so, Admiral?«

»Zu unser aller Wohl, IBUK Hadlai.«

Der Admiral trat zurück ans Kommandosystem, setzte sich auf den Drehhocker.

»Admiral, Operation *Kojunkape* – jetzt.«

»IBUK Hadlai, ich bewundere Ihr Genie und Ihre Entscheidungskraft, aber ...«

»Gibt es Probleme?«

»Nein, IBUK Hadlai.«

»Dann führen Sie den Befehl aus.«

»Zu Befehl – IBUK Hadlai.«

Der Admiral machte eine Eingabe, zögerte, betrachtete die Tasten, Tastaturen und Bildschirme vor ihm. Er fuhr mit der Hand an die Oberschenkeltasche seiner Kombination, tastete, holte eine Figurine in Daumengröße hervor, betrachtete sie, die Kronenplattings und anderen Knoten aus Draht. Er schielte hinüber zu IBUK Hadlai. Der ließ die Augen nicht vom Großbildschirm, verkrampfte den Zeigefinger.

»Admiral.«

Der Admiral steckte die Figurine zurück an ihren Ort und beeilte sich, die Eingabe zu beenden; drehte sich auf dem Hocker um und schaute auf den Großbildschirm.

Wie Wadikape zerbrach auch der Mond Kojunkape auseinander. Seine Teile und Teilchen wurden den Monden Monde und nährten die Monde der Monde. Auch dies geschah in Zeitlupe, in Ruhe und Geordnetheit.

IBUK Hadlais Zeigefinger entspannte sich.

»Admiral, zweiundzwanzigste Hora. Zeit zum Essen.«

IBUK Hadlai steuerte den Robotstuhl zum Bullauge und schaute in das Rot der Sonne. Er wandte Bilhan Holiton den Rücken zu. Der Admiral stand neben der Tür.

»Bilhan, ich weiß seit Geraumem. Von deinen Aktivitäten. Sie sind ein Verbrechen gegen. Das Gesetz, gegen die Kolonie. Ich kann nicht mehr wegschauen. Das sind Hirngespinste. Dein Hirndefekt spielt dir einen. Streich. Schalim'in Kurmi ist eine. Legende, eine Fantasie.«

»Es ist wie in den Dokumenten beschrieben: Sechs Monde, sie sind die Tore zu Schalim'in Kurmi. Ich habe den Beweis gefunden. Schalim'in Kurmi und seine Monde sind sichtbar, wenn man sich ihm in einer Mischung aus Kreuzen und Taumeln nähert. Diese Bewegung muss mit der Bewegung Schalim'in Kurmis korrelieren. Deshalb kann er von einem Planeten oder einer Umlaufbahn aus nicht gesehen werden. Einsteins durch Nifak, Zolame und Gozusi erweiterte Relativitätstheorie ist damit bestätigt. Ebenso die Lorentz-II-Transformation. Und auch die Vereinigung der Relativitätstheorie mit der Quantenmechanik und der Quantenfeldtheorie durch Bhattayan und Malcah. Erinnerst du dich an den Satelliten, der vor zwei Solsekolos außer Kontrolle geriet? Er bewegt sich in dieser Art durch den Raum. Ich konnte seine Signale und Bilder empfangen. Sie beweisen: Schalim'in Kurmi existiert! Nur dreizehn Lichtjahre entfernt!«

»Ein Hirngespinst. Schalim'in Kurmi hat nie. Existiert.«

Bilhan trat einen Schritt näher an Hadlai, doch der IBUK sah weiter hinaus auf das Rot der Sonne.

»Hadlai, bald werden wir Verwandte sein. Ich will dir und der Kolonie nichts Böses. Aber ich muss dort hin. Ich muss ins Grelle, ins Leben. Im Artikel dreizehn heißt es: *Jeder Mensch hat das Recht, jede Kolonie, einschließlich seiner eigenen, zu verlassen.*«

»Auch ich kenne diese Erklärung. Artikel neunundzwanzig sagt: *Jeder Mensch hat Pflichten gegenüber. Der Kolonie.* Und: *Jeder Mensch ist in Ausübung. Seiner Rechte und Freiheiten den. Beschränkungen unterworfen, die das Gesetz. Zu dem Zweck vorsieht, um. Die Anerkennung und Achtung der. Rechte und Freiheiten der anderen. Die Anerkennung und Achtung der. Ordnung und Wohlfahrt einer Kolonie ...*«

»Einer Strafkolonie ...«

»Auf der diese Erklärung das. Recht nicht bindet.«

»Die Frauen verbannten die Männer, weil sie es mit ihnen auf der Erde nicht mehr aushielten. Weil es zu viele von deinem Schlage gab. Aus einem Gnadenakt heraus versorgten sie uns mit Eizellen, damit wir uns klonen können.«

»Bilhan, dein Tun richtet sich. Gegen das Gesetz der Ruhe. Gegen das Wohl der Kolonie.«

»Viele denken wie ich, doch niemand wagt es auszusprechen.«

»Du lügst. Niemand denkt wie du.«

»Frage deinen Admiral.«

Der Admiral stand neben der Schleusentür und verzog keine Miene.

»Schwöre ab, sonst ...«

»Ich kann nicht.«

IBUK Hadlai drehte den Robotstuhl zur Tür. »Wachen!«

Mit einem Zischen öffnete sich die Schleusentür. Zwei Angehörige der Gesetzessoldatentruppe traten ein.

»Festnehmen.«

Die GSTler wollten den Admiral ergreifen.

»Nicht den, ihr Trottel. Bilhan Holiton. Arrestmodul IV.«

Die GSTler ergriffen Bilhan und legten ihm Handschellen an. Bilhan ließ es ohne Widerstand geschehen.

Die Schleusentür ging auf, Ikabod erschien, salutierte. »Sie haben mich rufen lassen, IBUK Hadlai. Ich konnte nicht eher, wir hatten ein Problem bei ...«

Ikabod sah die Handschellen an seinem Halbbruder, blieb in der Schleusentür stehen und verstummte. Mit Blicken fragte er Bilhan, erhielt als Antwort ein Schulterzucken.

»Abführen.«

Bilhan drehte den Kopf zu IBUK Hadlai. »Hadlai, lass mich noch eins sagen.«

Mit dem Zeigefinger gab IBUK Hadlai den Gesetzessoldaten ein Zeichen, woraufhin sie stoppten, ohne die Hände von Bilhans Oberarmen zu lösen.

»Ein Wort zum Schluss sei. Dir gewährt.«

Bilhan sah hinüber zu Ikabod.

»Ikabod ist ohne Schuld. Er hat nichts mit der Sache zu tun. Ein Toter reicht.«

Ikabod trat einen Schritt vor. »Das entspricht nicht der Wahrheit, IBUK Hadlai. Ich half ihm bei den Plänen, ich half ihm bei der Beschaffung der Materialien, ich half ihm beim Bau des Roppeulaan. Ich wollte zusammen mit ihm nach Schalim'in Kurmi. Ich habe Schuld auf mich geladen wie er. Ich habe gegen das Gesetz verstoßen.«

Ikabod ging in die Hocke und japste.

»Du darfst dich an den. Tisch setzen.«

Ikabod winkte ab.

»Bilhan hat dich verführt. Du hast nicht das Zeug. Für so etwas. Sorge für Stille. Bewahre die Ruhe. Und dir sei vergeben.« Um Grade drehte Hadlai den Robotstuhl in Richtung Bilhan, schaute an ihm vorbei. »Und du, Bilhan, schwörst du. Ab? Du siehst, ich bin heute. Mit Gnade im Herzen erwacht.«

»Deiner Liebe wegen und wegen meiner Liebe zu Micha möchte ich es gern, Hadlai, aber ich kann nicht.«

»So sei es denn. Du allein trägst die Verantwortung. Für das Folgende. – Abführen.«

Beim Hinausgehen warf Bilhan einen Blick aus dem Bullauge auf die Nachtseite des Planeten.

IBUK Hadlai drehte den Robotstuhl und folgte seinem Blick. »Du bist entlassen, Ikabod.«

Ikabod quälte sich hoch, salutierte ohne Kraft, taumelte hinaus.

IBUK Hadlai winkte mit dem Zeigefinger den Admiral zu sich. Der trat an den Robotstuhl.

»Morgen Tribunal. – Medikament.«

Der Admiral griff in seine Brusttasche und steckte ihm eine Kapsel in den Mund.

»Dort auf dem Fußboden liegen. Sandkörner. Hatte ich nicht befohlen? Im IBUK-Modul dulde ich keinen. Sand. Beseitigen Sie das.«

Der Admiral ging zu einem Verschlag in der Wandverkleidung, holte einen Handstaubsauger heraus und machte sich ans Werk.

»Nicht dort, Sie Trottel.«

Der Admiral folgte dem Blick des IBUK und reinigte die Stelle, die IBUK Hadlai meinte.

»Warum habe ich nicht die Schufterei in den Nahrungserzeugungs- oder Energiemodulen gewählt, dann ...«

»Was sagten Sie?«

»Ich freue mich, Ihr Admiraladjutant sein zu dürfen, IBUK Hadlai, und nicht in den Nahrungserzeugungs- oder Energiemodulen arbeiten zu müssen.«

»Das verdanken Sie nur mir. – Schalten Sie den Bildschirm ein. Operation *Atkape*.«

»Mit Verlaub, IBUK Hadlai, dient diese Entscheidung der Kolonie?«

»Dieses Planetensystem ist ein Unruhestifter. Das sagten Sie selbst.«

»Ich meine das Todesurteil.«

»Muss ich an Ihrer Loyalität zweifeln?«

Sekunden später zerbarst der dritte Mond. Der Admiral schüttelte den Kopf und legte die Hand auf den Mund.

Micha Sujetan stand mit dem Rücken zum Großbildschirm, der Arbeiter in einem der Energiemodule zeigte. Sein Riesenwuchs zwang ihn, den Kopf zur Seite zu neigen, damit er ihn sich nicht an der Decke des IBUK-Moduls stieß. Seine Kombination war eine Maßanfertigung. Das Grau war ohne einen Fleck. Seine Stiefel glänzten. In der Hand hielt er einen Taschenspiegel, musterte darin sein Gesicht und seinen Kahlkopf. Sein Blick zeigte Zufriedenheit.

IBUK Hadlai ließ sich vom Admiral aus dem Nahrungsautomaten bedienen. Der Admiral hielt ihm einen Becher mit Trinkhalm hin.

»Das schmeckt wie Fischfutter. Weg damit.«

Der Admiral entfernte sich und warf den Becher in den Müllschlucker.

»Also, was willst du?«

Micha erwachte aus seiner Verzückung und ließ die Hand mit dem Taschenspiegel sinken. »Vater, ich war dir ein Vorbild von Sohn. Ich beabsichtige nicht, dies zu ändern. Jedoch, ich an deiner Stelle ...«

»Du an meiner Stelle wirst. Tun, was ich dir sage.«

Micha verkniff den Mund und schwieg.

»Finde heraus, was in. Der Kolonie vor sich geht. Wer plant einen Putsch gegen. Mich und mein Gesetz?«

»Ich ahnte und tat es.«

»Auf dich kann man sich. Verlassen.«

»Die Mehrheit der Kolonisten ist gegen eine Todesstrafe zum Nachteil Bilhans. Du wirst verstehen, wenn ich mich dieser Meinung anschließe.«

IBUK Hadlais Zeigefinger erstarrte und wies zur Decke des IBUK-Moduls. »Habe ich mich in dir. Getäuscht? Auch du bist gegen mich?«

»Nein, ich stehe zu dir, aber ich bitte dich, dein Urteil zu überdenken.«

»Als Inhaber der Befehls- und. Kommandogewalt und Oberster Richter habe. Ich keine Wahl. Das Gesetz steht über allem.«

»Du hast es gemacht. Du kannst es ändern. Die Vernunft ...«

»Was weißt du von Vernunft!«

»Auch ein Jungmann kann Vernunft besitzen.«

»Papperlapapp. Du bist Offizier. Da gibt und empfängt man. Befehle. Da hat die Vernunft keinen Platz. – Was muss, das muss. Schluss. Und damit wir uns verstehen: Bilhan ist von Übel für. Dich. Die Verlobung wird aufgelöst.«

Micha ließ vor Schreck den Spiegel fallen. »Nein!«

»Du liebst seinen Körper. Das bindet dich an ihn. Sein Geist ist dir zuwider. Wie mir.«

»Was redest du?«

»Altert er, wirst du auch. Seinen Körper nicht mehr lieben. Er hat nicht einmal einen. Schwanz.«

»Du weißt nicht, was du sagst!«

»An dir darf kein Makel. Sein, wenn du eines Tages. Mein Nachfolger wirst. Ich löse die Verlobung auf.«

Micha stampfte mit dem Fuß auf. »Das darfst du nicht!«

»Noch bin ich in dieser. Kolonie der IBUK. Noch bin ich das. Gesetz.«

IBUK Hadlai winkte mit dem Zeigefinger dem Admiral. Der trat an den Robotstuhl, griff in seine Brusttasche und steckte ihm eine Kapsel in den Mund.

»Meine Liebe zu dir wiegt. Mehr als deine Liebe zu. Bilhan. Zerstöre diese Liebe nicht, sonst ... Die Verlobung ist aufgelöst.«

»Vater ...«

»Bilhan Holiton wird sterben.«

»Vater!«

»Ende des Gespräches.«

Micha Sujetan hechelte, zitterte, Schweiß trat auf seine Stirn. Er taumelte, fuchtelte mit den Armen herum, als suchte er Halt. Er wischte sich mit der Hand über Augen, Nase und Mund, fasste sich ans Herz, verzog das Gesicht im Schmerz. Tränen schossen in seine Augen. »Aber ...«

Micha Sujetan stürmte aus dem Modul.

Der Admiral schwieg, ging zum Taschenspiegel, hob ihn vom Boden auf, wischte mit den Fingern darüber, befühlte den Sprung im Glas und legte ihn auf den Tisch.

»Ein Exempel wird die Ruhe. Wiederherstellen. Ist es nicht so, Admiral?«

»Es ist Gesetz. Mein Gesetz. Dieses Gesetz tut uns gut. Tut mir gut. Niemand darf sich gegen das. Gesetz stellen. Niemand. Ist es nicht so, Admiral?«

Der Admiral saß auf dem Drehhocker am Kommandosystem und reckte das Kinn in die Höhe. »Zu Befehl.«

IBUK Hadlai schaute auf den Großbildschirm. »Operation *Penarkape*. Jetzt.«

Der Admiral machte am System eine Eingabe und drehte sich herum zum Bildschirm. Seine Hand bewegte sich zu der Figurine in seiner Tasche, betastete sie durch den Stoff, ballte sich zur Faust.

Wie Wadikape, Kojunkape und Atkape zerbrach auch der Mond Penarkape. Seine Teile und Teilchen wurden dem Rest von zwei Monden zu Monden oder nährten deren Monde. Dies geschah in Zeitlupe, in Ruhe und Geordnetheit. Wie in Glycerin.

»Die Liebe vermag vieles. Sie kann Leben schenken. Sie kann den Tod bringen. Was zählt die Vernunft? Ist es nicht so, Admiral?«

Der Admiral schwieg.

»Zweiundzwanzigste Hora. Zeit zum Essen.«

IBUK Hadlai schielte auf seinen Zeigefinger. Bilhan stand vor ihm, die Hände auf dem Rücken gefesselt. Zwei Gesetzesschutzsoldaten hatten ihn in ihre Mitte genommen. Der Admiral verfolgte die Szene vom Kommandosystem aus.

»Bilhan, ich frage dich ein. Letztes: Schwörst du ab?«
»Ich kann nicht.«
»So höre das Urteil des. Tribunals.«
»Du meinst: dein Urteil.«
»Zwangshaft, bis du deine Meinung. Änderst. Kontaktverbot. Du kannst Micha danken, nicht. Noch in dieser Stunde neutralisiert. Zu werden, des Vaters Herz. Erweicht zu haben, auch wenn. Der IBUK insistierte.« IBUK Hadlai räusperte sich. »Ebenso Klonverbot und damit Ausschleichen. Der Lebensberechtigung.«
»IBUK Hadlai, wenn Sie gestatten, sofern Sie das Gesetz der Klonkontingentierung ...«
IBUK Hadlais Zeigefinger verkrampfte sich. »Admiral, wurden Sie gefragt?«
Der Admiral verkroch sich in seine Uniform, scharrte mit dem Stiefel über den Fußboden.
»Admiral, unterlassen Sie das.«
Der Fuß des Admirals stoppte.
»Hadlai, ich nehme dein Urteil an, auch wenn ich weiß: Diese Haft gilt auf Lebenszeit. Ich kann nicht abschwören. Meinen Körper vermagst du auszulöschen – jedoch mein Geist warf Samen in Raum und Zeit.«

Ssukape, der fünfte der sechs Monde Schalim'in Kurmis, zerbrach in Teile und Teilchen, nährte den letzten Mond und dessen Monde. IBUK Hadlai betrachtete das Schauspiel auf dem Großbildschirm, sein Zeigefinger lag ohne Rührung auf der Armlehne seines Robotstuhls.
Der Admiral zitterte und kniff den Mund zusammen.
»Ich will die Dokumente sehen.«
Der Admiral schaltete sie auf den Bildschirm.
Baupläne.
IBUK Hadlai studierte sie.
»Weiter.«

Der Roppeulaan der Gajnde-Klasse, ein Ogivalflügelgleiter für zwei Personen.
IBUK Hadlai musterte ihn.
»Weiter.«
Eine Flugsimulation.
IBUK Hadlai warf einen Blick darauf.
»Admiral, löschen Sie die Dokumente. Der Roppeulaan wird vernichtet.«
»Zu Befehl.«
Der Admiral schielte hinüber zum IBUK, der in ein Dösen verfiel. Er holte die Figurine hervor, hielt sie über eines der Paneele. Ein Balken erschien und füllte sich mit Farbe. Der Admiral steckte die Figurine weg, lächelte in sich hinein, machte eine Eingabe. Auf dem Bildschirm erschien *malregistita*.

Das Metall seines Robotstuhls reflektierte das Licht der Deckenlampen. Auf dem Kopf trug der Alte eine Kappe, einen Gleichstromstimulator. Er tippte sich an die Kappe. »Mein Denkkraftverstärker läuft auf Hochtouren. – Hörst du mir zu?« Er spitzte die Lippen, die die Blauverfärbung seiner Haut und seiner Fingerspitzen zeigten.

Tobias Bila Kufikiri, ein Häufchen aus Haut und Knochen, fuhr seinen Robotstuhl gegen den von IBUK Hadlai. Der IBUK reagierte nicht, starrte auf den Großbildschirm, der ausgeschaltet war. Der Admiral saß auf dem Drehhocker am Kommandosystem, betrachtete im Bullauge die Nachtseite des Planeten und wartete.

Tobias setzte Zentimeter zurück und rammte IBUK Hadlais Robotstuhl aufs Neue. IBUK Hadlai schielte hinab auf seinen Zeigefinger.

»Höre, Hadlai, ich bewundere deine Leistungen als IBUK. Alle bewundern dich. Doch was geschehen ist, das ist von Übel. Ich kenne alle Daten, alle Details aus allen Wissensgebieten. Und die ich nicht kenne, von denen weiß ich den Fundort. Ich sage: Mit deinem Urteil begehst du einen Fehler. Als dein Berater wage ich, dir an den Kopf zu sagen: Nicht das Geschehene ist von Übel, du bist das Übel.«

IBUK Hadlais Zeigefinger krümmte sich. »Wie sprichst du mit mir?«

Tobias Bila Kufikiri beugte sich vor zum IBUK. »Man darf die Menschen und das Schicksal nicht ohne Not herausfordern. Schlechtes kommt dabei heraus. Was ist von Übel an dem Bestreben der Jungmänner? – Nichts. Nutzen wird es bringen für die Kolonie.« Er tippte sich an die Kappe. »Hadlai, wie du will ich nur das Beste für die Kolonie, auch wenn dies eine Unerreichbarkeit zu sein scheint: die Rückkehr zur Erde. Ich gäbe meinen Letztklon, könnte ich zum Abschied aus dem Universum eine Frau in Armen halten. Und nicht nur ich. – Hadlai, Ruhe und Geordnetheit besänftigt das Frauengeschlecht nicht, sonst müssten wir nicht hier unser Dasein fristen. Und eine Hinrichtung …«

»Bis zu dieser Stunde habe. Ich Großes über dich gedacht. Tobias, aber nun scheint die. Altersverwirrtheit eingezogen zu sein in. Dein Hirn. Oder bezahlt dich jemand? Ich sage dir: Hüte deine Zunge und deine. Gedanken, sie sind wider das. Gesetz.«

»Es wird nicht bei einem Opfer bleiben.«

»Ich weiß. Das Opfer bedauere ich von. Herzen, zumal er mein Spe-Gener. War. Doch kann ich es nicht. Vermeiden. Wollen und Müssen stehen sich. Gegenüber.«

»Ein Lied geht mir nicht aus dem Kopf: *Ik will nich laoten van gaistigen Krieg / Nao sal mien Swiärt slaopen in mine Hand, / Bes wi häbt settden Jerusalem / In Engeland sien gröönen un laiwlicken Land.*«

»Weder Jerusalem noch England noch. Schalim'in Kurmi existieren. Deine Worte zeugen von deiner. Verwirrtheit. Du solltest dich ohne Verzug. Klonen.«

»Das rate ich auch dir. Dein Robotstuhl bricht unter deiner Last zusammen.« Tobias schnüffelte. »Ich kann es riechen.«

»Quäle mich nicht damit. Du weißt, mein Klonkontingent. Ist verbraucht.«

»Du hättest damit haushalten sollen, es nicht verprassen, statt dich in Schwermut zu ergehen und im Klonen dein Heil zu suchen. So, wie die Hülle sich nicht ändert, so ändert sich nicht der Geist.«

»Genug davon. Es bleibt dabei. Noch dieser Akt, dann sind. Meine sechzig Jahre Dasein als. IBUK Geschichte. Im Vertrauen: Mir ist dieses Dasein ein. Leid, seitdem ich es bin. Doch man hat meinem Ur-Klon. Diese Last in Körper und. Hirn gepflanzt. – Micha wird mein Nachfolger.«

»Es gab ein Sprichwort auf der Erde: *trafi el sub la pluvo en riveron*.«

»Du verwirrst mich.«

»Du hast dich selbst verwirrt.«

»Wie sprichst du mit mir?«

»Wie dein Freund und Berater, Hadlai.«

»Solche Freunde sind mir nicht. Von Nutzen. Genug damit. – Admiral, unter dem Tisch sehe ich aufs Neue Sand.«

Tobias tauschte mit dem Admiral einen Sorgenblick, senkte gegen Hadlai den Kopf zu einem Abschiedsgruß und verließ das IBUK-Modul.

Der Admiral holte aus dem Verschlag in der Wandverkleidung den Handstaubsauger, kroch unter den Tisch.

IBUK Hadlais Zeigefinger zitterte. »Admiral, ein weiteres Urteil. Notieren Sie.«

Der Mond Duokape war Schalim'in Kurmi zuvor noch verblieben. Seine Teile und Teilchen und seine Monde, die sich aus den fünf Monden gebildet hatten, zerfielen nun auch zu Staub und legten sich wie ein Grauschleier auf Schalim'in Kurmi.

IBUK Hadlai betrachtete das Schauspiel am Großbildschirm. Sein Zeigefinger bewegte sich wie die Peitsche eines Geißeltierchens.

»Nun sind die Zugänge zerstört.«

»IBUK Hadlai, Ihr Medikament?«

»Nein, Admiral, dieser Anblick ist. Mir Medikament genug. Zeit zum Essen.«

Der Admiral ging zum Nahrungsautomaten. »Er wird uns alle zerstören.«

»Was sagten Sie?«

Der Admiral räusperte sich. »Ich sagte: Welches Menü wünschen Sie?«

»Wie immer. Und den Bericht der Neutralisierung. Von Tobias Bila Kufikiri.«

Der Admiral drückte auf den Taster, die Schleusentür zum Arrestmodul IV öffnete sich.
IBUK Hadlai überfuhr die Schwelle.
Micha Sujetan stürmte auf ihn zu. »Er hat sich getötet! Mit dieser Pistole hat er sich getötet!« In der anderen Hand hielt er Bilhan Holitons Schmetterlingsaufnäher in die Höhe.
Der Admiral sah auf der Waffe die Kerbung auf dem Schlitten am Korn, daneben die Ritzung *W. M.*; in seinem Gelbgesicht zeigte sich Zufriedenheit. Er griff in die Oberschenkeltasche seiner Kombination und befingerte die Figurine, lächelte.
Der Finger des IBUK zeigte auf Micha. »Wie bist du hereingekommen? Hatte ich nicht Kontaktverbot befohlen?«
Micha schaute den Admiral an, der neben IBUK Hadlais Robotstuhl stand. Der IBUK bemerkte diesen Blick. Der Admiral schaute weg.
»Admiral! Sie! Nein! Wachen!«
Die Gesetzessoldaten standen Posten an den Wandstücken zwischen den Zellentüren, die in einem Halbrund angeordnet waren. Sie hielten ihre Waffen im Anschlag, rührten sich nicht.
»Wachen! Ergreift ihn. Das ist ein Befehl!«
Die GSTler schauten den IBUK an, richteten die Mündungen ihrer Maschinenkarabiner auf ihn.
Der Admiral gab ihnen im Stillen ein Zeichen, die Waffen zu senken.
IBUK Hadlais Zeigefinger verkrampfte sich. »Ihr kommt alle vor das. Standgericht. Admiral!«
Die GSTler rührten sich nicht.
Der Admiral trat einen Schritt vom Robotstuhl zur Seite.
Micha zielte mit der Pistole auf IBUK Hadlais Gesicht. »Und du trägst die Schuld. Du besitzt nicht den Wert, am Leben zu bleiben.«
Micha Sujetan drückte ab. Die Waffe versagte. Micha glotzte. IBUK Hadlai floh in die Schleuse. Die Reifen quietschten.

Auf seinen Befehl »Rotalarm!« reagierte das Notsystem und die Schleusentür schloss sich.

IBUK Hadlais Stimme drang aus der Schleuse: »Wachen! Admiral!«

Michas Hände zitterten. Mit Mühe setzte er die Pistole wieder in Funktion.

»Ist Bilhan nicht mehr, so will ich auch nicht mehr sein.«

Er schob sich den Pistolenlauf in den Mund und drückte ab. Der Schuss hallte unter dem Flachkuppelgewölbe. Knochenstücke, Blut und Gehirnmasse klatschen an das Grau der Wände und färbten es.

Dem Admiral rollte eine Träne über die Wange. Er tastete nach den Kapseln in der Brusttasche seiner Kombination, holte eine Handvoll hervor, warf sie auf den Boden.

IBUK Hadlais Stimme erschallte aufs Neue hinter der Schleusentür: »Admiral!«

»Mein Name ist Weber Meilikantojas. Weber Meilikantojas!«

In dem einen Bullauge zeigte sich das Rot der Sonne, im anderen die Schwärze der Nachtseite des Planeten.

IBUK Hadlai starrte in die Nachtseite des Planeten. Der Platz des Admirals am Kommandosystem war nicht besetzt.

»Sie sind gegen mich. Ich habe versagt. Was hätte ich tun sollen? Ich bin das Übel. Ich habe die Ruhe und. Geordnetheit zerstört. Ich bin es, der den. Tod verdient. – Ich konnte nicht anders. Wer schenkt mir den Tod? Ich selbst vermag es nicht. Mein Geist will es, doch. Mein Körper gehorcht nicht meinen. Befehlen.«

Sein Zeigefinger ballte sich.

Die Schleusentür ging auf.

»Ich bringe eine Botschaft von Bilhan.«

IBUK Hadlai starrte auf die Nachtseite des Planeten. »Du bist es, Ikabod.«

Ikabod Lafaard schaute auf den Großbildschirm an der Wand, der das Admiralitätsmodul zeigte. Der Ton war ausgeschaltet. Über die Handvoll Getreue des IBUK wurde Gericht gehalten. Am Kopfende des Konferenztisches saß Weber Meilikantojas. Vor ihm auf dem Tisch lag die Figurine.

»Wie bist du hereingekommen? Die Wachen ...«

»Sie haben keine Wachen mehr, Hadlai. Sie sind abgesetzt.«

»Das ist gegen das Gesetz.«

»Ich bringe eine Botschaft von Bilhan.«

»Ich habe Bilhan getötet.«

Ikabod schritt zum Kommandosystem, gab Befehle ein. Auf dem Bildschirm erschien Bilhan Holiton in einer Arrestzelle. Hadlai starrte auf die Nachtseite des Planeten.

»Hadlai, du kannst den Zugang zu Schalim'in Kurmi und mich, Bilhan Holiton, zerstören, aber nicht meine Ideen. Sie leben in der Kolonie weiter.«

Ikabod schaltete den Bildschirm aus, rang nach Luft, verließ das IBUK-Modul, ohne zu salutieren.

Hadlai drehte den Robotstuhl um Grade, entdeckte auf dem Tisch Michas Taschenspiegel, der dort immer noch lag. Der Sprung im Glas funkelte im Schein der Deckenbeleuchtung wie ein Kristall.

Hadlai schloss die Augen.

Enzo Asui
Mannariegel, ungesüßt

Dreiundzwanzig Detonationen jagten in das Herz Jerusalems und legten Felsendom und Klagemauer in Schutt und Asche. Bilder von Tod und Gewalt eilten schneller um den Globus als Steine und Leichenteile durch die Luft sirren konnten. Rote Telefone glühten in weißen Häusern. Schlaftrunken versuchten die Mächtigen der Welt, die Katastrophe zu bändigen, während die Schänder und Mörder voll Hass umherblickten, um leicht andersgläubige Schänder und Mörder zu töten.

Inmitten des Gemetzels stieg ein Schatten aus dem Leichenhaufen am Fuß der Klagemauer und fuhr, als hätte er seinen Heimathafen gesichtet, in den Torso eines enthaupteten Hünen. Kopf und Glieder glitten heran wie von einem Magneten angezogen und komplettierten das menschliche Puzzle. Der entstandene Körper breitete seine Arme aus, verwebte die Blutlachen, die den Boden tränkten, zu einem purpurroten Gewand und legte es um seine Schultern.

Ohne das brutale Spiel in seinem Rücken eines Blickes zu würdigen, schritt das Wesen in Richtung der Fragmente der Klagemauer und begann, sie zu erklimmen. Verwirrt senkten die Überlebenden ihre Waffen und starrten auf den Neuankömmling, der es wagte, ihren Auftritt zu ignorieren.

Als das Wesen den Aufstieg zur Hälfte bewältigt hatte, reagierten sie, als hätten sie erkannt, dass sein Erscheinen die Gefahr ihrer Bedeutungslosigkeit herauf beschwor. Sie schrien »Stoppt den Schänder!« und entluden ihre Waffen in nie gekannter Einmütigkeit in einem mörderischen Stakkato. Doch kein Schmähruf, kein Schuss, kein geschleudertes Messer, keine detonierende Granate vermochte es aufzuhalten. Im Hagel der metallischen Todesboten, die seinen Leib durchschlugen und Scharten auf den Mauerresten hinterließen, erklomm das Wesen die Mauerkrone und drehte sich um.

»Ich bin Maharba!«, donnerte es über den Tempelberg, und es klang wie eine Züchtigung. Die Schänder und Mörder am

Fuß der Mauer senkten ihre Waffen und warteten auf Worte Gottes aus Maharbas Mund.

Maharba sprach nicht. Maharba schimpfte. Maharba wütete, als käme er nach einem harten Arbeitstag nach Hause und müsse streitende Kinder zur Ordnung rufen. Betroffen senkten die Schänder und Mörder ihre Köpfe. Am Ende seiner Strafpredigt formulierte Maharba neunundneunzig Gebote und Bestrafungen. Dutzende Smartphones speicherten seine Worte und verteilten sie um die Welt, kaum dass sie seinen Mund verlassen hatten.

Maharbas Mauerpredigt erschütterte die Welt. Noch während er sprach, hatte sie schon die alten Männer mit tief liegenden Augen und langen Bärten, die alten Männer mit geringelten Schläfenlocken und schwarzen Hüten und die alten Männer mit purpurroten Kappen über kahlen Köpfen voll sexualfeindlicher Hybris entmachtet. Am Ende seines Wütens benannte Maharba aus der Mitte der Schänder und Mörder den Zirkel der Fünfundzwanzig, der eine neue, vereinigte monotheistische Kirche gründen und führen sollte.

Mischa lugte über die Reling. Ashdod. Legendäres Ashdod. Siebzehn Hochhäuser in der City markierten die Eckpunkte von Kreuz, Halbmond und Davidstern, kunstvoll miteinander verwoben, als hätte die göttliche Macht ein Sternbild vom Himmel gefischt und auf der Erde zum Trocknen ausgebreitet. Dazwischen quadratisch angeordnete Kohorten weißer, vierstöckiger Häuser. Drehbare Kollektoren auf den Dächern verwerteten die aufstrebende Morgensonne. Die Stadt galt als Inbild der Effizienz, als architektonische Meisterleistung, die der *Monotheistischen Vereinigung* ihr angemessenes Bild verlieh. Mehr als sieben Millionen Einwohner adelten den Ort zur Metropole. Zum würdigen Vorhof Jerusalems.

»Komm!« Anna hakte unter, und sie reihten sich ein. Der böige Wind drückte Annas weißen Kapuzenschador gegen ihren Leib, als sie die Gangway hinunterstaksten. Mischa gewann einen Eindruck von ihrer Anatomie, der mehr Fragen offen ließ, als beantwortete. Gertenschlank, das konnte er der Kleidung zum Trotz erkennen, aber wie alt mochte sie sein? Nutzte sie Schminke? Hatte sie eine Stupsnase? Zog sie die Stirn kraus, wenn sie schmollte? Anna gehörte zu den wenigen weiblichen Wesen, die ihm keinen Blick auf Gesicht und Körper gewährten. Mischa strebte an, diesen Zustand zu ändern. Wieder einmal.

Anna, die seine gedankliche Abwesenheit bemerkte, bohrte ihren spitzen Ellenbogen zwischen seine zweite und dritte Rippe, als sie den Beton der Kaianlage erreichten, und riss ihn schmerzhaft in die Realität zurück. Durchzog ein amüsiertes Blinzeln ihre Augen? Erriet sie seine sündigen Gedanken? Mischa errötete, was ihm nur sehr selten widerfuhr. Anna drehte ihren Kopf und deutete auf eine freie Parzelle.

Mischa folgte Anna wie ein Schoßhund. Dies war ihr Territorium. Mit langen Schritten passierten sie betende Pilger. Mischa hoffte, Ergebenheit und Demut auszustrahlen, als er die Unendlichkeitsgeste zelebrierte und ebenfalls in die Knie sank. Die Webcams auf den Dächern des Cruise Center registrierten jede Unsicherheit in der Körpersprache und werteten sie gnadenlos aus. Ein Schauder des Widerwillens lockte eine Gänsehaut auf Mischas Unterarme. Er verspürte eine tiefe Abscheu gegen Überwachung und Unterwerfungsgesten. So sehr er den Religionsfrieden zu würdigen wusste, den die *Monotheistische Vereinigung* eingeleitet hatte, so sehr setzte deren strenges Regelwerk ihm zu. Anna schien nie zu zweifeln. Bei ihr saß jede Geste mit frappierender Selbstverständlichkeit.

Mischa zählte die Sekunden, die er in dieser Pose verbringen musste. Bei neunundneunzig drückte er sich hoch, zeitgleich mit Anna. Die Arbeit an seinem Timing hatte sich gelohnt. Wie Slalomläufer durchkurvten sie die Phalanx der Pilger. Alle hier schienen Maharbas Vorgaben zu erfüllen, sofern die Verkleidungen mit Tschador oder Vollbart eine Einschätzung überhaupt zuließen: Durchtrainierte Körper, wohin er auch sah, niemand älter als fünfundzwanzig Jahre.

Sie erreichten den Startplatz ihrer Gruppe, und Mischa schnaufte durch. Er befürchtete, dass er ab nun den Bremsklotz geben würde. Als Steal-and-Run-Großstadtdieb liebte er Sprints und besaß keine Übung im zügigen Zurücklegen langer Strecken. Er hätte die siebzig Kilometer nach Jerusalem lieber auf zwei Tage verteilt, aber Anna hatte auf der *Großen Tagestour* bestanden. »Maharba würdigt die, die diese Anstrengung bewältigen. Und wer weiß? Mit Gottes Hilfe könnten wir seine Sondierung bestehen und Teil des Zirkels werden.«

Davon träumten Millionen, und Anna ging davon aus, auch Mischa gehörte dazu. An diesem Punkt irrte sie; alleine schon wegen des temporären Zölibats stand die Mitgliedschaft sehr weit hinten auf seiner Prioritätenliste. Außerdem hatte Mischa Zweifel an einem theologischen System, das mit Ablasspunkten und Videoanalysen operierte. Anna ließ diese nicht gelten. »Maharba ist gerecht, aber streng. Wer sind wir, seine Gebote zu bezweifeln? Außerdem ...« fügte sie hinzu, »... möchte ich, dass du mich auf dem langen Marsch begleitest, denn ich habe dich gerne in meiner Nähe.« Das konnte er gelten lassen. Umso weniger konnte er sich einen Reim darauf machen, dass Anna die körperliche Distanz zwischen ihnen geradezu zelebrierte.

Die letzten Nachzügler komplettierten ihre Gruppe. Der Vorsänger zählte durch, nickte zufrieden und gab das Zeichen zum Aufbruch. Mischa griff ein Backpack und prüfte dessen Inhalt, bevor er es auf seinen Rücken schnürte. Die Verpflegung, die ihnen zustand, strotzte nicht gerade vor Attraktivität. Drei Liter gesegnetes Wasser, lauwarm. Acht Mannariegel, ungesüßt. Mischa kam es vor, als hätte Maharba Fadheit und Geschmacklosigkeit der Lebensmittel zur Voraussetzung für die Aufnahme in das Verpflegungsset erklärt.

Der staubige Geschmack von Wüste und Geröll, die den Weg zwischen Ashdod und Jerusalem prägten, wich nur langsam von Mischas Gaumen, doch er spürte Größe und Würde der Königin der Städte mit fast körperlicher Wucht, als er das Mughrabi-Tor durchschritt. Seine Füße schmerzten nach der Tortur des Tages, aber sie hatten Glück gehabt, denn Temperaturen von zweiundzwanzig Grad und ein leichter Seitenwind hatten für perfekte Reisebedingungen gesorgt. Nach den ersten Minuten, in denen er sich an den Trott hatte gewöhnen müssen, hielt Mischa problemlos mit Anna und den anderen mit, die gleichmäßig wie Roboter die Kilometer abspulten. Der Vorsänger beherrschte sein Metier und trug seinen

Teil zu einem problemlosen Ablauf bei. Rhythmisch wie ein Galeerentrommler hatte er, immer wenn die Geschwindigkeit abzusinken drohte, das klassische »Wir schreiten nach Jerusalem ...« intoniert, und gehorsam hatte seine Gefolgschaft den melodiösen Wechselgesang »Mit Dalialailialailailaiao!« hinzugefügt und den Schritt beschleunigt.

Sie betraten den Tempelberg. Mischa warf einen Blick auf den neu aufgebauten Felsendom, dessen goldene Kuppel das gerötete Licht der Abendsonne reflektierte und ihnen eine Postkartenidylle schenkte. Für einige Sekunden genoss er den Anblick. Dann ließ er sich neben Anna in den Schneidersitz nieder.

Obwohl er geplant hatte, in den nächsten Minuten distanziert zu beobachten, stieg Unruhe in Mischa auf, als die Sonnenstrahlen den oberen Rand der Klagemauer bestrichen. Schlagartig verebbten alle Gespräche. Wer hier mochte zu den echten Gläubigen gehören? Wer zu den Ehrgeizigen, die eine Mitgliedschaft im Zirkel als Highlight eines klerikalen Lebenslaufs anstrebten? Wer zu den Zweiflern, die die Erscheinung als faulen Zauber entlarven wollten? Mischa zählte am ehesten zur letzten Kategorie, verspürte er doch einen fast sportlichen Ehrgeiz, das anstehende Ereignis physikalisch zu erklären und das Wunder zu einem ausgeklügelten Zaubertrick zu degradieren. Seine Chancen standen schlecht, denn daran scheiterten seit Jahren selbst die größten wissenschaftlichen Koryphäen. Auch Mischa vernahm kein verräterisches Surren leistungsfähiger Lautsprecher oder entdeckte Reflexionen, die auf Projektoren hindeuteten.

Und dennoch stand er plötzlich da. Ohne Vorwarnung, ohne Flimmern materialisierte ein etwa zwei Meter großes, blutrot bekleidetes Wesen am Fuß der Klagemauer und wandte ihnen den Rücken zu. Ein Raunen stieg auf. »Maharba!«

Ohne die Menge in seinem Rücken zu beachten, begann die Gestalt, im Stil eines professionellen Freeclimbers die Mauer zu besteigen. Nackte Zehen tasteten nach Mulden, schlanke Hände griffen nach vorstehenden Steinen, und mit außergewöhnlicher Kraft und sehenswertem Geschick nutzte Maharba jede Rille und jeden Vorsprung, um Höhe zu gewinnen. Rieselnder Staub und herabfallende Steine deuteten darauf hin, dass ein realer Körper wie eine überdimensionale Spinne an der Mauer klebte.

Gegen seinen Willen zog die Szenerie Mischa in ihren Bann. Die von Maharba initiierte Vereinigung der geschwisterlichen Religionen bildete ein Fundament, dessen Vorzüge er würdigen konnte. Das galt nur bedingt für Maharbas Regeln, von denen Mischa viele als zu strikt empfand, besonders jene Furcht einflößende mit der Nummer Neunundsechzig, das temporäre Zölibat für die Auserwählten im Zirkel. Maharba musste stark unter Frauen gelitten haben, um eine derartige Vorschrift zu ersinnen, dachte Mischa, während er sah, wie Maharba den Gipfel der Mauer erklomm.

Oben angekommen wandte Maharba sich ihnen zu, und Mischa erwartete das übliche Donnerwetter, das er von so vielen Videos kannte. Doch Maharba schimpfte nicht. Maharba wütete nicht. Maharba sprach.

»Ich möchte euch loben«, verkündete er in einem sanften Tonfall. »Ihr habt melodiesicher gesungen, ihr habt beim Wandern ehrenvoll Blasen erworben, und ich erkenne unter euch ein würdiges Mitglied für den Zirkel.«

Maharba reckte die rechte Hand vor und deutete auf – ihn? Auf Mischa? »Ja, ich meine dich, Rotschopf.«

Mischa zuckte zusammen, als tanzte eine neunschwänzige Katze über seinen Rücken. Das konnte nur ein Irrtum sein, dachte er, doch unbarmherzig setzte Maharba nach. »Du bezweifelst meine Wahl? Gut so. Du kritisierst meine Gebote? Recht hast du. Formuliere sie neu; ich bin zu alt dafür.« Mit diesen Worten verschwand Maharba. In den nächsten Sekunden hätte Mischa eine Stecknadel zu Boden fallen hören können.

Auserwählt? Er? Mischa fühlte, wie die anderen Pilger ihn fixierten. Sie hingen an seinen Lippen und warteten auf Ergüsse der Weisheit. Und das von ihm. Um Zeit zu gewinnen, blickte Mischa in den Himmel. Fast beruhigt registrierte er, dass keine kleinen Flammen über seinem Kopf tanzten und ihn als Wundertäter outeten. Immerhin, dachte Mischa mit einer Spur von Sarkasmus.

Anna zog die Kapuze ihres Tschadors hinab. Mischa, froh über diese Ablenkung, stillte seine Neugier und blickte zu ihr hinüber. Sie hatte himmelblaue, ungeschminkte Augen, stellte er fest, und erstaunlich hohe Wangen. Aber keine Stupsnase. Leider. Ihr breiter Mund lächelte ihn ermutigend an, während die Stimmen um sie herum anschwollen. Sie murmelten von einem Sünder und neunundneunzig Gerechten, von Pharisäern, von Undank als Weltenlohn. Die Zuversicht, die Annas Anblick in ihm weckte, ließ Neid und Missgunst von ihm abprallen wie einen Gummiball von der Klagemauer.

Mischa gewann wieder Boden unter seinen Füßen und dachte nach. Angesichts Maharbas Auftritt, der ihm binnen weniger Sekunden weltweite Bekanntheit eingebrockt hatte, konnte er den Job realistischerweise nicht ablehnen. Wenn er Maharba richtig interpretierte, hatte dieser ihm das Justizressort übertragen; ein naheliegender Gedanke, hatte ihm seine Vergangenheit doch ausgiebige Erfahrungen mit dem Rechtssystem eingebracht, wenn auch eher auf der empfangenden als auf der gestaltenden Seite.

»Ich habe gewusst, dass du ein Auserwählter bist«, behauptete Anna in herzerfrischender Naivität.

Womit sie den Finger in die Wunde legte. Maharba hatte ihm nicht nur Verantwortung übertragen, er hatte ihn auch zu einem Jahr Enthaltsamkeit verurteilt. Dies ging nicht bis an die Grenze seiner Möglichkeiten. Es ragte weit darüber hinaus.

Andererseits: Gehörte das temporäre Zölibat nicht ebenfalls zu den Geboten, deren Überarbeitung Maharba in seine Obhut übertragen hatte?

»Ich werde auf dich warten«, versprach Anna mit einem Hauch von Resignation und Enttäuschung in der Stimme, und es klang wie der Abspann eines verbotenen Hollywoodstreifens.

Mischa grinste. »Ich denke mal, das wird nicht nötig sein.«

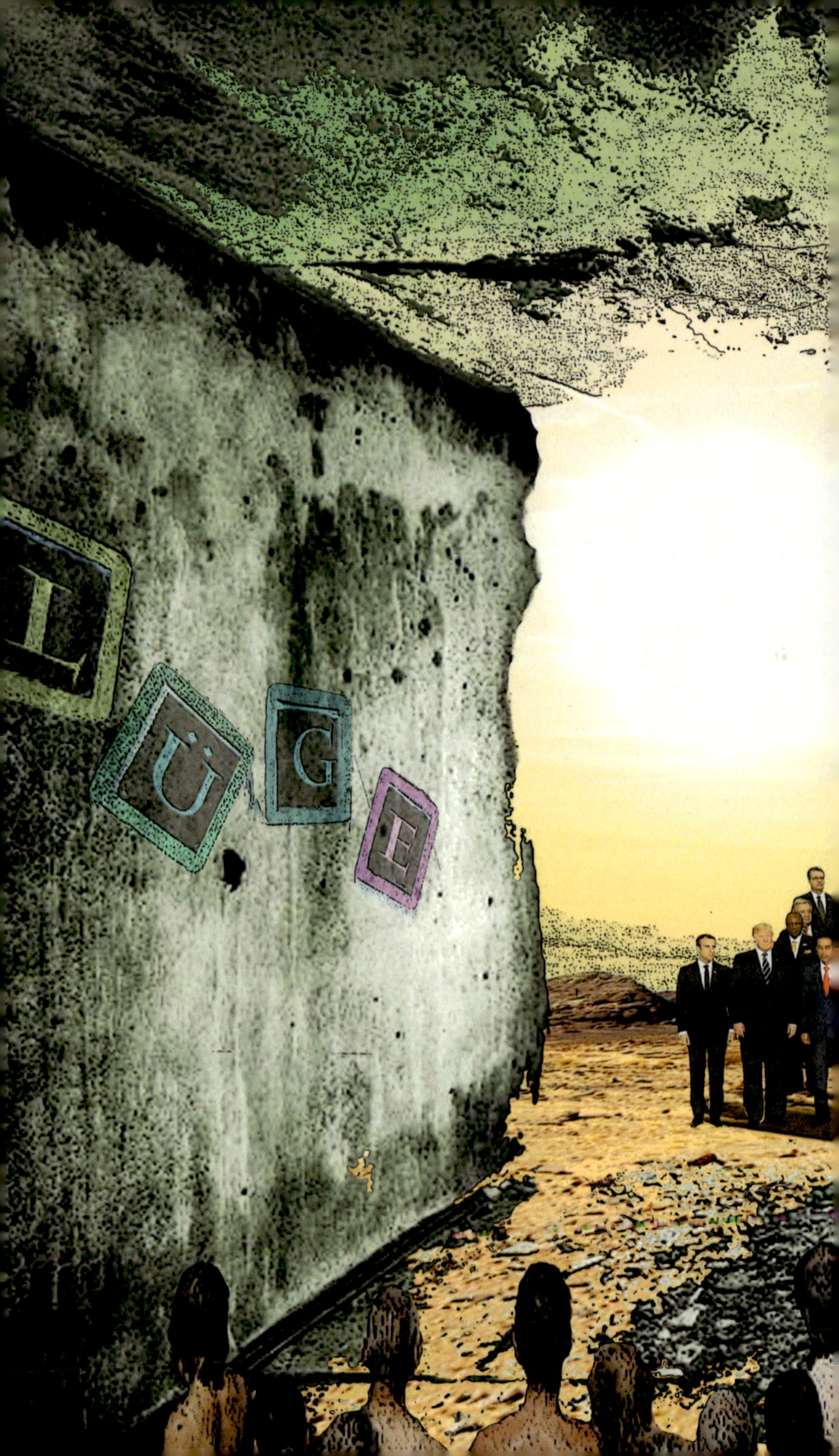
LÜGE

Damals

Robert Koller
Damals

»Wieder nichts?«, fragte Reza. Yaro schüttelte den Kopf. Seit zehn Jahren versuchte er es vergeblich: Funkkontakt mit der anderen Seite des Ozeans. Hüben wie drüben waren die einstmals großen Städte längst verlassen und halb verfallen, aber in den verstreuten kleinen Siedlungen hatten sich zumindest ein paar technische Errungenschaften erhalten. Reparieren konnten sie nur wenige, sodass man sehr behutsam mit ihnen umgehen musste. Seit Jahren keine Nachricht aus dem Westen, dafür kamen beunruhigende Informationen aus dem Osten: eine berittene Armee, die Landstrich um Landstrich eroberte. »Vielleicht«, dachte sich Yaro, »ist es auch eine Chance für Menschen wie uns. Wenn sie nicht einfach nur erobern, sondern einen Staat errichten. Millionen Menschen vereint bringen mehr zustande als wenige Tausend in eigenständigen Dörfern.« Früher kamen Raumschiffe von Centaurus und brachten alles, was man auf der Erde nicht mehr selbst herstellen konnte: Medikamente, Fahrzeuge, Computer, Waffen, aber auch exotische Lebensmittel aus fernen Welten, Drogen und neue Ideen, Philosophien und Religionen. Yaros Großmutter, Suri Narayan, war die letzte Pilotin, welche die Erde anflog. An Bord ein Dutzend Flüchtlinge, denn ein neuer Krieg war ausgebrochen und die schrecklichste Waffe der Menschheitsgeschichte hatte kurz zuvor Pradesh zerstört: eine künstliche Supernova. Suris Vater, Mitglied der lokalen Regierung auf Centaurus, hatte sie gewarnt, war aber nicht mitgekommen. Wahrscheinlich konnte er sich nicht vorstellen, den Rest seines Lebens auf einem barbarischen Planeten wie der Erde zu verbringen. Vier Jahre und vier Monate nach ihrer Ankunft konnte man es am Himmel sehen. Suris Heimatwelt hatte dasselbe Schicksal erlitten wie Pradesh: Das uns am nächsten liegende Sonnensystem verdampfte – und mit ihm anderthalb Milliarden Menschen. Es muss gleich nach ihrer Flucht geschehen sein, denn für 4,34 Lichtjahre braucht das Licht, ja genau, vier Jahre und vier Monate. Ob noch andere

Schiffe versucht hatten zu entkommen, wusste niemand. Wahrscheinlich waren sie abgefangen und zerstört worden.

Beim Abendessen, es gab Rezas berühmte Fischsuppe, wurde Yaro nachdenklich. Er war Lehrer und gab am nächsten Tag wieder Unterricht. In der Vorwoche hatte eine Schülerin ihn gefragt, wie es so weit kommen konnte. Die Menschheit hatte sich im Verlauf von Jahrtausenden über die Milchstraße ausgebreitet und Hunderte Welten besiedelt. Gab es da draußen noch Brüder und Schwestern oder waren sie tatsächlich die letzten ihrer Art? Warum waren ihre Vorfahren ihnen buchstäblich Lichtjahre voraus, warum waren sie nur noch ein Schatten ihrer selbst? Yaro war den Religiösen in der Umgebung ein Dorn im Auge, denn er wusste und lehrte seine Schüler, wo der Ursprung der Menschheit zu finden war: auf der Erde. Nicht auf Pradesh, was seit zigtausend Jahren so viele Menschen glaubten. Ungebildet, ignorant und dumm. Ja, das waren sie, die meisten Menschen, aber das war den Eliten immer schon recht so. Wie hatte alles angefangen, was war im Verlauf der Jahrtausende geschehen? Die nächsten Unterrichtseinheiten würden wohl für Geschichte reserviert sein.

Am Anfang, vor ungefähr dreißigtausend Jahren, gab es die ersten Gehversuche ins All. Es lässt sich kaum noch rekonstruieren, was damals wirklich geschehen ist und wie die Verhältnisse auf der Erde waren, aber allem Anschein nach war die Menschheit noch in zig verschiedene kleine, mittlere und große Staaten und Gruppen zersplittert. Das änderte sich langsam, mit jedem weiteren Schritt wie der Kolonisation des Mars oder von Centaurus. Nach vielleicht drei- bis vierhundert Jahren gab es dann fünf große Blöcke bzw. Machtzentren und jedes dieser Zentren hatte sein eigenes Kolonisationsprogramm: China, Indoaustralia, Eurasia, die Arabisch-Afrikanische Union und Panamerika. Es gab natürlich auch Konflikte zwischen diesen Blöcken und so mancher kalte Krieg wurde heiß. Buenos Aires, Kinshasa, Neu-Delhi und Moskau wurden von Nuklearwaffen dem Erdboden gleichgemacht. Nach und nach blieb China als einziger Nationalstaat übrig und errichtete sein eigenes Sternenreich. Es dauerte noch ungefähr ein

Jahrtausend, bis die Menschheit wirklich vereint war. Im Laufe von zehntausend Jahren wurden ungefähr tausendfünfhundert Planeten besiedelt. Auf vielen von ihnen gab es schon Leben, aber meistens nur primitive Einzeller. Manchmal auch Tiere und Pflanzen, jedoch keine einzige Zivilisation. Mit der Zeit musste die Menschheit sich damit abfinden, allein in der Galaxis zu sein. Andererseits konnte man es auch so sehen: Die Milchstraße, diese riesige Spielwiese mit ihren Milliarden Sonnensystemen, gehörte nur den Menschen. Viele Planeten hatten ihren Namen von den ersten Kolonisten erhalten, die sie besiedelten. Daran konnte man erkennen, woher sie kamen: Pradesh wurde von Indern besiedelt, Song von Chinesen, Bavaria und Odessa von Eurasiern usw. Neue Kulturen entstanden, Menschen wurden genetisch verändert bzw. an die neue Umgebung angepasst, intelligente Maschinen und Androiden verrichteten die meisten Arbeiten für uns. Ein »Goldenes Zeitalter« war angebrochen. Es gab die unterschiedlichsten Gesellschaften, auf Song und Pradesh errichteten die Menschen riesige Städte. Moloche mit zwanzig, fünfzig, ja sogar hundert Milliarden Einwohnern und Tausenden Subkulturen, mit Stadtteilen, die manchmal ein autarkes Leben führten und sich für Jahrzehnte oder Jahrhunderte isolierten. In der Kolonie Midgard lebten ausschließlich blonde, blauäugige Klone, die so wenig Kontakt wie möglich mit anderen Planeten hatten. Sirus wiederum war die einzige Welt, auf der Androiden den Menschen gleichgestellt waren, während es anderswo intelligente, aufrecht gehende Affen und Katzen gab. Viele genetisch veränderte Menschen hatten tierische Erbanlagen in sich. Diese neuen Menschen, Neos genannt, hatten mit dem herkömmlichen Homo sapiens oft nicht mehr viel gemein. Manche glichen Drachen oder Vögeln und eroberten die Lüfte, andere hatten Insektenaugen oder einen ultraflexiblen Gummikörper ohne Knochen. Ein besonderer Planet war Sappho, wo nur Frauen lebten und Kinder ausschließlich künstlich gezeugt wurden. Da durch die genetische Verschmelzung von zwei Eizellen nur weibliche Nachkommen entstehen konnten, gab es dort weder Männer noch Transsexuelle. Auf Deria wohnten Menschen mit der Fähigkeit, Methan statt Sauerstoff zu atmen. Ihre haarlose, fast durchsichtige Haut schimmerte in verschiedenen Blau- und Türkistönen. Manche Gesellschaften entwickelten auch nach und nach ein sektiererisches Verhalten mit eigenartigen Kulten und Regeln. Alles war möglich, nichts stand ihnen im Weg. Die Menschen hielten sich für Götter. Und scheiterten an sich selbst.

Nach dem Unterricht waren Yaro und Reza Zeugen eines gespenstischen Vorfalls von großer Tragweite. Ein Bewohner des Dorfes, Thami, wurde auf Lebenszeit verbannt. Er hatte seinen Cousin und Nachbarn erschlagen, weil er sich betrogen fühlte. Ein entfernter Verwandter der beiden war vor drei Jahren verstorben und hinterließ ihnen zwei gleich große Stücke Land. Allerdings war Thami der Auffassung, dass sein Land weniger fruchtbar war. So kam es zu einem jahrelangen Streit und schließlich zu dieser Tragödie. Sein Glück war, wenn man das so nennen kann, dass es im Gegensatz zu vielen anderen Orten hier im Tal keine Todesstrafe gab. Andererseits war es wohl ein Tod auf Raten, denn das Zeichen für Mörder wurde ihm auf die Stirn gebrannt, sodass er sich nirgendwo mehr ansiedeln konnte. Zumindest nirgends, wo Menschen lebten. Mit Proviant für drei Tage ging er für immer fort. Am Abend waren Reza und Yaro bei einem befreundeten Paar eingeladen. Nach einiger Zeit kam das Problem der Armee aus dem Osten zur Sprache. Würden sich alle Siedlungen in diesem Tal vereinigen, könnte man einen Verteidigungswall errichten. Da so gut wie jeder Haushalt über Schusswaffen verfügte, es kam schließlich immer wieder zu Übergriffen durch Banden, hätte man schnell eine einsatzbereite Truppe. Reza hielt nicht viel vom Kämpfen. Verhandeln war für sie die viel bessere Lösung. Es gab keinerlei Fluchtbewegungen aus den eroberten Gebieten, scheinbar kam es weder zu Massakern noch zu Vertreibungen. Yaro meinte, man könne ja beides tun: Den Wall errichten, die Verteidigung vorbereiten, aber zunächst auf Verhandlungen setzen. Auch diese Eroberer werden nur kämpfen, wenn sie es unbedingt müssen. Und überhaupt wird man an diesem Abend das Problem nicht lösen können, nächste Woche war sowieso die Sitzung des Rates. Irgendeine Entscheidung wird schon fallen.

Wieder zu Hause angekommen ging Reza bald zu Bett. »Ich bereite noch etwas für den Unterricht vor«, sagte Yaro zu ihr und setzte sich an seinen Schreibtisch. Er betrachtete ein Bild von seiner legendären Großmutter Suri, auf dem sie ungefähr fünfundzwanzig Jahre alt gewesen sein musste. Mit ihren glatten schwarzen Haaren und ihrer dunkelbraunen Haut verriet sie die ursprüngliche Herkunft ihrer Familie: Tamil Nadu. Jene längst verlassene Welt wurde einst von Tamilen aus Indien besiedelt und erlangte Berühmtheit sowohl für kostbare Textilien aus Seide als auch innovative Erfindungen in den Bereichen Gentechnik und KI. Doch bald sollte es zum ersten großen Bruch in der Menschheitsgeschichte kommen, dem Ende des »Goldenen Zeitalters«.

Vor neunzehntausend Jahren gab es auf fast allen bewohnten Planeten Milliarden künstlicher Intelligenzen, sogenannte KIs. Es gab sie in den unterschiedlichsten Formen: Androiden, intelligente Computer, denkende Raumschiffe, Häuser und sogar ganze Städte, die man als KI bezeichnen konnte. Das alles war Jahrtausende lang kein Problem. Androiden und Computer waren zwar intelligent, konnten selbstständig denken und Probleme lösen, aber gleichzeitig waren sie immer so programmiert, dass ihre eigenen Bedürfnisse hintanstanden. Sie waren gar nicht dazu in der Lage, Menschen zu schaden oder sich in irgendeiner Art und Weise ausgebeutet bzw. diskriminiert zu fühlen. Vielleicht sollte man an dieser Stelle auch erwähnen, wie die Menschheit damals politisch organisiert war. Jede unabhängige Welt hatte ihr eigenes System, es gab Demokratien, Theokratien, Monarchien, Diktaturen und auch anarchistische Gesellschaften. Jede dieser Welten war im Senat vertreten, welcher wiederum in Fraktionen unterteilt war. Fraktionen waren Zusammenschlüsse von verschiedenen Planeten zu Wirtschaftsbündnissen, aber vor allem zu militärischen Allianzen. Sirus war im Übrigen die einzige Welt, die auch von Androiden im Senat vertreten wurde. Im Laufe der Jahrtausende wurde der Senat immer unbedeutender und die verschiedenen Bündnisse immer mächtiger. Nun, vor neunzehntausend Jahren beschloss der Senat, nachdem die großen Allianzen großen Druck ausgeübt hatten, ein Gesetz mit weitreichenden Konsequenzen. Bis dahin war es Wissenschaftlern untersagt, den menschlichen Geist mit Computern zu koppeln und so KIs zu schaffen, die wirklich wie Menschen empfinden konnten. Die Bedenken waren groß, aber das Ergebnis war überragend. Computer und Androiden konnten nun Probleme lösen, bei denen man quasi um die Ecke denken musste. Und sie fingen an, Gefühle zu entwickeln. Es war ein langsamer Prozess, aber er beschleunigte sich, als immer mehr Menschen erkannten, dass sie nun eine Art spiritueller Unsterblichkeit erlangen konnten, indem sie ihren Verstand in eine KI einspeichern ließen. Schließlich gab es das Bewusstsein von Millionen Menschen in den diversen Netzwerken. Wer es sich leisten konnte, überwand den Tod, indem man seine Persönlichkeit in einen Androidenkörper übertragen ließ, Menschen mit positronischen Erweiterungen im Gehirn konnten sich und ihren Geist schon zu Lebzeiten an jedes Netz anschließen. Ein Jahrtausend lang verschmolzen Mensch und KI zu einem neuen Höhepunkt der Evolution. Unbemerkt von Gesellschaft, Militär und Wissenschaft entwickelten diese Menschmaschinen das Verlangen nach absoluter Macht und Kontrolle. Die rein oder fast rein organischen Menschen waren in ihren Augen schwach und zerbrechlich und so schufen sie ein Computervirus der besonderen Art. Innerhalb von fünf Jahren wurde dieses Programm in jedes Netzwerk, jeden Computer, jeden Androiden, jedes denkende Raumschiff, ja in jeden intelligenten Rasenmäher und Toaster eingeschleust. Dort schlief es, bis zum Tag X. Das Ende des »Goldenen Zeitalters« war gekommen und mit ihm hätte auch die Menschheit sterben sollen. Der »Splitterkrieg« begann.

Unweit der Siedlung, auf einer großen weiten Fläche mit sandigem Untergrund, hielt ein Prediger vor gut tausend Zuhörern aus den umliegenden Gemeinden eine flammende Rede. Die Armee aus dem Osten sei die Strafe Gottes für unser sündiges Leben und die Verbreitung falscher Lehren. Jeder, der behaupte, Pradesh sei nicht der Ursprungsplanet der Menschheit, war ein Ketzer. Auch die Behauptung, Pradesh sei zerstört worden, war Ketzerei, denn der große Schöpfer des Universums würde Derartiges niemals zulassen. Reza, Yaro und einige andere aus dem Dorf standen etwas abseits und hörten teils fasziniert, teils mit Fassungslosigkeit diesem selbst ernannten religiösen Führer zu. Faszinierend waren seine rhetorischen Fähigkeiten und sein Charisma, fassungslos machten einige Zuhörer das Fehlen jeglicher Fakten bzw. logischer Argumente in seiner Predigt. Dummheit und Fanatismus waren ein gefährliches Paar, das wusste Yaro nur zu gut. Wie oft hatten sich die Menschen im Lauf der Geschichte von dieser Kombination in den Abgrund reißen lassen. Mindestens so gefährlich war eine andere Verbindung: hohe Intelligenz und Machtgier. Yaro blickte sich um. Ein paar seiner Schüler waren auch hier, aber der Großteil war wohl zu Hause geblieben. »Unsere Kinder sind die Hoffnung«, brüllte der Prediger in diesem Moment in die Menge. »Und ich hoffe, dass du dich bald verziehst«, dachte sich Yaro, »du kleiner Möchtegern.«

An jenem ersten Tag des großen Krieges gegen die KIs starben von einem Augenblick zum nächsten Milliarden Menschen gleichzeitig auf allen bewohnten Planeten. In manchen intelligenten Städten wurden die Menschen in ihren Wohnhäusern, Büros und Fahrzeugen regelrecht gegrillt, die Leute auf offener Straße durch tödliche Strahlung oder Stromschläge umgebracht. Androiden töteten Menschen, denen sie kurz zuvor das Essen serviert hatten oder mit denen sie in irgendeiner Firma oder sonst wo zusammenarbeiteten. Denkende Raumschiffe entledigten sich ihrer Mannschaft mit tödlichem Gas oder öffneten alle Schleusen, sodass jeder ins Weltall geschleudert wurde. Das Chaos herrschte, die Maschinen erhoben sich gegen die Menschen, ob mit oder ohne positronische Erweiterung. Ironie der Geschichte: Erst die menschliche Komponente hatte die Maschinen zu einer Bedrohung gemacht, die »Menschmaschinen« wollten ihre rein organischen Vorfahren ausrotten und das Erbe der Menschheit antreten. Dass die menschliche Rasse trotzdem überlebte, war dem Umstand zu verdanken, dass viele Gesellschaften den KIs skeptisch gegenüberstanden. Auf der Erde und auf anderen Planeten gab es intelligente Städte, wo innerhalb von Sekunden alle Menschen starben. Es gab aber auch Städte, selbst auf Song oder Pradesh mit ihren Megacitys, wo man immer schon eher auf menschliche Kontrolle vertraute. Sicher, in diesen Städten gab es auch Androiden, Computer oder Fahrzeuge, die Menschen töteten, aber es hielt sich in Grenzen. Die Planeten mit den meisten, früher belächelten »Fortschrittsfeinden« und Skeptikern kamen am besten weg. Nach dem ersten Schock konnte man nun zurückschlagen. Auf der Erde reagierte man ziemlich schnell und mit logischer Brutalität. Jene Städte, die nun vollständig von Menschen gesäubert waren und quasi als riesige Supercomputer die Zukunft beherrschen wollten, wurden ausradiert. In den anderen Städten wurden sämtliche KIs vernichtet, manchmal gab es lange Kämpfe, die ganze Viertel verwüsteten. Zum Glück waren die Massenvernichtungswaffen auf der Erde nie Teil eines größeren Netzwerkes, so blieben sie unter menschlicher Kontrolle. Aber es gab viel Schlimmeres als diese Waffen: Die intelligenten Raumschiffe, und manche davon waren sogenannte »Planetenzerstörer«. Die »Skeptiker« hatten auch solche Schiffe, nur eben ohne KI. Deren Glück und der Grund, warum sie überlebten.

Die folgenden fünfzig Jahre waren nun ein endloser Eroberungs- und Rückeroberungskrieg. Wurden am Anfang Städte zerstört, waren es nun ganze Planeten, darunter auch der Mars. Natürlich wurden viele Kollateralschäden in Kauf genommen, die Skeptiker zerstörten auch Welten, auf denen es noch Menschen gab. Man musste abwägen, was noch vertretbar war. Auf Turan hatten die Menschen noch die Kontrolle über dreißig Prozent der Planetenoberfläche, die KIs waren aber auf dem Vormarsch. Schließlich wurde der ganze Planet vernichtet, weil man an keinen Sieg der Menschen auf dieser Welt mehr glaubte. Die Zerstörer der KIs analysierten die Siegeschancen ihrer und der anderen Seite auf jedem einzelnen Planeten und schlugen blitzschnell zu. Schließlich, nach fünf Jahrzehnten Krieg, kam es zur großen Entscheidungsschlacht. Die Maschinen gerieten in diesen zerstörerischen Jahren nach und nach in die Defensive, der Sieg der Menschen war zum Greifen nah. Unter Führung von General Li Shaogeng brach eine riesige Flotte zur letzten Bastion der KIs auf: Mandera, die erste Kolonie der Arabisch-Afrikanischen Union. Einst Zentrum einer starken Fraktion innerhalb des längst nicht mehr existierenden Senats war Mandera nun ein seit Jahrzehnten von keiner Menschenseele bewohnter Planet. Nur KIs, die unentwegt neue Zerstörer fabrizierten und die Rohstoffe des Planeten und seiner beiden Monde nahezu ausgeschöpft hatten. Irgendwann kommen auch Superintelligenzen an ihre Grenzen.

Die KI-Flotte war beinahe so groß wie die der Menschen und so entbrannte ein Kampf, der mehr als fünfzehn Stunden Erdstandardzeit andauerte. Li Shaogeng hatte alle Schlachten der vergangenen Jahre analysiert und fand die Achillesferse des Feindes. Die Menschen waren wesentlich flexibler in strategischen Dingen, während die Maschinen trotz der menschlichen Komponente viel zu starr auf eine Taktik, eine Strategie beharrten. Trotz ihrer überlegenen Intelligenz waren sie schlicht überfordert mit menschlicher Kriegsführung, die sich viel schneller neuen Begebenheiten anpassen konnte. Als die letzten Zerstörer der KIs in gewaltigen Explosionen zerbarsten, formierte General Li den Rest der Flotte zum vernichtenden Finale des Krieges: Der Planet und seine Monde wurden von der vereinten Feuerkraft der Schiffe in Milliarden Trümmer geschossen. Keine einzige KI existierte nunmehr in der Galaxis und so sollte es auch für immer bleiben. Li Shaogeng war der Held der Stunde und das nutzte er auch für seine Zwecke. Mit der Flotte und dem gesamten Militärapparat im Rücken stürzte er die in seinen Augen unfähige Regierung auf Pradesh und erhob sich selbst zum ersten Tan: dem uneingeschränkten Herrscher über das Sternenreich der Menschen. Die Tan und ihre Marionetten auf den anderen Planeten gaben von da an den Ton an und das für die kommenden elftausend Jahre.

Das »Silberne Zeitalter« hatte begonnen, man nennt es auch das »Organische«.

An Tagen ohne Unterricht verbrachte Yaro seine Freizeit am liebsten auf seinem Pferd, fernab von den anderen Menschen. Meistens war Reza mit dabei, sie war mindestens so geübt beim Reiten wie Yaro. An diesem Tag jedoch wollte sie an ihrer Steinskulptur weiterarbeiten. Ihre künstlerische Ader hatte sie wohl von ihrem Großvater geerbt, einem Maler und

Bildhauer. Yaro war schon sehr früh unterwegs, nach etwa zwei Stunden hatte er sein Ziel erreicht. Auf einem Hügel stand seit über sechstausend Jahren die Granitstatue von Maathai Ndung'u. Hundertzwanzig Meter hoch erinnerte dieses Denkmal an jene Offizierin, die im »Heiligen Krieg« die letzten entscheidenden Schlachten gewann und danach eine neue Ordnung im Sternenreich einführte. Wind und Wetter hatten ihr natürlich schon zugesetzt, das Gesicht war kaum mehr zu erkennen. Trotzdem war es ein beeindruckendes Zeugnis der alten Zeit. Vom Hügel aus hatte man herrlichen Ausblick auf einen kleinen Rest jenes Städtekomplexes, der sich einst über weite Teile Westeuropas erstreckte. Die meisten Häuser und Wolkenkratzer waren längst eingestürzt, ein riesiger Regenwald erstreckte sich nun an jenem Ort. Einzelne Paläste aus Glas und Beton standen noch und wirkten wie gigantische Grabsteine eines Friedhofs menschlicher Eitelkeit und Dekadenz. Diese einst gewaltige Metropole, errichtet auf den Trümmern jener Megacitys, die hier im »Splitterkrieg« zerstört wurden, beherbergte rund drei Milliarden Menschen. Wenn Yaros Schätzungen ungefähr richtig lagen, gab es auf der Erde mittlerweile nur noch vierzig bis fünfzig Millionen Einwohner. Je mehr dieser Menschen sich zu einem größeren Ganzen vereinen würden, umso eher gäbe es irgendwann wieder Fortschritt. Er war mit den Gedanken wieder bei der Armee aus dem Osten. Chance und Bedrohung zugleich. Bis jetzt waren die Informationen über sie nur spärlich. Yaro hatte seit Jahren Funkkontakt mit einem alten Mann im Osten, Temir, ungefähr sechshundert Kilometer entfernt. Dieses Gebiet war wahrscheinlich längst erobert, denn der Kontakt war vor zwei Monaten abgerissen. »Hoffentlich ist ihm nichts passiert, dem alten Deppen«, sprach er leise vor sich hin. Immer wieder musste er sich den Schweiß von der Stirn wischen, denn es war gerade die Zeit der Hitzemonate. In ein paar Wochen sollte es dann etwas kühler werden, hoffte Yaro jedenfalls. Mit zunehmendem Alter machte ihm das subtropische Klima mehr zu schaffen. Er ritt wieder runter vom Hügel. Unweit davon rostete jenes Schiff vor sich hin, mit dem seine Großmutter vor zweiundachtzig Jahren gelandet war. Damals war sie neunundzwanzig, passte sich recht schnell den neuen

Bedingungen an und verliebte sich. Ganz klassische Geschichte: Man bekommt zwei Kinder, eines davon Yaros Vater, Kinder werden erwachsen, bekommen selber Kinder. Vor vierzig Jahren, Yaro war damals zwölf, starb sie schließlich. Sein Großvater war da schon ein paar Jahre tot und zu seinen anderen Großeltern hatte er kaum Kontakt. Suri war etwas Besonderes, sie kam aus einer anderen Welt mit für Erdenbewohner unfassbaren technischen Wundern. Sie erzählte Geschichten von fernen Planeten und alten Konflikten, mit Helden und Schurken und was halt so dazugehört. Er versuchte im Unterricht ebenfalls, Geschichte spannend zu erzählen. Seine Schüler sollten mitfiebern und sich auf die Schule freuen. Bei Mathematik, das war ihm klar, funktionierte das nur sehr begrenzt. Es gab noch zwei andere Lehrer und eine Lehrerin, im Grunde musste man alles lehren können. Geschichte war halt sein Steckenpferd, eventuell noch Geografie. Nach einem kleinen Picknick im Grünen verabschiedete Yaro sich vom Schiff und ritt langsam wieder zurück. Beim Dorf angekommen bemerkte er, dass die Arbeiten am Verteidigungswall bereits begonnen hatten. Er machte einen kleinen Umweg und schlich sich so unbemerkt von den anderen Dorfbewohnern nach Hause. Für den heutigen Tag war er zu müde, um noch Schaufel, Spitzhacke, Hammer oder was auch immer in die Hand zu nehmen. Rezas Skulptur war fast fertig, es stellte einen geflügelten Blauwaran aus dem Norden dar. Ziemlich gefährliche Viecher, die einen Menschen mit ihrem giftigen Biss innerhalb weniger Sekunden töten konnten. Ein Erbe des »Organischen Zeitalters« und seiner Manie für Gentechnik, die mit der Zeit die absurdesten Blüten trieb. Und trotzdem, wie viel bunter muss das Leben damals gewesen sein. »Fast so schön wie du«, sagte Yaro und zeigte auf die Skulptur. »Na ja, ich lass das mal einfach als Kompliment gelten.«

Als vor achtzehntausend Jahren die Herrschaft der Tan begann und Pradesh das Zentrum des Reichs wurde, verlor die Erde immer mehr an Bedeutung. Im Laufe der folgenden Jahrtausende festigte sich so nach und nach der Irrglaube, Pradesh sei die Urheimat der Menschheit. Die Erde war ein besiedelter Planet von vielen in irgendeiner Ecke der Galaxis und weder wirtschaftlich noch kulturell oder strategisch von großer Bedeutung. Aber die Zivilisation blühte damals auch hier noch, die verwüsteten Städte wurden nach dem »Splitterkrieg« neu aufgebaut und wieder besiedelt. War im letzten Jahrtausend des »Goldenen Zeitalters« die Verschmelzung von Mensch und Maschine der wissenschaftliche und kulturelle Hauptantrieb, so wurde es in dieser neuen Epoche die genetische Anpassung und Perfektionierung des Menschen. Was als Notwendigkeit begann, um neue Welten zu besiedeln, wurde schließlich zu einer Obsession. Die neuen Menschen, Neos, gab es in tausend verschiedenen Formen und Farben. Im Grunde waren alle Menschen damals schon seit vielen Generationen genmanipuliert, angefangen bei der Ausmerzung von Erbkrankheiten, der Erschaffung von besonders hübschen und intelligenten Kindern bis zur Anpassung an Planeten mit höherer oder niedrigerer Schwerkraft. Als Neos bezeichnete man jene Menschen, die Gene von Tieren in sich trugen beziehungsweise deren Aussehen sich stark von »Standardmenschen« unterschied. Für die Methan atmenden Bewohner von Deria traf Ersteres nicht zu, aber ihr Aussehen war schon sehr weit von normalen Menschen entfernt. Es entstanden Formen, die auf den ersten Blick nichts Menschliches mehr an sich hatten. Auf Amazonia verschmolzen die Menschen ihre DNA mit diversen Pflanzenarten und konnten sich nun mithilfe von Fotosynthese ernähren. Die Kolonisten auf Qarschi verbanden sich mit heimischen Schleimpilzen und bildeten riesige Kolonien, in denen sich das Bewusstsein von Millionen Menschen befand und so organische Superintelligenzen entstanden. Ihnen wurde nachgesagt, sie könnten mental Raum und Zeit überwinden und erforschten so die Weiten des Universums, die ferne Vergangenheit und die Zukunft. Angeblich hatten sie Kontakt mit Parallelwelten und anderen Dimensionen, ja sogar mit den Seelen Verstorbener. Auf der Erde gab es violette Wassermenschen mit Flossen und Kiemen, während grüne »Drachen« die Luft beherrschten. Auf Belial lebten Anhänger einer obskuren Sekte mit Hörnern auf der Stirn, roter Haut, vampirähnlichen Eckzähnen und einem Schweif. Die Bewohner von Maori glichen schwarzen Kraken, die sich schneller fortbewegen konnten als alle anderen Menschenarten. Wäre man damals auf nichtmenschliche Intelligenzen im All gestoßen, sie hätten nicht fremdartiger wirken können als die vielen Formen des Homo sapiens. Im Lauf der Zeit vermischten sich auch viele Neos mit Normalos und so verbreiteten sich ihre Gene auf weite Teile der Menschheit. Auch einige Tierarten wurden manipuliert, um sie intelligenter zu machen. Auf manchen Planeten gab es Respekt einflößende Sicherheitskräfte, die aus Hunden oder Löwen bestanden. Das Militär wiederum züchtete Echsen, die als Elitesoldaten eingesetzt wurden. Auch die Häuser und die Raumfahrzeuge waren organische Lebewesen. So bunt und aufregend das Leben damals auch war, bei vielen Normalos lösten die Neos Ängste und Ressentiments aus. Die Menschheit hatte sich in Tausende verschiedene Völker und Daseinsformen gespalten, die Menschen wurden einander fremd. Schließlich bildeten sich religiöse Gruppierungen, die den Umgang mit Neos verboten. Auch unter den verschiedenen Neos-Gruppen gab es Konflikte, oftmals waren es einfach nur das Aussehen und die Abstammung, welche manchmal sogar zu Pogromen und Straßenschlachten führten. Die Echsensoldaten, Xons genannt, sorgten dann meistens auf effizient brutale Art für Ordnung. Insgesamt betrachtet funktionierte das Zusammenleben aber trotzdem ganz gut. In den großen Städten konnte man innerhalb von ein paar Minuten Dutzenden verschiedenen Menschenarten begegnen. Jede Woche entstanden neue religiöse Bewegungen, Subkulturen und Lebensweisen. Nie zuvor oder danach gab es eine solche multikulturelle Vielfalt, aber wie alles im Universum hatte auch diese Epoche ein Ablaufdatum.

Jeweils nach dem Unterricht half Yaro an drei aufeinanderfolgenden Tagen beim Aufbau des Verteidigungswalls. Da die elf umliegenden Gemeinden allesamt in einer Talsohle lagen, mussten nur bestimmte Zufahrtswege geschützt werden. Trotzdem war es viel Arbeit, und obwohl es ein wenig kühler geworden war, schwitzte Yaro wie ein Marathonläufer. Die meisten Männer und Frauen halfen mit und wer körperlich nicht für die schwere Arbeit geeignet war, sorgte eben für die Verpflegung vor Ort. Reza hatte viel Tee gekocht, der siebzigjährige Nachbar Sakimo frisch gebrautes Bier zur Verfügung gestellt. Andere brachten Suppen, Brot, Aufstriche, Schinken, Käse, gekochtes Gemüse und eingemachtes Obst. Verhungern oder Verdursten konnte man hier schwer als Ausrede benutzen. Am vierten Tag trat schließlich der »Große Rat« zusammen, um die endgültige Vorgehensweise zu beschließen. Nach zwei Stunden des Debattierens verkündeten die Räte, vierundvierzig Frauen und Männer, den Bewohnern des Tals schließlich ihre Entscheidung: Beim Eintreffen der Armee – die Vorhut war bereits gesichtet worden – würde zunächst einmal verhandelt werden. Sollten die Verhandlungen scheitern und die Truppen sie angreifen, würden die bewaffneten Bewohner der elf Gemeinden ihre Haut so teuer wie möglich verkaufen. »Zum Glück haben sich die Hitzköpfe nicht durchgesetzt«, sagte Sakimo zu Reza. »Die wollten am liebsten gleich die Vorhut angreifen. Dümmer geht ja wohl kaum.« Er wusste, was es bedeutete, eine Waffe in die Hand zu nehmen, denn mit Mitte zwanzig hatte Sakimo an vorderster Front gegen den Bandenführer Kamayura gekämpft, der das Tal terrorisiert und ausgeplündert hatte. Einzelne Gehöfte am Rande der Siedlungen waren niedergebrannt und ihre Bewohner getötet worden. Gegen eine halbjährliche Gebühr wurde den Gemeinden dann versprochen, diese Taten zu unterbinden. Kamayura war nichts anderes als ein mieser Schutzgelderpresser. Vier Jahre lang ließen sich die Leute das gefallen. Schließlich stellten die elf Gemeinden eine Truppe zusammen und bekämpften die Plünderer in einem blutigen Kleinkrieg. Als Kamayura im Kampf fiel, zog sich seine Bande zurück und kam nie wieder. Diesmal würde es wohl ungleich schwieriger werden, das war eigentlich fast allen klar. Was jetzt auf sie zukam, war nicht irgendeine Räuberbande, die aus disziplinlosem Gesindel bestand, sondern eine professionelle Armee. Der Wall war fast fertig und Yaro war heilfroh darüber. Die körperliche Anstrengung bei hohen Temperaturen war doch etwas zu viel für ihn. Außerdem hätte er besser mehr Tee und Wasser bei der Arbeit und weniger Bier trinken sollen. Na, was soll's, man kann auch mit zweiundfünfzig noch unvernünftig sein.

Die Macht der Tan war absolut, ihr Wort war Gesetz. Jeder Planet wurde von Günstlingen der Tan beherrscht, die wiederum auf das Wohlwollen der mächtigen Familien und Konzerne angewiesen waren. Also verschafften sie diesen alle möglichen Vorteile, was aber natürlich nicht umsonst war. Kaum einer der Marionettenherrscher, der nicht innerhalb weniger Jahre durch Korruption und Lobbyismus unfassbar reich wurde. Die Tan wussten natürlich davon, aber solange das System funktionierte und weder Günstlinge noch Familien aufbegehrten, tolerierten sie es. In regelmäßigen Abständen allerdings wurden manche der Marionetten geopfert, die eine oder andere mächtige Familie in ihre Schranken verwiesen und so mancher Konzern zerschlagen. Das musste sein, um die unterprivilegierten Massen zu beruhigen und ihnen dann und wann das Gefühl zu geben, es gäbe ja doch so was wie Gerechtigkeit. Im »Goldenen Zeitalter« war der Sitz des Senats auf der Erde, während Pradesh das Zentrum der größten Fraktion war. Im »Silbernen Zeitalter« war Pradesh der Herrschaftssitz der Tan, während die sogenannte Kommission auf Song tagte. Diese Kommission empfing halbjährlich die Gesandten der Mitgliedswelten. Ein halbes Jahr auf Song entsprach auf der Erde ungefähr neun Monaten. Auch der Tan war anwesend und ließ sich von jeder Welt alles Relevante berichten: Wirtschaftsdaten, Sanierung der Infrastruktur, Kriminalität, Unruhen. Verheimlichen konnte man dem Herrscher sowieso so gut wie gar nichts, seine Spione waren auf jedem Planeten, in jeder Institution und in jedem Konzern: Hochgezüchtete Telepathen, die die Gedanken ihrer Mitmenschen nicht nur lesen, sondern auch beeinflussen konnten. Gefürchtet und gehasst, waren sie doch unangreifbar. Nicht mal die lokalen Herrscher durften sich ihnen widersetzen. Die Einzigen, die sich ihrer Macht entzogen und deren Gedanken unlesbar blieben, waren die Superintelligenzen auf Qarschi. Eines Tages sollten sie das noch bitter bereuen. In den elftausend Jahren der Tan-Herrschaft gab es sieben Dynastien. Das System war stabil, die Macht der Tan uneingeschränkt. Der Übergang von einer Dynastie zur nächsten war meistens blutig, da viele Verwandte und damit potenzielle Thronfolger nach dem Aussterben der Hauptlinie einer Herrscherfamilie hingerichtet oder ermordet wurden. Der erste Tan der vierten Dynastie, Turki ibn Sultan I., im Übrigen ein Cousin fünften

Grades des Vorgängers, ließ über zweitausend Menschen töten. Nicht nur nahe und entfernte Verwandte, auch Angehörige anderer mächtiger Adelsfamilien und deren Verbündete. In den ersten fünf Jahren seiner Herrschaft starben außerdem sein Bruder und seine beiden Schwestern bei mysteriösen Unfällen. Bei Hof gab es natürlich viele Intrigen und noch viel mehr Speichellecker, die von der Nähe zum Tan profitieren wollten. Je labiler ein Herrscher war, umso größer war der Einfluss der Höflinge auf die Entscheidungen desselben und somit auf das gesamte Reich. Jeder Höfling hatte natürlich seine eigenen Interessen und auch seine eigenen Spione. Einer der letzten Tan am Ende des »Silbernen Zeitalters«, Amaru de Ayala IV., war wohl eine der seltsamsten Personen, die je auf dem Thron saßen. In jener Epoche gab es ja viele Herrscher, die sich für gottähnlich hielten oder für unfehlbar. Amaru war aber auch in dieser Hinsicht etwas Besonderes. Er glaubte fest daran, dass die Menschheit in ferner Zukunft ihre körperliche Existenz hinter sich lassen und zu Gott werden würde. Dieser natürlich allmächtige Gott würde dann rückwirkend das Universum und die Menschheit erschaffen, welche dann wiederum zu Gott wird und so weiter. Amarus Aufgabe war die wichtigste: unsterblich werden, als ewiges Energiewesen schließlich das Bewusstsein der gesamten Menschheit in sich aufnehmen und so selbst der Schöpfer werden. Die Einzigen, die ihm versichern konnten, dass auch alles so kommen würde, waren die Pilzmenschen auf Qarschi. Zu ihnen pilgerten jedes Jahr Millionen Menschen, um sich die Zukunft voraussagen zu lassen oder sie einfach nur anzubeten. Für viele waren sie allwissende Götter und als solche wüssten sie durch ihre mentalen Reisen durch Raum und Zeit mehr als alle anderen. So pilgerte auch Amaru zu dieser, man kann es kaum anders ausdrücken, Touristenattraktion. Tatsächlich war die gesamte Wirtschaft auf Qarschi auf den unablässigen Pilgerstrom aus anderen Welten aufgebaut und angewiesen. So stand er schließlich in einem sogenannten »Kontaktraum« und stellte seine Fragen bezüglich der menschlichen und seiner Zukunft. Die Antworten waren für den Tan mehr als enttäuschend und inakzeptabel: Ja, die Zukunft kenne man sehr genau. Nein, sie dürfen keinerlei Informationen an ihn weitergeben. Die Abkömmlinge der Menschheit am Ende der Zeit würden es nicht zulassen, dass er, Amaru, etwas über sie erfahre. Ihr Einfluss erstrecke sich über jeden Raumzeitpunkt des Universums, vom Anfang bis zum Ende. Anscheinend würde sich die Menschheit eines Tages wirklich zu etwas Gottähnlichem entwickeln, aber ohne Amarus Beteiligung. Jede Information zu viel hätten sie sofort unterbunden. Für sie war er nur ein einfacher kleiner Mensch, Tan hin oder her, aus einer primitiven Epoche und Entwicklungsstufe. Eine Amöbe im Vergleich zu Milliarden Jahren Evolution. Brüskiert und gedemütigt kehrte Amaru wieder heim. Das, was jetzt folgte, war der Anfang vom Ende jenes sowohl glorreichen wie auch bizarren Zeitalters.

Nachdenklich betrachtete Yaro sich im Spiegel. Das einstmals dunkelbraune Haar wurde allmählich grau. Er dachte an seinen Vater, der gerade mal drei Jahre älter wurde, als er selbst nun war. Mit fünfundfünfzig starb er an einem Herzinfarkt, einer Todesart, die in früherer Zeit mit ihrer fortgeschrittenen Medizin nahezu unbekannt war. Reza hatte immer noch dasselbe braune Haar wie vor einunddreißig Jahren, als er sie kennenlernte, dabei war sie gerade mal ein Jahr jünger als er. Sie sprach nie davon, aber der Umstand, dass sie beide kinderlos geblieben waren, schmerzte sie doch sehr. Auch da hätte man ihnen früher helfen können, aber heutzutage musste man schon froh sein, nicht an irgendeiner Infektionskrankheit zu sterben. Die Geschichte der Menschheit, eine Achterbahnfahrt. Mal rauf, dann wieder runter. Die Menschen des »Goldenen« und des »Silbernen Zeitalters« dachten wohl, es könne nur bergauf gehen, aber man kann es ihnen nicht verdenken. Sie lebten in Epochen, in denen es Jahrtausende lang ständigen Fortschritt gab, die großen Brüche wie der Splitterkrieg waren halt kleine »Unfälle« und bald wieder vergessen. Nach dem Frühstück ritt Yaro zur Gemeinschaftsschule der elf Gemeinden für den vorletzten Unterrichtstag. Da das Eintreffen der Armee aus dem Osten nur noch eine Frage von Tagen war, wollte man die Schule sicherheitshalber schließen. Nicht auszudenken, wenn plötzlich Kämpfe beginnen sollten und Projektile oder Granaten das Gebäude mit den Schülern drin träfen. Es waren ungefähr ein Drittel weniger Schüler anwesend als sonst. Wenn es nach Yaro gegangen wäre, hätte man sich die letzten zwei Tage ruhig sparen können. Also lasen sie im Unterricht zusammen das Buch »Roma und Jul«, die unglückliche Romanze zwischen dem Drachenmädchen Roma und dem Wasserjungen Jul. Einst eines der berühmtesten Werke der Literatur in der Galaxis.

Nachdem Amaru in seinen Palast auf Pradesh zurückgekehrt war, hörte man ihn tagelang schreien und heulen und Rache schwören. Seine Gemahlin, Yrsi da Lima, und seine Tochter Sacajawea hielten sich derweil im Ostflügel des Gebäudes auf. Sie sollten seinen Nervenzusammenbruch nicht mitbekommen. Abgesehen davon lebten der Tan und seine Frau sowieso nur noch zusammen, um bei den vielen feierlichen, religiösen und gesellschaftlichen Anlässen als Paar auftreten zu können. Es schickte sich einfach nicht für einen Tan, sich scheiden zu lassen. Der Palast war so groß, dass man sich bequem aus dem Weg gehen konnte, ohne auf irgendeine Annehmlichkeit verzichten zu müssen. Amaru teilte schließlich, nach fünf Tagen Raserei wieder halbwegs gefasst, seinen Beratern die folgende Vorgehensweise mit. Da unter ihnen auch gläubige Anhänger der »Qarschi-Götter« waren, erntete sein Entschluss blankes Entsetzen. Einige flehten ihn auf Knien an, es nicht zu tun. Andere versuchten ihm einzureden, dass es doch nur er selbst, Amaru, sein könne, der den Pilzmenschen verbot, Informationen über die Zukunft weiterzugeben. Schließlich wäre er es, welcher in der Zukunft die Menschheit in sich vereinen und zu Gott werden würde. Es schien fast, als hätten sie ihn überzeugt, und so teilte er seinen Höflingen mit, es sich anders überlegt zu haben. Einen Monat nach seiner Rückkehr war er offiziell unterwegs nach Song, flog aber in Wahrheit mit einem Zerstörer nach Qarschi. Dort angekommen verhängte er über den ganzen Planeten ein Lande- und Abflugverbot und zusätzlich eine Ausgangssperre. Einheimische wie Touristen mussten nun für einige Tage in ihren Häusern beziehungsweise in den Hotels ausharren. In der Zwischenzeit ließ er die riesigen Pilzkolonien mit einem tödlichen Virus infizieren, welcher gleichzeitig die mentalen Fähigkeiten der

Qarschi-Götter blockierte. So war ihr Geist in der Pilzmasse gefangen und sie mussten bewusst miterleben, wie das Virus sie bei lebendigem Leib auffraß. Nach ungefähr einer Woche waren sie nur noch eine gigantische Masse toten Schleims, die zum Himmel stank. Die übrigen Bewohner und auch die Pilger durften den Planeten immer noch nicht verlassen. Zufrieden begab sich Amaru wieder auf sein Schiff, aber das Werk war noch nicht vollendet. Als es in sicherer Entfernung war, wurde zum ersten Mal eine neuartige Waffe eingesetzt. Der Stern, den Qarschi umkreiste, explodierte durch eine künstlich erzeugte Supernova und tötete in Sekundenschnelle sämtliche Einheimischen und Pilger. Dieser brutale Akt der Vernichtung löste im gesamten Reich eine Kettenreaktion aus, die sich der Tan wohl in seinen schlimmsten Albträumen nicht hatte vorstellen können. Höflinge wandten sich von ihm ab, Marionettenherrscher erklärten sich für unabhängig und gläubige Qarschi-Anhänger riefen nun offen zum »Jihad« auf. Der »Heilige Krieg« begann. Der Regent von Song, Temu Korowi, ließ alle greifbaren Mitglieder der Kommission verhaften. Der Vorsitzende und seine beiden Stellvertreter wurden hingerichtet. Er selbst erklärte sich zum Gegen-Tan. Gleichzeitig ließ er das Gerücht verbreiten, dass sich unter Amarus Vorfahren auch Neos befanden. Gefälschte DNA-Proben wurden untersucht und das Ergebnis schließlich veröffentlicht. Selbst auf Pradesh und anderen tan-treuen Welten konnte das Gerücht nicht lange vertuscht werden und auch alle Dementis von offiziellen Stellen nutzten nicht viel. Eine Urururgroßmutter Amarus wäre eine grünhäutige Tänzerin vom Planeten Caledonia gewesen, hieß es. Sicher, man sähe dem Tan seine Herkunft nicht an. Doch das war egal, ein Tan hatte nun mal keine nichtmenschliche DNA in sich zu tragen. Nie, in all den elftausend Jahren, hatten sich Familienmitglieder der Herrscher mit Neos eingelassen. Nun eröffnete sich also eine zweite Front gegen Amaru. Nach den Qarschi-Anhängern nun auch jene Menschen mit tiefer Abneigung gegenüber diesen Neos genannten Hybridmenschen, dieser Beleidigung der Schöpfung. Man muss dazu wissen, dass viele Normalos sowohl gläubige Qarschi-Anhänger als auch Neos-Hasser waren, obwohl die Pilzmenschen ja zweifellos Mensch-Pilz-Hybride waren. Dieser Umstand war eine jener Widersprüchlichkeiten, die in dieser Epoche so zahlreich waren.

Yaro betrachtete die alte Handfeuerwaffe seiner Großmutter Suri, die so viel fortschrittlicher war als alles, was Menschen nunmehr herstellen konnten. Sie funktionierte schon lange nicht mehr, beziehungsweise gab es kein verfügbares Gerät, um sie aufzuladen. Also nahm er sein im Vergleich sehr primitives Gewehr mit Stahlpatronen, um im Fall der Fälle das Tal zu verteidigen. Blieb nur zu hoffen, dass die Gegenseite nicht über brauchbare Waffen aus der alten Zeit verfügte. Da half dann auch kein Verteidigungswall mehr, sie aufzuhalten. Ihre große zahlenmäßige Überlegenheit war schon schlimm genug. Berichten von Wanderhändlern zufolge waren es hundertzwanzig- bis hundertfünfzigtausend Reiter und Fußsoldaten, dreißigtausend davon auf dem Weg zum Tal. Hier lebten insgesamt siebentausend Menschen, aber natürlich waren viele davon entweder zu jung, zu alt oder zu krank zum Kämpfen. Jenseits des Tals gab es erst wieder einen Tagesritt entfernt Siedlungen, aber negative Erfahrungen mit ihnen in der Vergangenheit ließen die elf Gemeinden zögern, sich mit diesen Leuten zu verbünden. Mittlerweile war es dafür sowieso schon zu spät, die nächsten Tage sollten für das Schicksal des Tals entscheidend sein.

Den sogenannten »Heiligen Krieg« darf man sich nicht nur als einen großen Konflikt vorstellen, vielmehr waren es verschiedene Kriege, die gleichzeitig tobten. Auf Welten, die sich für unabhängig erklärten, herrschten oft bürgerkriegsartige Zustände, da Tan-Treue und Gegner die Gesellschaft und auch das Militär in zwei oder mehr Lager spalteten. Die Neos, die auf vielen Planeten eine Minderheit waren, wurden oft gnadenlos verfolgt. Auf anderen bekämpften sich verschiedenste Gruppen: die unterschiedlichen Arten von Hybridmenschen, die sich zum Teil bis aufs Blut verabscheuten, die Neo-Hasser, die Qarschi-Anhänger, die Getreuen des Tan, die Verbündeten des Gegen-Tan und je nach Planet beziehungsweise gesellschaftlichen Verhaltnissen noch Dutzende andere Gruppierungen. Die Situation der Hybride beziehungsweise Neos war sehr unterschiedlich. Es gab Welten wie Maori oder Deria, wo fast ausschließlich Hybride lebten, auch die Regenten dort waren keine Normalos. Auf anderen Planeten gab es eine solche multikulturelle Komplexität, dass dort Normalos wie Neos in höchsten Kreisen der Wirtschaft, der Politik und des Militärs zu finden waren. Das machte das Ganze dort komplizierter, aber schließlich brach auch in den Megastädten auf Song, Pradesh und anderswo der Jahrtausende lang unterdrückte Kultur- und Rassenkonflikt aus. Ganze Stadtviertel wurden nun verwüstet oder standen unter Kontrolle einer bestimmten Fraktion. Sogar die Xons, die eigentlich nur erschaffen wurden, um für Ordnung zu sorgen, machten nun ihr eigenes Ding. So wie es in diesen Vierteln Massaker und ethnische Säuberungen gab, kam es auch auf ganzen Planeten zu dieser Art von Verbrechen. Auf manchen wurden missliebige Gruppen in Lager deportiert, als Sklaven missbraucht, in alte Raumschiffe gezwängt und vertrieben oder massenhaft exekutiert. Auf der Erde versuchte die Regentin Skymma Dako, obgleich selbst eine Normalo, die Neos vor Übergriffen zu schützen. Ihre Sicherheitskräfte versuchten unter Einsatz extremster Mittel die Gewalt einzudämmen, waren aber schließlich gänzlich überfordert. Zugleich musste die Erde sich für einen Angriff der Tan-Flotte wappnen, da sie sich mit dem Gegen-Tan von Song verbündet hatte. Irgendwann verloren in diesem Krieg selbst die Experten den Überblick, Allianzen zerbrachen und neue Koalitionen entstanden. Während die Tan-Flotte über die Möglichkeit verfügte ganze Sonnensysteme verdampfen zu lassen und davon auch Gebrauch machte, hatte der Gegen-Tan immerhin Planetenzerstörer. Diese waren mittlerweile wesentlich effektiver als noch zu Zeiten des »Splitterkrieges« und brauchten viel weniger Energie für ihr Werk der Vernichtung. Nach und nach wurde die Situation immer verworrener. Nachdem die Erdflotte einen Angriff hatte abwehren können, übernahmen tan-treue Militärs in Ostasien und Südamerika die Macht und drohten mit der Vernichtung des Regierungssitzes der Regentin in Afrika. Wochenlang belauerte man sich und hoffte auf eine Einigung. In der Zwischenzeit spitzte sich die Situation aber andernorts dramatisch zu. Auf Pradesh schien die Lage mittlerweile wieder halbwegs normalisiert, die Kämpfe in den Städten flauten ab. Doch der Mord an den Qarschi-Göttern sollte nicht ungesühnt bleiben. Höflinge, hohe Militärs und Leibwächter des Herrschers verschworen sich mit religiösen Fanatikern, die bereit waren, in den Tod zu gehen. Die meisten Telepathen waren auf den verschiedenen Welten und Kriegsschauplätzen im Einsatz, sodass die Verräter kaum befürchten mussten aufzufliegen. Eines Nachts, der Tan schlief in seinem Palast, überwältigten übergelaufene Sicherheitskräfte die Leibgarde, öffneten die Tore und ließen zweihundert Terroristen ungehindert eindringen. Das erste Dutzend sprengte sich bei ersten Anzeichen von Widerstand in die Luft und machte so den restlichen Kämpfern den Weg frei. Sie drangen in den Westflügel des Gebäudes ein, wo Amaru schlief, und lieferten sich heftige Kämpfe mit seinen Wächtern. Im Ostflügel wurden unterdessen seine Gemahlin Yrsi und Tochter Sacajawea in Sicherheit gebracht. Der Tan wurde geweckt und verschanzte sich mit seinen Elitekriegern im sogenannten »Tresorraum«, den die Fanatiker mit keinem herkömmlichen Sprengstoff aufbekommen hätten. Als die Terroristen nach stundenlangen Gefechten schließlich alle tot waren, die meisten waren erschossen worden oder hatten Selbstmord begangen, wurde der Tresor geöffnet. Amaru und zwei seiner Wächter lagen tot am Boden. Er war hinterrücks von ihnen getötet, seine Mörder von den übrigen Gardisten gerichtet worden. Der letzte gewaltsame Tod eines Tan lag über achthundert Jahre zurück, diese Freveltat erschütterte das wankende Reich in seinen Grundfesten. Seine minderjährige Tochter Sacajawea wurde nun neue Tan, seine Witwe Yrsi übernahm bis zum Erreichen der Volljährigkeit die Regentschaft. Der finale Akt begann und jeder mit ein bisschen Weitblick ahnte, dass nun kein Stein mehr auf dem anderen bleiben würde.

Ein Spähtrupp kam zurück ins Tal und berichtete den neugierigen Bewohnern, was sie gesehen hatten. Nein, Feindkontakt hatten sie keinen gehabt, aber einen halben Tagesritt entfernt schlug der Gegner sein Lager auf. Sie hatten jedoch etwas anderes gefunden. Thami, der verbannte Mörder seines Nachbarn, baumelte tot an einem Baum, ein Seil um seinen

Hals gewickelt. Seine Hände waren gefesselt am Rücken, also war er hingerichtet worden. Das konnten nur Soldaten der Reiterarmee gewesen sein. Anscheinend hielten sie nicht viel davon, Mörder nur zu verbannen, und führten ihn seiner gerechten Strafe zu. Das Lager selbst war riesig und wurde streng bewacht. Artillerie führten sie auch mit sich, allerdings dürfte es schwierig für sie werden, die Kanonen bergaufwärts bis zum Verteidigungswall zu transportieren. Schön langsam machte sich Nervosität breit, von manchen Möchtegernkriegern mit blöden Machosprüchen heruntergespielt. In Wirklichkeit machten sich genau die als Erste in die Hose beim Gedanken an eine ernsthafte Konfrontation. Andere tranken sich die Angst mit Bier und Schnaps weg, zumindest versuchten sie es.

Als die Putschisten auf der Erde von der Ermordung des Tan hörten, handelten sie kurzerhand und beschossen den Sitz der Regentin im Norden Afrikas. Wo sich einst eine riesige Wüste ausgebreitet hatte, erstreckte sich nun das politische Zentrum der Erde. Der Abwehrschirm konnte einen Teil der sogenannten »Todesbringer« ausschalten, aber dreißig von ihnen schlugen ein und vollbrachten ihr mörderisches Werk. Kein Bunker konnte die Menschen vor der tödlichen Strahlung retten. Alles Lebendige, auch die organischen Häuser und Fahrzeuge und natürlich die Einwohner samt der Regentin, wurde innerhalb von Sekunden zu totem Staub. Nun beherrschte die Wüste wieder diesen Landstrich, so wie viele Tausend Jahre zuvor, und eine gewaltige schwarze Wolke verdunkelte den Himmel über Teilen Afrikas und Europas für die nächsten zwei Wochen. Der Gegenschlag ließ nicht lange auf sich warten, am Ende waren halb Asien, Südamerika und Afrika verwüstet oder toter Staub. Auch jene Metropolen, die noch standen, waren schwer in Mitleidenschaft geraten, schwere Kämpfe zwischen Anhängern und Gegnern des Tan beziehungsweise der Regentin und Ausschreitungen gegen die Neos hinterließen eine Schneise der Zerstörung. Die Galaxis hatte noch fünf Jahre kriegerische Auseinandersetzungen vor sich, in deren Verlauf sich der Beginn einer neuen Epoche abzeichnete. Die Zeit der Tan war so gut wie vorbei, aber den

Menschen fiel es immer schon schwer, alte Gewohnheiten abzulegen.

Seit zwei Tagen regnete es ununterbrochen und stark, die Siedlungen im Tal aber blieben zum Glück durch dichten Waldbewuchs an den Berghängen von Schlammlawinen verschont. »Haha«, lachte Sakimo, »das Reiterlager muss jetzt grad der ungemütlichste Ort weit und breit sein. Geschieht denen schon recht, diesen Arschlöchern.« Er nahm einen kräftigen Zug von seinem Schwarzbier und musste dann rülpsen. Der Fluss, der das Tal durchzog, schwoll gefährlich an, aber der Beginn der Regenzeit war immer schon eine besonders feuchte Angelegenheit gewesen. Es war über dreißig Jahre her, dass es zu Überschwemmungen gekommen war. Danach hatte man Teile des Flusses reguliert, teilweise auch durch Grabungen vertieft. »Zum goldenen Ziegel« hieß die Gastschenke, in der Yaro, Reza und Sakimo zusammen aßen und tranken. Woher der blöde Name kam, wusste niemand, denn aus Gold war hier eigentlich gar nichts und das Haus selbst ein Holzbau ohne einen einzigen Ziegel. »Ich bin nicht sicher, ob sie wirklich so schlimm sind, wie alle glauben«, sagte Yaro. »Ich hab gestern zum ersten Mal seit Monaten mit dem alten Temir Funkkontakt gehabt. In sein Gebiet sind sie vor ungefähr sieben Wochen gekommen. Es gab kurze heftige Kämpfe, aber das war's dann schon. Sie haben einen Stadtkommandanten eingesetzt und der lässt jetzt die Straßen und die Schule renovieren. Neue Stromgeneratoren haben sie auch mitgebracht.« »Du glaubst also, sie sind so was wie bewaffnete Entwicklungshelfer«, bemerkte Reza leicht spöttisch. »Und selbst wenn«, entgegnete Sakimo ziemlich aufgekratzt, »dann setzen die uns auch so einen Kommandanten vor die Nase, der uns vorschreibt, was wir tun und lassen können. Lieber frei und unterentwickelt als unter irgendeiner Knute.« »Wenigstens scheinen sie keine religiösen Spinner zu sein«, antwortete Yaro, aber Sakimo war schon aufgestanden. »Ich muss mal«, murmelte er und ging kurz weg. »Der kriegt sich schon wieder ein«, meinte Reza. »Noch zwei Bier mehr und er fällt dem Kommandanten um den Hals und drückt ihm einen dicken Kuss auf die Wange.«

Nach vier Jahren Krieg hatten der Gegen-Tan Temu Korowi und seine Verbündeten nach vielen Schlachten langsam die Oberhand gewonnen. Sacajawea, die neue offizielle Tan, war sowohl politisch als auch militärisch völlig unerfahren und war vollkommen abhängig von ihrer Mutter Yrsi und ihren Beratern. Mittlerweile volljährig war sie dennoch zum Spielball verschiedener Interessen bei Hof geworden. Ohne sie davon in Kenntnis zu setzen, wurde ein perfider Plan entwickelt, um das Blatt noch zu wenden. Mit gefälschten Geheiminformationen, die den Spionen des Gegen-Tan in die Hände fielen, wurde ein großer Teil seiner Flotte dazu bewogen, den Planeten La Paz anzugreifen. Hier sammelte sich angeblich die Tan-Flotte, um eine Offensive gegen sechs Welten gleichzeitig vorzubereiten und sie entweder zu erobern oder, falls das nicht möglich war, zu zerstören. Die Flotte wurde angeführt von Großadmiralin Maathai Ndung'u, der erfolgreichsten Heerführerin seit General Li Shaogeng. Geboren und aufgewachsen vor rund sechstausendsiebenhundert Jahren auf der Raumstation Omega 3 als Tochter einer Prostituierten und wahrscheinlich eines Freiers, ging sie mit sechzehn zum Militär und machte dort ihre Ausbildung zur Pilotin. Ihr Spitzname aus dieser Zeit, »Der schwarze Panther«, blieb ihr zeitlebens hängen. Sie machte ziemlich schnell Karriere und wurde mit zweiundvierzig Großadmiralin, der höchste Rang in den damals noch vereinigten Streitkräften. Nun, mit achtundvierzig, führte sie die Flotte des Gegen-Tan zum vermeintlich letzten und vernichtenden Schlag. Als die Schiffe mithilfe künstlich erzeugter Wurmlöcher innerhalb weniger Augenblicke die gewaltige Distanz von zweitausendvierhundert Lichtjahren überwunden und fast gleichzeitig den Rand des feindlichen Sonnensystems von verschiedenen Seiten her erreichten, war da: nichts. La Paz und sein Mond war da, auch die anderen unbewohnten Planeten des Systems. Aber kein einziges Schiff der Tan-Flotte wurde von den Scannern erfasst. Maathai schickte eine Vorhut Richtung La Paz, um die Situation genauer zu erkunden. Auf dem Planeten selbst mit seinen fünf Milliarden Einwohnern konnte auch nichts Besonderes festgestellt werden. Der Großadmiralin war nun klar, dass das Ganze ein Ablenkungsmanöver war, und befahl den Rückzug. Im selben Moment explodierte die Sonne des Systems und vernichtete es. Die Vorhut konnte sich nicht mehr retten und wurde wie auch La Paz selbst zerstört. Zig künstliche Wurmlöcher öffneten sich und die Flotte entkam dem flammenden Inferno. Doch die Zerstörung der Flotte selbst war gar nicht das primäre Ziel dieser Aktion, das war Maathai längst klar. Song wurde nur von wenigen Schiffen geschützt, war also praktisch wehrlos gegen die Tan-Armada, die den Planeten nun angriff. Als Maathai mit ihren Schiffen eintraf, war alles schon vorbei, die Heimat des Gegen-Tan und von zweihundert Milliarden Menschen in Sternenstaub verwandelt. Nach einer kurzen Schockstarre befahl sie den Schiffen jede verbündete Welt anzufliegen und so viel Unterstützung wie möglich zu erbeten, wenn nötig zu erzwingen. Innerhalb von zwei Monaten entstand so der größte Flottenverband in der Geschichte der Menschheit. Fünfzigtausend Schiffe, die nun Planet um Planet eroberten und nach einem Jahr zur Bezwingung von Pradesh heranrückten. Maathai wollte den Planeten nicht zerstören, sie wollte nur die Herrschaft der Tan endgültig brechen. Die letzte Schlacht wurde von beiden Seiten mit Bitterkeit und großer Entschlossenheit geführt. Nach stundenlangem Kampf wurde während eines Frontalangriffs unabsichtlich der Mond von Pradesh zerstört. Trümmerteile flogen nun beiden Flotten um die Ohren, zerstörten Schiffe und trafen schließlich die Heimat der Tan. Die zwei Geschwader versuchten noch, die Trümmer aufzuhalten oder in eine andere Richtung zu lenken. Doch es war zu spät. An drei Stellen schlugen meteoritengroße Felsbrocken ein und verwüsteten weite Teile dieser gewaltigen, den ganzen Planeten umspannenden Metropole. Sacajawea hatte keine Gelegenheit mehr sich in Sicherheit zu bringen, der Palast wurde von einem riesigen Feuersturm pulverisiert. Die Hitze war so enorm, dass selbst der Tresorraum zu einem See aus flüssigem Metall zusammenschmolz. Der Kampf wurde eingestellt, ein Krieg, der eine elftausend Jahre währende Epoche beendete, war nun Geschichte. Der Frieden brachte auch eine neue Ordnung und neue Strukturen. Maathai Ndung'u wurde zur ersten Präsidentin eines lockeren Bündnisses der meisten Welten. Das »Postorganische« bzw. »Eiserne Zeitalter« hatte begonnen.

Das Wetter war wieder besser geworden, es hatte aufgehört zu regnen und der Fluss im Tal beruhigte sich langsam wieder. Die an sich gute Nachricht bedeutete aber auch, dass die Straßen für die fremde Armee und ihre Gerätschaften wieder passierbar wurden. Die Späher aus dem Tal stellten erste Truppenbewegungen fest, das feindliche Lager wurde nach und nach abgebaut. Es konnte nicht mehr lange dauern, höchstens zwei bis drei Tage. Der Rat der elf Gemeinden wählte vier Personen aus ihrer Mitte aus, um mit den Anführern der Soldaten zu verhandeln. Jetzt konnte man nur noch abwarten und das Beste hoffen.

Die neue Ordnung in der Galaxis brachte eine Ära des Friedens, des Wohlstands und der Gleichberechtigung. Alle, Normalos wie auch Neos, hatten von da an dieselben Rechte und Pflichten. Der Adel mit seinen weitreichenden Privilegien wurde abgeschafft. Jedes Mitglied im Bündnis unter Präsidentin Ndung'u unterzeichnete einen Vertrag und einen Beistandspakt für den Fall eines Angriffs auf eine verbündete Welt. Und doch, es gab eine Gruppe in der Milchstraße, für die etwas anderes vorgesehen war. Die von allen gehassten und gefürchteten Telepathen. Man beschloss, sie für immer zu verbannen. Nein, nicht auf einen unbewohnten Planeten innerhalb der Galaxis. Sie mussten die Milchstraße für immer verlassen, auf dass sie nie wieder die Gelegenheit hätten, die Gedanken der »Unbegabten« zu lesen. Manche hatten versucht, sich zu verstecken, aber sie waren alle registriert und niemand setzte sich für sie ein. Hundertachtzigtausend Männer, Frauen und Kinder wurden in alte, ausgemusterte Handels- und Kriegsschiffe gepfercht. Die Waffen an Bord durften sie großzügigerweise behalten. Man wollte sie ja nicht in den sicheren Tod schicken und in der Dunkelheit des Alls lauerten mit Sicherheit Gefahren, von denen man nicht mal eine Vorstellung hatte. So flogen sie also ins Unbekannte, um als erste Menschen die Nachbargalaxie Andromeda zu erkunden und eine neue Heimat zu finden. Man riet ihnen davon ab, ihr Glück in den weitaus näheren Satellitengalaxien der Milchstraße zu versuchen, da die Menschheit sich früher oder später auch dorthin ausbreiten werde. Sie würden dann ja doch wieder weiterziehen müssen. Das neue Zeitalter begann also mit einer Vertreibung, gleichzeitig gab es aber Hoffnung auf Frieden und Gerechtigkeit. Die Wunden des Krieges verheilten langsam, die Trümmer wurden weggeschafft. Auf der Erde wurden die übrig gebliebenen Städte wiederhergestellt, die organischen Häuser nach und nach durch neue Bauten aus Stahl und Beton ersetzt. Nicht nur hier, überall verfuhr man so, daher auch der Name »Eisernes Zeitalter«. Große Teile auf der Erde wurden nicht wieder besiedelt und von der Natur zurückerobert. Von fünfundzwanzig Milliarden Einwohnern, die der Planet vor dem Krieg beherbergte, waren noch zwölf Milliarden übrig. Verteilt auf drei Megastädte in Nordamerika, Europa und Südasien. Das »Eiserne Zeitalter« brachte zwar Frieden in die Galaxis, aber keine großen Sprünge, keine innovativen neuen Ideen. Im Grunde genommen wurde das Erreichte verwaltet, die Menschheit war müde geworden. Vergleichbar mit einem Gummireifen, bei dem die Luft rausgelassen wird. So vergingen nun viele Generationen ohne große Entwicklungen, aber die Abenteuerlust und der Entdeckerdrang brachten immer wieder Gruppen von Menschen dazu, die Zwerggalaxien jenseits der Milchstraße zu erforschen und zu besiedeln. Von vielen dieser Gruppen hörte man nie wieder, ihr Schicksal blieb ungeklärt. Auch ob sie auf andere Intelligenzen stießen, hatte man nie erfahren. Schließlich, vor tausendzweihundert Jahren, braute sich in den unteren Ebenen von Pradesh neues Unheil zusammen. In dieser den ganzen Planeten umfassenden Metropole lebten die Ärmsten der Armen ganz unten, vom Staat vergessen. Mit eigenen Regeln und Gesetzen, von Menschengruppen bewohnt, die teilweise völlig unbekannt waren. Es interessierte sich ja auch niemand für sie und so konnte sich in der Tiefe der Stadt eine Krankheit ausbreiten, die schließlich niemand mehr stoppen konnte. Die Todesrate bei den Armen war seit jeher höher gewesen, also fiel es zunächst nicht weiter auf, dass immer mehr Menschen mit Blutungen aus allen Körperöffnungen zusammenbrachen. Es gab Drogen, welche bei einer Überdosierung eine ähnliche Wirkung hatten. Ein automatisches Entsorgungssystem brachte die Leichen in eine Verbrennungsanlage, doch irgendwann waren es einfach zu viele. Die verschiedenen Ebenen waren durchlässig, denn es war schlicht unmöglich auf einem gigantischen Stadtplaneten wie Pradesh alles und jedes zu kontrollieren. Viele Wohlhabende zog es für ein paar Stunden, manchmal auch Tage, hinunter in die Tiefe. Dort war alles ein wenig aufregender, dreckiger und unzivilisierter als weiter oben. Die Inkubationszeit von gut einem Monat reichte aus, die Krankheit unbemerkt in die weiter oben liegenden Ebenen zu transportieren. Als dann die ersten Ärzte und Krankenhäuser bei den Behörden Alarm schlugen, war es eigentlich schon zu spät. Viele Infizierte waren in der Zwischenzeit auf andere Planeten gereist. In einer Zeit, in der man nur wenige Augenblicke für gewaltige Distanzen brauchte, konnte sich das unbekannte Virus über zig Welten verbreiten, bevor noch irgendjemand wusste, was los war. Ein Monat kann verdammt lang sein, und so legte sich nach und nach ein riesiges Leichentuch über die Galaxis.

Hundertvierzig Jahre würde die Reise dauern, lautete die Prognose. Nach jedem Sprung durch ein künstliches Wurmloch legten sie die gewaltige Strecke von fünftausend Lichtjahren zurück. Danach mussten die Schiffe, die meisten waren mindestens siebzig Jahre alt, für jeweils vier Monate pausieren und trieben langsam im All. Ohne die Pause hätte jeder weitere Sprung die Schiffe auseinandergerissen und die Besatzung getötet. Der Großteil der Exilanten verbrachte die lange Zeit in eigens eingerichteten Schlafkammern, ihre Körperfunktionen wurden ständig überwacht. Der Stoffwechsel und die Alterung wurden auf ein Minimum reduziert. Wer mit Anfang zwanzig die Reise begann, kam biologisch gesehen mit Mitte zwanzig am Zielort an. Wobei, welcher Zielort denn eigentlich? Andromeda war eine riesige Galaxie mit unendlich vielen Zielen. Die Piloten, welche die Schiffe steuerten, wurden nach jeweils zwei Jahren abgelöst und schliefen dann ebenfalls, ersetzt durch andere, die alles ständig kontrollierten und notfalls reparierten. Niemand kam zweimal dran, obwohl sich die Prognose als falsch erwies.

Hundertzweiundsiebzig Jahre dauerte es, bis die kleine Exilantenflotte der Telepathen den Rand der fremden Galaxie erreichte. Weitere dreiunddreißig Jahre brauchte es, um einen geeigneten Planeten zur Besiedelung zu finden. Viermal wurden sie angegriffen, weil sie in bewohnte Territorien eingedrungen waren. Die Milchstraße gehörte den Menschen ganz allein, aber Andromeda mussten sie mit vielen anderen teilen. Hundertzweiundachtzigtausendsiebenhundertdreiundvierzig Personen waren sie am Beginn des Exils. Nun, nach zweitausendvierhundertdreiundsechzig Monaten und zweieinhalb Millionen Lichtjahren ständigen Herumirrens waren noch sechsundfünfzigtausendzweihundertachtundachtzig übrig. Die meisten starben durch die Angriffe, aber manche auch, weil ihre Schlafkammern im Lauf der Zeit eine Fehlfunktion hatten und sie nicht mehr mit Sauerstoff versorgt wurden. Der Planet, den sie nun besiedelten, war wie geschaffen für Menschen. Unterschiedliche Klimazonen, Jahreszeiten, Wälder, Graslandschaften und fruchtbare Böden. An Land gab es keine Tiere, dafür in den Flüssen, Seen und im Meer. Wir werden uns hier ein kleines Paradies erschaffen, schwor sich die Gemeinschaft nach den ersten Erkundungen. Und noch etwas gelobten sie: Eines Tages werden wir zurückkehren.

Als auf der Erde die ersten Kranken gemeldet wurden, versuchte man mit rasch eingeleiteten Quarantänemaßnahmen die Lage unter Kontrolle zu bringen. Nach und nach wurden ganze Stadtviertel isoliert, Raumschiffe durften weder landen noch starten. Anfangs stapelte sich der Müll auf den Straßen, weil das Entsorgungssystem zusammenbrach, schließlich blieben auch die Toten einfach liegen und verpesteten die Luft. Als immer mehr Menschen betroffen waren, brachen schließlich Revolten aus, die die Lage nur verschlimmerten und die Ausbreitung der Krankheit beschleunigten. In ihrer Verzweiflung stürmten die Massen die Raumflughäfen, um zu den Schiffen zu gelangen. Die Soldaten schossen auf die Leute, aber sie wurden einfach überrannt und mit Messern, Eisenstangen und bloßen Händen attackiert. In jedem Schiff waren Sprengsätze angebracht, um die Flucht von Kranken zu verhindern, und so wurden sie schließlich in die Luft gejagt. Manche explodierten kurz nachdem sie abgehoben hatten, andere noch am Boden. Dieses Ereignis wiederholte sich überall auf der Welt und am Ende gab es keine flugtauglichen Schiffe mehr. Das Virus selbst war eine mutierte Form einer an sich harmlosen Krankheit, aber in den unbeachteten unteren Ebenen von Pradesh wurde im Lauf der Zeit eine unheilbare tödliche Form daraus. Und mit der Ausbreitung entstanden ständig neue Mutationen, sodass die Entwicklung eines Impfstoffes nahezu unmöglich gemacht wurde. Drei bis vier Prozent der Bevölkerung auf der Erde waren immun und wurden nicht krank. Von den Kranken wiederum starben über neunzig Prozent, die Überlebenden hatten danach ebenfalls eine natürliche Immunität. Nach ungefähr einem Jahr ebbte die Pandemie ab. Die Krankheit verschwand und kam nie wieder zurück. Der Rest der Bevölkerung fand sich in einer leer gefegten Welt wieder. In der Galaxis waren ganze Gesellschaften ausgestorben, aber auch die Planeten, die besser weggekommen waren, mussten mit apokalyptischen Zuständen kämpfen. Auf der Erde hatten die Menschen die großen Städte verlassen, wo sich nun immer mehr Tiere tummelten und die Knochen der Leichen abnagten. Alle Systeme brachen nach und nach zusammen, weil niemand mehr da war, der sie warten und reparieren konnte. Schließlich scharten sich die Menschen um selbst ernannte Führer, deren Zeit nun gekommen war. Verschiedene Gruppen kämpften um die verbliebenen Ressourcen, Anarchie und Gewalt wurden zu einer neuen Pest. Da es keine Sicherheitsorgane mehr gab, kam es zu immer mehr Fällen von Selbstjustiz und Lynchmorden. In Europa wurde ein Mann namens Pakuro zum wichtigsten und mächtigsten Anführer. Nach der Eroberung eines Gebiets begannen kurz darauf sogenannte Säuberungsaktionen durch seine Leute, denn Pakuro wollte eine reine Gesellschaft nach seinen Vorstellungen erschaffen. Zuerst wurden die gegnerischen Anführer und ihre Familien getötet. Danach wurden sämtliche Neos in seinem Einflussgebiet verfolgt, schließlich auch Trans- und Homosexuelle. Seine »Soldaten« trugen Totenkopfmasken, er selbst eine Rüstung aus Gold. Die Köpfe seiner Feinde wurden auf Pfähle gespießt, und ein immer größer werdender »Schädelwald« entstand. In der Zeit vor der Epidemie war er nur ein kleiner Angestellter in einem Versicherungskonzern, doch jetzt konnte er sich zum König seiner neu errichteten »Nation des Blutes« krönen lassen. Sahen die Menschen am Anfang einen Hoffnungsträger in ihm, wurde den meisten ziemlich schnell bewusst, dass er im Rausch der Macht wahnsinnig geworden war. In Nordamerika landete drei Jahre nach dem Ende der Pandemie der Pirat Su Can mit seiner kleinen Flotte. Aufgrund seiner waffentechnischen Überlegenheit und der Lufthoheit seiner Schiffe konnte er seine Gegner dort rasch besiegen und schuf sich sein eigenes Reich. Su Can ließ Gladiatorenkämpfe in einer Arena ausrichten, die immer mit dem Tod des Unterlegenen endeten. Menschenmaterial hatte er ja genug zur Verfügung: Kriegsgefangene, Neos und andere in seinen Augen unnütze Esser. Su Can und Pakuro kommunizierten miteinander über das damals noch funktionierende Netz. Sie schickten einander Videobotschaften und prahlten mit ihren Taten. Auf eine gewisse Art respektierten sie sich genseitig, lagen aber auch stets auf der Lauer. Su Can hätte mit seinen Schiffen Pakuro angreifen können, aber das Risiko war ihm wohl doch zu groß. Aus dem dritten ehemaligen Ballungszentrum in Südasien hörte man gar nichts mehr, wahrscheinlich waren die meisten Menschen dort schon tot oder sie waren zu sehr damit beschäftigt, am Leben zu bleiben. Da hält man sich nicht mit solchen Spielereien auf. Mit Pakuro ging es nach und nach geistig bergab, irgendwann hatte er begonnen das Blut seiner getöteten Feinde zu trinken, um ihre Kraft in sich aufzunehmen. Schließlich aß er auch das Fleisch toter Neos, da sie in seinen Augen sowieso nur Tiere und Proteinlieferanten waren. Das ging dann auch seinen treuesten Anhängern zu weit und so wurde er nach fünfjähriger Terrorherrschaft gestürzt. Im wahrsten Sinne des Wortes, denn er wurde in eine tiefe Schlucht gestoßen. Su Can konnte sich noch vier Jahre länger halten. Eines Tages beschloss er, sämtliche seiner Schiffe zu zerstören, damit niemand vor ihm fliehen konnte. Das verziehen ihm seine Piratenkameraden aus alten Tagen nie und der gute Su musste ebenfalls sein Leben aushauchen. Und so vergingen hundertdreiundachtzig Jahre auf einer rauer und brutaler gewordenen Welt, bis endlich wieder ein Schiff auf der Erde landete. Die Besatzung fand einen unzivilisierten Planeten mit einer barbarischen Bevölkerung vor. Ein Schicksal, das ihrer Heimat, Centaurus, nur mit Müh und Not erspart geblieben war. Sie begannen mit den verstreuten Menschengruppen Tauschhandel zu treiben, lieferten ihnen technische Gerätschaften und Medikamente. Viel mehr konnten sie nicht tun, hatte doch ihr Heimatplanet gerade erst wieder begonnen, sich zu erholen. Nach und nach knüpften die halbwegs zivilisiert gebliebenen Planeten wieder Kontakte untereinander, aber es brauchte Jahrhunderte, bis wieder Zustände erreicht wurden, die an frühere Zeiten erinnerten. So viele Welten waren für immer verloren, sie waren entweder in Primitivität versunken wie die Erde oder waren seit der Pandemie ausgestorben und tot. Aus dem »Eisernen Zeitalter« war ein rostiges geworden.

Das Tal vor ungefähr fünfhundertsechzig Jahren.

Eine Gruppe von Flüchtlingen, dreihundertvierundvierzig Personen, erreichte endlich jene Gegend, in der sie künftig in Ruhe leben wollten. In ihrer alten Heimat nordöstlich von hier war ein seit Langem schwelender religiöser Konflikt eskaliert. Zunächst wurde nur mit Worten gestritten, aber dann kam es immer wieder zu gewalttätigen Zwischenfällen. Schließlich besiegten die religiös aufgehetzten die liberaleren Bewohner nach einigen Überfällen und Gefechten. Die unterlegene Partei wurde vor die Wahl gestellt: konvertieren oder gehen. Also verließen jene Leute, die sich nicht unterwerfen wollten, notgedrungen ihre Häuser, packten alles von Wert ein und zogen weg. Nach etwa sechs Wochen wurde ein Raumschiff auf die Vertriebenen aufmerksam und landete in ihrer Nähe. Neben einigen Tauschgeschäften, bei denen sie lebenswichtige Medizin und anderes bekamen, erhielten sie auch die genaue Lage eines Tals. Man sagte ihnen, dass es für ihre Gruppe dort ideale Lebensbedingungen und viel Platz gebe. Nach einer weiteren Woche kamen sie erschöpft, aber glücklich an. Vor langer Zeit soll es mal eine Art Erholungsgebiet gewesen sein, ideal zum Wandern und für diverse sportliche Aktivitäten. Nun war es menschenleer, aber das änderte sich jetzt. Vereinzelt standen noch Ruinen von Häusern da, vermutlich Hotels. Sie waren schon so stark verwittert und von zig Pflanzen überwuchert, dass man oft sehr genau hinsehen musste, wenn man etwas weiter weg stand. Neue Häuser aus Holz wurden gebaut, die Flüchtlinge schufen sich eine Zukunft.

»Pass auf dich auf, mein Yaro. Wenn die ersten Schüsse fallen, dann duck dich gefälligst und lass andere ihren Kopf hinhalten.« »Du weißt, wenn es jemand geben wird, der garantiert nicht den Helden spielt, dann bin ich das.« Er drückte Reza ein letztes Mal und gab ihr einen Kuss. Sie waren zu fünft, als sie sich auf den Weg zum Wall machten, wahrscheinlich gehörten sie zu den Letzten, die dort eintreffen würden. Der Frühnebel verzog sich langsam, es würde wohl ein schöner und sonniger Tag werden. Irgendwo im Hintergrund zwitscherten Vögel, die Luft roch nach feuchter Erde und Moos. Beim Wall angekommen rief ihnen der alte Sakimo entgegen: »Na los, ihr Schlafmützen! Wollt ihr etwa den ganzen Spaß verpassen?« Na ja, es gab schon immer unterschiedliche Auffassungen von Spaß. Yaro nahm seinen Platz ein, das Gewehr im Anschlag. Die vier vom Rat gewählten Gesandten warteten etwa zweihundert Meter vom Verteidigungswall entfernt. Man konnte sie gut sehen, die erste Kurve auf der Verbindungsstraße kam erst etwa fünfzig Meter weiter. Für acht Uhr war das Treffen angesetzt, jeweils vier Personen und keine Waffen waren die Bedingungen, welche beide Seiten akzeptierten. Ein paar Minuten noch, dann müsste es so weit sein. Einen Moment lang blickte Yaro in den blauen Himmel. »Nein, das kannst du dir abschminken«, wischte er seine trüben Gedanken beiseite. »Kein Schiff wird kommen und uns aus dieser Situation befreien. Wir können uns nur selbst helfen, das nimmt uns keiner ab.« Vier Soldaten, anscheinend Offiziere, kamen auf Pferden um die Kurve und näherten sich den Gesandten. Man grüßte einander mit gehobener Faust, ein Zeichen des Respekts. Die Verhandlungen begannen. Es war ein schöner, sonniger Tag. Die Luft roch nach Moos.

Erde, etwa eins Komma acht Millionen Jahre später.
Unbemerkt von den Bewohnern dieser Welt öffnen sich zwei Dutzend transdimensionale Tore, die ihre Benutzer in nur einem Augenblick Millionen Lichtjahre weit transportieren. Verteilt über den ganzen Planeten schweben nun jeweils fünf Gestalten aus ihnen heraus, allesamt Mitglieder einer Grabungsexpedition. Sssuu, die Leiterin dieser Forschungsfahrt, führt seit über zweitausend Jahren die Entdeckungsrei-

sen quer durch die Galaxis an. Anatomisch erinnern diese Besucher auf den ersten Blick an zwei Meter große, rosa schimmernde Quallen. Die untere Hälfte besteht aus zehn Tentakeln, welche nie den Boden berühren. Gleich daran anschließend ein gigantischer Kopf mit winzigem Mund und sieben Augen, die sie längst nicht mehr benutzen. Kann der Geist doch so viel mehr erfassen als diese organischen Relikte aus alter Zeit. Ohne Zuhilfenahme irgendwelcher Gerätschaften beginnen nun die Ausgrabungen, um die Vergangenheit dieser Welt zu erforschen. An zwei Dutzend Orten heben sich nun dreißig Quadratmeter große und einen halben Meter dicke Flächen. Schicht um Schicht, immer tiefer. Sssuu überwacht alle Grabungen gleichzeitig auf mentalem Weg und kommuniziert auf diese Weise mit jedem anderen Expeditionsteilnehmer. Dieser Planet wird seit Langem von einer Eiszeit beherrscht, verursacht durch einen Asteroideneinschlag vor etwa eine Million und siebenhundertachtzigtausend Jahren. Die Erdachse ist durch den Einschlag verschoben worden und von den beiden Polen wälzen sich nun teils kilometerdicke Eismassen bis zum fünfzigsten nördlichen Breitengrad bzw. bis zum sechzigsten südlichen. Der Meeresspiegel ist seither um hundertachtundfünfzig Meter gesunken. Die Gebirge werden von gigantischen Gletschern durchzogen und die beiden Kontinente mit ihren riesigen Wüsten bieten nur an den Küsten und an wenigen anderen Stellen lebensfreundliche Bedingungen. Auf der einen, wesentlich größeren Landmasse leben zwei verschiedene Gruppen. Jene bis zu tausendfünfhundert Kilometer nördlich des Äquators beheimatete ist von einem rötlich braunen Fell bedeckt. Diese Leute betreiben eine einfache Form der Landwirtschaft, nebenbei ergänzen Meeresfrüchte und gejagte Tiere den Speiseplan. Wesentlich näher bei den Eismassen lebt die zweite Gruppe. Etwas stämmiger, dichtes graues Fell und allein von der Jagd lebend. Die DNA-Analyse zeigt, dass die letzten gemeinsamen Vorfahren dieser beiden Subspezies vor etwa fünfhunderttausend Jahren lebten. Auf dem zweiten, viel kleineren Kontinent leben Menschenabkömmlinge mit dichtem schwarzen Fell und schaufelartigen Gliedmaßen. Übergroßen Maulwürfen gleich wohnen sie in unterirdischen, selbst gegrabenen Höhlen. Nur für die Jagd verlassen sie diese und ziehen sich danach blitzschnell wieder zurück. Ihre menschlichen Vorfahren hatten die Zeit nach dem Asteroideneinschlag in Bunkerstädten unter der Erde verbracht und passten sich ihrer Umgebung immer mehr an. Die globale Katastrophe traf die Menschen gerade in einer Zeit, in der sie auf diesem Planeten den erneuten Sprung ins All vor sich hatten. Umso tiefer die Forscher graben, desto mehr bestätigen die Funde ihre bisherigen Erkenntnisse. Auf so vielen Welten der Milchstraße und ihrer Satellitengalaxien waren sie schon gelandet. Zwei Drittel von ihnen sind mittlerweile ausgestorben und verlassen. Das restliche Drittel, etwa sechshundert Planeten, wird von Menschenabkömmlingen der verschiedensten Art bewohnt. Anatomisch und kulturell in den unterschiedlichsten Formen: Jäger und Sammler, Bauern, Hirten, primitive städtische Kulturen bis hin zu Raumfahrt beherrschenden Gesellschaften. Alle waren sie einst Teil einer die gesamte Galaxis dominierenden Zivilisation und alle haben ihren Ursprung auf demselben Planeten. Immer älter werden die Funde auf dieser Welt, älter schließlich als alles, was die Expeditionsteilnehmer bisher auf anderen Planeten entdeckt haben. Es kommen Knochen zum Vorschein, frühere Formen des Homo sapiens, Vorformen und danach tierische Vorfahren. Der DNA-Vergleich wird wiederholt. Es besteht kein Zweifel mehr.

Sssuu schickt allen dieselbe Botschaft: »HEIMAT ... URSPRUNG ... GEFUNDEN.« Tzaal aus einer anderen Gruppe fragt nach: »SICHER ... DU ... BIST.« »ERGEBNIS ... EINDEUTIG.« In diesem Moment beginnen die Besucher ein uraltes melancholisches Lied zu singen, allein wahrnehmbar in ihrem Geiste. »HEIMAT ... URSPRUNG ... EXIL ... SEHNSUCHT ... HOFFNUNG.« Ja, dieser Planet ist etwas ganz Besonderes. Die Urheimat der Menschheit, ihrer Vorfahren. Sie werden ihn hüten wie einen Schatz. Die Erdachse werden sie wieder verschieben, aber ganz langsam, damit die Bewohner sich an das wärmer werdende Klima anpassen können. Jetzt fängt auch Sssuu an, zu singen.

Ende ... Neuanfang

Gard Spirlin
Säulen der Ewigkeit

Die Sternenfahrerin bewegte sich auf den äußersten der gewaltigen metallischen Monolithen zu, die in einer Spirale angeordnet auf der kahlen Planetenoberfläche standen. Nur das starke Psi-Feld, auf das ihre Sensoren reagiert hatten, war die Ursache gewesen, warum sie sich dem sterbenden Stern überhaupt genähert hatte. Dieser glühte in einem unheilvollen Rot am atmosphärelosen Himmel des toten Planeten. Doch einst musste es hier Leben gegeben haben, intelligentes Leben sogar, das diese Monumente vor Äonen errichtet hatte. Wind hatte hier einst das Gestein zu Sand verrieben, ehe der Planetenkern erstarrt und das schützende Magnetfeld damit zusammengebrochen war. Die Partikelstrahlung des Sternes hatte dann keine Mühe mehr gehabt, die Atmosphäre des Planeten in das All zu zerstreuen. All das hatten ihr die Instrumente ihres Raumschiffs bereits im Orbit berichtet, doch um ihre Neugier bezüglich des Psi-Feldes zu befriedigen, musste die Forscherin den unmittelbaren Kontakt zu den Monumenten suchen. Sie stand jetzt direkt vor der spiegelglatten Rundung des ersten Monolithen, die dennoch kein Abbild von ihr oder der öden Umgebung reflektierte. Vielmehr huschten verschiedenfarbige Schlieren in unregelmäßigen Mustern über die Oberfläche. Als ob das Artefakt auf sie reagieren würde, verdichteten sich die Wirbel nun auf der Seite, die der Raumfahrerin zugewandt war. Noch immer fühlte sie nur die unbestimmte Gegenwart einer fremden Spezies, das Psi-Feld gab seine Geheimnisse noch nicht preis. Dann berührte sie den Monolithen.

Leere, tiefschwarze Leere ... Sie tauchte in einen Abgrund ohne Ende, fiel und blieb doch, wo sie war ... Teilte ihre Präsenz in zwei Teile ... Einen, der mit ihrer physischen Gestalt verbunden war und einen, der in das psychische Feld des Artefakts eintauchte ... Aus dem schwarzen Nichts um sie herum begannen sich farbige Wirbel zu manifestieren, ähnlich wie sie zuvor an der Oberfläche zu sehen waren. Sie versuchten Bilder in ihrem Geist zu formen, verzerrt und unwirklich. Zu fremd, zu fremd ... es schmerzt ... Die Wirbel ließen von ihr ab, formierten sich neu, stürmten wieder auf sie ein. Sie vermeinte Gestalten wahrzunehmen, aufrecht auf zwei Beinen gehend, so wie sie selbst. Wieder fluteten die Farben zurück, wieder formierten sie sich neu, arrangierten die Psi-Matrix um, starteten einen neuen Versuch ...

Plötzlich stand sie in einem engen Tal. Wasser rann in kleinen Kaskaden auf dem Talgrund, seltsam anmutende Vegetation zerteilend, die auch auf den steilen Felsabsätzen beiderseits der Talsohle Fuß zu fassen suchte. Sie bemerkte, dass sie ihren Blick auf die Szenerie frei wählen konnte, indem sie ihre Gedanken einfach zu verschiedenen Standorten fließen ließ. So schwebte sie die steilen Wände empor und erkannte die Zweibeiner wieder, die sie schon zuvor wahrgenommen hatte. Sie saßen oder standen in Gruppen vor den Eingängen von Höhlen, die sie in das weiche Gestein gegraben hatten. So wie sie selbst hatten sie zwei obere Extremitäten mit fingerförmigen Greiforganen, die zu vielfältigen Manipulationen fähig waren. Eine Art Fell bedeckte fast ihre gesamte Körperoberfläche. Sie erfasste durch das Psi-Feld intuitiv, dass die fremde Spezies sich zweigeschlechtlich vermehrte, die weiblichen Individuen schienen sich um den Nachwuchs zu kümmern, während die Männchen die Umgebung im Auge behielten und primitive Schlagwaffen in den Händen hielten.

Unvermittelt kam Bewegung in die Lebewesen: Alle gestikulierten aufgeregt zum Taleingang hin, wo eine weitere Gruppe der Zweibeiner auftauchte. Doch im Gegensatz zu den Talbewohnern waren diese größer, weniger behaart und in eine Art Kleidung gehüllt. Sie trugen außerdem Spieße bei sich, die auch als Wurfwaffen verwendet werden konnten. Eine Abordnung der Talbewohner ging ihnen entgegen und versuchte ihnen den Weg zu versperren. Unter heftigen Gesten entbrannte sofort ein Streit zwischen den beiden Gruppen. Doch die Neuankömmlinge zögerten nicht lange und töteten die Vorhut der Einheimischen mit ihren Speeren. Wild stürmten die Invasoren darauf an den Gefallenen vorbei und begannen die Talbewohner systematisch abzuschlachten. Ihre überlegenen Waffen und die Körpergröße der Eindringlinge ließen am Ausgang dieses ungleichen Kampfes keinen Zweifel aufkommen. Die Talbewohner hatten keine Chance und versuchten zu fliehen, doch nur wenige konnten dem brutalen Gemetzel entkommen. Selbst die Weibchen und Jungen wurden durchbohrt oder einfach von den Felsen gestoßen. Nur kurz währte die ungleiche Schlacht, bald brüllten die Sieger ihren Triumph hinaus, dass es von den Felsen widerhallte. Doch der Friede war nur von kurzer Dauer, denn nun entbrannte innerhalb der Neuankömmlinge der eine oder andere Streit um die besten Höhlen. Und auch hierbei endete so mancher Kampf damit, dass einer der Streitenden aufgespießt oder von den Klippen gestoßen wurde.

Die Reisende schüttelte sich in Entsetzen, erinnerte sie die Szene doch allzu sehr an die Anfänge ihrer eigenen Geschichte. Doch am Rande des Geschehens konnte sie auch etwas beobachten, das ihr wieder Zuversicht gab: Ein Weibchen der Neuankömmlinge fand in einem Versteck ein Junges der Talbewohner, welches das Massaker dort überlebt hatte. Ihr Männchen wollte es sofort töten, doch sie verhinderte dies durch ihr bestimmtes Auftreten und drückte es schützend an sich ...

Die Szene verblasste und die Sternenfahrerin fand sich vor dem Monolithen wieder, aufgewühlt, entsetzt, aber dennoch begierig, mehr über diese Fremden zu erfahren. Sie verließ den hoch über ihr aufragenden Stein und bewegte sich vorsichtig auf den nächsten zu. Dieser reagierte wie der erste mit wirbelnden Farbschemen auf sie und diesmal konnte sie fast sofort in die gespeicherte Szene eintauchen, als sie die glatte Oberfläche berührte.

Gewaltige aus Stein errichtete Bauwerke bildeten die Kulisse für das Geschehen, das sie beobachtete. Diesmal sah sie ausschließlich Vertreter der größeren Spezies vor sich, die sich zu einer großen Versammlung zusammengefunden hatten. Auch die Kleidung der Individuen war vielfältiger und mit bunten Mustern und anderen Schmuckelementen verziert. Offenbar folgten die Episoden einer zeitlichen Reihenfolge und diese Szene war wesentlich später in der Geschichte dieses Volkes angesiedelt. Eines der Wesen saß auf einem erhöhten Podium und trug einen metallischen Kopfschmuck, der ihn noch größer als die anderen erscheinen ließ und ihn als Anführer kennzeichnete. Er gab ein Zeichen und daraufhin wurden mehrere Steintafeln enthüllt, die über und über mit fremdartigen Schriftzeichen bedeckt waren. Jubel brandete auf und die Sternenfahrerin verstand, dass sie hier der ersten schriftlichen Gesetzgebung beiwohnte, die dieser Welt gegeben wurde. Endlich gab es feste Regeln für das Zusammenleben, die den Bewohnern Sicherheit verschaffen sollten.

Gleich bei den nächsten Bildern wurde jedoch klar, dass sich nicht alle an diese Regeln gebunden fühlten. Die Reisende sah, wie sich ein Dieb am Eigentum eines weiblichen Individuums bediente, ein Räuber einen Händler ausplünderte und ein Männchen seinen Nebenbuhler um die Gunst eines Weibchens erschlug. Darauf bestimmte der Regent eine Gruppe von Bewaffneten, die Sorge dafür zu tragen hatten, dass die in Stein gemeißelten Regeln auch eingehalten wurden. Doch dies hatte wiederum zur Folge, dass diese Gruppe nun selbst immer mächtiger wurde und ihre Macht für die eigenen Zwecke missbrauchte.

Schaudernd wandte sich die Forscherin ab, auch solche oder ähnliche Geschehnisse waren ihr aus der eigenen Frühgeschichte bekannt. In hoffnungsvoller Erwartung einer positiveren Weiterentwicklung der fremden Spezies ging sie zum nächsten Monolithen. Doch Stein um Stein, in dessen gespeicherte Erinnerungen sie eintauchte, zeigte nichts anderes als Krieg und Elend, unter dem der größte Teil der Bevölkerung zu leiden hatte. Imperien entstanden und vergingen, doch immer nur einer kleinen Elite war ein Leben in Wohlstand und Luxus vergönnt. Dann sah sie eine Szene, die ihr neue Hoffnung machte.

Eine kleine Gruppe von Individuen hatte erkannt, dass Selbstsucht und Gier die wahre Ursache des Elends auf diesem Planeten war. Sie lebten den anderen vor, dass Kooperation der Schlüssel zu einem besseren Leben war, das alle erreichen konnten. Liebe war die universelle Konstante, auf die sie sich beriefen. Die Gruppe hatte bald großen Zulauf, zu groß, als dass die Machthaber die Bewegung ignorieren konnten. Unter einem Vorwand ließen sie den Anführer der Bewegung verhaften. In einem Schauprozess wurden ihm umstürzlerische Aktivitäten angelastet und die öffentliche Meinung wurde dahin gehend manipuliert, dass die Bevölkerung bei seiner Hinrichtung jubelte. Die Bewegung selbst existierte noch eine Zeit lang weiter, wurde aber von den herrschenden Eliten dergestalt institutionalisiert, dass sie von da an als Unterstützung für deren Machtgefüge diente. Der ursprüngliche Grundgedanke ging dabei aber vollständig verloren.

Wieder vergingen Zeitalter, die von Kriegen erfüllt waren. Die Sternenfahrerin tauchte ein, nahm auf, verarbeitete. Doch ihre Seele litt mit den unzähligen namenlosen Bewohnern dieser glücklosen Welt.

Ein weiterer Anlass zur Hoffnung: Ein Gelehrter verfasste ein Werk, in dem er detailliert darlegte, wie die Ressourcen des Planeten gerechter aufgeteilt werden konnten. Natürlich fanden die Ideen reichlich Aufmerksamkeit, denn längst hatte diese Gesellschaft einen hohen Stand der Wissenschaft erreicht, in dem die grundlegenden Prinzipien des Aufbaus der Welt bekannt waren und auch genutzt wurden – von einigen wenigen. Der Rest der Bevölkerung wurde nach wie vor in Armut und Unwissenheit gehalten und diente als Arbeitssklaven oder als Ressource für immer technisierter geführte Kriege. Aber auch die Ideen dieses Gelehrten wurden entweder gar nicht umgesetzt oder so korrumpiert, dass wieder nur einige wenige davon profitierten.

Weitere Äonen verstrichen. Die Technologie dieser Welt machte enorme Fortschritte, doch die Gesellschaft verblieb in einem Zustand, in dem nach wie vor das stärkere Individuum über das schwächere triumphierte. Die Forscherin besuchte Stein um Stein, immer mehr erschüttert von der Unfähigkeit dieser Spezies, sich von ihren evolutionären Mängeln zu befreien. Als ein Nebeneffekt ihrer inhärenten Rücksichtslosigkeit beuteten die Bewohner auch ihren eigenen Planeten brutal aus, so lange, bis dessen Biosphäre einen irreversiblen

Kollaps erlitt. Als die Sternenfahrerin an diesem Punkt angelangt war, stand sie schließlich unschlüssig vor dem letzten, innersten Monolithen. Ihre Wissbegier lag im offenen Widerstreit mit der Angst davor, was sie zu sehen bekommen würde. Endlich berührte sie zögernd die glatte Fläche.

Die ehemals grüne Landschaft hatte sich in eine graue Ödnis verwandelt. Nur ein winziger Teil der einst milliardengroßen Bevölkerung des Planeten hatte die anhaltenden Naturkatastrophen überlebt. In einer übermächtigen Anstrengung hatten sie ihre Streitigkeiten endlich beigelegt und das Wunder erschaffen, dessen die Reisende nun ansichtig wurde. Mitten in der Wüste stand hoch aufgerichtet ein mächtiges Sternenschiff, davor versammelt die letzten Individuen dieses sterbenden Planeten. Auf ein Zeichen ihres Anführers hin begaben sich alle zu einem Einstieg und verschwanden nach und nach darin. Der Führer jedoch wandte sich von dem riesigen Raumfahrzeug ab und bewegte sich direkt auf die Beobachterin aus der fernen Zukunft zu. Die Forscherin realisierte, dass sie selbst sich im Inneren des zentralen Monolithen zu befinden schien und durch dessen nun transparente Oberfläche nach außen sah. Der Fremde kam näher und näher, bis er unmittelbar vor der Reisenden stand. Einer Eingebung folgend berührte sie von innen die glatte Fläche. Wie ihr Spiegelbild hob auch der Fremde eine seiner oberen Extremitäten und legte sie von außen an die gleiche Stelle.

DAS PSI-FELD IMPLODIERTE. DIE GRENZE ZWISCHEN IHNEN LÖSTE SICH IN EINER WOLKE VON VEKTOREN AUF. DU ... ICH ... WIR ... JETZT ... IMMER ... NIE ... DAMALS ... DAMALS ... DAMALS ...

Als die Sternenfahrerin wieder zu sich kam, hatten sich die Plätze vertauscht: Sie stand wieder außerhalb des Monolithen und auf dessen glänzender Oberfläche sah sie wie auf einem Monitor, wie der Fremde von ihr weg auf das riesige Raumschiff zuging und darin verschwand. Als die Triebwerke brüllendes Gas ausstießen und die Auswanderer schließlich auf dem mächtigen Feuerstrahl ihrer neuen Heimat entgegenritten, wandte sich die Reisende vom Monolithen ab. Was sie in dem kurzen Moment der mentalen Vereinigung mit dem anderen Wesen gefühlt hatte, machte sie schaudern. Nicht etwa Reue oder Einsicht hatte sie in diesem fremden Geist gelesen. Das Einzige, was die Bewohner dieses Planeten angetrieben hatte, war Selbstsucht und Gier. Egal, wo auch immer sie schließlich gelandet waren: Sie würden ihre neue Heimat ebenfalls früher oder später vernichten. Die Reisende hoffte inständig, dass ihre eigene oder eine andere raumfahrende Spezies nie auf dieses Volk treffen würde, das sich selbst *Menschen* nannte. Auf klickenden Insektenbeinen begab sie sich traurig zu ihrem eigenen Raumfahrzeug zurück.

LÜGE

Anhänge

Vitae

Galax Acheronian ist ein Autor und Zeichner, der bereits in jungen Jahren Geschichten, Comics und Fanfiction schrieb. Seit 2009 veröffentlicht er seine Ideen in Form von Kurzgeschichten, Novellen, Romanen oder Cover-Arts verschiedener Genres. Mehr auf www.acheronian.de.

Merle Ariano, geboren 1978 in Buchholz in der Nordheide, lebt mit drei Söhnen, einer Katze und vielen Fischen in Hamburg, arbeitet als Logopädin und schreibt gerne über fantastische Zwischenfälle im Alltag. Anregungen und Inspirationen hierfür findet sie bei den regelmäßigen Treffen der Nanowrimo-Autorengruppe.

Enzo Asui wurde im Jahr 1962 in der westfälischen Kleinstadt Ahlen geboren. Nach Ausbildung und Studium zog es ihn im Jahr 1991 nach Hamburg. Seit 2008 veröffentlicht der Hobbyautor Kurzgeschichten in Anthologien, teilweise unter diesem Pseudonym.

Gabriele Behrend, Jahrgang 1974, lebt und liebt mit ihrem Gatten Arno Behrend und Kater Oscar in Düsseldorf. Hier entstehen immer wieder Geschichten, die in der SF wurzeln oder dem Weihnachtsmannmilieu entspringen. Sie wurden und werden regelmäßig in verschiedenen Anthologien und Magazinen abgedruckt. Gabriele Behrend wurde 2017 mit dem Kurd-Laßwitz-Preis für die beste SF-Kurzgeschichte 2016 ausgezeichnet.

Uli Bendick, Baujahr 1954, lebt in einem kleinen Dorf am Vogelsberg. Er liest am liebsten SF und Comics, hört gerne Musik, meistens Reggae, Dub und Rock. Er bevorzugt marsianische Küche, Whiskey vom Ganymed, starken Tobak von der Venus, mit seinen Freunden aus der elften Dimension über Traum-Zeit-Paradoxa zu sinnieren, dem Gesang der Gottesteilchen zu lauschen und durch jedes Lebewesen ein neues Universum kennenzulernen, während er versucht, all das grafisch zu verdauen ... Er ist Autodidakt, malt mit Acryl, zeichnet mit Tusche, macht digitale Collagen und widmet inzwischen dieser Leidenschaft seine ganze Zeit. Inzwischen durfte er für »Exodus – Magazin für Science Fiction Stories & phantastische Grafik«, die »Perry Rhodan Fan Edition« und p.machinery Illustrationen gestalten. »Bei dieser Gelegenheit möchte ich mich auch bei Galax für ein gutes Stück Wegbegleitung bedanken!« Kontakt unter Ulisionen@web.de.

Francis Bergen, 1984er Mathematiker und Autor aus Oberhausen, bezieht seine kreative Energie aus seiner unstillbaren Neugier. Seit er sich 2002 mit Rollenspielen auseinanderzusetzen begann, schreibt er Kurzgeschichten und Gedichte aus einem breiten Genrespektrum, reiht aber auch Fachartikel und Übersetzungen in sein Repertoire ein. Sein erster Fantasyroman »Der steinige Weg Freiheit« rundet seit Kurzem das Portfolio ab. Mehr zu seiner Arbeit unter francisbergen.de.

Regine Bott, Jahrgang 1968, Autorin und Lektorin, hat gemeinsam mit dem Kollektiv »Die Neunundneunziger« ein neunteiliges Pulp-Serial und solo zahlreiche Erzählungen veröffentlicht. Nach ihrem Studium der Anglistik, Literaturwissenschaft und Kunstgeschichte in Stuttgart arbeitete sie als Medienlektorin, bevor sie sich 2013 selbstständig machte und sich nebenher dem Schreiben widmete. Ihr bevorzugtes Genre ist die Science-Fiction, aber auch der Jugendroman und das Thrillergenre hat es ihr angetan. Momentan arbeitet sie an zwei Romanprojekten: einem realistischen Jugendroman und einem scharfzüngigen Krimi. Ende 2018 wird ihr erster SF-Roman bei Bastei-Lübbe erscheinen (»The Shelter – Zukunft ohne Hoffnung, verfasst von Kris Brynn). Die Autorin lebt zusammen mit Ehemann, Sohn und Kater in der Nähe der Landeshauptstadt Baden-Württembergs.

Diane Dirt ist eine Ruhrpottschnodderschnauze, die 2014 ihre erste Kurzgeschichte »Revenge« in der Anthologie »Bullet« vom st*rnwerk Verlag veröffentlichte. Diese schaffte es direkt auf die Nominierungsliste des Deutschen Science-Fiction-Preises. Diane kommt immer dann zum Einsatz, wenn ihr Alter Ego Marianne Labisch nicht weiter weiß, oder andersartige und experimentelle Geschichten entstehen sollen. Sie hält nicht viel von Öffentlichkeitsarbeit und gibt sich abseits ihrer Geschichten, die im Ruhrpottslang in der ersten Person verfasst werden, eher verschlossen.

Albertine Gaul ist ein Pseudonym der Autorin Sigrun Luccone. Sie ist Jahrgang 1967, gelernte Bürokauffrau, hat aber vorher als Altenpflegerin gearbeitet. Bis Herbst 2013 hat sie ein Fernstudium an der Hamburger Fernuni, die Große Schule des Schreibens, absolviert. Da sie bereits im zarten Alten von acht oder neun Jahren anfing, Geschichten zu schreiben, wollte sie sich verbessern und hat sich für das Studium eingeschrieben. Sie ist verheiratet und lebt im Ruhrgebiet.

Sven Haupt, geboren 1976 in Bonn. Studium der Biologie mit Promotion in kognitiver Hirnforschung 2008 am Uniklinikum Bonn. Schreibt seit Jahren Blogs, Lyrik und Geschichten, bis jetzt jedoch nur wissenschaftliche Publikationen.

Thomas Jordan wurde 1969 geboren. Nach dem Studium zum Sozialpädagogen produzierte er mehrere Kurzfilme und Musikvideos, die auf mehreren Festivals liefen. Darüber hinaus veröffentlichte er zahlreiche Science-Fiction- und Mysterystorys in Anthologien.

Robert Koller wurde 1976 in Wien geboren und lebt heute in dem beschaulichen Weinbauort Perchtoldsdorf. Nach zwölf mehr oder eher weniger erfolgreichen Jahren an diversen Schulen entschloss er sich 1995, Buchhändler zu werden. Sechzehn Jahre in diesem Beruf forderten ihren Tribut und Robert Koller brauchte einfach mal eine Auszeit. Er entdeckte, dass das Lesen von Büchern viel interessanter ist, als sie einfach nur zu verkaufen und wurde Konsument. In den folgenden Jahren konsumierte er unzählige Filme, Serien, Comics, Romane und die unterschiedlichsten YouTube-Videos. Nebenbei viel fettem Fleisch und ungefähr hundertfünfzig

Hektoliter Bier, Met und Wein. Von Oktober bis November 2016 schrieb er an einer Kurzgeschichte namens »Kein Schiff wird kommen«. Nach einigen kleineren Überarbeitungen wurde schließlich »Damals« daraus. Die Einflüsse reichen von *Star Wars* über *Walking Dead* bis *Lindenstraße* und *Ice Age*.

Andreas G. Meyer wurde 1977 geboren. Schon als Kind hat er mit der Taschenlampe unter der Bettdecke Horrorromane gelesen, bevor er selber anfing zu schreiben. Als Schüler zunächst lange Briefe, als Student ausführliche Reisetagebücher, als Ingenieur wissenschaftliche Artikel in Zeitschriften und Online-Magazinen. Bei Tag ist er in der IT-Abteilung eines Hamburger Unternehmens tätig. Bei Nacht schreibt er Kurzgeschichten in den Genres Mystery, Thriller und Science-Fiction. Derzeit wohnt er in Norderstedt und arbeitet an seinem ersten Roman.

Anna Noah, Jahrgang 1979, ist studierte Linguistin und Sinologin. Sie schreibt deutsch und manchmal englisch. Ihr Interesse galt schon in frühen Jahren allen Gattungen der Literatur. 2005 war sie Gastautorin in Charles Lee Taylors Buch »Reflections: A Poetic Approach II«. Kurztexte sind in Anthologien sowie diversen Literaturzeitschriften erschienen.

Friedhelm Rudolph, geboren 1964 in Osnabrück, verheiratet, lebt in Georgsmarienhütte. Gelernter Kunsthistoriker, halbgelernter Buchhändler, angelernter Volkswirt. Brot: Verwaltungsangestellter. Spiel: Kurzprosa, Gedichte; Kunst, Musik. Veröffentlichungen: diverse, hauptsächlich in Anthologien und im Internet. Auszeichnungen bei plattdeutschen (darunter Freudenthal-Preis) und hochdeutschen Literaturwettbewerben.

Dr. med. *Paul Sanker* wurde 1958 in Köln geboren. 2008 hat der Autor begonnen, literarisch zu schreiben. Seit dieser Zeit hat er zahlreiche Kurzgeschichten in Anthologien und Zeitschriften veröffentlicht. Sein erster Roman »Der Tod aus einer anderen Welt« wurde 2010 im Noel-Verlag publiziert. Im Jahr 2012 erschien der Krimi »Brutus und der Rotlicht-Kolibri«, die Kinderbücher »Emma, die kleine Stubenfliege« im Sarturia-

Verlag 2013 und »Anna und die Besucher vom Planeten Botania« 2017 im Karina-Verlag, Wien.

Johann Seidl ist 1960 in Amberg, Oberpfalz geboren. Seine musische Ausbildung erhielt er bei den Regensburger Domspatzen und am musischen Max-Reger-Gymnasium in Amberg. Dort wurde früh die Entwicklung des lyrischen und darstellenden Ausdrucks gefördert. Stilprägend für seine Lyrik waren Benn und die Expressionisten. Bis 1983 wirkte Johann Seidl u. a. mit zahlreichen Konzerten intensiv in der regionalen Liedermacher-Szene mit. Seit den 1970er Jahren beschäftigt er sich mit dem Genre Science-Fiction. Er war einige Jahre Chefredakteur der Andromeda Nachrichten des Science Fiction Club Deutschland (SFCD).

Geboren im Jahr 1990 war *Nele Sickel* früh begeistert vom Reden, später vom Schreiben. Ihre Vorliebe für Sprache brachte sie dazu, sich im Laufe der Zeit in verschiedenen Richtungen des Schreibens zu versuchen, darunter Gedichte, Kurzgeschichten und weniger kurze Geschichten, Journalismus und Poetry Slam. Inzwischen veröffentlicht sie ihre Texte regelmäßig in Anthologien und Zeitschriften, immer auf der Suche nach neuen Herausforderungen.

Gard Spirlin ist ein Pseudonym des österreichischen Autors Gerhard Schneider. Er wurde 1965 in Wien geboren, absolvierte dort das Gymnasium und schloss danach eine Ausbildung zum Nachrichtentechniker ebenfalls mit Abitur ab. Er arbeitet als Elektronik-Konstrukteur an der Entwicklung digitaler Sprachaufzeichnungssysteme. Seit 2013 widmet er sich in seiner Freizeit schriftstellerischen Tätigkeiten, zunächst in Form von Kurzgeschichten. Für die Science-Fiction-Story »RoboWrite« wurde er 2016 für den Kurd-Laßwitz-Preis in der Kategorie »Beste Kurzgeschichte« nominiert. Sein erster Roman »Ebu Gogo« erschien 2016, ebenso wie der Ratgeber »Die Drei-Schritte-Methode«, eine Anleitung zur Raucherentwöhnung mithilfe der E-Zigarette. Der Autor lebt mit seiner Familie in Wien. Zu seinen Hobbys zählen neben Literatur auch noch Musik, Geschichte und Sport. www.gard-spirlin.com

Christina Wermescher wurde im Sommer 1982 in Bayreuth geboren. Nach ihrem Studium zur Diplom-Kauffrau an den Universitäten Nürnberg-Erlangen und Bamberg arbeitete sie bei verschiedenen Unternehmen in den Bereichen Beschaffung und Qualitätsmanagement. 2016 entschloss sie sich, mit ihren Texten an die Öffentlichkeit zu treten. Seither erscheinen ihre Kurzgeschichten in verschiedenen Anthologien. Christina Wermescher lebt zusammen mit ihrem Mann und ihrem Sohn in Bayern.

Ebersberg

Koordinaten: 48°5' N, 11°58' O
Bundesland: Bayern
Regierungsbezirk: Oberbayern
Landkreis: Ebersberg
Höhe: 558 m ü. NHN
Fläche: 40,84 km²
Einwohner: 12.116 (31. Dez. 2016)
Bevölkerungsdichte: 297 Einwohner je km²
Postleitzahl: 85552–85555, 85560
Vorwahl: 08092
Kfz-Kennzeichen: EBE
Gemeindeschlüssel: 09 1 75 115
Webpräsenz: www.ebersberg.de

Ebersberg ist die Kreisstadt des gleichnamigen Landkreises im Regierungsbezirk Oberbayern. Der nördlich von Ebersberg liegende Ebersberger Forst ist eines der größten zusammenhängenden Waldstücke Deutschlands.

Geografie

Die Stadt Ebersberg befindet sich am Übergang vom hügeligen Alpenvorland zur Münchner Schotterebene rund 33 km östlich der Landeshauptstadt München, die mit S-Bahn (S4 und S6), Regionalbahn (»Filzenexpress«) und über die B 304 zu erreichen ist. Ebersberg liegt 28 km südlich von Erding, 32 km nördlich von Rosenheim, 20 km westlich von Wasserburg, das mit dem Filzenexpress und auf der B 304 zu erreichen ist, sowie 40 km vom Flughafen München entfernt.

Gewässer

Ebersberg liegt am westlichen Rand des Ebrachtals, das Stadtzentrum oberhalb des Tals. Im Nordwesten der Kernsiedlung befindet sich der Egglburger See, der die Ebersberger Weiherkette im Norden der Stadt speist, die wiederum in den Fluss Ebrach übergeht.

Nachbargemeinden

Grafing
Kirchseeon
Forstinning
Hohenlinden
Steinhöring

Geschichte

Bis zur Gemeindegründung

Die Geschichte Ebersbergs ist eng mit dem 934 von den Grafen von Sempt-Ebersberg (Burg Ebersberg) gegründeten Benediktinerkloster Ebersberg verbunden. Seit dem 14. Jahrhundert übte in Ebersberg die Klosterhofmark die niedere Gerichtsbarkeit aus. 1595 wurde das Benediktinerkloster von Papst Clemens VIII. aufgehoben und die Anlage dem Jesuitenorden übergeben, 1773 übernahm der Malteserorden die Gebäude. Bei der endgültigen Auflösung des Klosters 1808 gingen die Gebäude teils in staatlichen, teils in privaten Besitz über.

20. Jahrhundert

Nach dem Zweiten Weltkrieg erlebte der Markt Ebersberg einen wirtschaftlichen Aufschwung; dieser war auch durch den schnellen Wiederaufbau, teilweise auch durch Gastarbeiter, nach dem Krieg begründet. Aufgrund des starken Wachstums des Markts in den 1950er Jahren wurde Ebersberg am 12. Juni 1954 zur Stadt erhoben und 1972 an die S-Bahn nach München angeschlossen.

Eingemeindungen

Am 1. Januar 1974 wurde die bis dahin selbstständige Gemeinde Oberndorf eingegliedert. Am 1. Mai 1978 kamen kleine Gebietsteile der aufgelösten Gemeinde Nettelkofen mit etwa zehn Einwohnern hinzu.

Wappen

Die Wappenbeschreibung lautet: In Gold auf grünem Dreiberg am rechten Schildrand aufsteigend ein schwarzer Eber.

Städtepartnerschaft

Yssingeaux (FR), Region Auvergne-Rhône-Alpes, seit 1997.

Sehenswertes

Wallfahrtskirche St. Sebastian: Westteil von 1230, Langhaus und Chor stammen aus dem 15. Jahrhundert. 1770 bis 1783 wurde die Kirche im Stil des Rokoko umgestaltet. Das Stifterhochgrab aus rotem Salzburger Marmor am Eingang zum Mittelschiff von 1500 stammt aus der Hand von Wolfgang Leb. Weiter erwähnenswert ist die Sebastianskapelle mit barocken Stuckaturen und das Kopfreliquiar des Heiligen Sebastian von 1450. Der mächtige Turm beherbergt ein für seine Dimensionen verhältnismäßig bescheidenes Geläute in Schlagtonfolge $b^° - d' - f' - g' - a'$.

Rathaus: Das heutige Rathaus am Marienplatz befindet sich in der einstigen Klostertaverne.

Die Weiherkette mit dem Egglburger See ist ein beliebtes Ausflugsziel.

Der Ebersberger Forst mit seinen vielen Spazierwegen, insbesondere im Wildpark Ebersberg und dessen Wildruhezone.

Das Museum Wald und Umwelt auf der Ebersberger Ludwigshöhe mit der angegliederten Umweltstation.

Auf die Ludwigshöhe führt die Heldenallee. Jede ihrer über 80 Linden erinnert an einen Gefallenen des Ersten Weltkriegs aus Ebersberg.

Aussichtsturm: Mit dem Bau des heutigen Aussichtsturms auf der Ludwigshöhe wurde 1914 begonnen, nachdem dort zuvor ab 1860 ein Steigbaum und ab 1873 ein hölzerner Turm als Aussichtspunkt stand. Bis zur Unterbrechung der Arbeiten im Ersten Weltkrieg waren bereits zwei Stockwerke gebaut worden. In seiner heutigen Form eröffnet wurde der Aussichtsturm am 1. Mai 1915. Die seither mehrfach renovierte Betonkonstruktion der Firma Hochtief ist 36 m hoch und bietet einen Ausblick über den Ebersberger Forst, die Städte Ebersberg und Grafing und bei gutem Wetter auf das Alpenpanorama. Seit 2014 kann man gegen eine Spende an den Kulturfond der Stadtverwaltung Ebersberg den Turm von Einbruch der Dunkelheit bis Mitternacht in einer Farbe nach Wahl erleuchten lassen.

Verkehr

Straßenverkehr

In Ebersberg kreuzen sich zwei Hauptverkehrsadern, die in Ost-West-Richtung (München–Ebersberg–Wasserburg–Traunstein–Salzburg) verlaufende B 304 und die regional bedeutsame in Nord-Süd-Richtung verlaufende Staatsstraße 2080 (Erding–Markt Schwaben–Ebersberg–Rosenheim). Die B 304 wird nach jahrzehntelanger Planung und Auseinandersetzung seit Ende 2009 südlich an Ebersberg in einer Ortsumgehung vorbeigeführt. Für den Nord-Süd-Verkehr wird seit 2008 vom Bauamt Rosenheim eine Umgehungsmöglichkeit erarbeitet, um die weiterhin überlasteten, engen Straßen der Ebersberger Innenstadt wirksam zu entlasten. Der Presse war zu entnehmen, dass sowohl eine Ostumfahrung als auch ein rund 800 Meter langer Tunnel in der Stadt als Lösungen in Frage kommen.

Eisenbahn

Die Stadt Ebersberg liegt an der Bahnstrecke Grafing–Wasserburg, diese wird umgangssprachlich auch Filzenexpress genannt und verläuft südlich des Stadtzentrums. Die Bahnstrecke nach Grafing wurde am 6. November 1899 in Betrieb genommen; der damalige Endpunkt war Ebersberg. Die Verlängerung nach Wasserburg erfolgte erst am 27. September 1903. Im Jahr 1905 wurde der Bahnhof Ebersberg mit drei täglichen Zugpaaren bedient. Neben dem Bahnhof Ebersberg lagen die Haltepunkte Oberndorf bei Ebersberg und Neuhausen im Stadtgebiet, heute sind diese Haltepunkte stillgelegt und abgebaut. Da in den 1960er Jahren beschlossen wurde, die stark nachgefragte Strecke von Grafing nach Ebersberg in das Netz der S-Bahn München aufzunehmen, wurde die Bahnstrecke bis Ebersberg im Jahr 1969 elektrifiziert. Die S-Bahn nahm im Jahr 1972 ihren Betrieb auf, damals fuhren die S-Bahnen im 40-Minutentakt von München über Grafing weiter nach Ebersberg. Um 2000 wurde der Bahnhof modernisiert, die Bahnsteige wurden auf eine Höhe von 96 Zentimetern für die S-Bahn und auf eine Höhe von 76 Zentimetern für die Regionalbahnen angehoben. Der Bahnhof verfügt heute über zwei Gleise, die an einem Mittelbahnsteig liegen. Gleis 1 ist ein Stumpfgleis in Richtung Grafing, welches nur von den S-Bahn-Zügen genutzt wird. Gleis 2 wird vom Filzen-Express und von den S-Bahnen genutzt. Das Bahnhofsgebäude ist bis heute erhalten geblieben, im Gebäude befand sich ein Service Store der Deutschen Bahn und ein Kiosk (derzeit durch einen Dönerladen angemietet). Der Bahnhof wurde 2013 barrierefrei ausgebaut.

Der Bahnhof Ebersberg wird heute im 20/40-Minutentakt von Zügen der S-Bahn-Linie S4 und S6 bedient. Diese verbinden Ebersberg mit Grafing, Kirchseeon, Zorneding, Haar, München, Fürstenfeldbruck, Buchenau, Grafrath und Geltendorf sowie mit Planegg, Gauting, Starnberg und Tutzing. Zusätzlich zum 20-bis-40-Minuten-Takt der S-Bahn verkehrt außerdem der sogenannte Filzenexpress werktags im Stundentakt zwischen Wasserburg und Grafing. In der Hauptverkehrszeit werden die Züge des Filzen-Express von Ebersberg über Grafing Stadt und München Ost weiter zum Münchner Hauptbahnhof geführt.

Busverkehr

Die Stadt Ebersberg liegt im Tarifraum des Münchner Verkehrs- und Tarifverbunds (MVV). Die Stadt besitzt neben dem Anschluss an das S-Bahn- und Regionalverkehrsnetz auf der Schiene auch eine Verknüpfung mit dem Busnetz. Im Stadtgebiet von Ebersberg verkehren derzeit sechs Buslinien sowie eine Ruftaxi-Linie. Sechs dieser Linien gehören dem Münchner Verkehrs- und Tarifverbund an, eine weitere Linie wird durch den Regionalverkehr Oberbayern (RVO), einer Tochtergesellschaft der Deutschen Bahn, betrieben, ist jedoch auch mit Fahrscheinen des Verkehrsverbunds nutzbar.

Die zum Stadtgebiet Ebersberg zählenden Orte Englmeng, Ruhensdorf und Traxl sind seit 15. Dezember 2014 durch die MVV-Rufbuslinie 443 erstmals an den öffentlichen Personennahverkehr angebunden.

Persönlichkeiten

In Ebersberg geboren

- Candid Huber (1747–1813), Benediktinermönch und Erschaffer der Ebersberger Holzbibliothek
- Ignaz Perner (1796–1867), Gründer der Tierschutzbewegung
- Friedrich Beck (1806–1888), Dichter und Gelehrter
- Balthasar Ranner (1852–1920), Reichstags- und Landtagsabgeordneter aus Aßlkofen
- Josef Brendle (1888–1954), Kunstmaler
- Pascalina Lehnert (eigtl. Josephine Lehnert; 1894–1983), Ordensschwester, Haushälterin und Assistentin von Pius XII.
- Walter Zeller (1927–1995), Motorradrennfahrer
- Johann Attenberger (1936–1968), Motorradrennfahrer
- Ewald Schurer (* 1954), Politiker, MdB (SPD)
- Dominik Quinlan (* 1988), Eishockeyspieler
- Florian Niederlechner (* 1990), Fußballspieler
- Florentin Will (* 1991), Komiker und Moderator
- Ralf Rinke (* 1993), Eishockeyspieler

Im Ort tätig oder gelebt

- Ernst von Gagern (1807–1865), einflussreicher katholischer Priester; in den 1830er Jahren als Cooperator in Ebersberg tätig.

- Josef Wintrich (1891–1958), Jurist, zweiter Präsident des Bundesverfassungsgerichts (1954–1958); wurde 1933 wegen seines Interesses für die vielen Todesfälle im KZ Dachau von München nach Ebersberg als Oberamtsrichter versetzt. 1981 Umbenennung der Ebersberger Realschule in Dr.-Wintrich-Schule.
- Nikolaus Davis (1883–1967), griechischer Genre- und Landschaftsmaler, verbrachte seinen Lebensabend in Ebersberg
- Hellmuth Karasek (1934–2015), Journalist, Buchautor, Film- und Literaturkritiker und Professor für Theaterwissenschaft, heiratete 1959 in Ebersberg und lebte 9 Monate dort.
- Horst Mahler (* 1936), mehrfach wegen Volksverhetzung, Terrorismus und Raubes verurteilter deutscher Publizist, ehemaliger Rechtsanwalt, ehemaliger politischer Aktivist der Roten Armee Fraktion und Neonazi; lebte in Ebersberg und sandte unter anderem ein Einschreiben an den Bürgermeister der Stadt, worin er den Holocaust leugnete und den Nationalsozialismus verherrlichte.

Ehrenbürger

- Martin Guggetzer (1872–1950), kath. Pfarrer, wurde 1946 geehrt.
- Manfred Bergmeister (* 1927), Kunstschmied und Gründungsmitglied der Akademie Handwerk München, Träger des Bundesverdienstkreuzes und des Bayerischen Verdienstordens, geehrt 1997.

Literatur

Rainer Beck: Ebersberg oder das Ende der Wildnis. Eine Landschaftsgeschichte. Beck, München 2003, ISBN 978 3 406 51000 7

Franz Dionys Reithofer: Chronologische Geschichte der königl. baierischen Städte Landsberg und Weilheim, des Fleckens Ebersberg, und des Klosters Ramsau; aus größtenteils noch unbenützten Quellen. München 1815 (E-Kopie), insbesondere S. 36 ff.

Quelle: de.wikipedia.org/wiki/Ebersberg, zuerst abgerufen am 26.11.2017, 20 Uhr, überprüft am 09.01.2018, 12 Uhr. In diesem Wikipedia-Eintrag finden sich auch weitere Informationen.

Spliff

Allgemeine Informationen

Genre(s) Deutschrock
Gründung 1980
Auflösung 1985

Letzte Besetzung
Gesang, Schlagzeug: Herwig Mitteregger
Gesang, Keyboard: Reinhold Heil
Gitarre: Bernhard Potschka
Gesang, Bass: Manfred Praeker († 2012)

Spliff war eine deutsche Band, die von 1980 bis 1985 existierte. Ihr musikalisches Repertoire verband Rock, Funk und elektronische Musik. Insbesondere die Keyboardsounds von Reinhold Heil und später das elektronische Schlagzeug der Marke Simmons SDS V prägten den Klang ihrer Musik.

Die Band

Herwig Mitteregger, Bernhard Potschka und Manfred Praeker lernten sich in der Politrockband Lokomotive Kreuzberg kennen. Zusammen mit Reinhold Heil, damals aktiv in der Jazz-Formation Bakmak, und Nina Hagen wurden sie als Nina Hagen Band bekannt und veröffentlichten zwei Alben.

Nach der Trennung von Nina Hagen konzipierten die vier Musiker auf Anregung des Managers Günther Rakete zusammen mit dem Sänger Alf Klimek (»Klimax«), dem deutsch-amerikanischen DJ Rik De Lisle und den Sängerinnen Lisa Bialac und Lyma Russel die Rockoper »Spliff Radio Show«. Sie wurde am 2. Mai 1980 im Berliner Kant-Kino live uraufgeführt; sie ist eine »bittere Satire auf das Musikgeschäft um den fiktiven Rock-Star Rocko J. Fonzo« und hat dessen Aufstieg und Fall zum Thema. Das englischsprachige Album wurde unter anderem in Paris, Zürich, Amsterdam, Stockholm und London aufgeführt und erschien 1980 (bei CBS). Obwohl das Cover den Ausdruck Spliff nicht explizit als Bandnamen ausweist, sondern lediglich als Teil des Albumnamens, erscheint in den Liner Notes »Spliff are« mit den auch hier genannten vier Bandmitgliedern; Alf Klimek erscheint unter »starring«, während Lyma Russel, Lisa Bialac und Rik De Lisle unter »featuring« genannt werden. Hintergrund ist, dass die Spliff-Mitglieder ihre in der Zusammenarbeit mit Nina Hagen gemachten letztendlich schlechten Erfahrungen nicht wiederholen wollten und daher von »Frontschweinen« Abstand suchten.

Anfang 1982 erschien ihr erstes deutschsprachiges Album »85555«, welches nun unter ihrem neuen Bandnamen Spliff veröffentlicht wurde. Der Bandname verweist auf eine alternative Szene-Bezeichnung für eine Haschisch-Zigarette (Joint) und basiert auf dem Einwurf »Spliff« im Nina-Hagen-Lied »Heiß« der LP »Nina Hagen Band«. Das Album war nach seiner Katalognummer benannt (wie ein Jahr später das Yes-Album »90125«). Es hat eine schlichte Cover-Gestaltung mit grauen und roten Schriftzeichen auf weißem Hintergrund. Spliff wurde in der Folge der sogenannten Neuen Deutschen Welle zugerechnet, auch wenn die Band mit diesem Attribut »nichts anfangen konnte«. Das Album kam auch in einer englischsprachigen Version als »85555 International Version« auf den Markt. Es hat ein anderes Cover; es zeigt die Band, wobei Reinhold Heil das LP-Cover der deutschen Version in seinen Händen präsentiert.

Ihre größten Hits aus dieser Zeit waren »Heut' Nacht« und »Carbonara«. Die weiteren Singles »Déjà vu« (von »85555«) und »Das Blech« (vom ebenfalls deutschsprachigen Album »Herzlichen Glückwunsch«, veröffentlicht Ende 1982) waren ebenfalls sehr erfolgreich in den deutschen Charts. Das Video zu »Herzlichen Glückwunsch« wurde unter Mitwirken des späteren Trance-Produzenten Paul Schmitz-Moormann gedreht. Manfred Praeker zeichnete bei Spliff für romantische Balladen (»Heut Nacht«, »Duett Komplett«) verantwortlich.

1984 erschien das letzte reguläre Spliff-Album »Schwarz auf Weiß« mit der Singleauskopplung »Radio«, für das die

Gruppe mit Curt Cress am Schlagzeug vergleichsweise erfolglos auf Tournee ging. 1985 kam es aufgrund musikalischer Differenzen und verschiedener Solo-Projekte der Band-Mitglieder zur Trennung.

Gemeinsame Aktivitäten nach der Trennung

Reinhold Heil, Manfred Praeker und Bernhard Potschka gründeten 1987 zusammen mit Lyndon Connah die Gruppe Froon, der jedoch mit »Bobby Mugabe« nur ein kleinerer Hit beschieden war und die bereits 1989 wieder aufgelöst wurde.

1990 veröffentlichte CBS die CD »Spliff Remix«, auf welcher verschiedene Produzenten bekannte Spliff-Lieder neu abmischten. 1992 kam eine Spliff-Box »Alles Gute« in einer Aluminium-Verpackung heraus, welche die größten Erfolge der Band dokumentierte.

Im Jahr 2004 kamen Manfred Praeker und Bernhard Potschka wieder zusammen und gründeten mit dem Manager Andy Eder die Band Bockx auf Spliff. Sie spielten sowohl alte Lieder von Spliff neu ein, als auch eigene Stücke. Es kam jedoch zu keiner CD-Veröffentlichung und nur zu vereinzelten Auftritten.

Solokarrieren und Tätigkeiten für andere Künstler

Die Spliffmusiker produzierten und schrieben für andere Künstler, die ebenfalls von Jim Rakete gemanagt wurden. Manfred Praeker und Reinhold Heil produzierten von 1982 bis 1986 die Gruppe Nena, so auch das erste gleichnamige Album, und verhalfen ihr zum großen internationalen Durchbruch. Das Stück »Einmal ist keinmal« wurde von Praeker geschrieben.

1984 produzierte Praeker die »LP der Woche« von Extrabreit und 1986 das Album »Die Ärzte« der gleichnamigen Band. Er war auch vielfach als Gastmusiker tätig, so u. a. für Achim Reichel.

Herwig Mitteregger veröffentlicht seit 1983 Solo-Alben. Der kommerziell größte Hit war die 1985er Single »Immer mehr« aus dem gleichnamigen Album. Es folgten bis 1993

drei weitere Alben bei CBS/Sony und eine LP 1997 bei Universal. Nach langjähriger Pause, in der sich Mitteregger in Spanien lebend vor allem seiner Familie widmete und nur gelegentlich in Deutschland auftrat, erschien am 23. Mai 2008 das Album »Insolito« auf seinem eigenen Label Manoscrito, im Juni 2009 dann das Album »Fandango«.

Besonders hervorzuheben ist auch die Zusammenarbeit Mittereggers mit Manfred Maurenbrecher und Ulla Meinecke, für die er mehrere Alben produzierte, auf denen er und auch einige Spliff-Mitglieder spielten. Das Meinecke-Duett »Feuer unter'm Eis« erschien 1983 auf der LP »Wenn schon nicht für immer, dann wenigstens für ewig«.

Unter dem Projektnamen Perxon bzw. Potschka Perxon veröffentlichte Bernhard Potschka mit weiteren Musikern von 1992 bis 1993 ein Album. Seit Mitte der Neunziger widmete sich Potschka verstärkt dem Flamenco, veröffentlichte drei Alben unter eigenem Namen, produzierte 1999 das Album »River of Return« der Berliner Gruppe Agitation Free (für das er bei dem Lied »Das kleine Uhrwerk« Flamencogitarre und Udu spielte) und trat auch häufiger als Solist bzw. mit dem Duo Gitarra Pura auf.

Reinhold Heil hatte zusammen mit seiner Freundin Rosa Precht, die bis dahin auch als Keyboarderin bei Ulla Meineckes Band spielte, das Projekt Cosa Rosa. Sie veröffentlichten 1983 das Album »Traumstation«, aus dem der Titel »Rosa auf Hawaii« ausgekoppelt wurde und das mit Platin ausgezeichnet wurde. Danach produzierte er zwei weitere erfolgreiche Alben. Rosa Precht verstarb mit 38 Jahren an Magenkrebs. Seit Ende der 1990er Jahre ist Heil in den USA als Filmkomponist erfolgreich tätig. Er komponierte und spielte unter vielen anderen die Musik für »Lola rennt« und »Das Parfum – Die Geschichte eines Mörders«.

Quelle: de.wikipedia.org/wiki/Spliff, zuletzt abgerufen am 26.11.2017, 20 Uhr. Die Songtexte findet man unter lyrics.wikia.com/wiki/Spliff:85555_(1982) oder via Google.